Uta Baumeister

# So weit der Himmel dich trägt

Roman

**Autorin**

Uta Baumeister lebt in ihrer Herzensheimat Schweden. In einem alten Bauernhaus in der Natur Smålands hat sie den perfekten Rückzugsort zum Schreiben gefunden. Die Autorin teilt ihr Leben mit ihrem Partner, sie ist Mutter vier erwachsener Kinder, Großmutter und Hundebesitzerin. Nach einer Ausbildung und langjährigen Tätigkeit im Gesundheitswesen, entschied sie sich für einen anderen beruflichen Weg und arbeitete hauptberuflich als freie Journalistin. 2013 veröffentlichte Uta Baumeister ihr erstes Buch. Seit ihre Kinder eigene Wege gehen, widmet sich die Autorin ausschließlich ihren Schreibprojekten. Nach humorvollen Romanen veröffentlichte sie die historischen Romane „So weit der Himmel dich trägt" und „Der Klang der Schwalbe" nach wahren Begebenheiten.

www.wortbaumeister.com

*Für all die Verlorenen*

3. Auflage

© 2019 Baumeister, Uta
Rydaholm, Schweden
info@wortbaumeister.com
www.wortbaumeister.com
ISBN 9798846472334
Coverdesign by A&K Buchcover

*Zitat auf S. 287 v. Lew Nikolajewitsch Graf Tolstoi.*

*„Irgendwann werde ich alt sein. Ich werde auf einer Gartenbank sitzen und mich erinnern. Ich weiß schon jetzt – ich werde lächeln und die Wärme spüren, die ich in diesem Moment von dir empfange."*

*Ben Svensson*

## 1. Mistelås, 4. April 2018

„Herzlichen Glückwunsch. Ich gratuliere."
Das war alles, was der Mann hinter dem Schreibtisch zu sagen hatte, bevor er die Mappe zuschlug. Er legte sie auf einen Stapel, der aus mindestens dreißig weiteren roten Mappen bestand.

„Auf Wiedersehen", sagte Malin, nahm ihre Jacke vom Kleiderständer und verließ das Büro. Sie eilte aus dem Haus, blieb auf der Straße stehen und kämpfte mit ihren Gefühlen. Sie hatte soeben beim Notar in Växjö eine Urkunde unterschrieben, mit der sie nun rechtmäßige Besitzerin des Familienanwesens war. Ihr Großvater Gunnar Svensson hatte ihr den Hof in Mistellås vererbt. Sie war achtzehn Jahre alt und besaß einen alten Bauernhof.

Malin schaute zum Himmel und dachte an ihre Eltern, die in Deutschland lebten. Sie hatten zu Lebzeiten ihres Großvaters erklärt, dass sie nicht an dem Hof interessiert waren.

Nach ihrem Wegzug hatte sich Gunnar um Malin gekümmert. Damals hatte sie das Internat in Växjö besucht, wo sie sich ein Zimmer mit zwei anderen Schülerinnen geteilt hatte. Die Wochenenden hatte sie auf dem Land bei ihrem Großvater verbracht. Sie hatte Freundinnen getroffen, im See gebadet, die Hühner versorgt, abends mit Gunnar Karten gespielt und unbeschwerte Tage mit ihm in Mistellås genossen.

„Min söta tjej", hatte Gunnar sie liebevoll genannt und ihr das Gefühl von Geborgenheit und Wärme gegeben.

Mittlerweile waren dies nur noch Bilder ihrer Erinnerung, denn sie lebte in einem Zimmer in einem Studentenwohnheim in Stockholm. An der Universität Stockholm studierte sie im dritten Semester auf das Lehramt, um Lehrerin zu werden.
Den Schritt ihrer Eltern auszuwandern, hatte sie bis heute nicht verstanden. Warum hatten sie Schweden verlassen?
„Heimat ist ein Gefühl", gab ihr Vater damals knapp als Antwort, ohne dass er auf ihre Fragen eingegangen war. Warum erklärten ihre Eltern ihr bis heute nicht ihren Aufbruch in ein fremdes Land?

Malin verließ in einem Mietwagen die Innenstadt von Växjö und steuerte die Autobahn an, die zum Flughafen am Rand der Stadt führte. Sie weinte. Ihr Großvater fehlte ihr. Durch seinen Tod fühlte sie sich einsam. Sie wischte sich eine Träne von der Wange und sagte sich, dass der Tod für ihn eine Erlösung gewesen war. Im Himmel würde er glücklich sein, wenn er seine vor langer Zeit verstorbene Frau endlich wieder bei sich hatte.
Zuletzt hatte Gunnar in einem Heim gewohnt, da er an Alzheimer erkrankt war und seine Stimmungen ständig wechselten. Malin hatte ihn oft besucht und mit wehem Herzen gesehen, dass er vor sich hinlebte, ohne zu wissen, wer er war und wo er war. Er war sich selbst zuletzt ein Fremder gewesen.
Oft hatte er Malin nicht erkannt. Manchmal, wenn er lichte Momente hatte, hatte er fest ihre Hände gedrückt und ihr in die Augen geschaut.
„Gib niemals auf im Leben auf, was dir wichtig ist, hörst du?", hatte er ihr dann eindringlich geraten. „Sei ein mutiges

Mädchen."

„Ja, Großvater, ich werde immer mutig sein und mich an deine Worte erinnern."

Gunnar Svensson war an einem Herzinfarkt gestorben. Das einzig Positive für Malin war daran, dass ihre Eltern für einige Tage zurück nach Schweden gekommen waren, um die Beerdigung zu organisieren. So hatte sie ihre Trauer nicht allein bewältigen müssen. Die kleine Familie hatte eine intensive Zeit miteinander. Alte Geschichten lebten aufleben. Sie hatten gemeinsam über lustige Anekdoten ihres Großvaters gelacht. Es war, als sei sein Geist unter ihnen. Erst als Malin auf die Auswanderung ihrer Eltern zu sprechen gekommen war, hatten sich ihr Vater und ihre Mutter verschlossen und das Thema gewechselt.

Malin schaute auf die Uhr im Cockpit. Bevor ihr Flug von Växjö aus zurück nach Stockholm startete, hatte sie noch ausreichend Zeit, um nach Mistellås zu fahren. So wechselte sie von der Autobahn auf die Schnellstraße. Bald bog sie ab und befuhr eine schmale Landstraße, vorbei an schimmernden Seen und kleinen Ortschaften, deren rote, gelbe und blaue Holzhäuser zwischen sanften Hügeln zu schlummern schienen. Nach einer halben Stunde Fahrt erreichte sie Mistellås. In dem Dorf lebten kaum 40 Bewohner. Nur zwei betriebene Bauernhöfe, ein Dorfversammlungshaus, eine Kirche und einige Wohnhäuser zählten zum Ort, der über eine einspurige, holprige Straße zu erreichen war.

Malin erfasste Ehrfurcht, als sie in die Einfahrt zum Svensson-Hof einbog. Sie parkte den Wagen vor der Nebeneingangstür des Wohnhauses und stieg aus. Es war still. Einige Sekunden lang stand sie neben dem Auto und lauschte, bis sie das entfernte Bellen eines Hundes und das Wiehern eines

Pferdes hörte. Sie atmete tief ein. Die Luft roch leicht süßlich, was an der Viehhaltung ihres Nachbarn lag, hinter dessen Scheune der Misthaufen qualmte. Malin lächelte. Das war der Duft ihrer Kindheit.
Bevor sie das Haus betrat, betrachtete sie ihr Erbe. Das große, rote Holzhaus mit seinen weiß umrahmten Fenstern wirkte prächtig. Dem Haupteingang mit dem reich verzierten Vorbau und den Snickarglädje hatte die Witterung etwas zugesetzt. Doch daran ließ sich arbeiten, dachte sie und blickte sich um. Wo einst Tiere weideten, wucherte nun hohes Gras. Die Ställe standen leer, nur in der Scheune befanden sich ein alter Traktor und Gunnars landwirtschaftlichen Geräte.
Malin holte den Schlüssel aus der Tasche und steckte ihn in das alte Türschloss. Er ließ sich nur mit Kraft drehen. Daran war sie schon als Kind gescheitert und hatte immer jemanden finden müssen, der ihr behilflich war.
Sie fluchte und startete einen weiteren Versuch. Mit einem Knacken drehte sich der Schlüssel. Erleichtert drückte sie die Türklinke herunter und trat in den kleinen Flur, in dem Großvaters Jacken an der Garderobe hingen. Sie nahm den modrigen Geruch wahr und öffnete die Tür, die in die Küche führte. Eine Maus huschte über den Boden und verschwand hinter dem Schrank.
„Ich bin ja doch nicht allein", lachte Malin. „Ich sollte eine Katze in meine Zukunftspläne einbeziehen", meinte sie laut und betrachtete den steinernen Küchenofen, in dem früher täglich ein knisterndes Feuer für Wärme und warmes Essen gesorgt hatte. Da der Strom abgestellt war, griff sie Großvaters Taschenlampe, die an einem Nagel neben dem Ofen hing und schaute in alle Zimmer. Nichts deutete darauf hin, dass hier niemand mehr lebte. Die Schränke waren mit Geschirr, Töpfen, Krimskrams und

Wäsche gefüllt, die Betten waren bezogen und Großvaters Zeitungen lagen auf dem Wohnzimmertisch. Sie nahm sie auf und las die Erscheinungstermine. Der 15. August 2016 war das letzte Datum. Sie erinnerte sich, dass Großvater damals erst in einem Krankenhaus aufgenommen und anschließend in das Heim verlegt worden war. Ihre Eltern lebten zu dieser Zeit schon in Deutschland und sie selbst in Stockholm. Malin legte die Zeitungen wieder auf den Tisch, ging auf den wuchtigen, alten Wohnzimmerschrank zu und öffnete Schranktüren und Schubladen. Sie sah gedankenverloren hinein, nahm gar nicht erst auf, was sie sah und verschloss Türen und Schubladen wieder. Sie wusste nicht genau, was sie suchte und schaute sich um. Auf dem Schrank entdeckte sie eine Schachtel, die sonst nie dort gestanden hatte. Malin streckte sich und griff mit beiden Händen danach. Die Schachtel war schwer und nur mit Mühe gelang es ihr, sie nicht fallen zu lassen. Sie setzte sich auf das abgesessene, geblümte Sofa und öffnete den Deckel. Dann leuchtete sie mit der Taschenlampe hinein. In der Schachtel befanden sich einige abgegriffene Bücher und vergilbte Fotos. Einen Moment lang betrachtete sie ein mit Seide bezogenes Buch, das oben auf lag. Sie nahm es, wischte den Staub vom Buchdeckel ab und schlug es auf. „Tagebuch von Marlene Svensson, weitergeführt von Gunnar Svensson", war handschriftlich auf die erste Seite geschrieben. Auf die nächste Seite hatte jemand eine Widmung verfasst: „An all die Verlorenen".

Gespannt blätterte Malin weiter.

„Dieses Tagebuch soll nicht nur meine eigene Geschichte, meine Eindrücke vom Leben und von der Welt erzählen. Ich möchte festhalten, was andere mir erzählten, damit das Vergessene nicht vergessen wird. Einige Bücher, die ich markiert habe, sind Abschriften der Tagebücher meiner Mutter. Sie schickte mir diese

Bücher zur Geburt meines Sohnes Ben. Ich habe sie abgeschrieben und ins Schwedische übersetzt. Um ehrlich zu sein, tat ich dies, um verstehen zu lernen."

Malin atmete tief ein. „Welch ein Schatz", flüsterte sie leise. Sie hielt das Tagebuch ihrer Großeltern und ihrer deutschen Urgroßmutter Maria Sommer in Händen. Wer waren die Verlorenen?

## 2. Menden, 18. Dezember 1999

Maria war auf dem Heimweg und lächelte. Es war ein unterhaltsamer Nachmittag gewesen. Lange hatte sie sich nicht mehr so wohl gefühlt wie in den vergangenen Stunden. Der Wohltätigkeitsverein hatte alle Senioren zur Adventsfeier ins Bürgerhaus eingeladen. Neben Kaffee und Kuchen, der Maria geschmeckt hatte, hatten Kinder des Kindergartens und der Grundschule ein buntes, weihnachtliches Programm präsentiert.

Die Seniorin schob ihren Rollator langsam vor sich her und ließ die vergangenen Stunden Revue passieren. Angetan war sie von einem kleinen Jungen, der im Krippenspiel den Josef gespielt hatte und der sie an ein anderes Kind erinnerte. Der Kleine hatte seinen Text vergessen und war auf der Bühne in Tränen ausgebrochen. Hilflos hatten die jungen Akteure um ihn herumgestanden, bis plötzlich ein Babyweinen zu hören war. Erschrocken hatte der Kleine in die Krippe geschaut, in der eine Puppe lag. Der Junge hatte sie herausgenommen, sie in seinen Armen beruhigend hin und her gewiegt, bis ein zufriedenes Babyglucksen folgte. Stolz

hatte er den Zuschauern ein Lächeln geschenkt, die Babypuppe zurückgelegt und den Text wieder im Kopf. Die Lehrerin hatte erleichtert genickt und heimlich die Fernsteuerung für die Babypuppe in ihrer Tasche verschwinden lassen.
Maria hatte die Bushaltestelle fast erreicht, als erste Schneeflocken fielen. Sie blieb stehen und schaute nach oben zum nachtschwarzen Himmel. Die Schneeflocken glitzerten im Schein der Straßenlaterne und wirbelten durch die kalte Luft. Eine dicke Flocke landete auf ihrer Nase, schmolz und hinterließ einen Wassertropfen, den sie mit ihrem Handschuh fortwischte. Fest umfasste sie mit beiden Händen die Griffe des Rollators, stützte sich darauf und schob ihn an, um die Straße zu überqueren. Vorsichtig bewegte sie die Gehhilfe über die Bordsteinkante. Zunächst die Vorderräder, nachfolgend mit einem leichten Ruck die breiteren Hinterräder. Sie sah nach rechts und nach links, setzte den rechten Fuß auf den Asphalt, dann den linken. Wie beschwerlich das Gehen im Alter war, ärgerte sie sich. Doch grämen nützt nichts, dachte sie und schaute zur hell beleuchteten Bushaltestelle. Nur wenige Meter trennten sie von ihrem Ziel. Der Schneefall wurde kräftiger. Wind kam auf. Immer dickere Flocken tanzten wild vor ihren Augen. Ein Baby weinte. Maria sah eine junge Frau mit einem Kinderwagen auf die Bushaltestelle zu eilen. Die Frau sang ein Kinderlied, doch das Baby schrie hartnäckig weiter. Maria erinnerte sich an den kleinen Jungen im Krippenspiel und schmunzelte.
Plötzlich erstarb ihr Lächeln. Ein heftiger Ruck riss sie zu Boden.

Was waren das für Geräusche? Wie weit entfernter leiser Hall klang es in ihren Ohren. Hörte sie Stimmen? Leise nur, aber es waren ein Mann und eine Frau, die sich unterhielten. Schritte bewegten sich fort. Die Seniorin wunderte sich, dass sie in einem Bett lag. Es war dunkel. Die Augen zu öffnen, fiel ihr schwer. Maria hatte Schmerzen, konnte jedoch nicht ausmachen, was die Schmerzen auslöste. Wie in der Ferne hörte sie Geschirr klappern, etwas piepte in regelmäßigen Abständen. Wieder versuchte sie, die Augen zu öffnen. Es gelang nicht. Schritte näherten sich. Erneut waren es ein Mann und eine Frau, die sich unterhielten.

„Wir tun, was in unserer Macht steht", hörte sie die Frau sagen. War sie gemeint? Was war passiert?

Maria versuchte, zu sprechen. Doch sie blieb stumm. Als sich die Schritte wieder entfernt hatten, öffnete sie die Augen. Erst war es nur ein Blinzeln, dann erfasste sie den kargen Raum. Alles war verschwommen, aber sie erkannte, dass es ein Krankenzimmer war. Eine Gestalt kam auf sie zu.

„Frau Sommer, Sie sind aufgewacht. Wie geht es Ihnen?"

Eine Krankenschwester beugte sich über sie.

Maria versuchte, Worte zu formen. Doch sie gab nur leise Laute von sich. Ihre Lippen spannten.

„Strengen Sie sich nicht an. Wir haben bald alle Zeit für Gespräche. Aber erst, wenn Sie sich erholt haben", erklärte die Schwester freundlich und tätschelte ihre Hand. Einige Minuten später trat ein Arzt ans Bett, hörte ihr Herz ab und hob die Decke an.

„Wechseln Sie bitte den Verband", bat er die Schwester und sah die Patientin mit einem mitleidigen Blick an. Dann verschwand er, ohne eine Erklärung abzugeben.

Die Schwester nahm die Decke beiseite und legte sich alles zurecht, was sie für die Wundversorgung benötigte.

„Sie werden sehen, bald geht es Ihnen besser", tröstete die junge Frau.

„Was ist passiert?", flüsterte Maria unter großer Kraftanstrengung.

„Sie hatten einen Unfall. Ein Bus hat sie erfasst und ihr Bein überrollt", erklärte die Schwester mitfühlend.

Maria verstand den Sinn der Worte nicht.

„Der Unfall war schon vor einigen Tagen. Sie sind operiert worden und haben in einem künstlichen Koma gelegen, damit Sie sich erholen. Darf ich jemanden informieren, dass Sie hier im Krankenhaus sind? Sicher macht sich Ihre Familie große Sorgen. Wir wussten nicht, wen wir benachrichtigen könnten", sagte die Schwester und wickelte auf der Höhe des rechten Knies den Verband ab.

„Es gibt niemanden." Es klang wie ein Stöhnen, doch die Schwester hatte es verstanden.

Maria versuchte, den Kopf zu heben, um einen Blick auf die Wunde zu werfen.

„Sch, sch, sch", raunte die Schwester. „Bleiben Sie liegen. Bitte nicht anstrengen."

Sie drückte Maria sanft in das Kissen zurück.

„Mit einem frischen Verband schläft es sich besser. Und Sie werden sehen, auch ohne Bein lässt es sich leben. Es gibt Rollstühle. Wenn Sie fit sind, machen wir Probefahrten, versprochen." Die Schwester lächelte und verließ das Zimmer.

Stille.

Maria schloss die Augen. Sie sah einen Bus, hörte das Dröhnen des Motors und laute Schreie. Ein Baby weinte. Menschen beugten sich über sie, Gesichter verschwammen zu Grimassen. Dann war es wieder still.

Zurück blieb eine hilflose 84-jährige Frau in einem Krankenbett, der nach einem Unfall ein Unterschenkel amputiert worden war und für die sich niemand die Mühe gemacht hatte, ihr die Verletzungen schonend zu erklären. Maria weinte. Hielten es die Ärzte nicht mal für nötig, einer alten Patientin in einem Gespräch vernünftig zu erklären, was passiert war? Bald schlief sie erschöpft ein, begleitet von wirren Träumen.

„Du bist die einsame Maria und forderst Einlass?", fragte ein Mann in weißem Gewand und mit genauso weißem Bart. „Erhoffst du dir, dass du bei uns endlich eine Familie findest?"
Maria kniete am Boden und schwieg.
„Was?", rief der Alte ungeduldig. „Was kniest du hier? Es gibt hier niemanden für dich."
Maria sah ihn fragend an.
„Du hattest eine Familie. Du hast sie vergessen", brüllte der Mann vor Wut. „Was du zu Lebzeiten nicht bereinigt hast, das bereinigst du hier erst recht nicht!"
„Aber …", flüsterte Maria.
„Verschwinde!", schrie der Mann so laut, dass die Wolke unter ihnen bebte. „Du erzürnst mein Gemüt. Hau ab! Hinter dir steht eine lange Schlange von Menschen, die um Einlass bitten."
Ein heftiges Gewitter brach über die Erde nieder. Das war immer so, wenn Petrus jemanden am Himmelsportal abwies.
„Aber warum bin ich unwürdig, hier zu sein?", fragte Maria und weinte.
„Geh und versöhne dich! Dann hast du eine zweite Chance. Geh!", forderte der Mann sie mit bebender Stimme auf.
Schweißgebadet erwachte Maria. Ihr Unterschenkel schmerzte. War dieser doch nicht amputiert worden oder war der fehlende Teil ihres Körpers ein Phantom?

## 3. Mistelås, 19. Dezember 1999

Es war zwei Uhr nachts. Gunnar Svensson drehte sich von rechts nach links und wieder zurück. Er lag in einem großen, alten Himmelbett. Je mehr er sich darüber ärgerte, nicht einzuschlafen, umso wacher wurde er. Mit der Hand tastete er nach dem Schalter der Tischlampe. Trotz des schummrigen Lichts der kleinen Lampe erkannte er jede noch so winzige Einzelheit seines Schlafzimmers. Er drehte sich auf den Rücken und starrte die hölzerne Decke an. Nach einer Weile begann er, die Abbildungen der Äste zu zählen. Schnell gab er dies auf. Zu viele schwarze Flecken hatten die Äste in den Kieferbrettern hinterlassen. Gunnar stellte sich vor, es seien Sterne am Himmel. Wenn jeder nach dem Tod ein Stern wäre, dann hätte er seine geliebte Marlene bei sich. Der Gedanke an seine Frau machte ihn traurig. Er stöhnte leise und drehte sich wieder auf die Seite. Eine Träne tropfte auf sein Kopfkissen.

„Ich vermisse dich so", schluchzte er. „Warum hast du mich verlassen?"

Gunnar weinte und gab dem Schmerz nach, der seine Seele zerfraß. Als er sich beruhigte, dachte er an Ben, seinen Sohn. Auch er litt unter dem Tod seiner Mutter. Zusammen schafften sie es, mit der Trauer umzugehen. Sie waren nicht allein. Es gab Ebba, Bens Frau. Sie und Ben lebten mit Gunnar auf dem Svensson-Hof und erwarteten bald ihr erstes Kind. Der Gedanke, dass ein Kind das Haus mit Leben füllen würde, beruhigte Gunnar etwas. Vielleicht würde es ein Junge. Ja, das wünschte er sich. Er würde seinem Enkel ein guter Großvater sein und stellte sich vor, wie er mit ihm auf dem Schoß Trecker fuhr. Ein kleiner, blonder Junge, der vor Freude jauchzen und seinen Großvater anlachen würde.

Gunnar, ein großer, kräftiger Mann mit weißem Haar, dichtem Vollbart und einer Nickelbrille auf der Nase, würde dem Kleinen einen Kuss auf die Stirn geben. Vielleicht würde der Junge später den Hof führen. Ja, das war eine reizvolle Vorstellung, dachte er. Es linderte den Schmerz etwas und ließ ihn lächeln.

Gestern Abend hatte Ebba mit ihm geschimpft, weil er ständig von einem Jungen sprach.

„Was ist, wenn es ein Mädchen wird?", hatte seine Schwiegertochter empört gefragt. „Hast du das Kind dann weniger lieb?"

Das hatte Gunnar einen leichten Stich versetzt und er hatte Ebba in den Arm genommen und sich entschuldigt.

„Auch ein Mädchen kann Trecker fahren", hatte er sie getröstet und sich dafür einen scherzhaften Stoß in die Rippen eingeholt. Daraufhin hatte sie ihn eingeladen, den Abend mit Ben und ihr am Kamin zu verbringen und Karten zu spielen. Das freute Gunnar. Es war besser, als in seiner Wohnung allein vor dem Fernseher zu sitzen. Ebba hatte alle Spiele gewonnen und hatte Ben und Gunnar damit aufgezogen. Ein netter Vorweihnachtsabend war es gewesen und dieser hatte wenigstens für einige Stunden von allen Sorgen abgelenkt.

Gunnar lag auf dem Rücken, drehte den Kopf und betrachtete das leere Kopfkissen auf der anderen Bettseite. Marlene hatte ihn vor einigen Wochen unerwartet verlassen. Er sprach immer von „verlassen", das Wort „gestorben" wollte er nicht in den Mund nehmen. Zu sehr verdeutlichte es ihm die Endgültigkeit, denn Marlene würde nie mehr zu ihm zurückkehren.

Gunnar erinnerte sich gerne an die Zeit zurück, als sie sich kennengelernt hatten. Mit einem Freund hatte er damals Deutschland besucht. Marlene war Deutsche, hatte ihrem Heimatland ihm zuliebe den Rücken gekehrt und war nach Schweden ausgewandert. Nur ungern hatte sie über ihre Vergangenheit gesprochen. Das hatte sie geheimnisvoll, aber auch verletzlich gemacht. Gunnar hatte immer das Gefühl, sie beschützen zu müssen. Seit ihrem Tod fiel ihm die Arbeit auf dem Hof schwer, so wie das Leben ihm schwerfiel. Marlene war sein ganzer Sinn gewesen. Manchmal beobachtete er, dass Ben sich mit dem Gedanken an sein Kind tröstete. Das versuchte er auch und es gelang ihm immer besser. Schließlich war das Kind ein Teil von Marlene. Umso mehr würde er es lieben, so wie er Ben liebte und achtete. Sein Sohn war klug und ausdauernd, er hatte sich einen kleinen Betrieb für Innenausbauten aufgebaut und sich auf Fliesenlegearbeiten spezialisiert. Darum hatte Ben reichlich Aufträge, denen er mit zwei Angestellten nachkam. Denn Fliesen waren neuerdings gefragt. Ebba, mit der Ben seit neun Jahren verheiratet war, erledigte die Büroarbeit. So hatten sie ein sicheres Einkommen. Die Firma war zu einem Familienunternehmen herangewachsen, auch Gunnar half, wo er konnte. Ein kleiner Nebenverdienst kam ihm immer gelegen, denn als Kleinbauer mit einigen Kühen, Schafen und Hühnern war es nicht leicht, über die Runden zu kommen. Ben und Ebba bestanden darauf, ihm Miete zu zahlen. Das war Gunnar zunächst etwas peinlich, schließlich war Ben sein Sohn. Doch mittlerweile benötigte er das Geld, denn die Tiere brauchten Futter. Seine Hauptarbeit galt dem Wald, der sich hinter dem Hof über mehrere Hektar erstreckte. Einen Teil wollte er abgeben. Sein Nachbar Bengt Åkesson hatte ihm angeboten, ein Stück Wald abzukaufen.

Nach der schlaflosen Nacht saß Gunnar mit Ben und Ebba in der großen Küche und frühstückte. Es war Wochenende und das verschaffte allen etwas mehr Zeit, die sie gerne gemeinsam verbrachten. Es schneite und der Wind peitschte ums Haus. Im

Küchenofen prasselte ein Feuer. Ebba hatte eine Kerze angezündet und sie an die Stelle auf den Tisch gestellt, an der Marlene immer gesessen hatte. Zwar war Gunnar müde, doch er lauschte Bens Erzählungen über die vergangene Arbeitswoche. Ben berichtete von einigen lustigen Anekdoten, die er mit Kunden erlebt hatte. Ebba lachte und sogar Gunnar gelang ein Lächeln. Ben fasste seine Hand und sah ihn an. „Ich hab dich lieb, Papa", sagte er. „Gemeinsam werden wir es schaffen."
Das rührte Gunnar so sehr, dass ihm Tränen in die Augen traten.
Ebba hob die Kaffeekanne an.
„Danke, lass nur", bat Gunnar. Auch wenn Kaffee in Schweden wie ein Nationalgetränk war und er jeden Schluck genoss, er würde in der nächsten Nacht wieder nicht schlafen.
Ebba erhob sich schwerfällig vom Stuhl und stellte sich neben Gunnar, der verwundert zu ihr aufschaute. Sie beugte sich etwas vor, nahm seine Hand und legte sie auf ihren runden Bauch. Er fühlte ein leichtes Klopfen an ihrer Bauchdecke, das immer kräftiger wurde.
„Dein Enkel grüßt dich", sagte sie. „Es lohnt sich, dafür zu leben, Gunnar."
Wie schon in der Nacht, brach erneut die Trauer aus ihm heraus. Er lehnte ungeniert den Kopf an Ebbas Bauch und schluchzte. Er weinte um alles Verlorene. Das Klopfen und Pochen seines Enkels tröstete ihn ein wenig. Und so weinte er auch ein bisschen vor Rührung und Glück. Seine Schwiegertochter streichelte ihm zärtlich über den Kopf. Schließlich beruhigte er sich und entschuldigte sich. Doch das ließen Ben und Ebba nicht gelten und lächelten ihn liebevoll an.
„Alles wird gut", flüsterte Gunnar. „Danke, dass ihr mich tröstet."
„Ja, Papa, alles wird gut", wiederholte Ben.
Einen Moment lang verharrten die Drei schweigend. Nur das

Knistern des Feuers im Kamin und das leise Rauschen des Windes, der um das Haus wehte, durchbrach die friedvolle Stille. Dann klingelte das Telefon.

## 4. Mistelås, 04. April 2018

Malin hatte nicht nur ein einzelnes Tagebuch in der Schachtel gefunden. Ihre Urgroßmutter, ihre Großmutter und ihr Großvater hatten mehrere Bücher mit ihren Erinnerungen gefüllt. Zudem hatten sie in einem Karton, den sie ebenfalls auf dem Wohnzimmerschrank entdeckt hatte, alte Fotos und Briefe aufbewahrt.
Malin trug die Schachtel und den Karton in die Küche, stellte sie auf den Küchentisch und setzte sich auf einen Stuhl. Draußen dämmerte es schon. Im flackernden Schein einiger Kerzen, die sie im Schrank gefunden hatte, las sie das Handgeschriebene und vergaß die Zeit. Der Rückflug nach Stockholm war vergessen.
Die spannendsten Geschichten schrieb das Leben selbst, das hatte ihre Mutter immer gesagt. In diesem Moment verstand Malin, wie recht sie hatte. Würde sie in den Büchern Wahrheiten finden, die ihre bisher geglaubte heile Familienwelt zerstörten? Bekam sie eine andere Antwort auf die Frage, warum ihre Eltern Schweden den Rücken gekehrt hatten? Malin wusste, dass ihre Großmutter Marlene Deutsche gewesen war. Etwas Schreckliches musste dort passiert sein, dass niemand in der Familie mit ihr darüber sprach.
Malin betrachtete ein vergilbtes Foto. Ein nacktes, pummeliges Baby lachte zahnlos in die Kamera. Es lag auf einem Schaffell. Auf der Rückseite stand in Deutsch geschrieben: „Marlene im Frühjahr 1941". Malin lächelte. Es war das erste Mal, dass sie

ihre Großmutter als Kind sah. Für sie war Marlene immer eine Erwachsene gewesen. Es war kaum vorstellbar, dass ihre Großmutter jemals jung gewesen war. Und doch war es so. Auf einem anderen Foto saß das Baby in einem schicken Kleid auf dem Schoß einer jungen, hübschen Frau. Während das Baby lachte, schaute die schlanke, dunkelhaarige Frau ernst. Auf der Rückseite des Bildes fand Malin nur die Jahreszahl 1941. Da die Frau Marlene ähnlich sah, vermutete sie, dass es sich um ihre deutsche Urgroßmutter handelte. Malin bedauerte es, dass sie Marlene nicht kennengelernt hatte. Sie war einige Monate vor ihrer Geburt gestorben und Malin kannte sie nur von Fotos. Aber Großvater hatte immer so warmherzig und lebendig von ihr erzählt, dass Malin fast geglaubt hatte, ihre Oma sei unter ihnen.

Sie nahm weitere Bilder aus dem Karton und breitete sie auf dem Tisch aus. Darauf sah sie Marlene als Kleinkind mit einem älteren Ehepaar auf einem Wiesenweg stehen. Das Mädchen trug geflochtene Zöpfe und eine große Schleife auf dem Kopf, die wie ein Propeller wirkte. „Marlene mit ihren Großeltern Fritz und Erna Sewald", las Malin. Das waren ihre Ururgroßeltern. Sie suchte nach Ähnlichkeiten, doch das Foto war so unscharf und die abgebildeten Personen so klein, dass sie kaum etwas erkannte. Ein anderes Bild zeigte ein junges Brautpaar. Die Braut trug ein weißes, schlichtes Kleid und einen Blumenkranz im Haar, an dem ein langer weißer Schleier befestigt war. Mit ihrem Bräutigam stand sie vor einem Gartenzaun. Dahinter erkannte Malin einen großen Garten und ein kleines Häuschen. Kahle Bäume wiesen darauf hin, dass es Winter war. Malin drehte das Bild herum: „Hochzeit Maximilian Winter und Maria Sewald, 20. Januar 1940". Es waren ihre Urgroßeltern. Weitere Fotos zeigten das Hochzeitspaar Fritz Sewald und Erna Meise sowie Karl und Lydia Winter bei einem Ausflug, und unbeschriftete Bilder von

Menschen, die Malins Neugier weckten. Sie hatte sich bisher selten gefragt, wer ihre deutschen Vorfahren waren. Wie waren sie gewesen?

Nie hatte Malin einen solchen Drang verspürt, Antworten auf diese Fragen zu bekommen.

Sie legte das Bild in den Karton zurück und nahm die Briefe heraus. Einige waren mit einer roten Schleife umbunden. Gespannt öffnete sie das Band und griff den obersten Brief. Es war ein Telegramm, dessen Wortlaut sie nicht verstand. Sie erhob sich, um aus der kleinen Bibliothek ihres Großvaters ein Wörterbuch zu holen. Ein leicht modriger Geruch schlug Malin entgegen, als sie die Tür öffnete und die Bibliothek betrat. Hier hatte schon lange niemand mehr die Fenster geöffnet und gelüftet. Sie leuchtete mit der Taschenlampe in den Raum hinein, ging zum Fenster, löste die Haken von einem der Fensterflügel und schob ihn nach außen auf. Mit einem Draht befestigte sie ihn am Rahmen, damit er durch den Wind nicht weiter aufschlug. Kalte Luft strömte herein. Fröstelnd griff sie das Wörterbuch, das auf dem Schreibtisch lag. Zurück in der Küche las sie das Telegramm, das an Maria Winter adressiert war, ihre Urgroßmutter.

**5. Februar 1944**
*Leider müssen wir Ihnen den Tod Ihres Ehemannes Maximilian Winter mitteilen. Er starb als tapferer Soldat am 22. Januar 1944 den Heldentod für Großdeutschland im Kampf an der Front im Raum Minsk/Russland.*
*Anbei: persönliche Gegenstände, Erkennungsmarke, Wehrpass.*
*Im Namen des Führers*
*Heiner Held*
*Oberleutnant und Kompaniechef*
*2./Infanterieregiment Gruppe 311*

Wo waren die persönlichen Gegenstände? Malin schaute in den Karton. Sie fand nichts und fragte sich, warum ihre Großmutter dieses Telegramm aufbewahrt hatte? War ihre Urgroßmutter gestorben und hatte ihr die Briefe und Fotos vermacht? Malin rechnete nach, Marlene hatte im Alter von fast vier Jahren den Vater verloren. Was nutzte es einem kleinen Kind, wenn der Vater einen Heldentod gestorben war? Nichts.
Ihre Großmutter war mitten in die Wirren des Zweiten Weltkrieges hineingeboren worden. Was für eine schreckliche Zeit musste das für eine junge Familie gewesen sein? Malin schauderte es bei dem Gedanken.
Die anderen Briefe waren von ihrer Urgroßmutter an ihre Großmutter. Malin übersetzte sie mühselig. Es waren kurze Schreiben, zwischen denen Jahre lagen und die auf das Wesentliche beschränkt waren. Liebevolle Worte einer Mutter an ihre Tochter fand sie nicht.

***23. Juli 1965***
*Herzlichen Glückwunsch zur Geburt des Sohnes. Viel Glück für den gemeinsamen Lebensweg wünscht Mutter*

Dieser Sohn war ihr Vater Ben, vermutete Malin.
Sie fand heraus, dass Maria ein zweites Mal geheiratet hatte und von da an nicht mehr Winter hieß, sondern Sommer mit Nachnamen.

***26. April 1987***
*Paul ist gestorben. Gruß Mutter*

Paul Sommer war Marias zweiter Ehemann. Malin schloss aus

den knappen und unpersönlichen Schreiben, dass Maria eine kühle Frau gewesen war. Sie überlegte. Wäre es möglich, dass sie noch lebte? Zwischen den Briefen fand sie in der Heiratsurkunde das Geburtsdatum:
*Maria Sewald, geboren 7. August 1915.*
Ihre Großmutter wäre nun 103 Jahre alt.
Sie legte die Briefe zurück in den Karton und wollte gerade den Deckel schließen, als ihr ein vergilbtes Stück Papier auffiel, das zwischen den Umschlägen hervorschaute. Sie zog es heraus. Es schien ein Teil eines Briefes zu sein, den jemand zerrissen hatte. Es war zerknüllt. Malin legte es auf ihr Knie und strich es glatt. Dann las sie die altdeutsche Schrift des undatierten Briefes und übersetzte dies mit Hilfe des Wörterbuches: „Die anderen sind tot. Alle sind tot! Alle!"
Malin atmete tief ein und aus und schaute aus dem Fenster, hinter dem mittlerweile vollends die Dunkelheit angebrochen war. Wer waren die anderen? War die Familie ihrer Großmutter im Krieg umgekommen? Sie legte das Stück Papier auf den Tisch und beugte sich über die Schachtel mit den Tagebüchern ihrer Großeltern. Als sie die Tagebücher heraushob, um sie auf den Tisch zu legen und chronologisch zu ordnen, entdeckte sie darunter einige bunte Kladden. Sie legte die Bücher ab, nahm eine Kladde zur Hand und las den Namen ihres Vaters: Ben Svensson. Auch in anderen stand sein Name. Er hatte wie seine Eltern einen Beitrag gegen das Vergessen geleistet und Geschehnisse in seiner krakeligen Handschrift festgehalten. Malin las sich tief ein in die Vergangenheit.

## 5. Menden, 19. Dezember 1999

„Es tut mir leid, Ihnen das sagen zu müssen. Die Schmerzen in Ihrem Unterschenkel nennt man Phantomschmerz", erklärte der Arzt. „Es klingt leider brutal, aber wir konnten Ihr Bein nicht retten. Sie werden sehen, nach einer Weile gewöhnen Sie sich daran."
Maria nickte. Wie sollte sie das verstehen? Sie fühlte sich schwach und hilflos. Wie sollte sie sich daran gewöhnen, dass sie nur noch einen Fuß und einen Unterschenkel hatte? Selbst ihr Hirn sendete Schmerzimpulse von einem Teil von ihr, den es nicht mehr gab. Es war nur ein Phantom.
Der Arzt klopfte ihr tröstend auf die Hand, bevor er das Zimmer verließ. Die Schwester versorgte die Wunde unterhalb des Knies.
„Gibt es jemanden, den ich benachrichtigen kann und der sich um Sie kümmert? Haben Sie Nachbarn?", fragte sie zum wiederholten Mal.
„Nein", flüsterte Maria und hielt die Tränen zurück. Vor vielen Jahren hatte sie sich geschworen, nie mehr zu weinen. Das hatte sie geschafft, doch nun hatte sie das Gefühl, als hätten all die Tränen nur darauf gewartet, endlich freien Lauf zu bekommen. Die Schwester strich ihr tröstend über den Kopf.
„Ja, weinen Sie. Das hilft", sagte sie leise und tupfte ihrer Patientin mit einem Tuch behutsam über die feuchten Wangen. Der Schmerz um ihr verlorenes Bein vermengte sich mit all dem Schmerz ihres Lebens. Sie weinte um die verlorenen Menschen, die ihren Weg gekreuzt hatten. Alle, die Maria geliebt hatte, waren lange tot. Mit ihrem Schwur, niemals mehr zu weinen, hatte sie damals beschlossen, nie wieder einen Menschen zu lieben. Es hatte zwar danach einige gegeben, die sie gern gehabt

hatte, nicht aber, die sie geliebt hatte. Immer, wenn sie gespürt hatte, dass sich Zuneigung oder gar Liebe entwickelte, hatte sie sich zurückgezogen. Sie hatte sich geschworen, nie wieder den Schmerz zuzulassen, der sie nach dem Verlust eines geliebten Menschen lähmte.

Die Schwester hielt schweigend Marias Hand und wartete, bis sich die alte Dame etwas beruhigt hatte. Nach einer Weile schluchzte Maria wie ein kleines Kind, das nach dem Schreien erschöpft war.

„Schlafen Sie. Das wird Ihnen guttun", riet die Schwester.

Maria sah ihr hinterher, als sie das Tablett mit dem Verbandszeug vom Tisch nahm, ihr freundlich zunickte und leise durch die Tür verschwand. Nun war sie allein. Für sie war das der Normalzustand. Sie versuchte zu schlafen, doch es gelang ihr nicht. In ihrem Kopf tauchten Bilder auf, die sie lange verdrängt hatte.

„Gibt es jemanden?", hatte die Schwester sie mehrfach gefragt.

‚Nein, nicht, fragen Sie nicht, bitte nicht', schrie es in ihr. Doch es war, als öffne sich eine verschlossene Tür. Sie dachte an Marlene, ihre Tochter. Die letzte Nachricht, die sie erhalten hatte, war die Todesnachricht.

*„Marlene Svensson, geborene Winter, ist am 19.08.1999 verstorben. Sie wurde am 24.08.1999 in Mistelås, Alvesta Kommune, Schweden, beigesetzt."*

Vier Monate war das her und Maria hatte das Grab ihrer Tochter nicht besucht. Sie war nie in Schweden gewesen und hatte nie vor, dorthin zu reisen.

Marlene war damals ihrer großen Liebe gefolgt. Sie hatte Gunnar Svensson kennengelernt, als er mit einem Freund dessen deutsche Verwandte besucht hatte. Maria erinnerte sich an den Glanz in

Marlenes Augen, als sie ihr von Gunnar erzählt hatte. Doch Maria hatte mit der damals 18-Jährigen geschimpft und ihr den Umgang mit diesem Schweden verboten. Marlene hatte ihn sich nicht ausreden lassen und hatte es sogar gewagt, ihn ihrer Mutter vorzustellen. Der junge Mann hatte sympathisch gewirkt und dennoch hatte Maria eine Abneigung gegen ihn. Damals wusste sie nicht, warum dies so war. Der großgewachsene, gutaussehende Schwede war freundlich. Maria hatte ihn jedoch wortkarg und kühl empfangen und war erleichtert, als er die Wohnung wieder verlassen hatte. Sie hatte Marlene dazu gedrängt, dass er verschwand. Danach hatte sie Marlene die erste und einzige Ohrfeige gegeben, die jedoch das Band zwischen ihnen zerrissen hatte. Die Situation hatte sich weiter zugespitzt, bis Marlene dem Schweden gefolgt war.

Maria hatte damals ihre Trauer hinter Wut versteckt und erwartet, dass Marlene reumütig zurückkehren würde. Doch ihre Tochter kehrte nicht zurück.

## 6. Mistelås, 19. Dezember 1999

Gunnar und Ben hörten Ebba am Telefon sprechen. Sie sprach Englisch, also war der Anrufer niemand, den sie kannten. Wenig später kam sie in die Küche zurück. Sie war blass und sah Gunnar und Ben fassungslos an. Ihre Augenlider flatterten und sie schwankte. Erschrocken sprang Ben auf und nahm seine Frau in den Arm.

„Was ist los? Wer hat angerufen?", fragte er besorgt.

„Es war eine Krankenschwester", antwortete Ebba. „Sie rief aus Deutschland an."

„Aus Deutschland?", fragte Gunnar und sah Ben erstaunt an. Der runzelte die Stirn.

„Ja, sie sagte, sie rufe aus Menden an", berichtete Ebba.

Ben führte seine Frau zum Stuhl, auf dem sie sich schwerfällig niederließ. Das Baby nahm ihr einige Kraft.

„Menden", flüsterte Gunnar und runzelte die Stirn. „Das ist die Heimatstadt von Marlene."

„Was sagte die Krankenschwester?", wollte Ben wissen.

„Sie sagte, dass deine Großmutter Maria Sommer einen Unfall hatte. Ihr wurde ein Unterschenkel amputiert. Und es stehe schlecht um sie."

Ben, der hinter seiner Frau stand und seinen Arm um ihre Schulter gelegt hatte, ließ sie los und setzte sich wieder an den Tisch. Alle schwiegen. Nur das Ticken der Küchenuhr unterbrach die Stille.

Nach einigen Minuten erhob Gunnar sich. „Na, dann", sagte er rau und verließ schweigend die Küche.

„Was bedeutet das nun?", fragte Ben.

„Die Schwester sagte, dass sie herausgefunden hat, dass du ihr

Enkel bist. Darum hat sie hier angerufen."

„Warum erinnert sich meine Großmutter erst jetzt, am Ende ihres Lebens an mich? Sie hat mich nie besucht oder Kontakt gesucht. Ich habe sie nie interessiert", überlegte Ben nachdenklich.

„Deine Großmutter wisse nichts von dem Anruf, hat die Schwester gesagt. Sie habe von sich aus unsere Telefonnummer recherchiert und angerufen. Sie hat vorgeschlagen, dass du den letzten Weg deiner Großmutter ein Stück weit begleitest, weil sie nicht wisse, ob sie den Jahreswechsel überlebe."

Ebbas Worte prallten mit Wucht in Bens Ohren. Maria Sommer war für ihn eine fremde Frau. Auch wenn sie eine enge Verwandte von ihm war.

„Möchtest du die Schwester zurückrufen und dich erkundigen?", fragte Ebba vor und legte einen Zettel auf den Küchentisch, auf dem sie die Telefonnummer notiert hatte.

Ben stand auf, nahm den Zettel, steckte ihn in seine Hosentasche, strich Ebba sanft über die Wange und verließ wie schon Gunnar wenige Minuten zuvor die Küche.

Ebba grübelte. Sie spürte, dass Ben und ihr Schwiegervater die Nachricht erst jeder für sich verarbeiten wollten und räumte das Frühstück vom Tisch.

Ben griff seine Jacke von der Garderobe im Flur, öffnete die Tür und trat in den kalten Wintertag hinaus. Er atmete tief ein. Eisige Luft füllte seine Lungen. Die Sonne warf ihr Licht auf den Schnee. Ben sah über den schneebedeckten Boden. Millionen kleiner Kristalle glitzerten im Sonnenlicht. Er zog den Reißverschluss der Jacke höher, zog die Handschuhe aus der Jackentasche, streifte sie über und wanderte über den Hof. Seine Schritte knirschten im Schnee. Es war erst Mittag und doch wirkte es, als ginge die Sonne schon unter. Er spazierte den Weg entlang, der zum See hinunter führte. Seine Gedanken waren kaum zu ordnen.

Er dachte an den letzten Winter, als er mit Ebba Freunde in Lappland besucht hatte. Dort hatten sie den Zauber der Nordlichter beobachtet.

„Das ist ein Ausgleich für uns nördlichste Nordmenschen, weil wir langandauernde Dunkelheit ertragen. Das ist die Magie der Nacht", hatte sein Freund Per lachend erklärt.

Ben verdrängte den wissenschaftlichen Hintergrund dieses Phänomens. Bei Nordlichtern handelte es sich um eine Erscheinung des Erdmagnetismus, bei dem solare Elektronen und Protonen mit einer Geschwindigkeit von über 1000 Kilometern pro Sekunde von der Erde angezogen wurden. Dadurch leuchtete die hohe Erdatmosphäre. Genau wie sein nördlichster Freund Per, glaubte er lieber, dass die Nordlichter die Grüße ihrer verstorbenen Vorfahren waren. Er blieb stehen, schloss die Augen und erinnerte sich an das Farbspektakel am nächtlichen Himmel. „Ich liebe dich, mein Sohn", hörte er die Stimme seiner Mutter aus weiter Ferne. „Für dich hat sich alles gelohnt. Alles", rief sie und es war Ben, als streife ihn das Licht wie ein warmer Atem. Er öffnete die Augen, schüttelte den Kopf und wunderte sich über seine merkwürdige Wahrnehmung.

Er wanderte weiter und erreichte den See, auf dessen zugefrorener Oberfläche sich die Sonne spiegelte. In einiger Entfernung erkannte er Magne, den alten Nachbarn, auf dem dicken Eis. Der Alte hatte ein Loch in die Eisdecke gebohrt, saß auf einem Hocker und hielt seine Angelschnur, an die ein Köderfisch aufgenäht war, hinein. Ben schauderte. Wie konnte Magne bei dieser Kälte so lange auf dem Eis verharren, bis endlich ein Fisch angebissen hatte? Er bewunderte ihn für die Ausdauer. Seine Gedanken wanderten zu einem anderen alten Menschen. Wie war seine deutsche Großmutter? Wie war es in Deutschland? Er kannte Land und Leute kaum und hatte bisher nur geschäftliche

Kontakte nach Hamburg, da er von einem dortigen Hersteller Fliesen bezog. Einige Male war er in der Hansestadt gewesen, doch es waren ihm zu viele Menschen dort. Alles hatte hektisch und laut gewirkt. Aber das bedeutete ja nicht, dass es im gesamten Land so war.

Ben versuchte, sich seine Großmutter vorzustellen. Ähnelte sie seiner Mutter?

Eine Weile stand er am Ufer des kleinen Sees. Dann fasste er einen Entschluss und eilte zurück zum Haus.

„Was ist mit dir?", fragte Ebba. Sie schaute Ben neugierig an. Er saß am Küchentisch und drehte nervös sein Handy in den Händen.

„Ich werde nach Deutschland reisen", antwortete er.

Ebba setzte sich neben ihn und strich zärtlich über seine Hände.

„Hast du im Krankenhaus angerufen?", fragte sie.

„Ich weiß nicht, ob es eine gute Idee ist, wenn ich meinen Besuch ankündige", meinte er nachdenklich.

„Du musst dich ja nicht anmelden. Frag doch erst mal nach dem Befinden deiner Großmutter."

Ben nickte, legte den Zettel mit der Telefonnummer vor sich auf den Tisch und tippte langsam auf die Zahlen der Handytastatur.

Ein junger Mann meldete sich. Ben bat in englischer Sprache, mit der Station verbunden zu werden, auf der die Patientin Maria Sommer lag. Der junge Mann verabschiedete sich freundlich und kurz darauf hörte Ben eine Frauenstimme: „Hier ist Schwester Anette von der Intensivstation."

„Hej", grüßte Ben und fragte nach dem Befinden von Maria Sommer.

Schwester Anette sagte etwas, das er nicht verstand. So wiederholte er sein Anliegen in Englisch und die Krankenschwester stieg in die Konversation ein.

„Sind Sie der Schwede?", fragte sie.

„Ja, ich rufe aus Schweden an", antwortet Ben.

„Ich habe heute Morgen bei Ihnen angerufen, um Sie über den Gesundheitszustand Ihrer Großmutter zu informieren", berichtete Schwester Anette.

„Danke. Das war sehr nett von Ihnen."

Schwester Anette schwieg. Plötzlich spürte Ben so etwas wie Angst, dass es zu spät sein könnte und er seine Großmutter nicht mehr kennenlernen würde. Sein Herz klopfte und sein Puls raste, so dass es in seinen Ohren rauschte. Es war tatsächlich Angst. Dieses Gefühl überraschte ihn. Er sah auf und sah in die strahlend blauen Augen seiner Frau, die immer noch neben ihm am Tisch saß und seine Hand hielt. Er beruhigte sich etwas und hörte, wie sich Schwester Anette räusperte.

„Es geht ihrer Großmutter nicht gut. Sie hat eine Lungenembolie bekommen. Können Sie kommen und ihr beistehen?", fragte Schwester Anette und machte eine kurze Pause.

„Ja. Ich werde bald da sein", erklärte Ben entschlossen und schrieb die Adresse auf, die Schwester Anette ihm durchgab.

„Und bitte bedenken Sie, Ihre Großmutter weiß nicht, dass ich Sie informiert habe. Ich habe keinen Einblick, was zwischen Ihnen ist oder nicht ist, aber ich denke, es ist gut, wenn sie spürt, dass sie am Ende nicht alleine ist."

„Es war richtig, dass Sie mich informiert haben", antwortete Ben.

## 7. Menden, 20. Dezember 1999

Ben buchte den nächstmöglichen Flug von Göteborg nach Düsseldorf. Sein Vater fuhr ihn am Tag nach dem Anruf aus Deutschland zum Flughafen. Ebba hatte ihren Mann begleiten wollen, doch das hatte Ben abgelehnt. Zum einen sorgte er sich um das Baby, zum anderen wusste er nicht, wie der erste Kontakt mit seiner Großmutter verlaufen würde.
Am Abend landete die Maschine in Düsseldorf. Mit einem Leihwagen fuhr Ben nach Menden und erreichte gegen 21 Uhr das Krankenhaus. Er parkte den Wagen im Parkhaus.
Dunkelheit umhüllte ihn, als er zum Portal eilte. Dort empfingen ihn helle Strahler. Bevor er das Krankenhaus, das auf einer Anhöhe lag, betrat, drehte er sich herum und sah auf die Stadt hinunter. In dieser Gegend war seine Mutter aufgewachsen. Hier hatte sich das Leben seiner Vorfahren abgespielt. Mehr als Lichter und Weihnachtsbeleuchtungen erkannte er jedoch nicht und ein Heimatgefühl stellte sich nicht ein.

Vor der Tür zur Intensivstation atmete er tief durch, dann klingelte er und wartete, bis ihm ein Pfleger die Tür öffnete. Ohne dass Ben sich vorstellte, schien der junge Mann zu wissen, wer der Besucher war, denn er reichte ihm Schutzkleidung und führte ihn in ein kleines Büro. Dort saß eine zierliche, ältere Frau mit einem blonden Kurzhaarschopf und tippte etwas in einen Computer ein. Sie schaute auf und begrüßte Ben mit einem freundlichen Lächeln. Es war Schwester Anette.
„Ben Svensson", stellte er sich vor und fragte auf Englisch: „Wie geht es ihr?"
Die Schwester ignorierte seine Frage.

„Setzen Sie sich", sagte sie und reichte ihm eine Tasse. Er hielt sie mit zittrigen Händen fest, als sie ihm ungefragt Kaffee eingoss.

„Sie sind der verlorene Enkel?"

„Na ja, verloren kann man es nicht nennen, denn meine Großmutter und ich kennen uns bisher nicht."

Ben wurde unruhig. „Was ist mit ihr passiert?"

Schwester Anette erhob sich vom Stuhl, nahm ihre Tasse und stellte sie auf eine Spüle. Ben wartete auf eine Antwort. Die Schwester schien unschlüssig und schien keine Antwort zu finden.

„Ist sie ...?" Ben stockte. „Ich meine, geht es ihr schlechter?"

Schwester Anette schüttelte den Kopf. „Nein, nein. Heute ist es etwas besser als gestern."

Ben war erleichtert. Was war es dann, was das merkwürdige Verhalten der Schwester ausmachte?

Wollte seine Großmutter ihn nicht sehen?

„Es ist nur so, dass Ihre Großmutter ja nicht ahnt, dass Sie hier sind. Ich weiß nicht, wie sie es verkraften wird. War es richtig, dass ich Sie ungefragt angerufen habe?"

Ben war irritiert. „Es war ein weiter Weg bis hierher", sagte er und meinte damit nicht nur die Anreise, sondern all die verlorenen Jahre, in denen er seine Großmutter nie kennengelernt hatte.

„Bitte seien Sie nicht böse. Wir sollten die Situation behutsam angehen. Ich werde zu Ihrer Großmutter gehen und schauen, ob sie wach ist", beruhigte ihn die Schwester und verließ das Büro.

Wenig später kam sie zurück und forderte Ben auf, ihr zu folgen. Seine Knie zitterten, als er ihr über den Flur der Intensivstation folgte. Vor einem Fenster, das mit einer gelben Gardine verhängt war, blieb sie stehen und zeigte in das Krankenzimmer.

„Ich habe ihrer Großmutter ihren Besuch angekündigt", flüsterte

sie. „Sie wirkt erfreut. Nur keine Angst. Gehen Sie hinein."
Ben gehorchte, schob die Tür langsam auf und betrat den Raum. Zwischen Monitoren und Infusionsständern sah er eine alte, zerbrechlich wirkende Frau in einem Krankenbett liegen. In ihrer Nase steckte ein Schlauch. Das Medikament tropfte aus der Infusionsflasche und bahnte sich den Weg bis in die Vene auf ihrer Handoberfläche. Ben trat etwas näher ans Bett heran. Die Kabel des EKG's schimmerten durch das dünne, weiße Nachthemd. Das Piepsen des Monitors gab den Herzschlag seiner Großmutter wieder und es schien Ben für einen kurzen Moment so, als schlage es im Gleichklang mit seinem Herzen. Er betrachtete schweigend die alte Frau. War dies die Frau, von der seine Eltern nie gesprochen hatten? Die verhasste Verwandte aus Deutschland?
Die alte Dame öffnete die Augen und sah Ben an. Ihre Lider zitterten und die Augen füllten sich mit Tränen.
Beide schwiegen.
Im Hintergrund klapperte etwas. Ben drehte sich herum, und sah, dass Schwester Anette im Zimmer gegenüber einen Patienten versorgte. Er sah wieder zum Krankenbett. Wie begrüßte man eine fremde Frau, die seine Großmutter war? Damit hatte er keine Erfahrung.
So grüßte er nur kurz mit: „Hej."
„Du bist es," flüsterte sie.
Ben nickte, auch, wenn er die fremde Sprache nicht verstand.
Seine Großmutter weinte.
„Mormor", sagte Ben und trat näher ans Bett heran. Er betrachtete die faltige Hand, die auf der Bettdecke lag und deren Finger sich nervös regten. Er folgte seiner Intuition, griff zögernd die Hand und hielt sie mit beiden Händen sanft umschlossen.
„Mein Junge", sagte Maria. Er hatte sie Mormor genannt. Das

bedeutete Großmutter. Dies gab ihrem Leben, auch wenn es sich dem Ende neigte, eine neue Bedeutung.

Ben zog mit dem Fuß einen Stuhl näher ans Bett heran und setzte sich. Plötzlich fühlte er sich wie befreit und es bedurfte keiner Worte, um das Band zwischen ihnen zu festigen. In seinen Gedanken hatte er sich seine deutsche Großmutter immer als eine große, stolze und eisig wirkende Frau vorgestellt. Doch diese Frau im Krankenbett strahlte Wärme aus.

Schweigend ließ er seinen Blick über die Bettdecke entlang fahren. Sein Blick blieb an der Stelle haften, an dem sich ein Unterschenkel hätte befinden müssen. Das war der Grund, warum er hier war. War es notwendig gewesen, dass ein so tragisches Unglück passieren musste, damit sie sich kennenlernten?

Maria schlief ein. Ben hatte Hunger. Sein Magen knurrte. Es war Zeit, in ein Hotel zu fahren. Mit einem leichten Kuss auf die Stirn seiner Großmutter verabschiedete er sich. „Morgen bin ich wieder da, versprochen", flüsterte er, so als tröste er ein kleines Kind, das er zurückließ. Erleichtert über diese erste wunderbare Begegnung verließ er das Zimmer.

## 8. Mistelås, 5. April 2018

Malin legte die Kladde ihres Vaters beiseite und suchte nach weiteren Kerzen. In einer Küchenschublade fand sie diese zwar nicht, ertastete aber Batterien. Sie öffnete den Griff der Taschenlampe und wechselte die Batterien. Das Licht leuchtete hell.

„Gutes Ding", freute sie sich und befestigte die Taschenlampe an der Lampe über dem Küchentisch. Dann setzte sie sich wieder und schaute auf die aufgeschlagene Kladde ihres Vaters. Es fühlte sich merkwürdig an, so wichtige Ereignisse seines Lebens zu lesen und sie nicht von ihm persönlich erzählt zu bekommen. Sie hatte Sehnsucht nach ihren Eltern. Ohne Rücksicht auf die nächtliche Zeit nahm sie ihr Handy und wählte die Festnetznummer ihrer Eltern in Deutschland. Nach langem Klingeln meldete sich ihr Vater. Er wirkte verschlafen. Als er Malins Stimme hörte, war er jedoch hellwach.

„Malin, ist etwas passiert, dass du mitten in der Nacht anrufst?"

„Nein", antwortete sie. „Ich fühle mich gerade einsam."

„Aber mein Liebling, wir sind in Gedanken immer bei dir. Es gibt keinen Tag, keine Minute, in der wir uns nicht um dich sorgen, auch wenn wir weit voneinander entfernt sind", beruhigte Ben seine Tochter.

Malin überlegte. Sollte sie ihrem Vater sagen, wo sie war? Und dass sie die Tagebücher gefunden hatte? Wie würde er reagieren?

„Wo bist du?", fragte er in diesem Moment.

Sie blieb bei der Wahrheit. „Ich bin in Mistelås."

„In Mistelås?", rief er aufgeregt.

Malin hörte ihre Mutter im Hintergrund fragen, was los sei.

„Warum bist du in Mistelås?"

„Nach dem Termin beim Notar sehnte ich mich nach Zuhause",

erklärte Malin. „Kennst du das Gefühl nicht?"
Ben schwieg.
„Und als ich hier war, vermisste ich Mama und dich."
„Ja", antwortete Ben. „Ich kenne dieses Gefühl nach Zuhause und nach Heimat."
Er schwieg.
„Wann kommt ihr zurück? Wenigstens auf einen Besuch?", durchbrach Malin die Stille.
„Bald", flüsterte ihr Vater leise. Ahnte er, dass sie die Tagebücher gefunden hatte? Jetzt, da sie die Hausbesitzerin war?
„Lass nur den Winter vorüber sein, dann besuchen wir dich in Stockholm. Oder, wenn du magst, in Mistelås", schlug Ben vor.
„Prima Idee, Papa", meinte Malin und war nicht überzeugt davon, dass ihre Eltern sie schon bald besuchten. „Warum seid ihr fortgegangen?"
„Bitte, mein Schatz, lass uns das später bereden."
Malin hörte Bens tiefe Atemzüge und dann ein Rascheln. Ihre Mutter meldete sich.
„Wie geht es dir, meine Kleine?", fragte sie.
Als Malin die vertraute Stimme vernahm, wurde ihr warm ums Herz.
„Mama, ich vermisse euch."
„Wir dich auch. Aber bald sehen wir uns wieder, versprochen."
„Und dann erklärt ihr mir endlich, was passiert ist, dass ihr verschwunden seid?"
„Dafür gibt es Gründe."
„Und welche sind das?"
„Bald, mein Schatz. Bald erklären wir dir alles", antwortete ihre Mutter.
„Das versprecht ihr mir bereits seit eurer Auswanderung, Mama."

Sie schaute auf die Bücher, die auf dem Tisch lagen. Würde sie noch heute Nacht die Antwort finden?

## 9. Menden, 21. Dezember 1999

Auf dem Weg vom Hotel zum Krankenhaus, schlenderte Ben am nächsten Morgen durch die Innenstadt von Menden. Er nahm sich Zeit. Trödelte er aus Angst, seiner Großmutter erneut zu begegnen? Darüber dachte er nicht weiter nach.

Er spazierte vorbei an weihnachtlich geschmückten Schaufenstern, passierte die Altstadt mit ihren Überresten der alten Stadtmauer und dem Teufelsturm und gelangte auf den Weg unterhalb des Krankenhauses. Er warf einen Blick zurück. War seine Mutter als Kind auch manchmal diesen Weg gegangen? Hatte sie sich im Park an der Stadtmauer mit anderen Jugendlichen getroffen? Ob sie damals glücklich war? Ben schaute zum Himmel hinauf. „Ach, Mama", flüsterte er und fühlte sich sehr einsam in dieser fremden Stadt. Dann richtete er den Blick nach vorn und begab sich auf den Weg, seine Großmutter zu besuchen.

Maria lächelte, als Ben an ihr Krankenbett trat.

„Wie ist dein Befinden heute?", fragte er etwas unbeholfen.

„Du bist da, darum geht es mir gut", antwortete seine Großmutter mit leiser Stimme. Erst jetzt bemerkte Ben, was und wie sie es gesagt hatte. Sie hatte schwedisch gesprochen.

Erstaunt sah er sie an. „Du talar svenska?"

Maria nickte. „Die Sprache war die einzige Verbindung, die ich mit deiner Mutter hatte. Ich habe schwedisch gelernt, ich weiß nicht warum. Vielleicht in der Hoffnung, dass ich Marlene irgendwann in ihrer neuen Heimat besuche. Leider ist es nie dazu

gekommen."
Sie wirkte angestrengt. „Magst du mir von dir erzählen?", fragte sie leise.
Ben setzte sich neben das Bett, zögerte etwas und streichelte dann sanft über ihre Hand. Wie leicht es plötzlich war, die alte Dame ins Herz zu schließen, dachte er überrascht.
So erzählte er von seiner unbekümmerten Kindheit, ließ seine Mutter wieder lebendig werden und sprach von seinem Vater.
Als Maria den Namen ‚Gunnar' hörte, zuckte kurz ihre Hand. Ben stockte. Doch als er sah, dass seine Großmutter entspannt wirkte, sprach er weiter.
Maria beobachtete ihn genau. Wie ähnlich er Marlene war. Heiße Tränen schossen ihr in die Augen. Sie hatte ihre Tochter vor 30 Jahren verloren und hatte damals versucht, Marlene aus ihrem Herzen zu verbannen. Dabei hatte sie ihr einziges Kind so geliebt. Erst später hatte Maria sich eingestanden, dass es nicht Marlenes Schuld gewesen, sondern sie selbst die Urheberin gewesen war. Sie war es, die Härte hatte walten lassen. Überdies war sie damals doch bloß so engstirnig gewesen, weil sie nicht noch einen weiteren geliebten Menschen hatte verlieren wollen. Aber genau das war durch ihr Verhalten passiert. Warum hatte sie es nicht erkannt?
Während Ben weiter erzählte und Maria ihm lauschte, spürte sie das Band zwischen ihnen wachsen. Wie konnte sie das Unrecht an Marlene wieder gut machen?
„… und in Kürze werde ich Vater. Ebba, meine wunderbare Frau, ist im neunten Monat schwanger", hörte Maria ihren Enkel sagen. Ein Baby. Er wurde Vater. Was für ein Glück sie seinen Worten entnahm.
„Oh, wie schön dein Leben ist", sagte sie leise.
Ben nickte und wirkte stolz. „Wenn du gesund bist, kommst du

nicht umhin, uns in Schweden besuchen. Dann wirst du Ebba und deinen Urenkel kennen lernen", schlug Ben vor. „Und Gunnar wird sich freuen, dich zu sehen." Er sprach aufgeregt wie ein kleines Kind. „Und weißt du was, Großmutter? Dann wirst du endlich deine schwedischen Sprachkenntnisse anwenden."
Maria schniefte und lächelte. „Na ja, es gibt da so einiges, warum Gunnar sich nicht freuen würde, mich zu sehen", sagte sie. „Aber es macht mich glücklich, dass du hier bist. Es ist so großartig. Danke. Tack så mycket."
Bevor Ben antworten konnte, öffnete sich die Tür. Eine Schwester betrat den Raum und bat Ben, mitzukommen. Im Flur erklärte sie ihm, dass der Arzt ihn dringend sprechen wolle. Bedeutete es etwas Schlechtes? Aufgewühlt folgte er der Schwester durch die langen Flure, bis sie endlich vor einer Tür stehen blieb, diese öffnete und ihn hineinbat. Nachdem Ben eingetreten war, schloss sie die Tür. Er hörte ihre Schritte im Flur verhallen, als sie zurück zur Station ging.
Hinter dem wuchtigen Schreibtisch saß ein Mann mittleren Alters. Er sah nur kurz auf und nickte. Dann sprach er weiter in ein Diktiergerät, das er nah vor seinen Mund hielt. Mit einer Hand machte er Ben ein Zeichen, sich zu setzen.
„Mit freundlichen Grüßen. Anlagen. Ende." Das Diktiergerät wurde ausgeschaltet und auf einen Stapel von Mappen gelegt.
„Dr. Bruns mein Name", stellte sich der Arzt vor, beugte sich vor und reichte Ben über den Schreibtisch hinweg seine Hand. „Sie sind der Enkelsohn von Frau Sommer?"
Ben verstand nicht und sah den Arzt fragend an. Der wechselte ins Englische und wiederholte seine Frage. Als Ben bestätigte, Marias Enkel aus Schweden zu sein, erläuterte ihm Dr. Bruns ihren gesundheitlichen Zustand. Bens Anspannung wuchs mit jedem Satz. Marias Herz und der hohe Blutdruck würden Prob-

leme bereiten, erklärte Dr. Bruns. Zudem sei die Belastung durch die Amputation zu hoch für den Organismus. Sie erhalte starke Medikamente, doch es sei der Zeitpunkt gekommen, an dem ein Bypass notwendig sei. Eine solche Operation würde sie wiederum nicht verkraften. Ihr Zustand sei so kritisch, dass er nicht erwarte, dass sie den Jahreswechsel überlebe.

Ben sank auf dem Stuhl vor dem Schreibtisch zusammen. „Nein, das darf nicht sein", flüsterte er.

„Es tut mir leid", sagte Dr. Bruns leise, erhob sich und kam um den Schreibtisch herum auf Ben zu. Er legte ihm tröstend eine Hand auf die Schulter.

„Ich habe sie doch erst kennengelernt", sagte Ben. „Wenn es stimmt, was sie sagen, dann haben wir nur wenige Tage?"

„Selbst dies kann ich Ihnen nicht versprechen", antwortete Dr. Bruns.

„Wo warst du?", fragte Maria, als Ben zurück in ihrem Zimmer war. Sie sah an den geröteten Augen, dass etwas nicht stimmte.

Um sie nicht zu beunruhigen, erklärte er ihr, die Schwester habe ihm Geld geborgt und er habe ihr dafür versprochen, sie zum Kaffee einzuladen, sobald sie Pause habe. Maria schien ihm zu glauben und ließ sich von ihm das Mittagessen verabreichen. Vorsichtig führte er Löffel um Löffel mit Gemüsebrei in ihren Mund. Wie vertraut sie in der kurzen Zeit miteinander waren. Er zählte die Tage bis zum Jahresende. Nur neun Tage. Wie sollten er und seine Großmutter 34 Jahre seines bisherigen Lebens in nur neun Tage nacherleben?

„Ich habe dir von mir erzählt. Erzählst du mir heute von dir?", fragte Ben.

„Oh, acht Jahrzehnte sind aber lang", schmunzelte Maria.

„Aber nein, eine Lebensgeschichte ist niemals zu lang", antwortete Ben.

Maria nickte lächelnd.

„Schreib auf, was ich dir erzähle, mein Junge. Schreib es bitte auf, damit es nicht vergessen wird. Ich habe ebenso vieles in meinen Tagebüchern aufgeschrieben", flüsterte sie und beobachtete, wie Ben den Teller auf den Tisch stellte, in seiner Tasche kramte und eine Kladde und einen Stift hervorzog. Er setzte sich zurück ans Bett.

## 10. Lendringsen, 07. August 1915

Ein langer Weg lag hinter Fritz Sewald. Der Wagen mit Verletzten hatte ihn nach Menden gebracht. „Steig aus", brüllte der Fahrer. „Das letzte Stück musst du laufen!"
Unter Schmerzen kletterte Fritz von der Ladefläche des rostenden Daimlers. Ein Kamerad reichte ihm die Krücken.
„Schönen Genesungsurlaub", sagte er und winkte, als sich der Wagen wieder in Bewegung setzte. Fritz stand allein auf der gepflasterten Straße, stützte sich auf die Krücken und verharrte einen Moment, so als wüsste er nicht, was er tun sollte. Einige Minuten später machte er sich humpelnd auf den Weg.
Seine Schwiegermutter Elisabeth Meise stieß im Eisborner Weg eine Stunde später einen Schreckensschrei aus, als sie ihrem Schwiegersohn die Tür öffnete. Fritz schaute sie mit leerem Blick an. Er war abgemagert, schmutzig und verletzt. Elisabeth umarmte ihn. „Welch ein Segen, du bist zurück", flüsterte sie.
Sie half Fritz, den Rucksack abzunehmen, und führte ihn ins Haus. Noch bevor sie sich unterhielten, hörten sie einen markerschütternden Schrei aus dem Obergeschoss.

„Erna!", rief Fritz, ließ die Krücken fallen und humpelte die steile Treppe hinauf. Er hörte Ernas Stöhnen. Es drang aus dem Schlafzimmer. Voller Angst um seine Frau, riss er die Tür auf. Erna lag mit schmerzverzerrtem Gesicht auf dem Bett. Ihre Cousine Elly tupfte ihr den Schweiß von der Stirn. Die Frauen starrten den verschmutzten, streng riechenden Mann erschrocken an. Dann erkannte Erna ihn. „Fritz!", rief sie und begann zu weinen. Bevor er ihr Bett erreicht hatte, bäumte sie sich auf und schrie vor Schmerzen.

„Deine Frau bekommt euer Kind", erklärte Elly. „Es ist besser, wenn du draußen wartest."

Erna hatte sich zurück ins Kissen fallen lassen und stöhnte. Fritz humpelte zu ihr und gab ihr einen Kuss auf die Stirn. „Mein Fritz", flüsterte sie, bevor die nächste Wehe sie überrollte.

„Meine Liebste, ich wusste es nicht", antwortete Fritz. „Ich wusste es nicht", wiederholte er.

Elisabeth, die ihm gefolgt war, zog sanft an seinem Arm. „Warte unten, wir Frauen schaffen das schon. Geh in den Garten, dort spielen deine Söhne. Sie werden sich freuen, dich zu sehen."

Es strengte Fritz an, die Treppe wieder herunterzusteigen, seine Krücken aufzuheben und durch die Küche bis in den Garten hinauszugehen. Die Sommerhitze hüllte ihn ein, als er endlich im Garten angekommen war und er unschlüssig auf der Wiese neben dem Gemüsebeet stand. Es war ein sonniger Augusttag, über dem der blaue Himmel hing. Fritz atmete die warme Sommerluft ein und es erfüllte ihn kurz mit Wohlbehagen. Er dachte an Erna, die unter großen Schmerzen ihr gemeinsames Kind gebar. Sein Kind. Es hatte ihn keine Nachricht über Ernas Schwangerschaft erreicht. Aber wie hätte ihn auch eine Nachricht erreichen sollen? Er war vor mehr als einem halben Jahr zuletzt Zuhause gewesen. Danach war er an der Westfront schwer am Oberschenkel verletzt

worden und in einem Lazarett über Monate versorgt worden.
Ernas Schrei drang bis in den Garten. Kurz bereute Fritz, dass er sie geschwängert hatte und sie darum Schmerzen erlitt.
Dann folgte er dem Gewirr aus Kinderstimmen. Er öffnete die Tür zum Hühnerstall und ertappte seine Söhne Enno und Eduard, die sich um die Anzahl der Eier stritten. Die Jungen hielten inne, als sie ihren Vater erblickten.
„Vater, bitte sei nicht böse, wir wollten uns nicht streiten", entschuldigte sich der fünfjährige Enno.
„Ach was, lasst gut sein und kommt in meine Arme", forderte Fritz seine Söhne auf. Enno und sein dreijähriger Bruder zögerten nicht lange und fielen ihrem Vater um den Hals.
„Habt ihr die Eier?", rief jemand in den Hühnerstall.
„Ja, Großvater!", antwortete Enno. „Und sieh doch, wer hier ist!"
August Meise zog die Tür auf und staunte.
„Fritz, mein Junge", rief er erfreut, trat mit einem Satz in den Stall und drückte seinen Schwiegersohn fest an sich.
Fritz weinte unbemerkt, trocknete sich die Tränen an Augusts Schultern ab und löste sich aus der Umarmung. August fasste ihn an die Schultern und betrachtete ihn eindringlich.
„Komm mit, mein Junge. Du musst etwas essen. Du fällst ja vom Fleisch", sagte August und wirkte unbeholfen, wie er mit der Situation umgehen sollte. „Jungs, ihr versorgt die Hühner", forderte er seine Enkelsöhne auf. Eduard und Enno trollten sich in den Hühnerstall, in dem sogleich das Gezanke wieder zu hören war. Die Hennen gackerten aufgeregt.
In der Küche versorgte August seinen Schwiegersohn mit warmer Suppe und frisch gebackenem Brot. Fritz zuckte jedes Mal zusammen, wenn er Ernas Stöhnen und Geschrei hörte. August, der auf der Küchenbank saß und Tabak kaute, sagte, es sei doch auf seine Weise gerecht. „Junge, wir müssen im Krieg kämpfen.

Die Frauen kämpfen im Wochenbett."

Ernas lautes Wimmern war zu hören. August sprang auf und packte Fritz am Arm, als dieser versuchte, ins Schlafzimmer zu kommen.

„Lass, mein Junge. Eine Geburt dauert. Das Kind liegt falsch herum, meint Elisabeth."

„Aber warum ist keine Hebamme hier? Wo ist Luise? Sie hat doch die anderen Geburten auch betreut."

Fritz humpelte nervös in der Küche auf und ab.

„Luise arbeitet in einem Lazarett", antwortete August.

„Gibt es keine andere Hebamme?", wollte Fritz wissen.

„Nur Neuhaus' Lisbeth, aber die ist vor einigen Wochen gestorben. Fritz, überlass es Elisabeth und Elly, sie kennen sich aus", versuchte August seinen Schwiegersohn zu beruhigen. „Elisabeth hat acht Kinder bekommen, sie wird wissen, was zu tun ist."

Fritz sah August zweifelnd an, humpelte aus der Küche und stieg die Treppe hinauf. Es war plötzlich so still. Er wagte kaum, die Schlafzimmertür zu öffnen, um nach seiner geliebten Frau zu sehen. Unentschlossen hielt er die Türklinke fest, bis die Tür plötzlich aufgerissen wurde. Fritz erschrak.

„Du hast eine Tochter!", rief Elisabeth freudig und zog Fritz ins Zimmer.

Es dämmerte und die Strahlen der Sonne verloren ihre Kraft. Sie warfen ihren goldenen Schimmer durchs Fenster und hefteten sich an die Wand, vor der die Wiege stand. Darin lag ein kleines Bündel, das kaum hörbare glucksende Geräusche von sich gab.

„Komm nur herein", sagte Elly, die schmutzige Laken beiseite räumte.

Erna lächelte. „Fritz", flüsterte sie und streckte eine Hand nach ihm aus. Fritz humpelte ans Bett, setzte sich auf die Kante und gab ihr einen Kuss. „Ich liebe dich", flüsterte er und strich ihr

eine Strähne aus der Stirn. Erna sah erschöpft aus, hatte dunkle Ringe unter den Augen und spröde Lippen. Er küsste sie erneut.
„Mein Ein und Alles. Endlich bin ich wieder bei dir."
„Du bist da. Unser Kind ist da. Ich bin glücklich", sagte Erna und schaute zur Wiege. Fritz erhob sich. Vorsichtig nahm er den Säugling heraus und hielt das kleine Mädchen im Arm.
„Willkommen im Leben. Möge es immer gut zu dir sein, meine Tochter", sagte er gerührt und drückte das Kind vorsichtig an seine Brust. Dann betrachtete er das Neugeborene. Wie runzelig und faltig das kleine Gesichtchen war. Die Augenlider zuckten und öffneten sich zu einem Blinzeln. „Sieh nur, wie sie mich anschaut", freute sich Fritz. Und ab diesem Moment liebte er das Kind, so wie er seine Frau und seine Söhne liebte. Er trug seine Tochter zu Erna und legte sie ihr in den Arm.
„Heute ist ein glücklicher Tag", sagte er stolz.

Fritz und Erna gaben dem Mädchen den Namen Maria Ernestina und ließen sie eine Woche nach der Geburt taufen. Die strenggläubigen Katholiken vertrauten auf Gott und hofften, dass dieser scheußliche Krieg bald beendet war. Doch dem war nicht so.
Fritz' Oberschenkel verheilte. Er humpelte zwar, doch er lief ohne Krücken. Bald war er gezwungen, zurück an die Front zurückzukehren. Als im Februar 1916 der Angriff der deutschen Armee auf die Festung Verdun begann, leistete Fritz an der Westfront im Feldbüro seinen Dienst. Eine der täglichen Aufgaben war es, Telegramme mit Todesnachrichten von Soldaten auszustellen. Eines Tages fand er den Namen seines Vetters Julius auf der Liste. Julius war in seiner Einheit. Fritz weinte. Einer seiner älteren Kollegen legte freundschaftlich einen Arm um seine Schultern. „Ich weiß, wie Sie sich fühlen. Ich habe erst vor einigen Tagen meinen Sohn verloren."

Fritz schaute auf. „Es ist alles so sinnlos. Was ist dies für eine Welt, wenn Söhne in den Armen ihrer Väter sterben?"
Mehr als 700.000 Männer fielen bis Juli 1916 in der Schlacht von Verdun. Weitere Schlachten folgten. Tote, Verletzte, Vermisste – es war eine Zeit des Grauens. Fritz hörte auf zu denken und funktionierte nur. Auf diese Weise überlebte er.
Die größten feindlichen Mächte waren England, Frankreich und Italien. Die anfängliche Kriegsbegeisterung des deutschen Volkes und seiner Verbündeten Österreich-Ungarn hatte längst nachgelassen. Es begannen Hungerjahre.
Die feindlichen Mächte drangen ein. Vom Norden kamen die Engländer, vom Westen her die Franzosen, vom Süden die Italiener und im Osten drangen die Russen in die Meerengen ein. Auch die USA mischten mit.
Im Frühjahr 1918 bekam Fritz nach langer Zeit Heimaturlaub. Er genoss die wenigen Tage bei seiner Familie. Maria war schon flink auf den Beinen und hatte keine Scheu vor ihrem Vater, der ihr fremd war. Bald musste Fritz allerdings zurück an die Front. Erna und die Kinder begleiteten ihn zum Mendener Bahnhof, wo er in den Zug stieg und seiner Familie aus einem Fenster heraus zuwinkte. Erna weinte.
Bald war klar, den wahren Sieg gab es für keine der Großmächte. Am 9. November dankte der deutsche Kaiser Wilhelm II. ab und die Unantastbarkeit der Monarchie schien gebrochen. Am 11. November 1918 wurde der Krieg durch einen Vertrag zum Waffenstillstand für beendet erklärt. Deutschland wurde zur Republik ausgerufen.

## 11. Lendringsen, ab 28. Januar 1919

Erna war glücklich, dass Fritz aus dem Krieg heimgekehrt war. Er hatte überlebt, war jedoch mager, litt unter Alpträumen und zog sich häufig zurück. Nur selten lächelte er. Manchmal legte er seine Hand auf Ernas Bauch, die erneut schwanger war. Erna liebte ihren Mann mehr denn je und sie betete jeden Tag, dass er bald wieder gesund sein würde. Ende des Jahres 1918 gebar Erna einen Sohn, Egon.

„Ich weiß nicht, wie wir die Familie ernähren sollen", sorgte Fritz sich an einem kalten Januarabend. Enno, Eduard und Maria schliefen bereits. Erna saß auf einem Küchenstuhl und stillte Egon.

„Ich habe Obst und Gemüse eingemacht. Davon haben wir reichlich", antwortete Erna.

„Ach, das reicht doch nicht über den Winter", sagte Fritz, der auf der Küchenbank saß und mit einem Fingernagel Wachs vom Tisch kratzte.

„Wir haben Hühner, die geben Eier und sind gut für die Suppe. Und wir haben Ziegen, die Milch geben", erklärte Erna.

„Meine liebe Erna, uns fehlt das Geld. Wir brauchen Fleisch, Mehl und Zucker. Wie soll ich etwas verdienen?" Fritz Stimme klang hoffnungslos.

„Wir werden einen Weg finden. Schreiner wie du werden doch gebraucht. Es gibt so viel zu tun. Du wirst sehen, es wird alles gut", tröstete Erna. Sie schaute auf Egon, der friedlich an ihrer Brust nuckelte und strich ihrem kleinen Sohn über das flaumige Haar.

Die Schreinerei, in der Fritz vor dem Krieg gearbeitet hatte, war abgebrannt. Sein ehemaliger Arbeitgeber war in den Kriegswirren

ums Leben gekommen.
„Alles wird gut", wiederholte Erna leise und lächelte Fritz aufmunternd an.

Im folgenden Sommer wurde Fritz in der Eisengießerei in Lendringsen als Pförtner eingestellt. Er wechselte mit einem Kollegen die Tag- und Nachtschicht. Froh machte ihn diese Tätigkeit nur wegen des Verdienstes. Nebenbei übernahm er Tischlerarbeiten, baute im Schuppen Möbel für Verwandte, Nachbarn und Freunde. In seiner kleinen Werkstatt war er glücklich und bald hörte man Fritz Lieder pfeifen.
1921 wurde eine Tochter geboren. Maria freute sich über die kleine Schwester Luise. Es war nicht immer leicht, mit drei Brüdern aufzuwachsen.
Maria, die nun sechs Jahre alt war, half genau wie ihre Brüder bei anfallenden Arbeiten. Während die Jungen Fritz zur Hand gingen, unterstütze Maria ihre Mutter.

Als Maria sieben Jahre alt war, lernte sie die Todesangst kennen. Sie hockte auf dem Küchenboden unter dem Tisch und fegte den Schmutz auf ein Kehrblech. „Sieh nur", sagte sie zu Luise, die über die Dielen krabbelte und fröhlich gluckste. „Alles voller Krümel auf dem Boden."
Luise lachte vergnügt. „Ja, du hast es gut. Aber warte, bis du groß bist. Dann musst du auch fegen", erklärte Maria. Luise krabbelte zu ihr unter den Tisch. „Vorsicht, verteil nicht alles wieder", schimpfte Maria.
Erna stand am Küchentisch und knetete Brotteig. Im Küchenofen prasselte ein Feuer. Es war heiß in der Küche und das geöffnete Fenster brachte keine Abkühlung, denn es war ein warmer Sommertag.

Maria kam mit dem Kehrblech unter dem Tisch hervor und sah, wie ihre Mutter sich mit der Küchenschürze den Schweiß aus dem Gesicht tupfte. Dann sah sie das Blut auf dem Boden und folgte dem Weg, den es genommen hatte. Es rann in einem dünnen Rinnsal an Ernas Beinen entlang und tropfte auf die Dielen.

„Mama!", rief Maria erschrocken und sprang auf. Erna sah sie kurz an und fasste sich an den Bauch. Der Hefeteig klebte an ihren Fingern. Sie stöhnte und glitt auf den Boden.

„Mama!", rief Maria voller Angst und kniete sich neben ihre Mutter. Vorsichtig umfasste sie ihren Kopf und legte ihn in den Schoss. Marias Tränen tropften auf Ernas Wangen.

„Vater!", schrie sie. „Hilfe!"

Luise weinte.

„Hilfe!", weinte Maria verzweifelt. „Mama, sag, was ich machen muss!"

Erna antwortete nicht und atmete unregelmäßig. Ihr Gesicht war blass und ihre Augenlider zuckten.

Hilflos strich Maria über den Kopf ihrer Mutter, rief immer wieder nach ihrem Vater und flehte Gott an, dass das Leben nicht aus ihrer Mutter weichen dürfe. Wo blieb ihr Vater nur? Nach einer Weile legte sie Ernas Kopf vorsichtig auf den Boden, sprang auf und holte ein Kissen von der Küchenbank. Sie legte es unter Ernas Kopf.

„Warte, Mama, ich hole Hilfe", versprach sie. Doch Erna zeigte keine Regung. Maria nahm Luise auf den Arm und trug sie ins Nebenzimmer, wo das Bettchen stand. Dann lief sie in den Garten, rief nach ihren Brüdern und nach ihrem Vater. Sie waren nicht zu finden. Sie rannte den staubigen Weg vor dem Haus entlang bis zum Nachbarhaus. Ohne anzuklopfen, riss sie die Tür auf und rief nach der Hausherrin, Frau Mahlig, die in der Küche am

Herd stand und kochte.

„Maria!", rief Frau Mahlig erschrocken und ließ den Kochlöffel fallen.

„Meine Mutter stirbt. Bitte helfen Sie uns", weinte Maria, die außer Atem war. Sofort nahm Frau Mahlig das Mädchen an die Hand und lief zum Haus der Familie Sewald.

Erna lag noch auf dem Küchenboden. Ihr dunkelgrünes Kleid war mittlerweile beinabwärts blutgetränkt.

„Oh, mein Gott", rief Frau Mahlig und wandte sich Maria zu. „Geh und such deinen Vater."

Maria suchte im Garten und lief anschließend den Bieberberg hinunter ins Dorf. Sie ahnte, wo sie ihren Vater und die Brüder finden könnte. Außer Atem gelangte sie an die Hönne und war erleichtert, dass sie ihren Vater hier fand. Er und ihre Brüder standen am Ufer des kleinen Flusses und hielten ihre Angeln ins Wasser. Maria berichtete aufgeregt, was vorgefallen war.

Wenig später saß sie mit ihren Brüdern im Garten.

„Was hat Mama für eine Krankheit?", fragte Enno besorgt.

„Bestimmt hat sie etwas gebissen", meinte Eduard.

„So ein Quatsch!", schimpfte Enno. „Was beißt eine Frau denn unter dem Rock?"

„Vielleicht hat Mama von dem Teig genascht und dann ist ihr Bauch geplatzt", mutmaßte der vierjährige Egon.

„Nein", sagte Maria. „Das ist es alles nicht."

Erst viel später erfuhren die Kinder, dass Erna eine Fehlgeburt erlitten hatte.

Doch schon im nächsten Jahr wurde Heinrich geboren, der vierte Sohn der Familie. Maria besuchte mittlerweile die Schule und saß mit ihren älteren Brüdern in einem Klassenzimmer. Während sich die Jungen mit Mathematik befassten, malte Maria als Schulanfängerin Kringel und Kreise, um ein Gefühl für das Schreiben von Buchstaben zu bekommen. Sie wollte schnell Schreiben lernen, damit sie all die Bücher lesen konnte, die im Schrank ihrer Eltern aufbewahrt waren. Obwohl ihr Großvater letztens gesagt hatte, es mache keinen Sinn, ein Mädchen zur Schule zu schicken. Die Frage nach dem Sinn beschäftige Maria. Warum ergab es keinen Sinn, wenn sie Schreiben, Lesen und Rechnen lernte?

## 12. Lendringsen, 21. Dezember 1999

Maria wachte auf und schaute irritiert durch das Krankenzimmer. Dann bäumte sich ihr Oberkörper auf und fiel kraftlos zurück.
Ben saß neben dem Bett und las ein Buch. „Mormor?", fragte er erschrocken.
Maria antwortet nicht, sondern starrte mit weit aufgerissenen Augen an die Zimmerdecke.
„Mormor?"
Ben stand auf und beugte sich über sie. Maria atmete nur flach und in kurzen Zügen. Sie regte sich nicht.
„So sag doch etwas", bat Ben sie. Doch sie reagierte nicht. Voller Sorge rief er die Krankenschwester.
„Bitte warten Sie einen Moment auf dem Flur", sagte diese, nachdem sie Marias Puls gemessen und einen Arzt angerufen hatte.
„Was ist mit ihr?", wollte Ben wissen.
„Später. Bitte warten Sie draußen." Die Schwester schob Ben in Richtung Tür.
Langsam schritt er den langen Flur entlang, bis er in eine Wartezone gelangte. Dort stellte er sich ans Fenster. Es dämmerte und die Weihnachtsbeleuchtung der Stadt unterhalb des Krankenhauses warf ihren Glanz ins Dunkel. Er stellte sich vor, wie die Menschen durch die Einkaufsstraße hasteten, auf der Jagd nach

Geschenken. Da fiel ihm ein, dass er für Ebba noch kein passendes Geschenk gefunden hatte. Wie sehr er sie vermisste und sich nach ihrer Wärme sehnte. Einmal mehr wurde ihm bewusst, dass Ebba der Sinn seines Lebens war. Und bald waren sie eine richtige Familie. Dieser Gedanke zauberte ihm ein Lächeln ins Gesicht. Welch ein Glück er hatte, dachte er. Schließlich begab er sich auf den Weg zurück zu Marias Zimmer. Eine Schwester lief an ihm vorbei, öffnete die Tür und verschwand blitzschnell. Bens Glücksgefühl machte Platz für Angst. Er bangte um seine Großmutter. „Bitte lass sie noch etwas bei mir", flehte er in Gedanken den Tod an. „Ich habe sie doch erst gefunden. Nimm sie mir nicht."
Wie versteinert vor Sorge, stand er im Flur und wartete.

Umgeben von Ärzten und Schwestern kämpfte Maria um ihr Leben. Einzelne Wortfetzen erreichten sie. Ihre Gedanken schwirrten. Ben. Wo war Ben? Ein grelles Licht schoss auf sie zu. Sie presste die Augenlider fest zusammen. Etwas Kaltes auf ihrem Oberkörper wurde auf ihren Oberkörper gepresst. Sie fror. „Weg damit!", wollte sie rufen, doch sie schwieg. Nun wurde ihr heiß. Etwas hob sie an. Es fühlte sich an wie Fliegen. Dann folgte die Landung, die sie auf die Matratze presste.
„Wir haben sie!", rief jemand. Hände arbeiteten an ihrem Körper. Ihre Augenlider flatterten. Verschwommen erkannte sie Schwester Anette. „Ben", röchelte sie.
„Ich bringe ihn gleich zu Ihnen", antwortete die Schwester. Erschöpft schlief Maria ein.

Schritte hallten durch den stillen Flur. Vor Ben verstummten sie.
„Herr Svensson, kommen Sie", sagte Schwester Anette.
„Lebt sie?"

„Ja, sie ist stabil."
„Was ist denn mit ihr passiert?"; fragte Ben aufgeregt.
„Leider gab es eine Irritation, die bis zum Herzstillstand führte", antwortete die Schwester. „Aber Ihre Großmutter hat einen starken Lebenswillen."
Ben war erleichtert.
„Sprechen Sie kurz mit ihr, sie wird spüren, dass Sie da sind. Und gehen Sie dann nach Hause, um sich auszuruhen", sagte Schwester Anette. „Bei uns ist sie in guten Händen."
Ben folgte ihrem Rat, besuchte Maria für einige Minuten, drückte ihr einen Kuss auf die Stirn und begab sich auf den Weg ins Hotel.
Dort telefonierte er mit Ebba. „Ich weiß nicht, ob ich es schaffe, Weihnachten zuhause zu sein," bedauerte er.
„Wir haben hoffentlich noch viele gemeinsame Weihnachtsfeste", antwortete Ebba. „Es ist okay, wenn du bei deiner Großmutter bist."
„Wie geht es unserem Baby?"
„Es ist alles bestens. Es strampelt und tritt mich ständig in den Bauch," erzählte Ebba fröhlich.
Das freute Ben. „Du fehlst mir", sagte er.
„Du mir auch", antwortete seine Frau. „Schlaf schön."
Ben hielt das Handy in der Hand und strich fast zärtlich über die glatte Oberfläche, auf dem ein Foto von Ebba zu sehen war. Er hatte es im Sommer aufgenommen, als sie am See gewesen waren und den Sonnenuntergang genossen hatten.

Nach einer schlaflosen Nacht fuhr Ben mit einem Taxi zurück ins Krankenhaus, um Maria zu besuchen. Doch er erhielt eine ernüchternde Nachricht. „Es ist nicht möglich, dass Sie Ihre Großmutter heute besuchen. Ihr Zustand ist kritisch", erklärte ihm eine Krankenschwester.

„Aber ...," stammelte Ben.

„Es geht nicht, bitte haben Sie Verständnis."

Ben nickte traurig und spürte einen Kloß im Hals. „Ich komme heute Abend, um nach ihr zu sehen", sagte er.

Ziellos lief er durch Mendens Fußgängerzone und kaufte eine rosafarbene Angorastrickjacke für Maria. Er beschloss, nach Lendringsen zu fahren. In diesem Ortsteil von Menden lebte Maria. Dort war auch seine Mutter aufgewachsen. Er erinnerte sich daran, dass Maria erwähnt hatte, dass sie in der Karl-Becker-Straße wohnte. Das Navi führte ihn aus Menden heraus. Nur wenige Minuten später war er in Lendringsen, bog auf den Bieberberg ein und fuhr später in eine Seitenstraße, wo er den Wagen am Straßenrand parkte. Zu Fuß erreichte er die Karl-Becker-Straße und betrachtete die Häuser. Schnell fand er das Mehrfamilienhaus, in dem Maria eine kleine Wohnung hatte. Er spazierte um das Haus herum, betrachtete den Garten und verspürte den Wunsch, ihr Elternhaus zu sehen. Das Haus im Eisborner Weg kannte er von den Fotos seiner Mutter. Marlene hatte einige Bilder, die sie dort als Kind zeigten. Er lief die Karl-Becker-Straße entlang. Sie führte ein ganzes Stück bergauf. Bald bog er rechts in eine Seitenstraße und erreichte den Eisborner Weg. Nach nur wenigen Schritten erkannte er das alte Haus hinter einer hohen Hecke. Auf den zweiten Blick war sich Ben jedoch nicht sicher, ob es das richtige Haus war. Es wirkte größer und stattlicher als auf den alten Fotos seiner Mutter. Durch einen Anbau war das Haus erweitert worden und der Gartenzaun war durch die Hecke ersetzt worden. Dort, wo früher der Garten war, befand sich nun ein neues Haus.

Er schloss die Augen und sah ein kleines Mädchen, das lachend über die Wiese lief. Ein Junge folgte ihr. Eine dunkelhaarige Frau

kam mit einem Korb voller Wäsche und trug den Korb zu den Wäscheleinen, die zwischen den Obstbäumen gespannt waren. Kleine Kinder folgten ihr und reichten ihr die Wäschestücke an, die sie an die Leinen hing. Das Mädchen sang.
„Maria, du singst so göttlich", rief der Junge.
„Ja, Egon, da hast du recht", sagte die Frau und hob das jüngste der Kinder liebevoll auf den Arm. Den anderen strich sie nacheinander zärtlich über die Köpfe.

„Sie sind schon ganz nass. Frieren Sie nicht?", holte eine Männerstimme Ben aus seinen Tagträumen zurück. Erschrocken starrte er den alten Mann an, der zittrig einen Regenschirm über ihn hielt.
„Was stehen Sie hier im Regen und starren unser Haus an?", fragte der Mann. „Spionieren Sie hier? Sie gehören doch nicht zu einer Einbrecherbande? Heutzutage weiß man ja nie."
„Entschuldigung, ich war in Gedanken versunken. Ich suche das Geburtshaus meiner Großmutter", antwortete Ben in gebrochenem Deutsch.
„Sie brauchen sich nicht zu entschuldigen. Aber ich habe mich gefragt, was Sie da tun?"
„Ich denke, dies ist das Haus, das ich suche", sagte Ben.
Der alte Mann zog die Augenbrauen nach oben.
„Ihre Großmutter?", fragte der er.
„Ja, sie heißt Maria Sommer."
„Ah", freute sich der Mann. „Sie meinen Maria Sewald?"
Ben nickte.
„Sind Sie Marlenes Junge aus Schweden?"
Ben nickte erneut und sah ihn verwundert an.
„Kommen Sie", forderte ihn der Mann auf. „Im trockenen Haus lässt es sich besser reden."

„Greta!", rief er, als sie den Hausflur betraten. „Greta, wir haben Besuch."
Er stellte den nassen Schirm in den Schirmständer und bat Ben, seine Jacke auszuziehen.
„Ach, ich habe mich gar nicht vorgestellt. Mein Name ist Hubert Schwarz. Ich war der beste Freund von Enno Sewald, Marias Bruder. Leider hat er uns bereits verlassen."
Bevor Ben antworten konnte, erschien eine Frau in der Tür.
„Sieh nur Greta. Das ist Ben aus Schweden, der Enkelsohn von Maria."
Ben reichte ihr die Hand. „Ben Svensson", sagte er.
Die Frau, die er auf Mitte achtzig schätzte, lächelte ihn freundlich an. „Greta Schwarz."
Ben verbeugte sich höflich. Frau Schwarz machte einen vornehmen Eindruck. Sie hatte ihr graues Haar zu einer kunstvollen Frisur gesteckt und trug rot lackierte Fingernägel.
„Wärmen Sie sich erstmal auf. Möchten Sie mit uns essen?", fragte sie.
„Gerne," antwortete Ben und bemerkte, wie hungrig er war.
Herr Schwarz führte ihn ins Esszimmer und zeigte auf einen Stuhl. Ben setzte sich und sah sich um. Neben dem Esszimmer befand sich das Wohnzimmer. Er konnte durch die offen stehende Tür hineinsehen. Dunkle Mahagonimöbel und ein dicker Perserteppich zeugten von Wohlstand. In der Glasvitrine war goldumrandetes Porzellan zu Türmchen aufgebaut. Weiße, lange Gardinen aus dichtem Stoff trugen zur dunklen Stimmung im Wohnzimmer bei. Das Tageslicht hatte es schwer, in diesen Raum zu gelangen. Wie in einer Höhle, dachte Ben, der sich mit Dunkelheit gut auskannte. In seiner Heimat waren die Winter lang und dunkel. Zum ersten Mal, seit er in Deutschland war, überkam ihn ein wohliges Gefühl. Frau Schwarz trug Schüsseln

mit dampfenden Gerichten heran und stellte sie auf den Tisch. Herr Schwarz füllte Bens Glas mit Wasser.

„Heute gibt es Blumenkohl, Bratwürstchen und Kartoffeln", erklärte Frau Schwarz. „Gut, dass ich mehr als sonst gekocht habe. Als hätte ich eine Ahnung gehabt", sagte sie und schaute ihren Mann lächelnd an.

„Nehmen Sie sich etwas", forderte Herr Schwarz Ben auf.

Das Essen schmeckte Ben ausgezeichnet. Das Ehepaar Schwarz fragte, wie es Marlene in Schweden ergangen war. Sie wirkten bedrückt, als Ben erzählte, dass sie vor wenigen Wochen gestorben war. Ben wechselte zwischen Deutsch und Englisch und freute sich, dass die Unterhaltung so gut funktionierte. Erst als Frau Schwarz Französisch einfließen ließ, runzelte er die Stirn. Diese Sprache war ihm fremd. So sprachen die Gastgeber ebenfalls Englisch, wenn sie merkten, dass Ben ihnen nicht folgen konnte.

„Wir kannten Ihre Großmutter sehr gut", berichtete Herr Schwarz und zeigte aus dem Fenster auf das neu gebaute Haus.

„Aber wie kommt es, dass Sie hier wohnen?", fragte Ben.

„Ach, wir haben das Haus nach Ennos Tod vor fünf Jahren übernommen", erklärte Herr Schwarz.

„Er hatte Krebs und war viele Jahre krank. Ihre Großmutter und wir haben ihn gepflegt, damit er nicht in ein Heim musste", erzählte Frau Schwarz.

„Enno hatte keine Kinder und war schon lange Witwer", fügte Herr Schwarz hinzu. „Eine Nichte hatte das Haus geerbt und es zum Verkauf freigegeben. Wer weiß, was aus diesem schönen Haus geworden wäre, wenn wir es nicht gekauft hätten. Das heißt, unsere Tochter Elfriede hat es gekauft und es uns zur Verfügung gestellt. Sie selbst wohnt ja im Neubau im Garten."

Frau Schwarz nickte ihrem Mann zustimmend zu. „Es ist ein

großes Haus, aber wir lieben es. Wir sind froh, dass unsere Tochter so nah wohnt. Wissen Sie, mein Mann ist schon 93 Jahre alt und ich werde im kommenden Jahr 90 Jahre. Wir schätzen uns glücklich, dass wir noch bei guter Gesundheit sind und gut zurechtkommen."

„Schauen Sie, den Baum dort haben wir im Gedenken an Enno gepflanzt." Herr Schwarz zeigte erneut aus dem Fenster. Ben sah ein kleines Bäumchen, einen Ahorn, das trotz seines Alters von fünf Jahren gerade mal mannshoch gewachsen war.

Nach dem Essen stellte Herr Schwarz eine Flasche Kräuterschnaps auf den Tisch, holte drei Gläser und füllte sie bis an den Rand. Er reichte Ben ein Glas und nickte ihm aufmunternd zu.

Ben verschluckte sich an dem starken Schnaps.

Herr Schwarz schmunzelte. „Ja ja, den hat ein Freund von mir gebrannt. Lecker, was?"

Nachdem Ben wieder zu Luft gekommen war, bedankte er sich freundlich für das Essen und den Schnaps und erhob sich. Er wollte nicht aufdringlich sein.

„Sie wollen doch nicht schon gehen?", fragte Herr Schwarz.

„Bleiben Sie etwas", lud Frau Schwarz Ben ein und räumte den Tisch ab. Ihr Mann und Ben halfen, das Geschirr in die Küche zu tragen.

Anschließend setzten sie sich ins Wohnzimmer, wo Frau Schwarz Kaffee und Plätzchen servierte.

Das Ehepaar Schwarz erzählte von Maria, die ihnen näher war, als sie Ben je sein würde.

„Sie hat oft von Ihnen gesprochen", sagte Herr Schwarz.

Das wunderte Ben. Warum hatte sie sich nie bei ihm gemeldet?

„Ihre Großmutter ist einsam", erklärte Frau Schwarz.

„Aber nein, Greta," warf ihr Mann ein. „Sie hat so viele Freundinnen und unternimmt ständig etwas."

„Freundinnen sind keine Familie", betonte Frau Schwarz. „Und wenn Maria auf ihr Leben zurückblickt, holt sie das Leid wieder ein, glaub mir."

„Ach, was redest du?", schimpfte ihr Mann.

„Nun bin ich ja hier. Ich werde mich um sie kümmern", sagte Ben.

„Ja, das ist wunderbar. Wie lange bleiben Sie?", fragte Frau Schwarz.

„Solange meine Großmutter mich braucht", antwortete Ben.

„Möchten Sie bei uns wohnen? Wir haben Platz genug," schlug Herr Schwarz vor.

„Wenn Sie mich so freundlich einladen, kann ich nicht nein sagen", freute sich Ben.

„Das ist schön," sagte Frau Schwarz. „Da erfahren wir einiges über das Leben in Schweden. Das interessiert mich sehr. Wie feiert man dort Weihnachten?"

„Ja, das würde mich auch interessieren." Herr Schwarz klatschte freudig in die Hände. Endlich kam etwas Leben ins Haus.

Ben fuhr ins Hotel, holte seinen Koffer und checkte aus. Während der Rückfahrt in sein neues Domizil telefonierte er mit Ebba. Es freute sie, dass er nicht mehr allein war. Doch Ben klang bedrückt.

„Unser eigenes Weihnachten feiern wir in acht Wochen, wenn unser Baby kommt", tröstete Ebba ihn. „Dann geht es deiner Großmutter bestimmt wieder gut und du bist bei mir."

„Ja, alles wird gut", sagte Ben. In acht Wochen würde er Vater sein.

Am nächsten Morgen besuchte er Maria. Sie war überraschenderweise in einem guten Zustand und sie begrüßte ihn fröhlich. Das grenzte an ein Wunder, fand Ben. Er hatte Schwester Anette auf dem Flur getroffen. Sie hatte ihm berichtet, dass sich Maria erstaunlich schnell erholt habe und dass dies sicherlich mit seiner Anwesenheit zusammenhänge.

Er setzte sich auf den Stuhl neben dem Bett und nahm Marias Hand.

„Der Tod lauert", flüsterte sie. „Aber glaube mir, mein Junge, ich bin nicht so weit, ihm die Hand zu reichen und mich ins Nirgendwo entführen zu lassen."

Sie lächelte ihn an, drehte den Kopf zur Seite und schloss die Augen.

„Großmutter!", rief Ben.

## 13. Lendringsen, 16. Mai 1930

Maria war zu einer hübschen, jungen Frau herangewachsen. Mit ihren 15 Jahren wirkte sie wesentlich reifer als manch andere ihrer Altersgenossinnen. Vielleicht lag es daran, dass sie ihrer Mutter im Haushalt half und Verantwortung übernahm, denn die Familie war auf zehn Personen angewachsen. Enno und Eduard, Marias ältere Brüder waren bereits aus dem Haus, doch es gab noch Egon, Luise, Heinrich, Theresa und Ewald. So fiel reichlich Arbeit an. Die Wäsche musste im Waschzuber gewaschen und das Essen auf dem zu befeuernden Ofen gekocht werden. Die Nachttöpfe und die Außentoilette wollten gereinigt sein. Samstags war Badetag. In dem Zuber, in dem sonst die Wäsche gewaschen wurde, badeten nacheinander alle Familienmitglieder.

Maria besuchte vormittags die Schule, hatte aber nachmittags nie ausreichend Zeit zum Lernen. Erst abends, wenn sie im Bett lag, las sie in den Büchern. Doch es fiel ihr schwer, all das Wissenswerte zu behalten, denn sie war zu müde. Während sie ihrer Mutter half, sang sie. Erna erlaubte ihrer Tochter, das Grammophon anzustellen und die wertvollen Schellackplatten aufzulegen. So lernte Maria Opern und Operetten kennen und sang Arien, wenn das Grammophon schwieg. In der Nachbarschaft hatte sich Marias Sangeskunst herumgesprochen und nicht selten begeisterte sie mit ihrer Stimme in Gottesdiensten und bei verschiedenen Festen.

Damit war ihr Vater jedoch nicht einverstanden. „Ich will nicht, dass du fremde Menschen amüsierst", schimpfte er eines Abends. „So etwas schickt sich nicht."

Als Fritz spürte, wie sehr er seine Tochter mit dem Verbot getroffen hatte, tat es ihm leid. Maria war so ein fleißiges und liebenswürdiges Mädchen. Er erfreute sie mit dem Kompromiss, im Kirchenchor zu singen. Maria fiel ihm um den Hals.

„Danke, Vater!", jubelte sie und nahm gleich am nächsten Tag an der Chorprobe teil. Der Chorleiter erkannte schnell, welch ungeschliffenen Diamanten er im Chor hatte und gab Maria zusätzliche Gesangsstunden. Davon sollten ihre Eltern nichts erfahren.

Marias Wunsch, sich an einer Hochschule zur Sängerin ausbilden zu lassen, wurde immer größer. Der Chorleiter gab ihr Broschüren verschiedener Musikhochschulen, die Maria in einer Mappe unter ihrer Matratze versteckte. Heimlich schrieb sie Bewerbungen und bat um ein Stipendiat. Sie hoffte, dass sie einen Platz bekommen würde.

Doch eines Tages fand ihre Mutter die Mappe und reichte sie an ihren Mann weiter. Fritz war außer sich vor Wut.

„Ich erlaubte dir, im Kirchenchor zu singen und du hintergehst mich!", brüllte er.

So wütend hatte Maria ihren Vater noch nie erlebt.

„Glaube bloß nicht, dass du auf eine Musikhochschule gehen wirst!"
„Aber warum nicht? Die Jungen bilden sich doch auch", erwiderte Maria.
Fritz knurrte wütend wie in Bär, hieb mit der Hand auf den Küchentisch und brüllte: „Ich werde dir eine solche Schule nicht bezahlen! Ich arbeite schon bis an meine Grenzen, um deinen Brüdern das Studium zu finanzieren."
„Ich werde mein Studium selbst finanzieren und als Serviererin in einem Café arbeiten", warf Maria als Argument ein.
„Schlag dir das aus dem Kopf!", wetterte Fritz. „Das kommt nicht in Frage!"
Maria lief weinend aus der Küche in ihr Zimmer, das sie mit ihren Schwestern teilte. Zum Glück waren die beiden im Garten und spielten. Maria warf sich auf ihr Bett und schluchzte in ihr Kissen. Warum war ihren Brüdern ein Studium vergönnt und ihr nicht? Sollte sie denn ewig eine Haushaltshilfe sein?
Ihr Vater trat ins Zimmer. Maria schaute auf und wischte sich mit dem Handrücken die Tränen von den Wangen.
Fritz stand still vor Marias Bett. Was bezweckte er? Warum sagte er nichts? Sie sah ihn abwartend an.
Dann zog er einen Brief aus der Hosentasche und wedelte damit.
„Das ist deine Zukunft", sagte er.
„Was?", schluchzte Maria und setzte sich.
„Das ist die Zusage der Hauswirtschaftsschule", antwortete Fritz und hielt ihr den Brief hin.
Maria verstand nicht, was er meinte.
„Ich habe dich dort angemeldet. Du bekommst in diesem Internat in Salzkotten eine ausgezeichnete Ausbildung, die von den Franziskanerinnen geleitet wird."
„Ich soll zu den Nonnen?", rief Maria entsetzt.

## 14. Mistelås, 6. April 2018

Die Sonne schien durchs Fenster. Malin blinzelte und hob den Kopf, der auf einer geöffneten Kladde lag. Sie war über ihrer Familiengeschichte am Küchentisch eingeschlafen und reckte sich. Die Taschenlampe lag auf dem Tisch und warf ihren schwachen Schein auf die Kladde. Die Batterien waren fast aufgebraucht. Malin stellte die Lampe aus und huschte ins Bad, wo sie sich im Spiegel betrachtete. Die Kante der Kladde hatte Abdrücke auf ihrer Wange hinterlassen. Sie rieb sich durchs Gesicht und öffnete den Wasserhahn, um sich zu waschen, doch es kam nicht ein Tropfen aus dem Hahn. Ihr fiel ein, dass sie draußen neben dem Brunnen erst ein Ventil öffnen musste. So holte sie passendes Werkzeug aus einer Kiste, die im Küchenvorrat stand, und begab sich auf den Weg zum Brunnen. Es duftete nach Frühling. Tief atmete sie den Duft nach frischem Grün ein und genoss ihn mit geschlossenen Augen einen Moment lang. Schließlich bückte sie sich, um das Wasserventil zu öffnen, das sich unter einem Deckel in einem Rohr in der Erde befand. Wenig später dampfte der Wasserkessel. Mit Tee und Knäckebrot setzte sich Malin wieder an den Tisch und dachte nach. Sie hatte wenig Lust, nach Stockholm zurückzureisen. So beschloss sie, für einige Tage in Mistelås zu bleiben.

„Aber du verpasst wichtige Vorlesungen", mahnte Malins Freundin Linnea.

„So dramatisch wird es nicht sein. Ich hole den Stoff nach", erklärte Malin. Sie hatte Linnea, die ihre Zimmernachbarin im Studentenwohnheim war, angerufen, damit sie sich nicht sorgte. Eigentlich hatte sie ja nur zum Notar und dann wieder zurückfliegen wollen.

„Du weißt doch, dass es sich in den nächsten Vorlesungen um den rechtlichen Umgang mit Schülern dreht? Wie verstehst du das, ohne das Wissen eines Experten?", fragte Linnea entrüstet.
„Zur Not erklärst du es mir", erwiderte Malin.
„Witzig", murrte Linnea. „Ist dein geerbtes Haus so genial, dass es dich auf dem Land hält? Oder gibt es dort etwa einen netten Kerl?"
Malin lachte. „Weder noch. Ich habe etwas zu erledigen."
„Na, dann bin ich mal gespannt. Streichst du dein altes Haus?" Linnea kicherte.
„Nein, erzähle ich dir später", antwortete Malin knapp. Sie hatte entschieden, dass es genau jetzt Wichtigeres gab als ihr Lehramtsstudium, und sie war entschlossen, herauszufinden, welches Geheimnis ihre Familie verbarg.

## 15. Salzkotten, 17. August 1930

Es war ein regnerischer Sonntag im August, als Erna und Fritz Sewald ihre Tochter Maria zum Nonnenkloster begleiteten. Sie waren mit der Bahn gefahren und hatten vom Bahnhof aus ein langes Stück zu Fuß vor sich, bis sie das Franziskanerinnenkloster erreichten. Das Kloster wirkte wie eine Festung auf einer Anhöhe, die von weither sichtbar war. Völlig durchnässt schritten Maria und ihre Eltern durch das Tor und fanden sich im Innenhof wieder. Einige Scheunen und eine kleine Kapelle umsäumten den Hof. Etwas abseits stand ein Bauernhaus. Das Klostergebäude ragte mit seiner Höhe mächtig über allem.
Fritz, der Marias kleinen Koffer trug, ging vor. Sie stiegen eine Treppe bis zum Haupteingang empor und folgten den Hinweis-

schildern für den Empfang der neuen Schülerinnen. Neben den Sewalds waren weitere Eltern anwesend, um ihre Töchter in die Obhut der Nonnen zu geben. In einem Saal kamen alle zusammen. Die Oberin zeigte auf die Stuhlreihen. „Bitte setzen Sie sich", forderte sie die Neuankömmlinge auf.
Maria schaute durch die Reihen und betrachtete die anderen Mädchen. Sie zählte. Mit ihr waren es zehn Mädchen. Manche blickten neugierig, manche freudig und andere sahen traurig aus. Maria war hilflos. Sie wollte nicht hier bleiben und Hauswirtschaft lernen. Sie wusste längst, wie man einen Haushalt führte. Wut keimte in ihr auf, als sie den Begrüßungsworten der Oberin zuhörte. Gehorsamkeit. Unterwürfigkeit. Sauberkeit. Diese und weitere Begriffe waren die Leitfäden in ihrem neuen Leben. Sie schluckte.
„Bitte lass mich nicht hier", flüsterte sie und nahm die Hand ihrer Mutter, die links von ihr saß.
„Mein Kind, du wirst sehen, die Ausbildung hier wird dir nützlich sein", sagte Erna leise und drückte die Hand ihrer Tochter.
Maria schwieg. Ihre Gedanken wichen ab. Sie sah Bilder ihrer Geschwister, die ihr beim Abschiednehmen traurig gewunken hatten. Immer wieder hatte sie sich umgedreht und zu ihrem Elternhaus geschaut. Ihre Geschwister hatten auf dem Weg vor dem Haus gestanden. Ihre Silhouetten waren immer kleiner geworden, bis Maria sie nur noch als winzige Punkte wahrgenommen hatte und sie schließlich verschwunden waren. Trotz all der Arbeit in ihrer großen Familie, hatte sie dieses Leben geliebt. Sie vermisste ihre frechen Brüder schon jetzt. Mit wem sollte sie streiten? Und mit wem, wenn nicht mit ihren Schwestern, würde sie abends unter der Bettdecke Märchen lesen?
Während die Oberin immer noch zu den Gästen sprach, rannen Maria Tränen über die Wangen. Sie tropften auf ihren Rock, wo

sie kleine, dunkle Flecken hinterließen.

Nach der Begrüßung gab die Oberin den neuen Schülerinnen Zeit, sich von den Eltern zu verabschieden. Maria senkte den Kopf, ließ sich von Fritz und Erna förmlich umarmen und sah ihnen nach, als sie den Saal verließen.

Ältere Schülerinnen nahmen sich der Neuankömmlinge an und führten die Mädchen in den Schlafsaal. Maria staunte über die Größe des Saals, an dessen rechter und linker Seite eng aneinandergereiht zahlreiche Etagenbetten standen. In der Mitte war ein breiter Gang, dem die Mädchen bis fast ans Ende folgten.

„Diese Betten sind für euch", sagte eine der älteren Schülerinnen und zeigte auf die hinteren Betten. „Sucht euch euer Bett aus."

Maria teilte sich mit Annemarie ein Bett und stellte ihren Koffer davor ab.

„Ich hätte gerne das untere Bett", bat Annemarie.

„Ja", antwortete Maria knapp. Sie stieg die Leiter empor und setzte sich auf das obere Bett, das sich so hart anfühlte, als säße sie auf einem Felsen. Traurig sah sie sich im Saal um, während Annemarie unter ihr bereits ihr Bett mit der bereitgelegten Bettwäsche bezog. Maria zählte 16 Betten, auf jeder Seite acht. Also sind wir 32 Mädchen, rechnete sie aus. Allerdings glaubte sie das fast nicht, denn der Lärm im Schlafsaal war enorm. Sie hörte Gekicher, kreischende Mädchenstimmen, Gesänge und Summen. Es kam ihr vor, als seien es hunderte Schülerinnen.

Plötzlich rief jemand laut und klatschte in die Hände. Maria erschrak und schaute zur Tür. Dort stand eine kleine, rundliche Nonne, die fortwährend klatschte und damit Aufmerksamkeit erregte.

„Ruhe!", brüllte sie. Nur Sekunden später war es still im Saal.

„Mein Name ist Schwester Clementine. Ich bin die Aufsicht", erklärte die Nonne. „Für die Neuen gilt: Wir befinden uns in

einem Kloster und nicht auf dem Rummelplatz."
Schwester Clementine schritt den Gang entlang, während sie sprach. „Ein Kloster ist ein Ort der Besinnung auf den Glauben und der Ruhe. Es sollte euer erstes Gebot sein, dieses zu achten und zu respektieren. Wer sich ausfallend benimmt und sich nicht fügt, muss leider mit Strafen rechnen."
Sie blieb vor Marias und Annemaries Bett stehen. „Perfekt", sagte sie zu Annemarie und betrachtete das frisch überzogene und glattgestrichene Bett. Dann sah sie Maria an, die immer noch oben auf dem ungemachten Bett saß.
„Erwartet die Gnädigste, dass ihr die Arbeit abgenommen wird?", fragte Schwester Clementine. Maria schüttelte den Kopf, beugte sich über ihr Bett und bezog Kissen und Decke. Schwester Clementine nickte und wandte sich an die anderen Mädchen.
„Beeilung bitte!", rief sie. „Ich werde Sie durch das Kloster führen, damit Sie sich in den Gebäuden zurechtfinden."
Die zehn Mädchen folgten der Nonne. Sie schritten durch lange Flure. Es war fast still, denn nur die Schritte der Nonne und der Mädchen hallten leise durch die Gänge. Zunächst besichtigte die Gruppe die Küche. Dies war demnächst der Hauptarbeitsbereich.
„Ui, ist das eine große Küche", flüsterte Annemarie, die neben Maria stand.
„Die Küche besteht aus drei Räumen", erklärte Schwester Clementine. „Der Raum, in dem wir uns befinden, beherbergt das Geschirr."
Maria betrachtete staunend all die Teller, Schüsseln und Krüge, die ordentlich in den Holzregalen lagerten.
„Gehen wir nun weiter in den nächsten Raum", forderte die Nonne die Mädchen auf. Sie betraten einen Teil der Küche, an deren Wand sich ein tiefes Betonwasserbecken befand.
„Dieses Becken wird genutzt, um das geschlachtete Vieh zu säu-

bern. Die Fleischstücke werden hier gereinigt, bevor sie zum Kochen oder zum Wursten verarbeitet werden."

Im dritten Teil der Küche war ein riesiger Herd der Mittelpunkt des Raums. Weitere kleinere Herde waren im hinteren Teil an der Wand angebracht. „Hier finden Sie alles, was zum Kochen benötigt wird", erklärte die Nonne und drehte ihre Hand mit erhobenen Zeigefinger einmal im Kreis. „Dies ist das Herzstück der Küchenräume."

Arbeitstische standen an den Wänden, Pfannen und Kochlöffel hingen über den Öfen. Messer, Küchengeräte, Kochtöpfe und Schüsseln stapelten sich in Regalen. Maria sah sich um und staunte. Nie hatte sie solch ein Vielfalt von Küchengeräten gesehen. „Der Nutzen mancher Dinge dort in den Regalen ist mir schleierhaft", flüsterte Annemarie. Maria nickte nur.

Die Mädchen folgten Schwester Clementine, die sie in den Vorratsraum führte.

„Hier lagern wir die Grundnahrungsmittel", sagte sie und wedelte mit der Hand. „Folgen Sie mir in den Keller."

Maria gruselte es in den riesigen Kellergewölben. In einem Kühlraum lagerten leicht verderbliche Lebensmittel. Beim Blick hinein wurde Maria deutlich, über welch einen Reichtum an Nahrungsmitteln das Kloster verfügte. In der benachbarten Wäschekammer erhielten die Mädchen ihre Arbeitstrachten. Dann folgten sie Schwester Clementine in den Waschkeller, der etliche Waschzuber beherbergte.

„Mir wird bewusst, wie viel Wäsche darin gewaschen werden kann", meinte Annemarie.

„Das wird wohl eine unserer Aufgaben sein", erwiderte Maria leise und fürchtete sich schon jetzt, wenn sie daran dachte, demnächst in diesen dunklen Kellergewölben zu arbeiten.

Maria fühlte sich verloren. Die Traurigkeit wollte in den ersten Tagen im Kloster nicht weichen. Ist das Heimweh?, fragte sie sich. Einsam war sie nicht, denn sie teilte sich den Schlafsaal mit 31 weiteren Mädchen. Doch sie hatte weder Hunger noch Durst und schlief nachts nicht. Sie weinte sich jeden Abend in den Schlaf und träumte von ihren Geschwistern, Eltern und Freundinnen. Viel lieber würde sie die Ziegen hüten, als hier im Kloster zu sein. Letztlich gewöhnte sie sich an die Verlorenheit und an das Leben als Hauswirtschaftsschülerin. Manchmal hatte sie das Gefühl, ihr Herz verkrampfe sich vor Traurigkeit. Doch dies verging und jedes Mal fühlte sich Maria etwas stärker. Annemarie wurde zu einer wohltuenden Freundin und so wuchsen die Mädchen bald in den Rhythmus des Klosterlebens hinein.

In ihrer knappen Freizeit schrieb Maria alles Erlebte in ihr Tagebuch und schrieb einige Briefe an ihre Eltern.

*Liebe Eltern,*

*Wie geht es Euch? Seid Ihr alle bei bester Gesundheit? Ich lebe mich im Kloster ein. Der Ablauf ist streng geregelt. Jeden Morgen um fünf Uhr weckt uns Schwester Clementine. Sie ist unsere Aufsichtsschwester. Wir waschen uns im Waschsaal. Ich muss das Wasser immer erst mit einer Druckpumpe zum Fließen bringen. Es ist abscheulich kalt. Wenn wir angekleidet sind, begeben wir uns in die Kapelle zur Morgenandacht.*
*Das Frühstück ist reichhaltig. Wir haben abwechselnd Frühstücksdienst. Wer Dienst hat, besucht nicht die Morgenandacht, sondern ist um 5:30 Uhr in der Küche. Es ist alles selbstgemacht. Wir backen das Brot, machen Marmelade ein und die Butter stellen wir aus Milch her. Die Wurst ist aus eigener Schlachtung und*

*es gibt selbsthergestellten Ziegenkäse. Die Eier liefern uns die Hühner. Allen schmeckt das Essen hervorragend. Leider habe ich keinen Appetit.*
*Für den Unterricht treffen wir uns im Schulsaal. Dort lernen wir Nahrungskunde und lesen die Bibel. Freude bereitet mir der Naturheilkundeunterricht. Hier lernen wir von Schwester Franziska den gesundheitlichen Nutzen der Heilpflanzen. Wir unternehmen sogar Exkursionen in den Wald, um Kräuter zu sammeln. Bei diesen Wanderungen geht es immer fröhlich zu und es sind bisher die schönsten Stunden, die ich hier im Kloster genießen durfte. Stellt Euch vor, Schwester Franziska erzählt uns manchmal Witze und wir singen gemeinsam auf dem Weg in den Wald. Mitunter dürfen wir uns bei gutem Wetter auf einer Lichtung ins hohe Gras setzen und uns etwas erholen. Das sind wunderbare Mußestunden, denn es gibt neben dem theoretischen Unterricht reichlich zu tun. Bald schreibe ich Euch von meinen weiteren Erlebnissen.*

*Eure Euch liebende Maria*
*Oktober 1930*


Weihnachten näherte sich und im Kloster wurden Vorbereitungen für das Hochfest getroffen. Maria war in der Gruppe Schülerinnen, die mit dem Wursten beschäftigt waren. Mit einem langen Holzlöffel rührte sie in der Blutwurst. In dem Bottich garten Schweineblut, Speck und Schwarte, Schweinefleisch und Gewürze. Während sie darin rührte, verwandelte sich der Inhalt zu einem Brei. Durch den metallisch-süßlichen Geruch, der ihr in die Nase stieg, war ihr übel. Sie zuckte zusammen und ließ den Löffel los, der auf der roten Masse schwamm. Ein stechender

Schmerz durchfuhr ihren Unterleib. Der Schmerz ließ kurz nach, wiederholte sich aber in Intervallen. Die Abstände wurden immer kürzer. Maria dachte daran, dass sie einen Darminfekt haben könnte, und begab sich zur Toilette, die sich hinter dem Waschsaal befand. Sie hob den Rock. Ein warmes Rinnsal Blut lief an ihren Oberschenkeln entlang. Voller Angst erinnerte sie sich an ihre Mutter, die vor einigen Jahren in der Küche zusammengebrochen war, weil sie ebenso geblutet hatte. Hing es damit zusammen, dass sie Blutwurst kochte aus dem Blut und Fleisch von den armen Tieren? Maria weinte und wischte sich mit Toilettenpapier die Beine sauber. Doch es blutete nach. Was sollte sie machen? Würde sie sterben? Sie schluchzte und steckte etwas Papier in ihren Schlüpfer. Mit einem Eimer voll Wasser spülte sie die Toilette. Anschließend machte sie sich auf den Weg zur Krankenstation, die Schwester Agnes leitete. Auf dem Weg dorthin passierte sie dunkle Gänge und betete vor Angst. Immer wieder blieb sie stehen und hielt sich den Bauch.

„Lieber Gott, bitte verzeih mir alle Sünden. Lass mich nicht sterben. Oh, Jungfrau Maria, der du meine Namensträgerin bist, hilf mir in dieser schweren Stunde. Oh, Jesus, steh mir bei."

Zaghaft klopfte sie an die Tür der Krankenstation und trat ein, ohne auf ein ‚Herein' gewartet zu haben.

„Junges Fräulein, was sind das für Manieren?", fuhr Schwester Agnes auf. Sie saß hinter einem mächtigen Schreibtisch und notierte etwas in eine Kladde.

„Es ist ein Notfall. Bitte helfen Sie mir", schluchzte Maria.

Schwester Agnes erhob sich, rückte den Schleier zurecht und trat um den Schreibtisch herum.

„Was führt Sie zu mir?"

„Ich verblute."

Schwester Agnes zog die Stirn in Falten, wodurch sich ihre

Haube hob und wieder senkte.
„Bitte beschreiben Sie die Beschwerden."
Als Maria mit ihrer Schilderung endete, lächelte Schwester Agnes.
„Sie verbluten keinesfalls, junges Fräulein. Sie haben scheinbar Ihre erste Monatsblutung bekommen."
Als Schwester Agnes bemerkte, dass Maria nicht aufgeklärt war, zog sie das Mädchen zu einem Stuhl und bat sie, sich zu setzen. Schwester Agnes setzte sich ebenfalls und erklärte die Entwicklung des weiblichen Körpers.
„Werde ich bald ein Kind bekommen?", fragte Maria.
„Aber nein", lachte Schwester Agnes und erläuterte dem Mädchen, wie es zu einer Schwangerschaft kommen würde. Dabei blieb die Nonne so sachlich, als beschreibe sie die Funktion eines Küchengerätes. Maria errötete dennoch. Niemals zuvor hatte jemand mit ihr über derartige Dinge gesprochen. Das bedeutete ja, dass ihre Mutter mit ihrem Vater ... Ach nein, daran wollte sie gar nicht denken.
‚Ich werde nie ein Kind bekommen', beschloss sie.
Schwester Agnes empfahl ihr, während der Periode nicht in der Wursterei zu arbeiten.
„Ich gebe Schwester Franziska Bescheid. In den nächsten Tagen helfen Sie ihr in der Wäscherei. Aber heute ruhen Sie sich aus."
Mit einem Packen Stoffbinden im Arm verließ Maria die Krankenstation und legte sich ins Bett. Sie dachte nach. Eine richtige Hausfrau würde sie nur werden, wenn sie Kinder bekäme. Wie wäre eigentlich das Leben einer Nonne? Die Schwestern lebten im Zölibat, durften nicht heiraten oder mit einem Mann zusammen sein. Der Gedanke gefiel ihr.

Die Zeit rann dahin. Maria war von der Arbeit ausgefüllt und hatte kaum noch Heimweh. Morgens nahm sie an den theoretischen Unterrichtsstunden teil, nachmittags folgte die Hausarbeit. Drei Mal täglich besuchten die Nonnen und die Schülerinnen die Kapelle zu Andachten, stillen Gebeten und Messfeiern. Trotz ihres festen Glaubens an Gott, langweilten Maria die Besuche in der Kapelle.

So schrieb sie eines Abends in ihr Tagebuch:

*Ich bin zu müde, als dass ich mich in der Kapelle konzentrieren kann. Wenn Schwester Henriette ihre Litaneien anstimmt, zu denen wir den Choral singen, trällern wir, was wir sowieso schon wissen. Und zudem beten wir an jedem Tag soviel, dass mir schwindelig davon wird. Ich habe in den Monaten hier im Kloster Gott, Jesus, Maria und allen Heiligen so oft gehuldigt, dass es für mein restliches Leben reichen und ich niemals in die Hölle kommen werde.*

*Lieber bin ich in der Küche. Das Kochen macht mir Freude. Ich liebe es, kalte Platten zuzubereiten und diese zu verzieren. Darum hat mich Schwester Clementine letztens als ‚Essensverzierkünstlerin' bezeichnet. Ich würde jedem Gericht ein Gesicht geben, hat sie gesagt. Und immer stimme ich in der Küche ein Lied an und es erfüllt mich mit Freude, wenn wir gemeinsam singen. Dann geht die Arbeit leichter von der Hand.*

„Stell dir nur vor, wir wären Ameisen und müssten unser Leben lang im Kloster arbeiten", sagte Annemarie, als Maria und sie einen abendlichen Waldspaziergang machten und an einem Bach entlang wanderten. Der Bach war zugefroren und das Plätschern des Wassers war unter der Eisschicht zu hören.

„Oh nein, das wäre nicht auszuhalten", lachte Maria fröhlich. „Ich wäre ja gerne eine Nonne, aber ich möchte nicht in einem

Kloster leben."

„Lass uns für immer frei sein", rief Annemarie und fasste Marias Hand. Lachend liefen die Mädchen immer tiefer in den Wald hinein. Bald kehrten sie um und wanderten Hand in Hand und singend zum Kloster zurück. Dort erwartete sie die Oberin an der Eingangspforte.

„Wo sind Sie gewesen?", schimpfte sie in einem strengen Ton, der keinen Widerspruch erlaubte.

Maria erzählte von dem Waldspaziergang.

„Es ist Ihnen nicht gestattet, das Kloster ohne Genehmigung zu verlassen", erboste sich die Oberin. „Lassen wir es dieses Mal bei einer Ermahnung. Erwische ich Sie nochmals dabei, erhalten Sie eine deftige Strafe."

Die Mädchen verstanden nicht, warum es nach getaner Arbeit nicht erlaubt war, sich außerhalb der Klostermauern aufzuhalten. Erst später erzählte ihnen Schwester Franziska, dass eine der Nonnen bei einem Spaziergang im Wald von einem Mann überfallen worden war und sie seitdem in einer Heilanstalt lebte.

Die Freundschaft mit Annemarie gab Maria Halt, obwohl sich die Mädchen unterschieden. Annemarie war ein zierliches Mädchen mit blonden Haaren und recht aufgeweckt. Maria war still und abwartend. Sie hatte dunkle Haare, war groß und schlank und wirkte eher schlaksig wie ein Junge. Beide Mädchen trugen ihr langes Haar verknotet im Nacken und versteckt unter Hauben, die sie bei der Arbeit aufsetzten.

Vor dem Einschlafen erzählten sie sich von Zuhause. Annemarie kam aus Bochum und war ein Großstadtkind, während Maria aus der Kleinstadt kam. Um die Mitschülerinnen nicht zu wecken, kroch Maria zu Annemarie ins Bett, so wie an diesem Abend. Annemarie lag auf der Seite und stützte ihren Kopf mit der Hand.

Eine Haarsträhne fiel ihr ins Gesicht. Sie schob sie sachte zurück. Dabei hob sie den Kopf etwas an, so dass ihre hohen Wangenknochen ihr Gesicht noch mehr betonten. Wie wunderschön sie ist, dachte Maria und beneidete ihre Freundin ein wenig. Einen Moment lang schwiegen beide. Doch dann kicherten sie und malten sich ihre Traummänner aus, obwohl Maria nicht davon überzeugt war, zu heiraten. Sie erzählte von ihrem Leben in der Großfamilie. Annemarie lauschte gespannt. „Das ist großartig", sagte sie immer wieder. Sie hatte keine Geschwister. Ihre Eltern waren beide berufstätig und führten gemeinsam ein Lebensmittelgeschäft. Annemarie war quasi in dem Geschäft aufgewachsen.

„Wäre ich ein Junge, dann hätte ich das Geschäft weiterführen dürfen. Aber ich bin halt ein Mädchen, darum werden meine Eltern das Geschäft demnächst verkaufen", erzählte Annemarie und schaute Maria traurig an. „Ich hätte den Laden gerne übernommen, weißt du?"

„Oh ja, es macht sicher Spaß, den Leuten nützliche Sachen zu verkaufen", antwortete Maria.

„Mein Vater sagt, ich müsse lernen, wie ich einen Haushalt zu führen habe. Darum bin ich hier."

„Aber deine Mutter ist doch auch im Geschäft tätig. Wie führt sie dann gleichzeitig euren Haushalt?", wollte Maria wissen.

„Wir haben eine Haushälterin."

„Du könntest doch einen Kaufmann heiraten, der euer Geschäft übernimmt."

„Ach nein, das möchten meine Eltern nicht."

„Es ist schon merkwürdig, was sich manche Eltern denken. Meine Brüder studieren oder machen eine Lehre. Aber ich muss hierher. Ich würde so gerne eine Gesangsschule besuchen und Sängerin werden", sagte Maria und drehte sich auf den Rücken.

„Ach Maria, als Mädchen bleibt uns nur, davon zu träumen, das zu tun, was wir möchten."

„Ja", flüstere Maria.

Das Jahr im Kloster verging schnell. Manchmal reiste Maria für ein Wochenende nach Hause, was ihr die Rückkehr ins Kloster erschwerte. Doch bald war es wieder Sommer und die Schulzeit endete.

Während Annemarie weiter im Geschäft ihrer Eltern aushalf, übernahm Maria zunächst an der Seite ihrer Mutter den familiären Haushalt. Bisweilen war sie neidisch auf ihre Brüder. Enno studierte Jura und Eduard hatte eine kaufmännische Lehre abgeschlossen. Im Eisenwerk bekam er eine Anstellung im Büro und ging jeden Tag mit Anzug und Krawatte aus dem Haus. Maria rümpfte die Nase, wenn er ihr zum Abschied fröhlich zuwinkte.

Marias Vater erlaubte ihr weiterhin nicht, eine Gesangsschule zu besuchen. Doch ihre Gedanken kreisten um nichts anderes, als sich gesanglich ausbilden zu lassen. Der Chorleiter des Kirchenchors war leider umgezogen und den neuen Chorleiter kannte sie nicht, da sie seit einem Jahr nicht an den Proben hatte teilnehmen können. Sie blickte zuversichtlich in die Zukunft und würde einen Weg finden, ihren Traum zu verwirklichen. Irgendwann war es soweit, schwor sie sich.

## 16. Mistelås, 6. April 2018

Vertieft in die Bücher, bemerkte Malin nicht, dass es an der Tür klopfte. Erst zaghaft, dann etwas kräftiger. Schließlich polterte es

laut. Sie sah auf und lauschte. Wieder klopfte es. Rasch legte sie das Tagebuch auf den Tisch, öffnete die Küchentür und sah hinter der Scheibe der Nebeneingangstür jemanden stehen. Wer war das? Neugierig öffnete sie die Tür.
Vor der Tür stand ein junger Mann.
„Hej", grüßte sie. Der Mann schaute sie an und schwieg.
„Hej", wiederholte Malin. Warum sagte er nichts? War er stumm? Was wollte er?
„Ähm", sagte der Fremde und sah sie an, als sei sie eine Erscheinung.
„Was führt dich zu mir?", fragte sie.
„Äh, ja, hej! Ich bin Krister Åkesson, der Nachbar", stellte sich der junge Mann vor und trat über die Türschwelle. Malin trat einen Schritt zurück und schaute ihn verblüfft an.
„Betrittst du immer andere Häuser, ohne zu fragen?"
„Ähm, nein, natürlich nicht. Bitte entschuldige", antwortete Krister verlegen. „Ich habe mir nur etwas Sorgen gemacht, weil … nun ja … seit Gunnar tot ist, war niemand mehr hier."
Nervös trat er von einem Fuß auf den anderen. „Und darum wollte ich nachsehen, ob alles in Ordnung ist."
„Es ist alles gut", erklärte Malin. „Gunnar war mein Großvater. Du wirst mich demnächst öfter hier antreffen, da er mir den Hof vermacht hat."
„Ah, so ist das, ja, das ist ja erfreulich." Krister nickte. „Weißt du, ich habe Gunnar in der letzten Zeit oft geholfen. Und seit er nicht mehr da ist, habe ich immer mal nach dem Rechten geschaut."
„Danke, das war nett von dir."
Malin wunderte sich, dass Gunnar ihr nie von Krister erzählt hatte.
„Ja ja, er war ein netter Typ, ja, der Gunnar", meinte Krister.
War der Typ etwas blöd?, fragte Malin sich. Er stotterte so merk-

würdig.

„Du wohnst aber noch nicht lange hier im Dorf, oder?", wollte sie wissen.

„Doch doch, ich wohne seit vorletztem Jahr drüben bei Bengt Åkesson auf dem Hof. Er ist mein Onkel und bringt mir das Tischlern bei."

„Ach, du wohnst bei Bengt und Stina. Das wird sie sicher freuen."

„Haha, meinst du?", lachte Krister.

„Ja, du bringst Leben ins Haus."

„Ich bin froh, dass ich von Bengt einiges lerne. Ich möchte demnächst eine eigene Schreinerei eröffnen." Er grinste.

„Magst du einen Tee mit mir trinken?", fragte Malin.

„Gerne, da sage ich nicht nein, wobei mir Kaffee besser schmeckt", antwortete Krister, zog seine Schuhe aus und folgte ihr in die Küche.

Während sie die Kaffeemaschine befüllte, bemerkte sie seinen Blick.

„Ich habe oft mit Gunnar Kaffee getrunken", erzählte er. „Und manchmal ein Bier."

Er lachte wieder. Krister schien ein fröhlicher Mensch zu sein, dachte Malin. Vielleicht war er doch nicht blöd?

„Wir haben sogar mal versucht, Bier zu brauen, aber das schmeckte scheußlich."

Nun lachte auch Malin. Sie stellte Krister eine Tasse Kaffee hin und legte Zimtschnecken auf einen Teller. Die hatte sie gestern im ICA Supermarkt gekauft. Krister erzählte von lustigen Erlebnissen, die Gunnar und Bengt erlebt hatten. Die beiden Nachbarn waren gute Freunde gewesen.

Malin lachte über die Anekdoten und Krister wischte sich Lachtränen aus den Augen. Mit einem Mal war Gunnar wieder lebendig und sie sah ihn vergnügt mit Bengt. Es war ein herrlicher Tagtraum, der es ihr warm ums Herz machte. Sie beobachtete Krister, während er erzählte. Er war groß und kräftig. Seine blauen Augen strahlten Lebensfreude aus. Obwohl sie ihn gerade erst kennengelernt hatte, schien er ihr vertraut. Ihr war, als finde sie sich in einer Szene aus einer englischen Rosamunde-Pilcher-Romanze wieder, aber dies war real und kein Film.

„Da hast du meinen Großvater ja gut gekannt", meinte sie, als Krister eine Pause einlegte und seinen Kaffee trank. Sie bedauerte es ein bisschen, dass sie vor Gunnars Erkrankung nicht mehr so viel Zeit mit ihm verbracht hatte.

„Hättest du deinen Großvater öfter besucht, dann hätten wir uns schon früher kennengelernt", meinte Krister nachdenklich.

„Wärst du früher zu deinem Onkel gezogen, würden wir uns auch längst kennen", erwiderte Malin lächelnd. Krister nickte, bevor er die nächste lustige Anekdote erzählte.

„Sind deine Eltern gestorben?", fragte er anschließend unvermittelt.

„Aber nein, sie leben seit drei Jahren in Deutschland", antwortete Malin. „Wie kommst du darauf, dass sie gestorben sind? Hat man dir das erzählt?"

## 17. Lendringsen, 18. August 1934

In Lendringsen herrschte reges Treiben. Mit dem Schützenfest stand das traditionelle Hochfest des Jahres bevor. Die Männer des Bürgerschützenvereins trugen die Verantwortung für das große Volksfest. Doch sie baten die Lendringsener um Unterstützung. Die Straßen sollten festlich geschmückt und Fahnen gehisst werden. So waren die Sewalds dabei, den Rasen zu mähen, den Gartenzaun zu streichen und einen neuen Fahnenmast aufzustellen. Der Schützenplatz war nur wenige Gehminuten von ihrem Haus entfernt. Der große Platz oberhalb des Ehrenmals, zwischen der Straße „Oberm Rohlande" und der „Karl-Becker-Straße", wurde alljährlich zum Rummelplatz.

Marias Brüder waren voller Vorfreude, während ihr das Schützenfest eher egal war. Sie plante dennoch, sich mit ihrer Freundin Agga den Umzug anzuschauen. Ihre Eltern hatten ihr zudem erlaubt, am Sonntag am abendlichen Ball teilzunehmen. Dazu hatte ihre Mutter ein neues Kleid für sie genäht. Aber Maria war sich nicht sicher, ob sie teilnehmen wollte.

Als am Samstag das Schützenfest mit einem ersten Umzug seinen Anfang nahm, ließen Maria und Agga es sich nicht nehmen, zuzuschauen. Der Umzug begann am Schützenzelt und endete an der Josefskirche, in der die Schützenmesse gefeiert wurde. Auch daran nahmen Maria und Agga teil. Obwohl Agga Jüdin war, begleitete sie ihre Freundin Maria in die Kirche. Es war doch ein und derselbe Gott, zu dem sie beteten. Aggas Eltern, Gabriel und Esther Perlmann, sahen es nicht gern, wenn Agga ihre Freundin Maria begleitete. Dennoch gaben sie die Erlaubnis dazu ebenso, wie die Begleitung Marias zum traditionellen Schützenfest. Marias Eltern hatte den Perlmanns versprochen, auf das Mädchen zu achten.

Der Umzug und sogar die Messe wirkten auf Maria militärisch. Seit die NSDAP das Land regierte, herrschte damit ein Regime, das Disziplin und Gehorsam forderte. Marias Eltern und ihre Brüder waren weder Anhänger der NSDAP, noch Anhänger des Reichskanzlers Adolf Hitler. Fritz Sewald war Mitglied der SPD gewesen. Doch diese Partei hatte im Landkreis Iserlohn, zu dem Lendringsen gehörte, bei der Wahl im März 1933 mehr als 12.000

Wählerstimmen verloren. Im Juni 1933 war die SPD verboten worden.
Fritz beobachtete das politische Geschehen mit Argwohn. Reichskanzler Hitler strebte seit Jahren danach, alle Juden mit politischer und militärischer Macht zu ‚entfernen'. Er behauptete, das Weltjudentum habe sich gegen die arische Rasse verschworen. Vor einigen Jahren hatten genau diese Ziele zu einem Verbot der Partei geführt. Doch die steuerte erneut nach vorn, indem sie andere Ziele vorgegeben und die Wahlpropaganda geändert hatte. Erst nach dem Wahlsieg begannen die Nationalsozialisten in fanatischer Weise, die Juden auszugrenzen und gegen sie vorzugehen. Das machte sich auch in einem kleinen Ort wie Lendringsen bemerkbar. Man hatte Fritz Sewald erst letztens geraten, dass Maria Abstand von Agga nehmen sollte. Der freundschaftliche Umgang mit Juden schickte sich nicht. Darüber hatte sich Fritz Sewald geärgert und im Kreis der Familie darüber gesprochen. Die Sewalds hatten daraufhin beschlossen, keine Freundschaft, egal mit wem, aus politischen oder religiösen Gründen aufzugeben. Notfalls nahmen sie ihre jüdischen Freunde in Schutz. Die Perlmanns waren eine von zwei jüdischen Familien, die zu dieser Zeit in Lendringsen lebten. Ebenso waren der Metzger des Ortes, Günther Stern, und seine Familie jüdisch.

Im Schützenumzug war Maria ein junger Fahnenoffizier aufgefallen, der stolz an ihr vorbeimarschiert war. Sie war so fasziniert von ihm, dass sie ihn angestarrt hatte. Das hatte er bemerkt und war errötet. Auch Agga hatte es registriert und kicherte.
In der Schützenmesse stand der junge Mann am Altar und hielt die Schützenfahne. Maria ließ ihren Blick nicht von ihm.
„Glotz ihn doch nicht so an", flüsterte Agga, die neben ihr in der Kirchenbank saß.

„Ich glotze überhaupt nicht", erwiderte Maria leise.
Agga stieß ihr den Ellbogen in die Seite.
„Agathe, es reicht", flüsterte Maria entrüstet.
„Liebe, Liebe, Liebelei", flüsterte Agga grinsend. Maria fühlte sich ertappt und kicherte ebenfalls.
„Lass uns morgen Abend zum Ball gehen", bat Agga.
„Du hast Recht. Zum Ball zu gehen, ist eine gute Idee", fand Maria, die ihrer Mutter noch am Mittag erklärt hatte, dass sie keine Lust auf den Tanzball hatte.
Am Samstagabend war das Fest den Herren vorbehalten. Frauen waren erst am Sonntag im Festzelt zugelassen.
Am Sonntagnachmittag beobachteten Maria und Agga das Festgeschehen und den Umzug mit dem Königspaar und dem netten Offizier. Nach dem Umzug lief Maria eilig nach Hause. In ihrem Zimmer holte sie das neue Kleid aus dem Schrank, zog es über und frisierte sich. Dann lief sie in das Schlafzimmer ihrer Eltern und griff nach dem Parfüm ihrer Mutter, das auf deren Schminktisch stand. Sie reckte den Kopf, sprühte sich einige Spritzer auf den Hals und hinter die Ohren. Vor dem großen Spiegel drehte sie sich und war zufrieden mit ihrem Aussehen. Das Kleid war wunderschön. Ihre Mutter hatte die Farben grün und schwarz gewählt und es nach einem Bild eines Kleides einer amerikanischen Dame aus verschiedenen Stoffen genäht. Es lag um die Taille eng an und fiel ab der Hüfte locker bis über ihre Waden. Sie legte eine seidige Stola um ihre Schultern und fühlte sich wie eine Prinzessin, die zum Debütantinnenball eingeladen war.
Gemeinsam mit ihrer Mutter und Agga machte sie sich auf den Weg zum Schützenzelt. Die Mädchen folgten Erna freudig in das große Zelt, wo Erna ihrer Tochter und deren Freundin einen Platz neben sich zuwies. Sie setzten sich und schauten sich neugierig um. Schnell gesellten sich Elisabeth und Barbara zu ihnen, zwei

Mädchen aus der Nachbarschaft. Maria folgte den albernen Gesprächen ihrer Freundinnen nicht und blickte suchend durch das Zelt. Schließlich sah sie den jungen Fahnenoffizier des Schützenvereins vorne neben der Musikbühne stehen. Er unterhielt sich mit einigen Uniformierten. Als habe er Marias Blick gespürt, drehte er sich in ihre Richtung. Ihre Blicke trafen sich über die Tische und all die Menschen hinweg. Maria neigte verlegen den Kopf und sah auf den Boden. Als sie wieder aufschaute, sah sie ihn auf sich zukommen. Vor ihrem Tisch blieb er stehen und lächelte sie freundlich an. Dann reichte er ihr seine Hand.
„Darf ich Sie zum Tanzen auffordern?"
Maria brachte kein Wort heraus und nickte. Mit einer langsamen Bewegung nahm sie seine Hand und ließ sich zur Tanzfläche führen. Bald wogten sie zum Walzer dahin. Maria fühlte sich wie auf Wolken. Wie mühelos er sie führte. Nach rechts, nach links, jeder Tanzschritt saß. Ihr fehlte der Mut, ihn anzusehen.
„Mein Name ist Maximilian Winter", sagte er und drehte seine Tanzpartnerin im Walzertakt zwischen zahlreichen anderen Paaren.
„Maria, ich heiße Maria", erklärte sie und hob den Kopf. Ihr Blick versank in seinen meerblauen Augen. Seine Sommersprossen im Gesicht waren wie tausend Sterne, die über dem Meer leuchteten. Ihr wurde warm ums Herz. Maximilian duftete nach Kiefernadelöl. Sicher hatte er nachmittags ein Bad genommen. Diesen Duft werde ich nie vergessen, egal wo ich sein werde und was ich machen werde, beschloss sie in diesem Moment und schmiegte sich enger an ihn.
Als die Musikkapelle pausierte, führte Maximilian sie an den Tisch zurück.
„Darf ich neben Ihnen Platz nehmen?", fragte er höflich.
„Aber ja", freute Maria sich.

Ihre Freundinnen rutschten grinsend auf der hölzernen Bank etwas zur Seite. Maximilian setzte sich Maria gegenüber. Ihr entging nicht, dass ihre Freundinnen albern tuschelten. Es war ihr egal. Sie lächelte Maximilian an und hörte zu, was er erzählte. Er war ein angenehmer Gesprächspartner. Manchmal strich er sich mit der Hand über sein lockiges, rötliches Haar, das er nach hinten gekämmt hatte. Maria war verzückt von ihm.

„Würdest du mir Modell stehen?", fragte er.

Maria überlegte. Was meinte er? Sie hatte ihm gerade nicht zugehört, sondern ihn betrachtet und war in Träume versunken.

„Darf ich dich malen?"

„Du bist Maler?"

„Ja. Hast du nicht zugehört?" Maximilian sah sie mit gespielter Entrüstung an.

„Entschuldige, es ist so laut hier."

„Was meinst du?"

Maria erschauderte bei dem Gedanken, sich vor ihm auszuziehen. Warum wollte er eine krummbeinige, pummelige Frau wie sie malen?

Als habe er ihre Gedanken geahnt, sagte er: „Ich möchte keinen Akt von dir zeichnen, sondern ein Porträt."

„Gerne. Warum nicht?", antwortete Maria und lächelte geschmeichelt.

Maximilian legte seine Hände auf den Tisch. Ihr gefielen die feingliedrigen Hände mit den langen Fingern. Eigentlich gefiel ihr alles an ihm.

„Mein Geld verdiene ich allerdings nicht mit der Malerei", erzählte er und strich sich eine Locke aus der Stirn. „Ich bin Malergeselle und besuche demnächst die Meisterschule, damit ich mein eigenes Geschäft eröffnen kann."

„Das ist wunderbar", fand Maria.

Die Musik setzte ein.

„Lass uns wieder tanzen", schlug er vor, wartete ihre Antwort nicht ab, sondern zog sie an der Hand zur Tanzfläche.

Als es 22 Uhr wurde, forderten Marias Eltern sie und Agga auf, nach Hause zu gehen. Maximilian schlug vor, die Mädchen zu begleiten.

„Sie sind doch der Sohn von Karl Winter, oder nicht?", fragte Marias Vater.

Maximilian bestätigte es und stellte sich vor.

„Ich kenne Ihren Vater aus der Eisengießerei, aber ich habe ihn seit Ewigkeiten nicht mehr gesehen", sagte Fritz Sewald.

„Er arbeitet dort schon lange nicht mehr. Die Folgen seiner Kriegsverletzung waren zu schwer, so dass er zunächst kaum laufen konnte. Doch dank seines Willens und seiner Hartnäckigkeit, Übungen zu machen, sind seine Beine wieder gut zu gebrauchen. Nur der Rücken plagt ihn manchmal stark."

Fritz drückte sein Bedauern aus und erlaubte dem 22-jährigen Maximilian, die beiden Mädchen nach Hause zu begleiten. So fasste jedes der Mädchen eine von Maximilians Händen, der sie stolz aus dem Zelt führte. Zuerst brachten sie Agga nach Hause, die mit ihrer Familie einige Häuser unterhalb von Maria wohnte. Vor Marias Elternhaus angekommen, verabschiedete sich Maximilian höflich.

„Danke für die Begleitung und für den schönen Abend", sagte Maria.

„Es war der bisher schönste Abend in meinem Leben", antwortete Maximilian. Seine Stimme wirkte zittrig.

Maria wusste nicht, was sie sagen sollte und schwieg. Dabei wünschte sie sich nichts sehnlicher, als dass er sie küssen würde. ‚Bitte tu es', flehte sie in Gedanken und versuchte, Maximilian verführerisch anzulächeln, ohne zu wissen, ob ihr dies gelang.

Plötzlich beugte er sich vor, senkte seinen Kopf und drückte seine Lippen zaghaft an Marias Mund. Seine Lippen waren weich und zart und schmeckten nach Wein. Maria schlang ihre Arme um seinen Hals und erwiderte den Kuss. Es war der erste Kuss ihres Lebens und nie hätte sie gedacht, dass er sich so leicht und angenehm anfühlte.

Als Maria später im Bett lag, schämte sie sich ein wenig für den Kuss. Doch sie vermisste Maximilian schon jetzt und konnte es kaum erwarten, ihn am nächsten Tag auf dem Schützenfest wiederzusehen.

Auch den dritten Tag des Schützenfestes verbrachten Maria und Maximilian gemeinsam. Sie tanzten, unterhielten sich, lachten und fuhren händehaltend mit dem Kettenkarussell.

Nach dem Schützenfest war Maria wie verwandelt. Sie summte den ganzen Tag vor sich hin und war überaus fröhlich. ‚*Ich bin eine geküsste Frau*‘, schrieb sie in ihr Tagebuch.

Ihren Eltern blieb das nicht verborgen und sie ahnten, dass es mit dem jungen Winter zu tun habe. „Wir haben nichts gegen Maximilian", sagte ihr Vater eines Abends, als Maria singend den Abendbrottisch deckte. Sie horchte auf und sah ihren Vater lächelnd an.

„Warten wir, wie es sich entwickelt", meinte er und tätschelte Marias Wange.

Am Donnerstag, nur wenige Tage nach dem Schützenfest, klopfte es an der Haustür der Sewalds. Als Maria Maximilians Stimme hörte, klopfte ihr Herz so laut, dass es in ihren Ohren dröhnte. Aufgeregt lief sie von der Küche in den Flur, wo ihre Mutter sich mit Maximilian unterhielt.

„Maria", rief er freudig, als er sie sah.

„Hallo Maximilian", begrüßte sie ihn. Er hielt ihr einen Strauß Sommerblumen hin, den er zunächst umständlich um Erna

Sewald herum schwang. „Die sind für dich."
Erna bemerkte schnell, dass sie überflüssig war, und verschwand im Garten.
„Darf ich dich für nächsten Sonntag zu einem Ausflug einladen?", fragte Maximilian. „Wir könnten eine Fahrradtour entlang der Hönne und ein Picknick machen."
Maria nickte strahlend.
„Falls du kein Fahrrad hast, kannst du das Rad meiner Mutter benutzen."

Aber Maria hatte ein eigenes Rad, mit dem sie die täglichen Einkäufe unten im Dorf erledigte. Sie putzte und polierte es am Samstag vor dem Ausflug. Zudem backte sie einen Kuchen und füllte den Picknickkorb mit einigen Leckereien und Getränken.
Am Sonntagmorgen holte Maximilian sie ab. Gemeinsam radelten sie an der Hönne entlang in Richtung Balve. Die Sonne ließ das Hönnetal in seiner schönsten Pracht erstrahlen. Maria trug einen schwarzen Rock und ihre gelbe Sonntagsbluse. Der Haarknoten hatte sich schon nach einigen Kurven gelöst und so fielen ihre langen, lockigen Haare bis zur Taille über den Rücken. Singend radelte sie neben Maximilian, der bald in ihre Lieder einstimmte. Sie fuhren unterhalb der Burg Klusenstein, vorbei am alten Forsthaus an der Feldhofhöhle, durch Binolen und bogen vor Volkringhausen in Richtung Grübeck ab. Von dort fuhren sie hinauf ins Bergdorf Eisborn. Auf dem Weg nach Asbeck hielten sie auf der Bergkuppe an.
„Sieh nur diese Herrlichkeit", sagte Maximilian und zeigte über die hügelige Landschaft, auf die sie hinunter blickten.
„Ja. Voll überschäumender Schönheit, so überwältigend und wunderschön. Einfach unglaublich", schwärmte Maria, ließ den Fahrradlenker los und streckte beide Arme in die Höhe. Das

Fahrrad fiel auf den Boden. Maria streckte die Arme nach vorne aus und zog sie wieder ein, so als fange sie das Bild ein. „Diese herrliche Natur gehört in mein Herz."

Maximilian lachte und schaute den Eiern hinterher, die beim Sturz des Fahrrads aus dem Picknickkorb gefallen waren und den Weg hinunter rollten. Dann legte er seinen Arm um Marias Schultern und einen Moment lang standen beide still und genossen die Aussicht. Maria lehnte ihren Kopf an seine Schulter. Was für ein großartiger Augenblick, dachte sie.

„Du gehörst in mein Herz", flüsterte Maximilian und gab ihr einen Kuss auf ihr Haar.

Maria sah auf, schwang beide Arme um seinen Hals und küsste ihn. Zunächst zaghaft, dann fordernd.

Er erwiderte den Kuss und drückte sie fest an sich.

„Ich liebe dich", sagte er. „Vom ersten Augenblick an liebe ich dich."

„Wenn das Kribbeln in meinem Bauch, das Herzrasen und die ständigen Gedanken an dich Liebe ist, dann liebe ich dich auch", antwortete Maria. Dies ist der herrlichste Moment in meinem Leben, dachte sie. Und sie hatte recht – es war der Beginn einer wundervollen Liebe. In diesem Augenblick war es für sie die einmaligste Liebe auf Erden. Beide ahnten nicht, welches Schicksal für sie vorbestimmt war.

## 18. Lendringsen, Oktober 1939

Maria und Maximilian waren seit fünf Jahren ein Paar. Sie waren voller Pläne und wollten bald heiraten. Um etwas Geld zu verdienen, arbeitete Maria in der Eisengießerei als Reinigungskraft.

„Wenn wir verheiratet sind, wirst du nicht arbeiten", erklärte Maximilian, der als Anstreicher in einem kleinen Betrieb tätig war. „Dann werden wir viele Kinder haben", lachte er fröhlich.
„Bis es so weit ist, dauert es ja etwas. Ich möchte auch Geld verdienen. Eine Hochzeit ist teuer", erwiderte sie augenzwinkernd.
„Haha, eine Frau, die weiß, was sie will. Du bist eine richtige Herausforderung."
In ihrem Glück nahmen beide das politische Geschehen und die Veränderungen im Land nur am Rande wahr, denn sie konzentrierten sich auf ihre Planungen und verdrängten ihre Angst vor dem Krieg, der vor einigen Wochen ausgelöst worden war.


Bei sonntäglichen Familienzusammenkünften wurde jedoch rege darüber diskutiert. Verschiedene junge Männer aus der Nachbarschaft waren bereits als Soldaten an der Front. Stets lief das Radio, damit wichtige Meldungen nicht verpasst wurden.
„An allem ist dieser Hitler schuld", schimpfte Marias Vater.
„Still!", ermahnte ihn dann ihre Mutter. „Lass das niemanden hören, sonst geht es uns an den Kragen."
„Aber Erna, siehst du denn nicht, was er anrichtet?"
Erna Sewald schüttelte nachdenklich den Kopf.
„Glaubt mir, dieser Mann ist größenwahnsinnig", schimpfte Fritz. Schon 1938 war der Beginn des „Großdeutschen Reiches" nur knapp dem Krieg vorausgegangen. Nicht nur die Deutschen hatten gejubelt, als Österreich seinem Nachbarn Deutschland angeschlossen wurde. Hitler erlangte beim Volk immer mehr Vertrauen und Respekt. Mit Rüstungsaufträgen hatte er es geschafft, die Arbeitslosigkeit im Land zu mindern. Er hatte sich für gerechte Löhne eingesetzt und das Zutrauen der Frauen gewonnen, indem er ihnen Anerkennung zukommen ließ. Durch

die Mütter wurde die Nation gesichert. Hitlers Pläne, die Grenzen des Reichs auszudehnen, waren vielfach befürwortet worden. So hatte der 2. Weltkrieg unter dem Jubel des Volkes begonnen. Am 1. September 1939 waren deutsche Truppen in Polen einmarschiert, um die Ostgrenze durch die Teilung Polens zu erweitern. Nur wenige Tage später hatten Großbritannien und Frankreich dem Deutschen Reich den Krieg erklärt.

Es war eine aufregende Zeit für Maria, die davon ausging, dass der Krieg bald gewonnen und damit beendet war. Vor allem hoffte sie, dass ihrer Freundin Agga nichts passierte.

Adolf Hitler verfolgte beharrlich seine Ziele. Es sollte das Reich nicht nur von auferlegten Beschränkungen, die durch den Waffenstillstand nach dem 1. Weltkrieg galten, befreit werden, sondern auch von den Juden. Am Abend des 9. November 1938 waren Männer der SA, der Sturmabteilung der NSDAP, in die Synagoge in der Watergasse in der Innenstadt von Menden eingebrochen. Sie hatten die Synagoge verwüstet und das Mobiliar in Brand gesteckt. Dass die Synagoge nicht niedergebrannt war, war einigen Anwohnern zu verdanken, die das Feuer gelöscht hatten. Im benachbarten Lendringsen hatten SA-Männer das Schaufenster des Juweliergeschäfts Perlmann mit Farbe beschmiert. In großen Lettern stand dort geschrieben ‚Tod den Juden'. Als Gabriel Perlmann die Männer davon hatte abhalten wollen, sein Geschäft zu beschmieren, hatten ihn zwei Männer so brutal geschlagen, dass er bewusstlos zusammengebrochen war. Nachdem die SA verschwunden war, waren Nachbarn zu Hilfe gekommen. Sie hatten Gabriel in die Wohnung getragen, wo er von seiner Frau versorgt worden war.

Agga berichtete Maria am nächsten Tag weinend darüber. Maria war entsetzt. Was mochte noch alles passieren?

Hitlers viel weiter gesteckte Ziele wie die Endlösung bezüglich der Judenfrage blieben im Verborgenen. Zeitungen titelten nach der Pogromnacht ‚Vergeltung an den Juden', ‚Ist die Judenfrage damit beantwortet?', ‚Die Lösung!'. Gräueltaten gegen Juden wurden in der Presse als Lüge bezeichnet. Hätte Maria die Verletzungen von Herrn Perlmann nicht mit eigenen Augen gesehen, hätte sie die Nachrichten vielleicht geglaubt. Doch sie war davon überzeugt, dass im Hintergrund geheime Pläne gegen die Juden geschmiedet wurden.

„Der Führer geht taktisch vor. Ständig kündigt er Abkommen und schließt neue Bündnisse", warnte Fritz Sewald an einem sonntäglichen Kaffeegedeck seine Familie. „Und mir ist zu Ohren gekommen, dass es Transporte gegeben hat. Es wurden Juden in Lager gebracht."
„Das kann ich mir nicht vorstellen", meinte seine Frau Erna.
„Wenn es wahr ist, wird es nicht mehr lange dauern. Dann werden Perlmanns und Sterns abgeholt."
„Ach was, das glaube ich nicht", antwortete Erna.
„Warte nur ab", sagte Fritz mit finsterer Mine.
Erna schüttelte nachdenklich den Kopf. „Was für eine merkwürdige Zeit es doch ist."

Genau in dieser Zeit legte Maximilian seine Meisterprüfung erfolgreich ab. Pünktlich zur Hochzeit im Januar, wollte er ein eigenes Geschäft eröffnen. Er mietete ein Ladenlokal an, in dem Tapeten und Farben ausgestellt werden sollten. Im hinteren Teil war genügend Platz für ein Büro. Maria war glücklich, denn es war abgesprochen, dass sie im Geschäft die Kunden beraten und Material verkaufen sollte.
Ihr Glück bekam einen ersten Dämpfer, als Maximilian im Oktober zur ärztlichen Untersuchung zum Wehrbezirkskommando

bestellt wurde. Er wurde für kriegstauglich befunden und zunächst als Reservemann gemeldet. Darüber waren Maria und er froh.

„Vielleicht ist der Krieg schon zu Ende, bevor man dich überhaupt als Soldat einzieht", hoffte Maria.

„Ich bin froh, dass wir bald heiraten", sagte er und schaute Maria ernst an.

„Warum klingst du so nachdenklich?", wollte sie wissen.

Sie sah, wie seine Hände zitterten. Er hatte Angst.

## 19. Mistelås, 7. April 2018

Malin erwachte. Ein Vogel saß auf dem Dach und pickte Moos. In der Ferne war ein Traktor zu hören. Sie reckte sich, stieß die Bettdecke beiseite und stieg aus dem Bett. Ein Blick auf die Uhr zeigte ihr, dass es schon fast Mittag war. Es war spät geworden gestern Abend. Sie hatte Krister eingeladen, zu bleiben. Sie hatten gemeinsam gekocht. Nach dem Essen hatten sie sich vor den Kachelofen gesetzt und sich über ihre Familien unterhalten. Dass Malin die Tagebücher gefunden hatte und den Geheimnissen ihrer Familie auf der Spur war, fand Krister spannend und er versprach, ihr zu helfen wo immer sie Hilfe benötigte.

Er gefiel ihr. Nicht nur, weil er blendend aussah, er war auch sympathisch und hilfsbereit. Sie zog ihren Schlafanzug aus und nahm den Pulli und die Jeans vom Stuhl. Die Stufen knarrten, als sie die Treppe hinunter stieg. Im Flur blieb sie stehen und schaute durch die Scheiben der alten Haustür. Drüben auf dem Hof von Kristers Onkel war niemand zu sehen. Der Lieferwagen der kleinen Schreinerei stand nicht vor der Werkstatt. Dafür tippelten drei

Hühner vor dem Werkstatttor herum und pickten auf dem Boden nach etwas Fressbarem. Das große, weiß gestrichene Wohnhaus wirkte einladend. Neben dem Haupteingang hing ein hölzernes Schild mit der Aufschrift ‚Välkommen'. Hinter den Fenstern war es dunkel. Niemand schien zuhause zu sein. Ein Traktor fuhr hinter den Gebäuden auf dem kleinen Acker. Malin vermutete, dass Krister hinter dem Steuer saß, um seinem Onkel zu helfen.
Sie beschloss, spazieren zu gehen und den sonnigen Tag zu genießen, bevor sie weiter in den Tagebüchern las.
Wenig später schlenderte sie nicht zufällig am Acker vorbei und winkte dem Traktorfahrer zu. Wie sie vermutet hatte, war Krister der Fahrer. Er hielt an, sprang aus der Fahrerkabine auf den matschigen Boden und kam mit großen Schritten auf sie zu.
„Hej!", rief er lachend.
„Schön, dich zu treffen", antwortete Malin und wartete, bis er sie erreicht hatte.
Krister nahm seine Kappe ab und gab ihr einen Kuss auf die Wange. Malin errötete, damit hatte sie nicht gerechnet.
„Bist du heute nicht in der Schreinerei?", fragte sie und hoffte, dass Krister ihre Verlegenheit nicht bemerkte.
„Nein, heute ist die Landwirtschaft wichtiger. Bengt ist mit Stina in der Stadt. Sie haben dort einiges zu erledigen."
„Ja, das muss manchmal sein", sagte Malin und wusste nicht recht, wie sie ein Gespräch in Gang bringen sollte.
Krister lächelte und drehte seine Kappe in den Händen.
Nach einem kurzen Moment des Schweigens sprachen beide gleichzeitig und lachten dann darüber.
„Und? Hast du heute schon Neuigkeiten in den Tagebüchern gefunden?", fragte Krister.
„Nein, ich lese später weiter. Ich möchte erst das schöne Wetter genießen."

Krister nickte.

„Machst du eine Pause? Hast du Lust, mit mir spazieren zu gehen?", fragte Malin mutig.

Krister zog die Stirn kraus. „Tut mir leid, aber ich habe Bengt versprochen, dass ich heute mit dem Acker fertig werde, damit wir säen können."

Er bemerkte Malins Enttäuschung.

„Schade", sagte sie.

„Fahr doch mit und genieß das Wetter vom Traktor aus", schlug Krister vor.

Das lehnte sie nicht ab, saß nur Minuten später neben Krister auf dem Traktor und ließ sich während der holprigen Fahrt durchschütteln. Krister hatte ihr seinen Gehörschutz gegeben, so dass sie das laute Motorengeräusch nur gedämpft wahrnahm. Es dämmerte, als Krister den Traktor zurück zum Hof lenkte.

„Hast du Hunger?", fragte er, nachdem sie den Traktor in der Scheune geparkt hatten.

„Ja", antwortete Malin. Sie hatte sogar großen Hunger, denn sie hatte sich nur einen Apfel mit auf den Weg genommen.

„Dann schaue ich mal, was Stina im Kühlschrank hat."

„Wir könnten aber auch bei mir gemeinsam kochen."

„Eine gute Idee."

Malin fiel ein, dass sie überhaupt nichts im Haus hatte, aus dem man ein Gericht zaubern könnte.

„Kein Problem, dann fahren wir zusammen Einkaufen."

Und so wurde sie wieder von Krister gefahren, sie saß neben ihm in seinem Auto. Während der 20 Kilometer langen Fahrt durch kleine Dörfer sprachen sie wenig. Im Radio liefen Popsongs. Im ICA in Moheda besorgten sie alle Zutaten für einen Auflauf und begaben sich auf den Rückweg. Auf der Hälfte des Weges bremste Krister abrupt ab. Malin rutschte nach vorne und wurde hart vom Gurt aufgefangen. „Autsch", jammerte sie. Vor dem Auto stand ein junger Elch und starrte sie an. Ebenso starrten Krister und Malin das Tier an, das von den Autoscheinwerfern hell erleuchtet wurde.

„Puh", meinte Krister nach einer Weile. „Das hätte schief gehen können. 500 Kilogramm auf der Motorhaube sind nicht ohne."

Malin nickte und verfolgte den Elch mit ihren Blicken. Langsam schritt das Tier über die Straße und verschwand im Wald. Sie war beeindruckt.

„Ich habe schon lange keinen Elch mehr gesehen. In Stockholm spazieren sie nicht so gerne über die Straßen", lachte sie.

Nach dem Essen fragte Krister, ob es ihr etwas ausmachen würde, wenn er mit in den Tagebüchern las. Er sei gefesselt von der Geschichte. Malin störte es nicht und so setzten sich die beiden im Wohnzimmer vor den Kachelofen. Sie las ihm vor.

## 20. Lendringsen, 20. Januar 1940

Am 20. Januar 1940 trat Maria in dem schlichten Brautkleid ihrer Mutter vor den Altar, um Maximilian zu heiraten. Die Trauzeugen waren Marias Brüder Enno und Eduard sowie ihre Freundin Annemarie aus Bochum und Maximilians Kusine Paula, die in ihren selbstgenähten Abendkleidern entzückend aussahen. Der Kirchenchor der katholischen St. Josefskirche, in dem Maria Mitglied war, sang zum Auftakt der Messe. Der Chor war auf wenige Mitglieder geschrumpft. Viele Sänger waren an der Front, einige andere waren verzogen. Dennoch klang der Chor feierlich. Niemand wollte in diesem Moment an den Krieg denken, der nach wenigen Monaten schon viele Opfer gefordert hatte.

Maria weinte, als der Pastor zum Eigentlichen kam.

„Maximilian Winter, ich frage dich, nimmst du die hier anwesende Maria Ernestina Sewald zu deiner Frau und willst ihr treu sein in guten wie in schlechten Tagen? Willst du sie lieben und achten, sie beschützen und euren Kindern ein guter, fürsorglicher Vater sein, bis dass der Tod euch scheidet?"

Bei dem Wort ‚Tod' durchfuhr Maria ein kalter Schauer. Der Tod, das Endliche des Lebens, das jeden Tag, jede Minute und jede Sekunde so viele Menschen nahm. Und in dieser grauenvollen Zeit des Krieges starben noch mehr. Traurig dachte sie an Agga, die nicht an der Hochzeit in der Kirche teilnehmen durfte.

Der warme Händedruck von Maximilian riss Maria aus ihren Gedanken. Er sagte laut: „Ja."

Der Pastor, ein kleiner dicker Mann mit wabbeligem Doppelkinn, wandte sich an Maria und stellte ihr die gleiche Frage.

Sie sah Maximilian an, schluchzte und lächelte ihn liebevoll an. „Ja", antwortete sie.

„So nehmt diese gesegneten Ringe und steckt sie euch zum Zeichen der Verbundenheit an", sagte der Pastor und reichte dem Paar ein Tablett, auf dem die Ringe lagen.

Maximilian reichte Maria anschließend ein Taschentuch. Sie hörte nicht auf zu weinen. Sie weinte vor Glück, vor Trauer, aber auch vor Angst, um das, was kommen mochte.

Als sie aus der Kirche schritten, beruhigte sie sich etwas. „Ich lege mein Leben in deine Hände. Du bist mein Glück und ich vertraue dir", flüsterte sie Maximilian ins Ohr, als sie vor der Kirche von den Hochzeitsgästen gefeiert wurden. Es war ein kalter Tag und schneite unaufhörlich.

„Lasst uns im Warmen weiterfeiern", rief Maximilian allen Gästen zu. Er führte seine Frau zu einem blauen Opel Olympia, der mit einem Blumenbukett auf der Motorhaube geschmückt war.

„Mein Hochzeitsgeschenk für dich", lachte er, als er Marias verblüfften Gesichtsausdruck sah.

„Oh, ein eigenes Auto", freute Maria sich und fiel ihrem Mann um den Hals. Der Schleier verrutschte. Maximilian half ihr, ihn wieder zu richten.

„Aber heute fährt uns Enno", erklärte er und öffnete die Autotür, damit er und Maria auf der hinteren Sitzbank Platz nehmen konnten. Maria küsste ihn glücklich.

„Hallo, spart euch das für die Hochzeitsnacht", rief Enno mit gespielter Entrüstung und fuhr los.

Maximilian zog eine kleine Schachtel aus seiner Tasche.

„Ich habe noch ein weiteres Geschenk für dich", sagte er und hielt Maria die Schachtel hin. Zaghaft öffnete sie den Deckel und begann erneut zu weinen. In der Schachtel befand sich genau jener Ring, den sie vor mehr als einem Jahr im Schaufenster von Juwelier Perlmann, Aggas Vater, bewundert hatte. Lange hatte sie von dem Ring geschwärmt. Es war ein goldener Ring, in dessen Fassung ein ovaler, roter Rubin glänzte.

Das Geschäft der Familie Perlmann war mittlerweile geschlossen. Die Nazis hatten zuletzt Männer vor der Eingangstür postiert, die Schilder trugen mit der Aufschrift ‚Ein guter Arier kauft nicht bei Juden'. Niemand hatte sich mehr in Perlmanns Geschäft getraut, geschweige denn etwas gekauft.

„Wie bist du an den Ring gekommen?", wollte Maria wissen.

„Herr Perlmann hat den ganzen Schmuck unter der Hand verkauft, aber bitte schweig darüber", erklärte Maximilian leise. Behutsam steckte Maria den Ring an den linken Ringfinger. Rechts trug sie den Ehering.

Bis in den frühen Morgen feierte die Hochzeitsgesellschaft im Haus der Sewalds. Erschöpft legte sich das Brautpaar in Marias

Mädchenzimmer schlafen. Beide waren so müde, dass sie direkt einschliefen. Dabei hatte Maria sich wochenlang Gedanken um die Hochzeitsnacht gemacht. Wie würde es sein, Maximilian körperlich ganz nah zu sein? Sie hatte mit ihren Freundinnen darüber gesprochen, doch nur Annemarie war bisher verheiratet und hatte das Zusammensein als angenehm beschrieben. Nun ja, das musste warten, dachte Maria.

Wenige Tage nach der Hochzeit bezog das Paar eine Wohnung im Haus von Maximilians Eltern in der Friedhofstraße. Zwei Räume, eine winzige Küche und ein Bad im Obergeschoss sollten zunächst genügen.

Im Erdgeschoss wohnten Maximilians Eltern und sein älterer Bruder Alfred, der als Soldat im Krieg gewesen war. Schon im ersten Kriegsmonat war er in Polen schwer verletzt worden und hatte ein Bein verloren. Er war längst noch nicht genesen. Deshalb war er nicht mehr kriegstauglich. Dass er cholerisch veranlagt war, merkte Maria schnell. Darum hielt sie immer Distanz zu ihm und kümmerte sich mit Maximilian um den Aufbau ihres Geschäfts. Jeden Tag hoffte sie aufs Neue, Alfred nicht zu begegnen.

## 21. Mistelås, 7. April 2018

„Es ist beeindruckend, was du liest", sagte Krister. „In meiner Familie wurde nicht oft über den Krieg gesprochen."

Malin saß im Schneidersitz auf einem Kissen vor dem Kachelofen. Eine Kladde lag auf ihrem Schoß. Sie strich mit einer Hand sanft über die handgeschriebene Seite. Ihre Großmutter hatte die Übersetzung mit Tinte geschrieben. Was war dabei wohl in ihr

vorgegangen?, fragte sie sich.
„Möglicherweise war der Krieg für deine Familie kein Thema. Schweden war ja schließlich neutral."
„Da magst du Recht haben", meinte Krister, der ebenfalls auf dem Boden saß und sich mit dem Rücken an die warmen Kacheln anlehnte.
„Allerdings gab es eine Freundin meiner Mutter. Sie hieß Grete und war als Kind im Krieg mit einem Kindertransport aus Deutschland nach Schweden gekommen. Die Nachbarn meiner Mutter hatten sie als Pflegekind aufgenommen", erzählte Krister. „Für mich war sie ‚Tante Grete'. Sie war Jüdin."
Er sah Malin einen Moment lang schweigend an, bevor er weiter sprach.
„Später ist Tante Grete in die Svenska Kyrkan eingetreten. Ich nehme an, weil ihr Mann Mitglied war."
„Hat sie erzählt, warum sie nach Schweden kam?"
„Ja, ein einziges Mal. Es war an einem kalten Winterabend, daran erinnere ich mich. Meine Eltern waren ausgegangen und Tante Grete passte auf mich auf. Sie las mir eine Geschichte vor. Es war so gemütlich, ich lag in meinem Bett, sie saß auf dem Bettrand und draußen schneite es. Ich fragte sie, ob ihr auch jemand Geschichten vorgelesen hat, als sie ein Kind war. Sie sagte, dass es natürlich so gewesen sei. Ihre Mutter habe ihr jeden Abend ein Märchen vorgelesen und ihr ein Abendlied vorgesungen. Und dann hat sie mir vorgesungen."
Krister summte eine Melodie, die Malin erkannte. Sie lächelte und fühlte sich an ihre Kindheitstage erinnert.
Kristers Summen ging über in Gesang: „Nu i ro slumra in, lilla älsklingen min. Ner i kudden dig göm, vid din rosiga dröm. Tills du väcks lilla vän, nästa morgon igen. Tills du väcks lilla vän, nästa morgon igen."

Beim Singen hatte er die Augen geschlossen.

„Träumst du dich in dein Kinderbett zurück?", fragte sie.

Krister nickte lächelnd und behielt die Augen weiterhin geschlossen. Malin schloss ebenfalls die Augen und sah in Gedanken ihren Vater an ihrem Bett sitzen. „Guten Abend, gut' Nacht, mit Rosen bedacht, mit Näglein besteckt, schlupf unter die Deck. Morgen Früh, wenn Gott will, wirst du wieder geweckt. Morgen Früh, wenn Gott will, wirst du wieder geweckt", sang Malin in Deutsch, der Muttersprache ihrer Großmutter.

Krister öffnete die Augen. „Du hast eine schöne Stimme."

„Danke", lachte Malin. „Aber erzähl bitte weiter, was Tante Grete dir berichtet hat." Sie wartete gespannt. Er lehnte sich wieder zurück an den Kachelofen, schloss die Augen und machte einige tiefe Atemzüge.

„Tante Gretes Eltern waren Kaufleute aus Berlin. Sie mussten ihr Geschäft schließen, weil sie Juden waren. Schon vor dem Krieg hatte sich die Situation zugespitzt und die Juden wurden ausgegrenzt. Tante Gretes Eltern gelang es, sie 1939 mit einem Kindertransport nach Schweden zu schicken. Alle drei Monate schickten sie Tante Grete einen Brief. Tante Grete beantwortete sie immer und beschrieb, wie gut es ihr in Schweden ging. Doch nach einiger Zeit kamen keine Briefe mehr aus Deutschland. Und letztlich kam auch einer von Tante Gretes Briefen zurück mit dem Vermerk, dass er nicht zugelassen sei. Das war 1944."

„Hat Tante Grete herausgefunden, warum ihre Eltern nicht mehr schrieben?", fragte Malin neugierig.

„Ja, Tante Grete hat jahrelang Nachforschungen angestellt, bis sie unerwartet, etwa zehn Jahre nach dem Krieg, eine Einladung nach Berlin bekam, wo man ihr die Habseligkeiten ihrer Eltern überreicht hat."

„Was war passiert?"

Krister öffnete die Augen und sah Malin an. „Etwas Unvorstellbares."

Malin befürchtete, dass etwas sehr Schlimmes passiert war. Sie erkannte es an Kristers Blick.

„Sie wurden zunächst nach Theresienstadt deportiert, das war ein Konzentrationslager im heutigen Tschechien. 1943 brachten die Nazis sie nach Auschwitz, dort wurden sie vergast."

„Wie unwirklich das klingt: Sie wurden vergast", flüsterte Malin. „Es ist unvorstellbar, dass Menschen fähig sind, anderen aufgrund ihrer Religion auf grausamste Weise das Leben zu nehmen."

„Die Juden wurden brutal ermordet. All das Leid, das die Nazis über die Menschen brachten", sagte Malin. Als Schülerin hatte sie in der Schule den Zweiten Weltkrieg zum Thema gehabt, später geriet es in Vergessenheit, weil es keine Berührungspunkte zu ihrem eigenen Leben gab. Seit einigen Tagen hatte sich das geändert. Die Tagebücher hatten ein neues Empfinden in ihr ausgelöst. Was hatte der Krieg über ihre Familie in Deutschland gebracht?

## 22. Lendringsen, Februar 1940

Marias Schwiegermutter Lydia Winter war eine zierliche Person, der man das anstrengende Leben ansah. Sie wirkte vergrämt, ging immer mit gesenktem Kopf und sprach leise. Ihr Mann Karl war ein liebenswürdiger Mensch, groß und kräftig. Er war stets hilfsbereit und freundlich. Durch eine frühere Kriegsverletzung war er beim Gehen etwas eingeschränkt und hatte öfter starke Rückenschmerzen, die ihn ans Bett fesselten. Sorgen machten er und seine Frau sich um ihren Sohn Alfred, der gleich zu Beginn des

Krieges schwer verletzt worden war. Alfred neigte zu cholerischen Anfällen. Als Invalider fühlte er sich nutzlos und ließ seinen Ärger darüber nur zu gerne an seinen Mitmenschen aus. Erstmals erlebte Maria ihn eines Sonntags jähzornig, als Verwandte zum Kaffeebesuch im Haus waren. Es war drei Wochen nach ihrer Hochzeit. Die Familie saß in der guten Stube, genoss Lydias köstlichen Kuchen, scherzte, lachte und verdrängte die Gedanken an den Krieg. Als Lydia Alfred Kaffee in die Tasse eingegossen hatte, stieß sie mit der Kanne versehentlich an den Tassenrand. Blitzschnell streckte sie ihre Hand nach der umfallenden Tasse aus. Statt sie aufzufangen, stieß sie die Tasse jedoch auf Alfreds Schoß. Der schrie auf.

„Aua, das ist heiß! Pass doch auf!"

„Entschuldige bitte", antwortete Lydia leise.

Alfred hatte mittlerweile nach seinen Krücken gegriffen und war aufgestanden. Er sah seine Mutter wütend an. „Sag es laut und deutlich! So, dass es jeder hören kann", brüllte er.

„Es tut mir leid", antwortete Lydia etwas lauter. Sie lief in die Küche und holte ein Trockentuch, mit dem sie hilflos an Alfreds Hose herumtupfte.

„Lass das! Du bist zu nichts nutze!", schrie Alfred.

„Nun ist aber Schluss! So spricht man nicht mit seiner Mutter", mischte sich Karl ein. „Entschuldige dich bei ihr! Sofort!"

„Pah!", schrie Alfred und hob eine Krücke.

„Du wagst es nicht!", schrie Karl.

„Alfred, lass es gut sein", schimpfte Maximilian.

Mit wutverzerrtem Gesicht lenkte Alfred die Krücke nicht gegen seine Mutter, sondern schlug sie auf den Tisch. Geschirr zerbarst, Kaffee spritzte über die Tafel, die Kuchen brachen entzwei und einige Tanten schrien schrill auf. Bevor Karl seinen Sohn zurechtweisen konnte, hatte dieser die Stube verlassen. Lydia zitterte und weinte. Schweigend nahm Karl sie in den Arm. Die Gäste verließen kurz darauf das Haus.

Als Maria wenig später mit Maximilian oben in ihrer Wohnung war, suchten sie nach Lösungen. Wie war Alfred zu helfen? Und nicht nur ihm. Wie war der gesamten Familie zu helfen?
„Er hockt den ganzen Tag Zuhause", sagte Maria.
„Was soll er denn unternehmen mit seinem Gebrechen?", meinte Maximilian. „Er kann nicht mal einen Beruf ausüben."
„Das ist alles so traurig. Sieh doch, wie deine Mutter sich bemüht. Sie schneidert jeden Tag bis tief in die Nacht, um Geld für den Lebensunterhalt beizusteuern. Dein Vater steuert etwas zu seiner Invalidenrente hinzu, indem er mittwochs mit dem Lebensmittelwagen vom Geschäft Huber durch die Dörfer fährt."
„Ja, meine Eltern sind wirklich sehr fleißig."
„Das stimmt", meinte Maria. „Und Alfred kommandiert sie herum: ‚Hol mir Brot! Bring mir ein Stück Wurst! Mach mir einen Tee!'. Deine Eltern erledigen es sofort. Warum?"
„Er ist ihr Sohn. Und dazu krank."
Im Untergeschoss wurde laut eine Tür zugeschlagen.

Die Faust traf Lydia mitten ins Gesicht. Sie wankte und stürzte mit dem Rücken gegen den Küchenschrank. Ein weiteres Mal traf sie die Faust. Sie fiel zu Boden und sah die Krücke, die sich mit Wucht in ihren Bauch rammte.
„Bist du wahnsinnig?", brüllte Maximilian wütend, nachdem er die Küchentür aufgerissen hatte. Hinter ihm folgte Maria. Er sprang einen großen Schritt nach vorn, packte seinen Bruder am Arm und zog ihn zurück.
„Was tust du Mutter an?"
In Alfreds Gesicht zuckte es. Maria hatte Angst, dass er auch

Maximilian verprügeln würde.

„Was hast du getan?", brüllte Maximilian ihn an.

Maria huschte schnell an den Männern vorbei und kniete sich auf den Boden neben ihre wimmernde Schwiegermutter. Vorsichtig nahm sie Lydias Kopf und legte ihn sich in den Schoß. Liebevoll strich sie über ihr Haar. Maximilian schob Alfred in sein Zimmer und verschloss die Tür von außen. Dann suchte er seinen Vater. Er fand ihn in der Stube. Dort lag Karl mit einer blutenden Platzwunde am Kopf am Boden und konnte sich kaum bewegen.

„Er hat mich geschlagen", flüsterte Karl mit brüchiger Stimme. „Ich kann mich nicht bewegen."

„Ich helfe dir." Maximilian hockte sich neben seinen Vater.

„Was ist mit Mutter?", fragte Karl besorgt. „Hat er ihr etwas angetan?"

„Sie ist in der Küche. Maria kümmert sich um sie", antwortete Maximilian und tupfte mit einem Taschentuch über die Platzwunde.

„Er war so wütend. Wegen des verschütteten Kaffees", stammelte Karl.

Maximilian versorgte seinen Vater und band ihm einen Verband um den Kopf. Beruhigend sprach er auf ihn ein. Als er merkte, dass sein Vater wieder ruhig atmete, sah er in die Küche und fragte Maria nach dem Rechten.

„Ich hole Doktor Meise", sagte Maximilian. Maria nickte und strich Lydia über den Kopf.

Wenig später kam er zurück. Ihm folgte der bekannte Arzt, mittlerweile ein alter Herr, der in der einen Hand eine schwarze Ledertasche trug und in der anderen seinen Hut. Maria hatte Karl und Lydia zwischenzeitig in deren Schlafzimmer gebracht und ihnen geholfen, sich ins Bett zu legen.

Doktor Meise stellte bei Lydia einen Nasenbeinbruch fest. Zudem hatte der Stoß mit der Krücke ihr eine Rippe gebrochen. Karl hatte neben seiner Platzwunde eine Gehirnerschütterung. Doktor Meise riet beiden zu strenger Bettruhe. Bei weiteren Hausbesuchen wolle er die voranschreitende Genesung begutachten, erklärte er.

Lydia schwieg während des Arztbesuchs. Sie starrte apathisch an die Zimmerdecke. Als Doktor Meise gegangen war, brachte Maria ihren Schwiegereltern Tee ans Bett.

„Bitte sprich mit niemandem über das, was hier passiert ist", bat Karl sie.

Sie nickte traurig.

In der Zwischenzeit versuchte Maximilian mit seinem Bruder zu sprechen. Doch Alfred hüllte sich in Schweigen. Er lag auf seinem Bett und schaute seinen Bruder grimmig an, als der in sein Zimmer getreten war.

Erst als Maximilian das Zimmer wieder verlassen wollte, rührte Alfred sich.

„Sperrst du mich wieder ein?", fragte er brummig.

„Nein", antwortete Maximilian.

„Es macht dir doch sicher Spaß, Macht über mich zu haben und mich wegzusperren."

Alfreds Gesicht verzog sich zu einer Grimasse.

„Nein, Alfred, das macht es nicht. Ich würde mir wünschen, dass es dir besser ginge und du das Leben genießen könntest."

„Pah, wie willst du wissen, ob es mir miserabel geht? Du hast doch überhaupt keine Ahnung!", schrie Alfred und richtete sich auf.

„Beruhige dich! Mein Wunsch für dich kommt von Herzen. Es tut mir leid, dass es das Leben nicht gut mit dir gemeint hat. Dennoch ist dies kein Grund, unsere Eltern dafür zu bestrafen."

In Alfreds Augen blitzte es. „Was redest du?"

„Unsere Eltern sind immer anständig und liebevoll zu dir."

„Ach ja? Und wie sind sie zu dir? Du bist der Glückssohn, der tolle Kerl. Dabei hast du deinen Mann nicht gestanden. Warst du im Krieg? Hast du um dein Leben gebangt? Hast du deine Kameraden sterben sehen?", brüllte Alfred.

„Ja, es ist ungerecht. Alfred, aber uns trifft keine Schuld."

„Schuld! Wer ist schuld? Wer bestimmt, wer krepiert und wer nicht?"

„Bitte Alfred, komme zu dir und gib bloß nicht unseren Eltern die Schuld", bat Maximilian, verließ das Zimmer und ließ die Tür offen stehen.

Später hörten Maximilian und Maria die Haustür zuschlagen. Maria schaute aus dem Fenster und sah Alfred, wie er die Straße entlang humpelte. Nachts kehrte er heim. Er war betrunken und lallte laut vor sich hin. Davon erwachte Maximilian und half seinem Bruder ins Bett.

In den nächsten Wochen kümmerte sich das junge Ehepaar um die verletzten Eltern und um Alfred. Zugleich hatten sie das Geschäft eröffnet und Maria half Maximilian, wo sie nur konnte. Wenn sie abends aus dem Geschäft kam, kochte sie für die ganze Familie. Oft kam Maximilian später als sie nach Hause. Er hatte einige Kunden, bei denen er tapezierte und renovierte.

Lydia und Karl fühlten sich bald besser. Alfred gingen alle aus dem Weg, obwohl er selbst ruhiger geworden war. Vermutlich hatte ihm zu denken gegeben, was Maximilian ihm gesagt hatte. Doch wie lange würde es bis zum nächsten Wutausbruch dauern?

## 23. Mistelås, April 2018

Malin legte das Buch beiseite, sie war müde. Krister hatte ihr aufmerksam zugehört. Er saß immer noch still an den Kachelofen gelehnt.
„Möchtest du schlafen?", fragte er.
Malin nickte.
„Dann gehe ich besser jetzt", sagte Krister und erhob sich. Er reckte sich. „Man bemerkt überhaupt nicht, wie schnell die Zeit vergeht."
„Ja, es ist so spannend, dass man immer weiterlesen möchte. Aber meine Augen brennen schon", erklärte Malin und stellte sich neben Krister. Der schaute auf sein Handy. Es war zwei Uhr nachts.
„Puh, ich muss morgen früh raus und mit Bengt zu einer Baustelle fahren."
„Dann ab ins Bett", lachte Malin.
„In meins oder in deins?", fragte Krister und grinste frech.
„In deins natürlich", antwortete sie, nahm die Gläser vom Tisch und brachte sie in die Küche. Krister folgte ihr. Sie stellte die Gläser in die Spüle und drehte sich um. Krister stand so nah vor ihr, dass sich ihre Körper fast berührten. Malin nahm das Knistern zwischen ihnen wahr, doch für mehr als einen Kuss war es ihr zu früh. Darum trat sie einen Schritt nach rechts und streckte die Hand nach der Türklinke aus.
„Du meinst es tatsächlich ernst", lachte Krister. „Lass uns die Handynummern tauschen. So erreichst du mich, wenn du heute Nacht Angst vor Gespenstern bekommst."
Nachdem beide die Nummern des anderen in ihren Smartphones gespeichert hatten, drückte Krister Malin einen Kuss auf die

Wange, zog im Flur seine Schuhe an und machte sich auf den Weg nach Hause. Wenige Minuten später erhielt Malin eine Nachricht auf ihr Smartphone:
*„Morgen Abend lese ich dir vor ;-)"*
Ein netter Mensch, dachte sie. Das Schicksal hatte es mit ihm nicht immer gut gemeint. Er hatte ihr erzählt, dass seine Eltern vor einigen Jahren bei einem Autounfall ums Leben gekommen waren. Daraufhin hatte er allein in dem Haus gelebt. Nun überlegte er, ob er für immer zu Bengt und Stina ziehen und sein Elternhaus verkaufen sollte. Malin gestand sich ein, dass ihr der Gedanke gefiel, wenn Krister auf Dauer bei Bengt und Stina wohnen würde. So wären sie später Nachbarn, wenn sich ihr Wunsch, im Haus ihres Großvaters zu leben, erfüllte. Mit diesem Gedanken schlief sie ein.

Als Krister am nächsten Tag mit Bengt von der Baustelle heimkehrte, war Malin im Garten und befasste sich mit einer Zeichnung, wo sie demnächst ihr Gewächshaus platzieren könnte. Bengts dunkelgrauer Lieferwagen mit der Aufschrift ‚Åkessons Alltservice' fuhr den Weg an ihrem Haus entlang. Sie schaute auf und winkte. Krister fuhr den Wagen und hatte das Fenster heruntergelassen. Er grüßte fröhlich.

„Bis später", rief er.

Malin freute sich auf den gemeinsamen Abend. Sie hatte extra nicht weiter in den Tagebüchern gelesen. Ihrer Freundin und Zimmerkollegin Linnea im Studentenheim hatte sie in einer Mail geschrieben, dass sie sich eine Auszeit nahm. Sie hatte neben dem Hof etwas Geld von ihrem Großvater geerbt. Er hatte ihr zwar vor seinem Tod gesagt, dass sie damit ihr Studium finanzieren sollte, aber sicher hätte er nichts dagegen gehabt, wenn sie eine Zeitlang in Mistelås blieb. Sie plante, im Herbstsemester weiterstudieren. Darum hatte sie eine Mail an die Universität geschrieben, dass sie ihr Studium aus familiären Gründen unterbrach.

In der Küche bereitete sie einen Snack aus Käse und Obst vor und stellte ihn in den Kühlschrank. Sie schob den Tisch etwas beiseite, nahm einen Haken, der an der Wand hing, steckte ihn im Boden in eine Öse und zog die schwere Klappe auf. Darunter verbarg sich eine steinerne Treppe, die in den Kühlkeller führte. Dort hatte Gunnar immer seinen Wein aufbewahrt. Malin nahm eine Taschenlampe, die ebenfalls an der Wand hing, und stieg die Stufen hinab. Sie fluchte, als sie mit dem Kopf in Spinnennetze geriet. Unten fand sie ein kleines Regal, das mit verstaubten Flaschen gefüllt war. Sie wählte eine Flasche Weißwein aus und stieg die Stufen wieder hinauf. Mit einem Tuch wischte sie die Flasche sauber und stellte sie auf den Tisch.

Eine halbe Stunde später öffnete sie Krister die Tür. Mit einem Turban aus einem Handtuch auf dem Kopf sah sie so lustig aus, dass er laut lachte. Nach der Konfrontation mit den Spinnennetzen hatte sie sich die Haare gewaschen und sie noch nicht geföhnt. Sie bat Krister, den Kachelofen nachzuheizen, und trocknete derweil ihre Haare.

Vor dem warmen Ofen machten es sich die beiden gemütlich. Krister freute sich über die Snacks und öffnete die Weinflasche. „So ein erlesenes Getränk bekomme ich nicht oft", strahlte er. „Sicher magst du lieber Bier? Oder Schnaps?", fragte Malin. „Nein, ich mag Wein. Es gibt ihn halt sonst nur an Feiertagen."

Das kannte Malin aus ihrer Familie. In Schweden bekam man über 3,5-prozentigen Alkohol nur im Systembolaget. In jeder Stadt gab es dieses staatliche Geschäft, um den Alkoholkonsum im Land zu kontrollieren und zu vermindern. In den regulären Supermärkten gab es nur Leichtprozentiges.

Die beiden stießen mit einem Glas Wein an. Wie versprochen, las

Krister aus den Tagebüchern vor.

## 24. Lendringsen, April 1940

Maria traf sich regelmäßig mit Agga. Oft besuchten sie deren Schwester Sara, die in einem kleinen Fachwerkhäuschen am Bieberberg wohnte und die zwei Kinder hatte. Maria mochte den kleinen Levi und seine Schwester Tana. Levi hatte einen blonden Lockenkopf und war fünf Jahre alt. Tana war drei Jahre alt. Sie hatte braune Augen wie die eines Rehs und auf ihrer kleinen Stupsnase tummelten sich zahlreiche Sommersprossen. Bei jedem Besuch brachte Maria den Kindern je ein Bonbon mit. Mit strahlenden Augen nahmen die Geschwister die Bonbons entgegen und bedankten sich artig.
Maria besuchte Sara gerne. Sie verband die Leidenschaft für das Singen. Sara hatte an der Musikhochschule in Würzburg Gesang studiert und einige Jahre im Opernchor an der Münchener Oper gesungen. Als sie Gustav Bechel kennengelernt und ihn zwei Jahre später geheiratet hatte, war das junge Ehepaar nach Lendringsen gezogen. Ihre Eltern hatten das Fachwerkhaus erworben und es Sara und Gustav zur Verfügung gestellt.
Maria hörte Sara zu, wenn sie von ihren Erfahrungen an der Oper erzählte. Darum besuchte sie Sara an einem Abend im April. Sie hatte vor, Sara zu fragen, ob sie ihr Gesangsunterricht geben würde.
Sara freute sich darüber und sagte Marias Wunsch zu.
„Vermisst du die Arbeit an der Oper nicht?", fragte Maria.
„Manchmal", antwortete Sara und sah Maria traurig an. Doch dann lächelte sie. „Die Kinder und der Haushalt füllen mich aus.

Und singen kann ich auch hier."
„Da hast du recht", sagte Maria. „Singen kann man überall und zu jeder Zeit."
„Es gibt eben nichts Schöneres, als die Kinder aufwachsen zu sehen, ihnen Liebe zu geben und sie in den Armen zu spüren. Sie geben meinem Leben den größten Sinn."
Saras Augen strahlten. Sie war glücklich.
„Ich mache jeden Tag Stimmübungen und singe. Wenn die Kinder älter sind, werde ich wieder auftreten. Gustav ist ein hervorragender Pianist, er wird mich begleiten."
„Das wird wunderbar", stimmte Maria zu.
„Du wirst sehen, eines Tages stehe ich wieder auf der Opernbühne. Aber nicht im Opernchor, sondern als Solistin", lachte Sara.
So kam es, dass Maria noch mehr Zeit bei Sara verbrachte. Eines Abends traf sie Alfred im Flur, als sie von einer Gesangsstunde nach Hause kam.
„Warst du wieder bei diesem Judenpack?", schnauzte er sie an.
„Juden sind Menschen wie du und ich. Sie haben nur einen anderen Glauben", erwiderte Maria und versuchte an Alfred vorbei zur Treppe zu kommen. Doch er verstellte ihr den Weg.
„Die Juden sind an allem Schuld. Sie sind Halsabschneider und Lügner. Wenn sie nicht wären, hätte es keinen Krieg gegeben und ich wäre gesund."
„Sie haben doch nichts mit dem Krieg zu tun."
„Wer zu unserer Familie gehört, hat nichts mit diesem Pack zu schaffen", schimpfte Alfred. Grimmig schaute er seine Schwägerin an.
„Ich suche mir meine Freunde selber aus, Alfred."
Die Hand an der Krücke zitterte. Maria wusste nicht, was sie eher beobachten sollte? Die Krücke oder Alfreds Hand?

„Du bringst Schande über unsere Familie!"
„Das sagt der, der seine Eltern nicht respektiert und sie brutal zusammenschlägt?"
Kaum hatte Maria zu Ende gesprochen, ärgerte sie sich, dass sie sich hatte provozieren lassen. Sie hätte schweigen sollen. Alfred stieß sich mit der Krücke nach vorne und drückte sie an die Wand.
„Du wagst es? Du Schlampe", brüllte er. Während er seinen Körper gegen Maria presste, fasste er sie mit der Hand am Hals und drückte zu. Maria sog nach Luft, sah Alfreds Grimasse vor ihrem Gesicht und den Speichel, der ihm aus dem Mund lief. Er war nicht bei Trost. Sie wollte schreien, bekam jedoch keinen Laut aus ihrer zusammengedrückten Kehle. Die Angst setzte in ihr ungeahnte Kräfte frei. Sie konzentrierte sich und versuchte, all ihre Energie in ihr rechtes Bein zu lenken. Als Alfred fester zudrückte und dabei grunzte, hob Maria ihr Bein und stieß ihr Knie mit aller Kraft in seine Genitalien. Fassungslos sah er sie an, stieß einen Schmerzschrei aus, ließ ihren Hals los und taumelte zurück. Die Krücke fiel zu Boden. Stöhnend sank er nieder. Maria lief die Treppe hinauf, schloss die Tür auf und hinter sich wieder zu. Sie lehnte sich an die Tür und weinte.
Alfred war zu hören, wie er sich stöhnend vom Boden erhob.
„Schlampe!", rief er. Dann hörte Maria ihren Schwiegervater, der Alfred zurechtwies. Türen schlugen zu.
Maria saß noch auf dem Boden, als Maximilian heimkam. Erschrocken nahm er ihre Hand, zog sie auf und umarmte sie.
„Was ist passiert?", fragte er und kannte die Antwort. Maria berichtete ihm von dem Vorfall.
„Ich möchte hier nicht mehr wohnen, Maximilian, verstehst du das?", weinte sie.
„Aber wo sollen wir sonst wohnen?", fragte er.

„Irgendwo, bloß nicht hier." Maria schluchzte. „Oder Alfred muss ausziehen", schlug sie vor.
„Liebes, wo soll er denn hin? Er ist ein Krüppel."
„Aber er ist wahnsinnig und irgendwann schlägt er jemanden von uns tot. Er verbietet mir den Umgang mit Sara und Agga."
„Tja", antwortete Maximilian knapp.
„Bist du etwa seiner Meinung?", fragte Maria erstaunt.
„Nein, bin ich nicht. Aber die Situation spitzt sich zu. Die Juden leben gefährlich. Wir wissen nicht, was mit ihnen passiert, warum und wann sie abgeholt werden. Es gibt Listen mit Namen."
„Dann müssen wir Perlmanns und Bechels beschützen."
„Jene, die den Juden helfen, landen ebenfalls auf der Liste. Das hat mir jemand erzählt, der es wissen muss."
„Dann müssen wir eben vorsichtig sein", beschloss Maria.
„Wir werden alles tun, was in unserer Macht steht."
„Vielleicht gelingt es uns, ihnen zur Flucht zu verhelfen."
„Maria, ich denke, dafür ist es zu spät."
„Aber warum? Günther Stern, dem Metzger, ist es doch auch gelungen. Du weißt doch, dass die Familie Stern nach Amerika ausgewandert ist."
„Das war vor zwei Jahren", antwortete Maximilian.
„Sie haben erst vor einigen Monaten eine Postkarte an meine Eltern geschickt. Aus New York."
„Maria, es ist kaum mehr möglich. Die Juden werden streng beobachtet."
„Lass uns darüber nachdenken und einen Plan machen, bitte, Maximilian", flehte Maria.
„Das werden wir. Und ich schaue mich nach einer neuen Wohnung um", versprach Maximilian, um seine Frau zu beruhigen.

Nur wenige Tage später wurden Maximilians und Marias Pläne

zunichtegemacht. Am 15. März erhielt Maximilian den schriftlichen Einberufungsbescheid zum aktiven Wehrdienst vom Wehrbezirkskommando Iserlohn. Maria weinte, als er ihr wortlos das Schreiben in die Hand gab. Die beiden saßen in ihrer kleinen Küche am Tisch.

„Was wird aus unseren Träumen? Alles löst dieser Krieg auf", schluchzte Maria.

„Es bleibt uns nichts anderes übrig", antwortete Maximilian und wirkte ebenso niedergeschlagen.

Maria nahm den Brief und wedelte damit. „Aber es sind nur vier Tage bis zu deiner Abreise."

„Lass sie uns genießen, Maria."

Maximilian erhob sich, zog sie vom Stuhl und umarmte sie fest. Es war eher ein Umklammern, so als ob er sie nie wieder loslassen wolle.

Die Tage vergingen schnell. Maximilian und Maria sortierten im Geschäft alles Material und notierten, was sie vorrätig hatten. Sie verkleideten das Schaufenster mit einer großen Sperrholzplatte von außen, um das Glas zu schützen. Zunächst hatten sie überlegt, dass Maria mit der Hilfe ihrer Schwiegereltern wenigstens den Verkauf von Tapeten und Farben weiter betreiben könne. Doch es gab kaum noch Möglichkeiten, Tapeten und Farben nachzubestellen. Die Hersteller waren entweder mit Kriegsrüstungsaufträgen beschäftigt oder es fehlten ausreichend Mitarbeiter. Zudem gab es immer weniger Familien, die in diesen Tagen daran dachten, ihre Wohnungen zu renovieren. Daher hatten Maximilian und Maria beschlossen, das Geschäft vorübergehend zu schließen. Das Auto parkten sie in der Garage. Maria durfte es nicht fahren, denn sie besaß keinen Führerschein. Doch sie überlegte, diesen nach Kriegsende nachzuholen. Maximilian war damit einverstanden, denn es wäre für ihn eine Erleichterung, wenn Maria ihm einige Fahrten abnehmen würde. Beide teilten eine Hoffnung: Dass der Krieg bald ein Ende haben würde.

Am Morgen des 19. März 1940 begleitete Maria ihren Mann zum Bahnhof in Menden. Maximilian trug einen kleinen Koffer und einen Beutel, in den Maria ihm Proviant eingepackt hatte. Der Bahnhof war voller Menschen. Viele Männer, manche in Uniform, mussten ihre Familien verlassen.

„Alle einsteigen!", dröhnte es aus dem Lautsprecher. Ein kurzer, intensiver Kuss, ein warmer, fester Händedruck, ein Streicheln über die tränennassen Wangen. Maximilian sah seine Frau mit einem Blick an, der ihr verriet, wie schwer ihm die Abreise fiel. Abrupt drehte er sich um und stieg in den Zug, der ihn zu seiner Einheit, dem Infanterie Ersatz Bataillon 413 in Insterburg in Ostpreußen, bringen sollte. Rund 1300 Kilometer Strecke lagen vor ihm.

Maria schaute ihm nach und sah, wie er sich im Zug durch den Gang zwischen all den Reisenden hindurchdrängte. Als sie ihn fast aus dem Blick verloren hatte, drängte sie sich durch die Menge derer, die zurückblieben. Endlich sah sie das ihr so vertraute Gesicht hinter einem Fenster. Maximilian schob es hinunter und hielt seiner Frau die Hand hin. Sie streckte sich und fasste sie mit beiden Händen.

„Ich liebe dich!", rief Maximilian ihr zu. Es war so laut auf dem Bahnhof, dass Maria ihn kaum Verstand.

„Bitte schreib mir!", rief sie.

Ein schriller Pfiff ertönte. Der Zug setzte sich in Bewegung. Die Räder quietschten auf den Gleisen. Dichter Dampf stieg aus dem Schornstein der Lokomotive und hüllte bald alles ein. Maria lief neben dem anfahrenden Zug und hielt noch immer die Hand ihres Mannes. Sekunden später entglitt sie ihr und für einen kurzen Moment berührten sich nur ihre Fingerspitzen.

„Ich liebe dich!", rief sie hinter dem fahrenden Zug her. Dann entschwand Maximilians Gesicht im alles umhüllenden Dampf. Maria lief bis zum Ende des Bahnsteigs neben dem Zug und blieb stehen, bis der letzte Waggon an ihr vorbeigefahren war. Das Quietschen der Räder glich einem bösen Kichern, so als würden die Waggons ihren Triumph auskosten, all die jungen Männer in ihrem Schlund verschluckt zu haben. Maria schaute dem Zug nach, bis er nicht mehr zu sehen war. Eine ganze Zeit stand sie still und rührte sich nicht. Tränen tropften auf den steinernen Boden. Sie weinte nicht nur vor Abschiedsschmerz, sondern genauso vor Wut. Wie hilflos machte sie der Krieg? Als sie umkehrte und zum Bahnhofsgebäude ging, war der Bahnsteig leer.

Ein Freund hatte Maximilian und sie zum Bahnhof gefahren, doch er hatte keine Zeit, zu warten. Demzufolge wählte Maria den Weg an der Hönne entlang und ging zu Fuß zurück nach Lendringsen. Nach einer halben Stunde hatte sie das Eisenwerk erreicht und schlug dann den Weg zu ihrem Elternhaus ein. Sie wollte ihren Eltern und Geschwistern einen Besuch abstatten, bevor sie sich in ihre Wohnung zurückzog.

Fritz und Erna freuten sich über den Besuch ihrer Tochter. Auch sie waren traurig, denn die Abreise ihrer Söhne Enno und Eduard stand ebenfalls bevor.

„Das Schlimmste am Krieg ist die Ungewissheit, ob man die Männer, die allesamt Väter oder Söhne oder Brüder oder Freunde sind, wiedersieht", sagte Erna. „Wir haben das schon im letzten Krieg erlebt." Sie sah ihren Mann Fritz traurig an. „Es beginnt alles wieder von Neuem."

In ihrer Wohnung fühlte sich Maria verloren. Zudem hatte sie Angst vor Alfred. Sie wollte ihm nur ungern im Hausflur begegnen. Gleich am ersten Abend ohne Maximilian schrieb sie ihm einen Brief und bat ihn darin, ihr immer seine neue Anschrift mitzuteilen, wenn seine Einheit zu einem neuen Stützpunkt aufbrach.

Die einzige Freude, die Maria blieb, war der Gesangsunterricht bei Sara. Auch Agga war oft anwesend und darum waren die Treffen mehr als Gesangsunterricht. Die drei Frauen waren eng miteinander verbunden. Während Maria vor allem Angst um Maximilian hatte, war es bei Sara und Agga die Angst vor der Deportation. Verwandte von ihnen waren bereits abgeholt und hatten Postkarten aus Arbeitslagern geschickt. Das war paradox. Das Geschriebene darauf war nicht die Wahrheit, nahmen die Freundinnen an. Es gab Gerüchte über den Bau weiterer Lager und darüber, dass schon viele Juden ermordet worden seien. Die Sorge wuchs.

Eines Nachmittags im Mai wurde Maria bei ihrem Besuch bei Sara so schwindelig, dass sie zu Boden fiel. Sara und Agga halfen ihr auf und führten sie zu einem Sessel.

Sara fragte Maria nach weiteren körperlichen Beschwerden.

„Isst du ausreichend?", fragte sie weiter.

„Ja, natürlich", antwortete Maria und sah ihre Freundinnen ängstlich an. „Kann es sein, dass ich eine schlimme Krankheit habe?"

Sara lachte. „Nein, liebe Maria, du bekommst ein Kind."

„Ach was", meinte Maria und begann zu lachen. „Ein Baby? Ich bekomme ein Baby?"

Sogleich begannen die Frauen zu rechnen. Marias war im vierten Monat schwanger.

„Dein Baby müsste im November geboren werden", freute sich Sara. Ihre Augen glänzten wie Kristalle. Sie fuhr sich aufgeregt so oft mit den Fingern durchs Haar, dass sich ihre aufgesteckte Frisur löste und ihr einzelne Strähnen ins Gesicht fielen. Maria

fand Sara in diesem Moment so wunderschön, dass sie sie anstarrte.
„Komm wieder zu Luft, Maria", grinste Sara. „Ein Kind ist das größte Glück."
„Ja, und ein Teil von Maximilian ist nun bei mir", freute sich Maria.
Wie gern würde sie es ihrem Mann persönlich sagen, dass er Vater würde.
„Ich schreibe Maximilian gleich einen Brief. Hoffentlich bekommt er ihn bald zu lesen."
Plötzlich riss jemand die Tür auf und betrat das Zimmer. Die drei Frauen erschraken. Saras Mann Gustav stand vor ihnen.
„Was machst du für ein betrübtes Gesicht?", fragte Sara ihn.
Gustav antwortete nicht. Maria schaute von einem zum anderen. Es war so still im Raum, dass sie nur das Pochen ihres Herzens hörte. Gab es etwas so Fürchterliches, dass Gustav sich nicht traute, darüber zu sprechen?

## 25. Mistelås, April 2018

„Es muss eine schreckliche Zeit gewesen sein", sagte Krister und legte das Tagebuch beiseite. „Ich brauche eine kurze Pause."
Malin stimmte ihm zu. Sie nahm die Weinflasche vom Tisch und füllte die Gläser nach.
„Ich habe mich ehrlich gesagt nie sonderlich mit dem Krieg befasst. Nur die Geschichten von Tante Grete haben mich immer bewegt", erklärte Krister und nahm das Weinglas entgegen, das Malin ihm reichte. „Warum wurden die Juden so gehasst?", fragte er.

„In der Schule habe ich es damals so verstanden, dass in Deutschland Reichskanzler Hitler sein Volk von den Juden betrogen sah. Angeblich hätten sie die Weltherrschaft an sich reißen wollen und nach finanzieller Macht gestrebt. Für Hitler und seine Leute, die Nationalsozialisten, waren die Juden eine niederere Rasse, die es zu vernichten galt. Dem Rassenwahn fielen sechs Millionen Menschen zu Opfer."

„Scheiß Nazis!", fluchte Krister.

Malin nickte. „Warte mal, mir fällt etwas ein", sagte sie und sprang auf.

Krister hörte, wie sie im Nebenzimmer eine Schranktür öffnete. Wenig später kam sie zurück, setzte sich wieder im Schneidersitz auf den Boden und stellte einen Kerzenständer zwischen sie.

„Möchtest du es noch gemütlicher machen?", fragte Krister.

„Nein, dieser Kerzenständer gehörte meiner Großmutter. Sie hat ihn wie ein Heiligtum aufbewahrt."

Malin entzündete die sieben Kerzen. „Es ist eine jüdische Menora."

„Was bedeutet das?", fragte Krister.

Malin gab den Begriff in die Suche ihres Handys ein. „Das Licht des Leuchters stellt die Anwesenheit Gottes dar, denn Gott ist das Licht", las Malin vor.

„Warum besaß deine Großmutter diese Menora? War sie Jüdin?", wollte Krister wissen.

„Nein, sie war Christin. Zumindest hat man mir nie etwas anderes erzählt."

Krister nutzte ebenfalls sein Handy für weitere Recherchen im Internet. Er las eine Weile.

„Für die Juden ist Gott unteilbar und die Vorstellung, dass es einen Sohn aus Fleisch und Blut gebe, so wie Jesus im Christentum, ist für Juden undenkbar", las er vor. „Gottes Wort ist

Gesetz."

„Stimmt. Und Gottes Worte hatte Moses aufgeschrieben. Fünf Bücher von Moses sind es in der Thora. Das ist quasi die hebräische Bibel", erinnerte sich Malin, was sie in ihrer Schulzeit im Religionsunterricht gelernt hatte.

Krister hielt sein Handy in der Hand und las laut vor: „Die Thora beginnt mit den Zehn Geboten. Es folgt eine Vielzahl von Ge- und Verboten, die in vierundfünfzig Abschnitte verfasst sind."

„Und jeden Samstag, wenn die Juden Shabbat feiern, wird ein Abschnitt gelesen."

„Ja, so arbeitet man die Thora in einem Jahr durch", antwortete Krister. „Shabbat begeht man von Freitagabend bis Samstagabend und man isst gemeinsam mit der Familie und Freunden."

„Ich habe eine Idee. Morgen ist Freitag. Sollen wir gemeinsam essen, so als wäre Shabbat?", fragte Malin.

Diese Idee gefiel Krister. Sogleich suchten die beiden koschere Rezepte aus dem Internet und schrieben eine Einkaufsliste. Krister plante für den nächsten Morgen eine Fahrt in die Stadt. An diesem Abend lasen sie nicht weiter in den Tagebüchern und verabschiedeten sich gegen Mitternacht voller Vorfreude auf den nächsten Tag.

Mittags brachte Krister die Einkäufe. Vergnügt machten sich beide in Malins Küche an die Arbeit und backten Hefezöpfe und Brot.

„Es darf am Shabbat nicht gearbeitet werden. Auch nicht in der Küche", erklärte Malin.

„Wir lernen ja noch, da wird es Ausnahmen geben", lachte Krister und steckte sich eine Olive in den Mund.

Nachdem sie alle Speisen zubereitet hatten, stieg Malin in den Kellerraum und holte eine Flasche Wein. Gemeinsam deckten sie den Tisch. Malin stellte zwei Leuchter in die Mitte des Tisches. Die Menora stellte sie auf die Fensterbank und zündete die sieben Kerzen an. Krister stellte die Speisen hinzu. Die Hefezöpfe, das Brot, Salz, Fisch, Salat und die dampfende Hühnersuppe verbreiteten ihre Düfte und ließen Malin und Krister spüren, wie hungrig sie waren.

„Es müsste alles richtig sein. Wir haben etwas aus Weizen hergestellt", sagte Krister und zeigte auf den Hefezopf. „Oliven haben wir im Brot eingebacken und Wein ist auch vorhanden."

„Somit haben wir die wichtigsten Kulturpflanzen aus Israel und drücken damit unsere Verbundenheit aus", erklärte Malin feierlich.

Sie zündete die Kerzen der beiden Leuchter an, fing symbolisch das Licht mit ihren Händen ein und hielt die Hände vor ihre Augen. „Nun spricht man den Lichtersegen", flüsterte Malin. „Aber ich kenne ihn nicht."

„Es ist okay ohne den Segen", meinte Krister.

„Dann lass es dir schmecken." Malin lächelte ihn an.

Schweigend aßen sie und tranken den Wein aus Gunnars kleinem Weinlager. Beide hingen ihren Gedanken nach. Während Krister an Tante Grete dachte, überlegte Malin, warum ihre Großmutter eine Menora besessen hatte. War sie möglicherweise doch jüdischer Abstammung gewesen und so wie Tante Grete erst später konvertiert?

Nach einer Weile legten beide Messer und Gabel beiseite und sahen sich an. Beide blickten ernst, fast traurig.

„Ich fühle mich so verbunden, dass ich in einer merkwürdigen Stimmung bin", seufzte Malin.

„Mir geht es genauso. Als hätte das Essen etwas in mir bewirkt", antwortete Krister. Seine Augen glänzten. Malin sah, wie sie sich mit Tränen füllten. Er wischte sich mit den Händen über die

Augen.

In diesem Moment mochte Malin ihn noch mehr, als sie es eh schon tat. Sie empfand Gefühle für ihn, die sie nicht deuten konnte. Sie war sich nicht sicher, ob sie verliebt in ihn war.

„Es hat sehr gut geschmeckt", sagte Malin und versuchte, locker zu klingen.

Krister stimmte zu und lächelte. „Wir sind ein perfektes Küchenteam."

Nun lächelte auch Malin. „Wollen wir Musik hören?"

„Gerne. Hast du denn passende Musik?"

„Ich suche etwas Ruhiges aus", antwortete sie und verband ihr Handy mit der Bluetooth-Box. „Ich habe jüdische Musik eingegeben. Mal sehen, was uns gestreamt wird."

Es erklangen sanfte Melodien, teils gesungen von angenehmen Stimmen. Malin und Krister räumten den Tisch ab, stellten die Essensreste in den Kühlschrank und das Geschirr in die Spülmaschine. Wie schon die letzten Abende setzten sie sich vor den Kachelofen.

Plötzlich sprang Krister auf, nahm Malins Hände und zog sie aus ihrer sitzenden Position hoch. Er umschlang ihre Taille und begann zu tanzen. Malin schmiegte sich an ihn. So drehten sie sich durchs Wohnzimmer. Lied für Lied. Bis beiden schwindelig wurde und sie sich lachend aufs Sofa fallen ließen.

„Es ist ein weiterer schöner Abend mit dir", sagte Krister, der immer noch Malins Hand hielt.

Malin, die neben ihm auf dem Sofa lag, sah ihn an.

„Ich hatte lange nicht so einen besonderen Abend wie heute", antwortete sie lächelnd. „Danke dafür."

„Es ist ein besonderer Abend im Gedanken an besondere Menschen", flüsterte Krister.

## 26. Lendringsen, Juni 1940

Gustavs Augen waren mit Tränen gefüllt.

„Sprich endlich", flehte Sara ihren Mann an. Er stand vor seiner Frau, seiner Schwägerin und Maria, zog ein Taschentuch aus der Hosentasche und schnäuzte sich. Dann atmete er tief ein und aus, so als müsse er seine Stimme erst finden.

„Es ist alles so schrecklich. Heute wurde Isaak gezwungen, sein Geschäft zu schließen. Die gesamte Ware wurde liquidiert. Er und seine Familie sind ruiniert", erzählte Gustav und räusperte sich, um zu unterdrücken, dass er weinte. Isaak Schaft hatte das Hut- und Mützengeschäft in Menden geführt. Sein Ruf als Hutmacher war so hervorragend, dass Kunden aus dem weiteren Umkreis bei ihm eingekauft hatten, darunter waren hochrangige Persönlichkeiten. Wohl darum war sein Geschäft bisher unbeschadet geblieben. Die Familien Perlmann, Bechel und Schaft waren eng befreundet.

„Wer hat das getan?", rief Sara entsetzt.

„Männer in langen Mänteln, Leute der SS. Sie hatten ein Schreiben dabei mit Forderungen. Sie sagten, es sei Juden längst verboten, Geschäfte zu führen. Daran habe auch er sich zu halten."

„Oh nein!", rief Agga.

„Isaaks Waren sind nun Besitz des Reiches. Er hat keine Rechte mehr darauf", erklärte Gustav. „Er hat nicht mal einen Wechselschein erhalten, damit ihm die Bank den Warenwert hätte auszahlen können."

„Das ist entsetzlich. Es tut mir so leid für Isaak", schluchzte Sara. „Wir werden immer weiter eingeschränkt."

„Wohin führt das alles?", fragte Gustav verzweifelt, der schon vor

Monaten seine Arbeit als Buchhalter in einem Mendener Betrieb verloren hatte.
Er setzte sich neben seine Frau auf das Sofa und griff ihre Hand. Agga saß auf dem Boden vor dem Sessel, auf dem Maria saß. Die fühlte sich erstmals unwohl in Saras Nähe. Sie schämte sich und wusste nicht, was sie sagen sollte. Beklommen schaute sie in die traurigen Gesichter ihrer jüdischen Freunde und schwieg mit einem dicken Kloß im Hals, der ihr fast die Luft zum Atmen nahm.
„Ich werde das nicht mehr hinnehmen und schreibe einen Brief an die Regierung", erklärte Gustav.
Maria atmete auf. „Das ist eine gute Idee. Ich unterstütze dich, in allem, was du planst."
Gustav lächelte sie dankbar an.
„Ach, Gustav", seufzte Sara.
Gustav sah sie an. „Wir werden nicht hinnehmen, was gegen uns vorgeht."
„Meinst du, dass dein Brief etwas bewirken würde?", fragte Sara.
„Der Brief eines Juden bewirkt nichts in einem Land, in dem die Polizei mit der Germanisierung beauftragt wurde." Sara weinte.
„Uns wird unsere Würde genommen."
„Lass es mich doch versuchen", versuchte Gustav, seine Frau zu überzeugen. „Nur durch Taten kann man etwas verändern."
„Das bringt nichts, außer mehr Ärger, Gustav."
Agga und Maria schwiegen betroffen.
Maria wusste, nur wer einen langen arischen Stammbaum nachweisen konnte, stand unter dem Schutz des Staates. In ihrem Inneren stimmte sie ihrer Freundin zu, dass eine Beschwerde per Brief nichts an der Situation ändern würde. Eher würde es schlimmer werden. Maria betrachtete Gustav, Sara und Agga. Alle waren groß, schlank und hatten dunkle Haare und dunkle

Augen. Damit entsprachen sie nicht den ‚arischen Rassemerkmalen'. Traurig seufzte sie und sagte: „Es tut mir so leid. Ich möchte euch helfen. Wäre es nicht möglich, dass ihr in ein anderes Land zieht? Ich frage meine Familie. Sie wird uns unterstützen, einen Weg zu finden, um euch in Sicherheit zu bringen."
„Unsere Pässe sind mit einem ‚J' versehen. Wie kommen wir damit über die Grenze?", meinte Gustav.
„Wir werden einen Weg finden. Zur Not reist ihr mit gefälschten Pässen", versprach Maria.
Ihr war nicht klar, um wen sie momentan mehr Angst hatte. Sie sorgte sich um Maximilian, der in Insterburg auf seinen Einsatz wartete ebenso wie um die Familien Perlmann und Bechel. Ihre Angst vor Alfred wuchs ebenfalls täglich. Immer wieder kam es vor, dass er seine Mutter schlug. Was war es für eine schreckliche Welt? Und da hinein würde sie bald ein Kind gebären.
Trost erhielt sie durch ihre Freundin Annemarie, die ihr aus Bochum regelmäßig Briefe sendete.

Eines Abends im Juni 1940 trafen kleine Steinchen Marias Fenster. Sie saß im Sessel und strickte ein Babyhemdchen. Erschrocken legte sie das Strickzeug beiseite und stellte sich neben das Fenster, so dass man sie von draußen nicht sah. Wieder flog ein Stein. Vorsichtig beugte Maria sich vor und erkannte Agga, die im Halbschatten der Straßenlaterne kaum zu erkennen war. Maria winkte Agga zu und lief eilig die Treppe hinunter, um die Haustür zu öffnen. Schnell zog sie ihre Freundin ins Haus und schob sie hinauf in ihre Wohnung.
„Psst", flüsterte sie und hatte Angst, dass Alfred sie entdeckte. Der Tyrann würde sicherlich sie beide verprügeln. Agga, weil sie Jüdin war und Maria, weil sie mit einer Jüdin befreundet war. Leise verschloss sie ihre Wohnungstür und bat die weinende

Agga in ihr Wohnzimmer. Agga zitterte am ganzen Körper. Maria setzte sie in den Sessel, holte eine Wolldecke und legte sie ihr über. Bevor sie fragen konnte, was geschehen war, schossen die Sätze aus Agga heraus. Maria setzte sich vor den Sessel auf den Boden.

„Ich habe so große Angst. Stell dir vor", weinte Agga, „es ist etwas Schreckliches passiert."

Sie schüttelte sich und schnäuzte in ein Taschentuch. Eine dunkle Ahnung erfasste Maria. Sie bekam eine Gänsehaut, so als würde sie frieren. Doch es war die Furcht.

„Eine Gruppe Männer, sie nennen sich ‚Widerstand X', hat Flugblätter gedruckt. Die sollten heute in verschiedenen Städten verteilt werden. Auch in Menden. Isaak hatte sich bereit erklärt, das zu übernehmen. Er hatte Gustav gefragt, ob er helfen wolle, aber das hat Sara ihm verboten."

Agga kramte ein Stück Papier aus ihrer Jackentasche und hielt es Maria hin.

*Rassen in Klassen: WARUM?*
*Begeht keine Verbrechen an der Würde des Menschen!*
*Deutsche, denkt nach!*
*Lasst euch nicht blenden von der Bestie!*
*Beendet den Rassenwahn!*

„Woher hast du das?", fragte Maria, die das Blatt mit zittrigen Händen hielt.

„Von Sara. Sie hat Gustav die Zettel weggenommen und sie im Kamin verbrannt. Dieses eine Blatt fiel auf dem Boden. Ich habe es schnell eingesteckt."

„Es ist gut, sich zu wehren und Hoffnung zu haben. Aber das braucht Mut. Denn man begibt sich in große Gefahr."

Agga schnäuzte erneut in ihr Taschentuch und wischte sich die Tränen von den Wangen.
„Isaak wurde erwischt."
„Wurde er verhaftet?", fragte Maria aufgeregt.
Agga hob den Kopf in den Nacken und schloss die Augen. Ihr Kinn vibrierte. Ihre Hände, in denen sie das nasse Taschentuch hielt, zitterten.
„Er wurde erschossen." Sie beugte sich nach vorne und lehnte sich an Maria. „Isaak ist tot."
„Oh, mein Gott", seufzte Maria nach einer kurzen Pause und legte ihre Hand auf Aggas Hände.
„Wir wissen nicht, ob bekannt ist, dass Gustav mit Isaak kooperiert hat."
„Das hoffe ich nicht", antwortete Maria. „Woher weißt du, dass Isaak erschossen worden ist?"
„Von Gustav. Der war heimlich nach Menden gefahren, ohne, dass Sara es bemerkt hatte. Er hatte vor, Isaak heimlich zu helfen."
Agga schnäuzte sich ein weiteres Mal, atmete tief ein und erzählte Maria, was passiert war.

Gustav plante, sich mit Isaak an der Ecke zum Schwitter Weg am Jüdischen Friedhof treffen. Doch erst brauchte er neuen Tabak. Deswegen besuchte er das Tabakgeschäft nah des Treffpunkts. Als er das Geschäft verließ, sah er Isaak und dessen Freund Jeremias Goldstein, ebenfalls Jude, auf der anderen Straßenseite an der Ecke stehen. Sie warteten auf Gustav. Überraschend tauchten Uniformierte auf und blieben vor den beiden Juden stehen. Die beiden versuchten, die Flugblätter in ihren Taschen verschwinden zu lassen. Doch die Polizisten bemerkten dies und entrissen Isaak und seinem Freund die Blätter.

„Das ist staatsfeindliche Volksverhetzung!", brüllte einer der Männer.

„Ihr seid festgenommen!", schrie der andere.

Gustav packte die Angst und versteckte sich hinter einer Hausecke. Von dort beobachtete er das Geschehen.

Isaak und Jeremias setzten sich zur Wehr. Es gab ein Handgemenge. Ein Schuss fiel und Isaaks Freund fiel zu Boden. Blut floss aus der Schusswunde in seinem Kopf und es bildete sich eine dunkelrote Lache. Isaak kniete nieder.

„Stirb nicht!", stammelte er. Doch Jeremias war tot. Isaak drehte sich zu den Männern um, die mit Pistolen auf ihn zielten. Seine gehobenen Hände waren blutverschmiert. Er war immer ein Kämpfer gewesen, allerdings schien er nun zu glauben, dass jeder Widerstand sinnlos war und er dem Tot nicht entgehen konnte.

„Ihr seid schmutzige Rassisten. Nazischweine", sagte er mit fester Stimme. Kaum hatte er dies ausgesprochen, fiel erneut ein Schuss. Er traf Isaak ins Herz. Im Fallen drehte er den Kopf in die Richtung des Hauses, hinter dessen Ecke Gustav sich versteckt hatte. Dann lag er am Boden. Sein Körper bäumte sich in seinem letzten Kampf auf und sackte wieder auf das kalte Straßenpflaster zurück.

Gustav zitterte. Sein Freund starb und er konnte ihm nicht helfen. Wagte er sich aus seinem Versteck, würde er ebenfalls erschossen werden. So verharrte er und sah, wie die Männer die Leichen an den Beinen packten und sie auf den jüdischen Friedhof zogen. Dort ließen sie Isaak und seinen Freund hinter der Steinmauer fallen und verließen den Friedhof wieder. Die Männer lachten und unterhielten sich über Belangloses.

Gustav übergab sich, lief dann die wenigen Kilometer bis nach Hause und kam völlig außer Atem an. Er erzählte Sara und Agga, was passiert war. Gemeinsam überlegten sie, Isaaks Frau von

dem Mord zu unterrichten. Agga übernahm die schwere Aufgabe mit Gustav und fuhr mit ihm zu Isaaks Frau Hanna. Agga trug einen Korb voller Erdbeeren, die sie morgens im Garten gepflückt hatte, um Marmelade zu kochen. Nun war das Obst ein Geschenk für Hanna. Ihr war klar, dass dies kein Trost war, aber in ihrer Hilflosigkeit war ihr nichts anderes eingefallen.
Hanna war überrascht, sie zu sehen. Sie hatte Isaak erwartet und sorgte sich schon, da er noch nicht heimgekehrt war. Gustav berichtete ihr, was er gesehen hatte und entschuldigte sich gleich, da er nicht in der Lage gewesen war, ihm zu helfen.
Hanna fiel weinend in seine Arme und wimmerte wie ein Kind.
„Wir sind es ihm schuldig, ihn zu begraben", weinte sie. „Es ist eine Schande, ihn so liegen zu lassen."
„Hanna, ich kümmere mich darum", erklärte Gustav.
„Was, wenn uns jemand beobachtet?", fragte Agga.
„Das ist mir momentan egal", antwortete er. „Ich werde mir das Auto deines Vaters leihen und damit nach Menden fahren", beschloss Gustav. „Dein Vater ist sicher dabei, das wäre hilfreich. Wir holen Isaak und seinen Freund und begraben sie heimlich bei uns im Garten. Hinter den Apfelbäumen, da sind wir nicht zu sehen."
„Nicht in unserem Garten?", fragte Hanna. „Dann wäre er immer in meiner Nähe und es wäre ..."
Doch Gustav unterbrach sie.
„Nein, das ist zu gefährlich. Du könntest jeden Augenblick Besuch von Spitzeln bekommen, die prüfen wollen, was du über die Flugblattaktion wusstest."
Maria war entsetzt darüber, was Agga ihr erzählt hatte. Das war keine Gruselgeschichte eines fantasievollen Schriftstellers, die sie las, sondern das war die unfassbare Realität.
„Ich habe so große Angst um Gustav und um meinen Vater. Sie

sind eben zum Friedhof gefahren", jammerte Agga. „Ich halte das kaum aus, darum bin ich zu dir gekommen."

„Lass uns zu Sara und den Kindern gehen. Bestimmt sind Gustav und dein Vater schon zurück", schlug Maria vor.

Die Frauen machten sich durch die Dunkelheit auf den Weg zu Sara. Agga schloss die Tür auf und rief: „Sara, ich bin es. Maria ist hier."

Sara kam sofort in den Flur. Sie sah verweint aus.

„Danke, dass du gekommen bist", begrüßte sie Maria.

Gemeinsam warteten die Frauen in der Küche auf die Männer, die noch nicht zurück waren. Auch Hanna, Isaaks Frau, und Esther, Saras und Aggas Mutter, waren da. Sara hatte Tee gekocht.

„Hoffentlich werden die Kinder nicht wach und stellen Fragen", meinte Sara.

„Falls es so ist, setze ich mich an ihr Bett und erzähle ihnen Geschichten. Sie bemerken nichts davon, was hier geschieht", versprach Maria.

„Wichtig ist, dass Gustav und Papa nicht erwischt werden. Rund um den Friedhof stehen Häuser. Sie sind leicht zu sehen", meinte Agga besorgt.

„Was ist, wenn Issak und Jeremias nicht mehr auf dem Friedhof sind?", fragte Hanna weinend.

„Wo sollten sie denn sein? Ihre Körper können ja nicht verschwunden sein", meinte Esther.

„Vielleicht hat die Polizei sie ‚entfernt'."

„Aber Hanna, bitte denk nicht so etwas Grausames", tröstete Esther sie.

„Ich brauche es nicht zu denken, wenn die Realität Grausamkeit ist", seufzte Hanna.

Sara begann leise zu beten. Maria verstand den Text nicht, denn Sara betete Hebräisch.

Kurz darauf war der Wagen von Gabriel Perlmann zu hören. Die Frauen beeilten sich, in den Garten zu kommen. Schon vor der Fahrt hatten Gustav und Gabriel die Gräber in der Dämmerung ausgehoben. Derweil waren Sara und Agga mit den Kindern spazieren gegangen, damit Levi und Tana nichts davon mitbekamen. Gabriel parkte den Wagen rückwärts in die Einfahrt ein und öffnete die Kofferklappe des Opel. Die Sitzbänke waren herausgenommen. Die beiden Toten lagen nebeneinander in weiße Laken eingehüllt. Die Köpfe ragten bis in den Fahrerraum. Die Totenstarre hatte eingesetzt.

Als Hanna ihren Mann sah, brach sie erneut in Tränen aus. Maria, Agga und Sara hatten alle Mühe, sie zu trösten. Sie waren gehalten, leise zu sein, damit die Nachbarn nicht aufgeweckt wurden.

„Pscht", erinnerte Sara daran und sprach flüsternd auf Hanna ein. Dann schwieg Hanna und zuckte nur hin und wieder, um lautes Schluchzen zu unterdrücken.

„Es tut mir leid. Wir konnten die beiden Männer nicht, wie geplant, auf die Rückbank setzten", erklärte Gustav. „Wir sind noch einmal zurückgefahren und haben in der Garage die Rückbank ausgebaut."

„Es hat zum Glück niemand bemerkt, hoffe ich", fügte Gabriel hinzu.

Gustav holte den Handkarren. Darauf legten sie die Toten und schoben die Karre hinter die Apfelbäume. Damit sie nicht zu hören und zu sehen waren, verhielten sie sich möglichst still. Es war so dunkel, dass sie kaum etwas sahen und nur langsam vorwärtskamen. Die Frauen halfen, den Karren zu schieben. Agga weinte. Sie hatte bisher nie in ihrem Leben Tote gesehen.

Zunächst wickelten sie weitere Laken um die Körper von Isaak und seinem Freund. Anschließend legten Gustav und Gabriel

Jeremias Seile um den Körper und ließen ihn langsam in sein Grab senken. Gabriel stöhnte vor Anstrengung. Gustav rieb sich mit dem Handschuh den Schweiß aus dem Gesicht. Alle nahmen drei Mal Erde in ihre Hände und warfen sie ins Grab.

Während die Männer Isaak von der Karre hoben, um ihn ebenfalls mit Seilen zu versehen, griffen die Frauen jeweils einen Spaten und schaufelten Erde auf Jeremias.

Gustav und Gabriel zogen Isaak an das Erdloch, strafften die Seile, um ihn hinunter in sein Grab zu lassen. Doch Gabriel stürzte unter dem Gewicht und fiel fast mit in das Erdloch. Isaaks Körper rutschte über die Kante und landete bäuchlings auf der nassen, kalten Erde.

Hanna schrie auf und warf sich auf den Boden an die Kante des Grabes. Verzweifelt streckte sie ihre Arme in das Erdloch.

„Verzeihung", entschuldigte sich Gabriel.

Die Frauen zogen Hanna auf und nahmen sie in ihre Mitte.

„So schwer es ist, seid bitte leise", mahnte Gustav flüsternd.

Wieder nahmen alle drei Mal Erde in ihre Hände. Gabriel sprach das Totengebet, das Kaddisch. Nachdem auch dieses Grab zugeschüttet war, legte jeder je einen Stein auf jedes Grab.

Nun sollten die Seelen von Hutmacher Isaak Schaft und seinem Freund Jeremias Goldstein ihren Frieden finden.

Schweigend ging die kleine Gruppe zum Haus zurück. Jeder mit eigenen Gedanken. Die Gefühle gerieten außer Kontrolle. Alle waren voller Trauer und Wut.

Plötzlich wurde im Nachbarhaus das Licht angeschaltet und ein Fenster geöffnet. Die Nachbarin streckte den Kopf heraus und schaute sich um. Alle standen starr vor Schreck und niemand wagte, einen Ton von sich zu geben. Maria hielt so lange wie möglich die Luft an. Erst nachdem das Fenster verschlossen und das Licht gelöscht war, wagte sie es, wieder regelmäßig zu atmen.

Schnell schlichen sie ins Haus, wo sich alle die Hände wuschen. Nicht nur, weil ihre Hände schmutzig waren, sondern auch, weil es ein jüdischer Brauch war.

Trotz der nächtlichen Stunde war niemand müde, nur erschöpft und voller Trauer. So setzten sich alle in die Küche. Gustav hatte Stühle aus dem Speisezimmer geholt.

„Ihr seid nicht sicher", sagte Maria.

„Wie meinst du das?", fragte Gabriel.

„Du weißt, wie ich das meine. Ich habe mit meinem Vater gesprochen. Er wird euch helfen, dass ihr außer Landes kommt."

„Maria, dafür benötigen wir neue Pässe. Du weißt doch, dass in unsere ein ‚J' gestempelt ist. Uns ist das Reisen verboten", klagte Esther, die für ihr Alter von 59 Jahren frisch wie eine Dreißigjährige wirkte. Sie hatte glatte Haut und hatte wie ihre Tochter Sara dunkles, lockiges Haar, jedoch blaue Augen. Damit wirkte sie arisch, so wie es gewünscht war.

„Das weiß ich, aber mein Vater kennt gewisse Leute, deren Spezialgebiet Pässe sind."

„Aber was ist, wenn wir nicht ausreisen können?", jammerte Esther.

„Ihr könntet euch verstecken. Wir finden einen Platz, wo das möglich ist", antwortete Maria.

Gabriel, Esther, Gustav, Sara, Agga und Hanna sahen sie verwundert an.

„Warum hilfst du uns?", fragte Gabriel.

„Weil wir Freunde sind", antwortete Maria. „Ich werde Agga bei mir aufnehmen", schlug sie vor. „Allerdings darfst du nie die Wohnung verlassen, wegen Alfred."

Agga sah sie an und weinte.

„Das wäre eine erste Möglichkeit", sagte Gabriel. „Agga, nimmst du dieses Angebot an?"

„Und ihr? Was ist mit euch?", schluchzte sie.
„Wir werden eine Lösung finden", versprach Maria.
„Zunächst werden wir in unseren Häusern bleiben und so weiter leben, wie bisher", erklärte Gabriel.
„Außer, dass wir nicht mehr zur Arbeit gehen dürfen", fügte Gustav traurig hinzu.

In der nächsten Nacht zog Agga heimlich mit ihren wenigen Habseligkeiten bei Maria ein. Ihre Schwiegereltern weihte sie ein. Alfred durfte von dem Gast nichts wissen. Von Marias Wohnung aus gelangte man über eine Leiter auf den Dachboden. Hier richtete Maria es ihrer Freundin so gemütlich wie möglich ein. Der Dachboden diente nur als Schlafplatz. Es war ein warmer Juni, sodass es dort oben nicht zu kalt war. Tagsüber war Agga bei Maria in der Wohnung.
Nur Tage später zog auch Sara mit den Kindern ein, nachdem Gustav plötzlich verschwunden war und sie seit drei Tagen kein Lebenszeichen von ihm erhalten hatte.
Es wurde schwierig, Ruhe in der Wohnung zu halten. Maria ließ den ganzen Tag das Radio laufen, damit Alfred nicht auf den Gedanken kam, dass sie Gäste hatte.
Einige Male schlich sich Maria nachts in Saras und Gustavs Haus, um wichtige Papiere, Schmuck und Wertsachen zu holen. Als sie eines Nachts die schwere Eichenhaustür aufschloss und die Diele betrat, lagen überall Gegenstände herum. War Gustav zurück? Maria stand still und lauschte, ob jemand im Haus war. Es war ruhig. Langsam ging sie durch alle Räume. Die Schränke waren durchwühlt, Geschirr lag zerbrochen auf dem Boden und einige Möbelstücke waren umgeworfen. Der Schmuck aus Saras Schatulle im Schlafzimmer war gestohlen. Sie hätte den Schmuck schon längst abgeben müssen, doch Sara hatte sich geweigert.

Eilig verließ Maria das Haus. Es war das letzte Mal, dass sie es betreten hatte.

Sara fiel in einen apathischen Zustand. Sie saß jeden Tag schweigend im Sessel und starrte durch die Gardine aus dem Fenster, so als hoffte sie, dass Gustav den Weg entlang gelaufen kam. Die Kinder verhielten sich leise und zeigten sich für ihr junges Alter übermäßig vernünftig. Agga spielte mit ihnen. Sie malten Bilder, legten Puzzles und lasen Geschichten. Manchmal fragten sie nach ihrem Vater und wann sie nach Hause zurückkönnten. Dann erklärte Maria ihnen, dass es wie ein Versteckspiel sei. Und wenn sie niemand finden würde, dann hätten sie gewonnen. Wie lange das Spiel dauere, das wisse niemand.

Sara hörte auf zu essen und zu trinken. Maria und Agga sorgten sich und hatten Mühe, ihr jeden Tag wenigstens einige Happen in den Mund zu schieben. Sie magerte immer weiter ab.

„Du brauchst Kraft. Bitte sei stark. Sei es für deine bezaubernden Kinder", flehte Maria. Doch Sara reagierte nicht und versank immer tiefer in ihrer Angst und Trauer.

Maria besuchte Gabriel und Esther heimlich und erzählte ihnen wie es Sara, Agga und den Kindern ging. Perlmanns sorgten sich um Sara und ebenso um Gustav, der nach einigen Wochen nicht wieder aufgetaucht war. Es war mittlerweile Ende Juli. Dennoch waren sie unendlich dankbar, dass ihre Töchter und die Enkel bei Maria in Sicherheit waren.

Maria war froh, dass Alfred bisher nichts bemerkt hatte. Er war mit sich beschäftigt und mit der Wut über die Welt. Und diese Wut ließ er meist an seiner Mutter aus. Oft hörten Maria, Sara und Agga das Geschrei und Gepolter.

Als Maria am 7. August, es war ihr Geburtstag, Gabriel und Esther besuchte, fand sie das Haus leer vor. Die Tür war nicht verschlossen, so hatte sie das Haus betreten. Es wirkte, als seien die beiden überstürzt aufgebrochen. Auf dem Tisch in der Küche standen Tassen, die halb mit Wasser gefüllt waren. Auf einem Teller lagen einige Plätzchen. Maria schlich ins Obergeschoss und schaute im Schlafzimmer in die Schränke. Die Kleidung lag darin. Sie wunderte sich, machten sie Besorgungen oder besuchten Freunde? Doch sie kannte die Antwort. Als sie am nächsten und übernächsten Tag zurückkam, waren Gabriel und Esther immer noch nicht Zuhause. Alles war genauso, wie Maria es am 7. August vorgefunden hatte. Sara und Agga hatte sie nichts von dem Verschwinden ihrer Eltern erzählt. Sie wollte weiter lügen und ihnen sagen, dass es Gabriel und Esther gut ging. Weinend begab sie sich nach Hause. Wo waren Gabriel und Esther?

## 27. Mistelås, April 2018

Malin wachte in Kristers Armen auf. Er schlief. Sie betrachtete ihn. Was war er für ein außerordentlicher Mann, dachte sie. Lange hatte sie nicht so einen beeindruckenden Abend erlebt. Sie lächelte, als sie über die letzte Nacht nachdachte. Wie schnell sie sich umentschieden und Vertrauen zu ihm gefasst hatte, fand sie selbst unglaublich.
Vorsichtig schlüpfte sie aus dem Bett, zog sich an und bereitete in der Küche das Frühstück vor. Kurz darauf stand Krister hinter ihr und umarmte sie. Nach dem ersten Schreck küsste sie ihn.
„Wie hast du geschlafen?", fragte sie.
„So ausgezeichnet wie nie. Danke für alles", antwortete er.
„Leider muss ich gleich los, um einige Bäume zu fällen und Stämme aus dem Wald zu ziehen."
„Aber für das Frühstück reicht deine Zeit, oder?"

„Die Zeit nehme ich mir."

Malin goss Kaffee in die Tassen und stellte sie auf den Tisch.

„Und was hast du für den Tag geplant?", fragte Krister sie.

„Ich schleife die Wohnzimmertüren und streiche sie. Sie sind ziemlich abgenutzt."

„Was hältst du von der Idee, mit mir in den Wald zu kommen? Bengt hat heute keine Zeit und es ist immer besser, wenn man bei Fällungsarbeiten zu zweit ist. Die Türen könnten wir später gemeinsam streichen."

Malin überlegte nicht lange. „Prima Idee. Ich war zuletzt vor Jahren mit meinem Großvater im Wald und habe ‚Holz gemacht'", freute sie sich.

Wenig später saß sie neben Krister auf dem Traktor und fuhr einen holprigen Waldweg am See entlang. An einer kleinen Lichtung stoppte er und schaltete den Motor aus. Geschickt half er Malin vom Traktor herunter und lud das Werkzeug ab. Am Rand der Lichtung waren einige Fichten markiert. Krister schaute abwechselnd zu den Baumwipfeln und auf den Boden und bemaß die Fallrichtung. Dann trugen er und Malin das Werkzeug in die entgegengesetzte Richtung, in die der erste Baum fallen sollte. Krister schnitt mit der Motorsäge eine Kerbe in die Fichte und markierte mit einem Stift, wo der Schnitt angesetzt werden musste. Er nahm die Säge wieder in die Hand, setzte sie an und sägte. Dann trieb er mit der Axt einen Keil in den Schnitt. Dies wiederholte er mehrfach und setzte zum finalen Schnitt an. Er rief Malin zu, beiseite zu gehen und sprang ebenfalls zurück, als der Baum fiel. Insgesamt fällte Krister fünf Bäume, schnitt die Äste ab und zog die Stämme mit dem Traktor an den Wegesrand, wo er sie mit dem Greifarm des Traktors packte und nebeneinander legte. Malin half ihm und folgte seinen fachmännischen Anweisungen. Sie liebte den süßlichen Duft des Harzes und genoss es, mit Krister zusammen zu sein.

Es war Abend, als sie mit der Waldarbeit fertig waren.

„Hej, ihr fleißigen Arbeiter", rief Bengt den beiden zu. Er winkte fröhlich, als sie mit dem Traktor auf den Hof fuhren. „Kommt nur, Stina hat gekocht. Ihr müsst euch nach getaner Arbeit stärken."

Das ließen sich Krister und Malin nicht zwei Mal sagen. Sie waren hungrig. Seit dem Frühstück hatten sich nichts gegessen, weil sie vergessen hatten, Proviant mit in den Wald zu nehmen.

„Mir knurrt schon der Magen", sagte Krister und parkte den Traktor in der Scheune. Malin half ihm, die Motorsäge und das Werkzeug in ein Regal zu räumen. Anschließend eilten sie ins Haus, zogen im Flur ihre Schuhe und Jacken aus, wuschen sich im Badezimmer die Hände und setzten sich in der großen Küche neben Bengt an den gedeckten Tisch. Stina begrüßte Krister und Malin freundlich und stellte Schüsseln auf den Tisch, aus denen es dampfte. Sie hatte Köttbullar zubereitet, das waren leckere kleine Fleischbällchen in einer würzigen Sahnesoße. Dazu gab es Kartoffeln und Preiselbeeren.

„Ich habe selten so leckere Köttbullar gegessen", lobte Malin, nachdem sie sich einen Nachschlag auf den Teller gefüllt hatte.

„Danke", freute sich Stina. „Ich habe sie nach einem Rezept meiner Großmutter zubereitet."

„Sehr köstlich, danke für das Essen", sagte Krister.

Gemeinsam räumten sie den Tisch ab. Malin bedankte sich ebenfalls und verabschiedete sich. Sie brauchte eine Dusche. Bengt und Stina baten sie, wieder zu ihnen zu kommen und mit ihnen und Krister einen gemütlichen Abend zu verbringen. Diese Einladung nahm sie gerne an und nur eine halbe Stunde später war sie zurück. Auch Krister war frisch geduscht und hatte noch nasse Haare. Bengt zündete ein Feuer im Kachelofen an und bat Malin, sich zu setzen. Es wurde ein unterhaltsamer Abend. Malin erzählte von den Tagebüchern. Bengt und Stina hörten interessiert zu.

„Wir fanden es schade, dass deine Eltern nach Deutschland gezogen sind. Wir haben uns immer gut verstanden", berichtete Stina.

„Haben sie euch erzählt, warum sie ausgewandert sind?", wollte Malin wissen und hoffte, dass Bengt und Stina mehr wüssten und ihr eine Antwort geben konnten.

Doch Bengt und Stina schüttelten den Kopf.

„Nein, das haben sie uns leider nicht verraten", antwortete Stina.

„Wir haben sie gefragt, warum sie nach Deutschland auswandern. Aber dein Vater sagte, das sei eine Familiensache und es täte ihm leid, dass er mir nicht mehr dazu sagen könne", erklärte Bengt und schaute Stina an.

„Es ist bedauerlich, dass wir dir keine Antwort geben können. Ich bin überzeugt, dass deine Eltern es dir später einmal erklären werden", sagte sie.

Malin nickte traurig.

Bengt sah sie an, hatte eine Idee und holte ein Kartenspiel. „Jetzt wird es lustig. Wer verliert, singt ein Lied", sagte er und teilte die Karten aus. Der weitere Verlauf des Abends wurde heiter. Meistens verlor Stina und sie sang so viele Lieder, dass sie fast heiser wurde. Krister brachte Malin nach Hause. Bevor Malin ihn ins Haus bitten konnte, war er schon an ihr vorbeigegangen. Er drehte sich um und umarmte sie.

„Danke für deine Hilfe heute. Ich genieße es, wenn du in meiner Nähe bist", flüsterte er in ihr Ohr. Er blieb bis zum nächsten Morgen und Malin wusste, dass ihr neues Leben seinen Anfang genommen hatte.

## 28. Lendringsen, August 1940

Mitte August bekam Maximilian Heimaturlaub und reiste für eine Woche nach Hause. Er wusste aus Marias Briefen, dass sie Sara, Agga und die Kinder versteckt hielt. Sie hatte es damit umschrieben, dass ihre Kusinen zu Besuch seien und ihr wegen der Schwangerschaft beistanden. Aber Maximilian hatte verstanden, was gemeint war, und antwortete er in seinen Briefen ebenso verschlüsselt. Er wollte sicher gehen, dass sie nicht entdeckt wurden, falls jemand Falsches die Briefe lesen würde.

Die Angst um seine Frau raubte ihm in mancher Nacht den Schlaf. Was wäre, wenn Alfred dieses Geheimnis entdecken würde und in einem cholerischen Anfall alle zusammenschlug? Und was wäre, wenn die Jäger der Gestapo das Geheimnis lüften würden? Dann kämen nicht nur ihre jüdischen Freundinnen in ein Arbeitslager, sondern auch Maria und seine Familie, weil sie Juden bei sich versteckt hatten.

Nach seiner Ankunft unterhielt er sich mit Sara und Agga und er fand es erstaunlich, wie still sich die Kinder verhielten. Entsetzt war er darüber, dass der Hutmacher und sein Freund erschossen worden waren und dass Perlmanns und Gustav verschwunden waren. Bisher gab es kein Lebenszeichen.

Maximilian wagte sich eines Nachts hinaus und durchsuchte die Briefkästen der Perlmanns und Bechels. Doch die Hoffnung, darin eine Postkarte oder einen Brief zu finden, zerschlug sich.

„Wir suchen für Sara, Agga und die Kinder ein anderes Versteck", meinte er zu Maria.

„Aber wo?"

„Wenn ich das wüsste. Ich werde nachdenken", sagte er und nahm seine Frau in den Arm. Sanft streichelte er über ihren runden Bauch.

„Hoffentlich erlebe ich die Geburt unseres Kindes und bin nicht an der Front", wünschte er sich.

Maria schmiegte sich an ihn. „Es ist so eine schreckliche Zeit, in die unser Kind geboren wird."

„Ja", stimmte er ihr zu. „Ich bin stolz auf dich, Maria. Trotz deines Zustandes kümmerst du dich um andere und bringst dich in Gefahr. Ich hoffe, dass es für irgendetwas gut sein wird."

„Das wird es", sagte Maria.

Die Tage des Urlaubs verbrachte das Ehepaar so intensiv wie nur möglich. Jede Stunde, jede Minute, jede Sekunde kosteten sie aus, so als wenn die Liebe dadurch länger vorhalte.

„Ihr verschmelzt zu einer Einheit", lachte Agga.

„Das scheint der Sinn einer Ehe", antwortete Maria. Doch als Maximilian am Sonntagabend abreiste, überkam sie eine große Traurigkeit. Sie dachte an Sara, die nicht wusste, ob sie ihren Mann je wiedersehen würde. Sara war in einer misslicheren Lage als sie. Das zarte Pochen unter ihrer Bauchdecke munterte sie ein wenig auf. Sie spürte die Bewegungen ihres Kindes immer deutlicher. Bemerkt es meine Traurigkeit und stößt mich deshalb mit den Füßchen so oft an? Will es mir sagen: Denk an mich, verschließe nicht deine Tür, ich brauche dich?

Maria erinnerte sich an Maximilians Idee, ein besseres und sichereres Versteck für Agga und Sara mit ihren Kindern zu suchen. Ihre Eltern kamen ihr in den Sinn. Sie waren Agga und Sara sowie den Kindern immer zugetan gewesen. Maria hatte ihre Schwiegereltern eingeweiht, dann konnte sie auch mit ihren Eltern über die Situation sprechen.

Gleich am nächsten Tag besuchte sie ihre Eltern und berichtete

ihnen nicht nur, dass sie Agga, Sara und ihre Kinder versteckt hielt, sondern ebenso von dem Grauen, was dazu geführt hatte.
„Das ist ja schrecklich", rief ihre Mutter und schlug vor Entsetzen die Hände vor den Mund.
„Wir haben auch ein Geheimnis", verriet der Vater.
Maria horchte auf. Fritz berichtete von einem Bunker, den er unter dem Garten ausgeschachtet und gemauert hatte. Daran habe er heimlich einige Jahre gearbeitet. Es gebe einen Zugang vom Keller aus und das Belüftungsrohr sei im Johannisbeerbeet versteckt.
„Wir gestalten den Raum wohnlich. Wenn wir zusammen renovieren, schaffen wir es schnell. Die Kinder sind jederzeit bei uns im Haus willkommen, sofern keine Gefahr droht."
Maria war überrascht, dankbar und begeistert. In einem Gefühlstaumel folgte sie ihren Eltern in den Keller. Fritz schob einen Schrank beiseite. Dahinter befand sich eine Tür, die in einen dunklen Gang führte. Erna schaltete das Licht an.
„Dein Vater hat sogar für Strom gesorgt", sagte sie und sah ihren Mann stolz an.
„Ich möchte nie wieder einem Krieg schutzlos ausgeliefert sein", erklärte Fritz und führte Maria in einen etwa fünf mal fünf Meter großen Raum.
„Das ist der Bunker", sagte er stolz.
An zwei Wänden standen Etagenbetten, in der Mitte ein Tisch und vier Stühle. Ein Regal war mit Konservendosen, Wäsche und Wasserflaschen gefüllt. Daneben befanden sich ein Waschbecken und eine Toilette. Fritz hatte alles bedacht.
„Du hast sogar fließend Wasser hierher gelegt?", fragte Maria erstaunt.
„Ja und sieh mal", sagte er und zeigte auf ein elektrisches Heizelement über dem Waschbecken.

„Es ist grandios, Vater", freute sich Maria und fiel Fritz um den Hals.

„Schon gut, mein Mädchen", grinste er. „Für irgendetwas ist dein alter Vater ja nütze."

„Und wenn es mal keinen Strom gibt, hier sind Kerzen", erklärte Erna und zeigte in ein Regalfach.

„Ihr macht mich glücklich. Danke, dass ihr helft", strahlte Maria.

„Aber selbstverständlich helfen wir", antwortete Fritz. „Seid nur vorsichtig, wenn ihr herkommt. Nicht, dass euch jemand bei dem Umzug erwischt."

Eine große Gefahr war, dass Alfred sie entdeckte. Agga und Sara hatten ihre wenigen Habseligkeiten gepackt und warteten mit Maria, dass es in der unteren Wohnung still wurde. Die Kinder schliefen. Gegen zwei Uhr nachts weckten sie Levi und Tana und schlichen die Treppe hinunter. Sara trug Levi auf dem Arm, Agga trug Tana und Maria die Taschen. Die Treppenstufen ächzten unter dem Gewicht. Maria schwitzte vor Anstrengung. Die Taschen waren schwer. Plötzlich glitt ihr der Griff der kleineren Tasche aus der Hand. Polternd rutschte sie die Stufen hinunter. Die Frauen standen still und horchten. Sie hörten Alfred husten. War er aufgewacht? Maria kaute vor Angst auf ihren Lippen, bis sie zu bluten begannen. Das Blut füllte ihre Mundhöhle. Es hatte einen eigenartigen Geschmack. Ihr wurde übel.

Tana umklammerte Aggas Hals.

„Nicht", flüsterte Agga. „Du nimmst mir die Luft."

Sofort lockerte das Mädchen den Griff. Tana zitterte und machte einen müden Eindruck.

Wieder hörten sie Alfreds Husten. Doch dann war es still im Haus. Vorsichtig öffnete Maria die Haustür, hob die Tasche auf und ließ Sara und Agga an sich vorbeigehen. Sie atmete erleichtert auf, nachdem sie die Tür wieder verschlossen hatte. So schnell wie möglich eilten die Frauen die Straße entlang und bogen bald in den Eisborner Weg ein. Vor dem Haus saßen Fritz und Erna auf der Gartenbank. In der Dunkelheit waren sie kaum zu erkennen. Leise empfingen sie Maria und ihre Freundinnen und baten sie ins Haus. Erna hatte die Fensterläden geschlossen, so dass niemand hineinsehen konnte.

„Diese Nacht verbringt ihr hier im Haus. Das wird keiner bemerken und morgen Früh zeige ich euch euer neues Quartier", erklärte Fritz.

Erna führte Agga, Sara und die Kinder ins Obergeschoss, wo ein Zimmer leer stand.

„Hier könnt ihr euch zwischendurch aufhalten, aber immer nur ab dem späten Abend", sagte Erna.

Fritz kam zurück und reichte Levi ein blaues Holzauto und Tana eine Puppe. Die Kinder bedankten sich höflich und drückten ihr neues Spielzeug fest an sich. Erna sah ihren Mann liebevoll an.

„Ach, Fritz, du Guter", flüsterte sie.

Er grinste. „Alles wird gut. Das weiß ich."

Verlegen spielte er an den Knöpfen seiner Weste. Dann hielt er Sara die Hand hin.

„Auf euer neues Zuhause", sagte er.

Nacheinander schüttelten ihm erst Sara und dann Agga die Hand, so als besiegelten sie einen Pakt. Tatsächlich war es so.

Maria blieb in dieser Nacht im Haus ihrer Eltern und führte ihre Freundinnen und die Kinder am nächsten Morgen in den Bunker, den sie von nun an „Quartier" nannten. Gemeinsam versuchten alle, den Raum gemütlich zu gestalten. Erna stellte Blumen auf den Tisch.

„Wir kochen abends, so dass ihr dann etwas Warmes zu essen bekommt. Brot und dergleichen findet ihr hier", erklärte sie und zeigte auf den Brotkasten.

„Wir werden regelmäßig zu euch kommen", versprach Fritz.

Agga weinte. „Warum ist das Leben so ungerecht? Was ist es für eine schmerzliche Zeit?"

Maria legte tröstend ihren Arm um sie. „Es ist sicher bald vorbei."

„Aber welchen Sinn hat das alles?"

„Es ist Unsinn, Agga. Nichts weiter als boshafter Unsinn. Doch wir sind gezwungen, es auszuhalten, wir haben keine Wahl", mischte sich Fritz ein.

„Maria hat recht, diese miserable Zeit geht vorbei", tröstete Erna. „Wir werden euch beschützen, das versprechen wir."

„Und wenn es uns oben zu langweilig wird, dann ziehen wir zu euch nach unten", teilte Fritz mit und erreichte damit, dass Agga und Sara lächelten.

„Es wird Zeit zu gehen", sagte Maria. Aggas und Saras Lächeln gefror. Agga nahm Marias Hände.

„Danke", flüsterte sie.

Nun weinte Maria. „Keine Ursache", schluchzte sie.

Dann schloss sie Levi und Tana in ihre Arme und küsste sie auf die Stirn. Als sie ihren Eltern zurück in die Wohnung folgte, blieb sie in der Tür stehen und sah sich um.

„Bis später", sagte sie mit tränenerstickter Stimme. Levi hielt sein Holzauto fest im Arm und Tana drückte ihre Puppe an sich. Agga und Sara lächelten mutig.

„Alles wird gut", flüsterte Sara, hob die Hand und winkte Maria zum Abschied.

## 29. Lendringsen, Oktober 1940

Es grenzte an ein Wunder, dass Maximilian im Oktober ein weiteres Mal einige Tage Heimaturlaub bekam. Maria war glücklich und Maximilian staunte über den runden Bauch seiner Frau. Mehrmals am Tag legte er seine Hände darauf und fühlte die Bewegungen des Kindes. Maria genoss es und freute sich gemeinsam mit ihrem Mann auf das werdende Leben. Als Namen wählten sie Vinzenz für einen Jungen und Marlene für ein Mädchen.

An einem sonnigen Herbstnachmittag spazierten sie an der Hönne entlang. Der kleine Fluss schlängelte sich in Kurven durch das Hönnetal, vorbei am Gut Rödinghausen, passierte das Eisenwerk und Menden bis er in Fröndenberg in die Ruhr mündete. Die Bäume des Parks von Gut Rödinghausen leuchteten prächtig in den schönsten Herbstfarben. Die Sonne ließ das Laub intensiver wirken. Der Wind rauschte in den Baumkronen und die Äste und Zweige warfen ihre Blätter ab, die durch die Luft wirbelten, bevor sie auf dem Boden landeten. Dort vermoderten sie, um dem Boden neuen Nährstoff zu geben.

„Siehst du? Das ist der Kreislauf des Lebens. Alles hat einen Sinn", sagte Maximilian.

Maria schlang ihren Arm um seinen Ellbogen und ließ sich von ihm führen.

„Im Frühjahr werden die Bäume wieder Knospen tragen und zum Leben erblühen. Wenn ihre Kraft verbraucht ist, werden sie verwelken und wie jetzt durch die Lüfte schweben. Sie werden dem Boden wieder Nährstoffe geben und es gibt einen neuen Anfang", erklärte Maximilian.

„Ja, der Krieg ist wie der Winter, nach dem im Frühling erneutes

Leben erblüht", antwortete Maria und schaute zum blauen Himmel hinauf. Er wirkte so unschuldig, als würde er all das Leid des Krieges nicht sehen. Es war der gleiche Himmel, der über all den Gefangenenlagern und über der Front zu sehen war. Wie weit würde der Himmel ihre Liebe tragen?

An einer Bank hielten sie an und setzten sich. Maximilian hatte seinen Zeichenblock und seinen Skizzierstift dabei. Er hielt die Eindrücke fest, um später ein Gemälde daraus zu fertigen. Maria bewunderte ihn dafür, dass er mit so ruhiger Hand das Wesentliche zeichnen konnte. Es war ein traumhafter Nachmittag, der beide den Krieg vergessen ließ.

Nachdem Maximilian am nächsten Tag abgereist war, empfand Maria ein große Leere. Sie weinte und fand nur wenig Trost darin, dass ein Teil von ihm in ihr heranwuchs. Warum führten sie kein normales Familienleben? Warum konnte Maximilian nicht wie früher seiner täglichen Arbeit nachgehen, abends nach Hause kommen und mit ihr vor dem Ofen sitzen? Die Antwort hatte nur fünf Buchstaben: Krieg.

Maria klammerte sich weiter an die Hoffnung, dass dieser bald vorbei sein würde.

## 30. Menden, 22. Dezember 1999

Als Maria Bens Stimme hörte, löste sich der Krampf in ihrem Brustkorb. Ihr Enkelsohn sprach beruhigend auf sie ein. Ein Arzt untersuchte sie und gab der Schwester Anweisungen, eine Infusion anzulegen. Marias Herz beruhigte sich wieder und sie hatte nach einer Weile genug Kraft, Ben von damals zu erzählen.
Es war Abend, als Maria ihn ansah und sagte: „Es war eine traurige Zeit, in denen es zu selten schöne Momente gab."
Ben empfand nach, was Maria gefühlt hatte, als ihr Mann im Kriegseinsatz war. Die Trennung von seiner Frau Ebba fiel ihm ebenfalls schwer. Doch auch wenn eine Entfernung von tausend Kilometern zwischen ihnen lag, waren sie sich nah. Die moderne Technik erlaubte es heutzutage.
„Ich wusste nie, wo sich dein Großvater befand und welcher Gefahr er ausgesetzt war", erinnerte sich Maria. „Ich habe versucht, mich abzulenken. Aber dann kam die Angst, dass wir uns entfremden und uns auseinanderleben könnten, wie es normal ist, wenn man sein Leben nicht miteinander teilt."
Ben, der an Marias Krankenbett saß, drückte ihre Hand etwas fester.
„In jeder Nacht erschien er mir im Traum. Wenigstens dann waren wir glücklich und unbeschwert. Weißt du, ich habe nie von der Front oder von all dem Leid, das um uns herum passierte, geträumt. Meine Träume handelten nur von Glück und waren so intensiv, dass ich nach dem Aufwachen erschrak, dass es nicht real war. Denn Maximilian und ich lebten nicht wie ein glückliches, junges Ehepaar."
Maria drehte den Kopf zum Fenster und sah hinaus. Es war ein kalter, nebliger Wintertag. Der Himmel hing voller Wolken.

Dann sah sie Ben an. „Die Träume wurden zu einem festen Bestandteil meines Lebens und hielten die Erinnerung an deinen Großvater wach. Ich freute mich schon morgens, mich am Abend wieder schlafen zu legen. Ich achtete darauf, den Realitätssinn nicht zu verlieren, denn ich lebte in zwei Welten."

„Ach, Mormor, ich bin überzeugt davon, dass Träume dazu da sind, über schlechte Zeiten hinwegzuhelfen. Es ist eine Reaktion unseres Körpers, wenn wir verzweifelt sind", meinte Ben.

„Ich habe jetzt noch Träume. Sogar Tagträume, in denen ich eine berühmte Sängerin bin, die sich vor dem applaudierenden Publikum verneigt. Damals gab mir dieser Wunsch, dass es einmal so sein könnte, eine ungeheure Kraft."

Ben bemerkte, dass seine Großmutter müde war. Die Erinnerungen aufleben zu lassen, strengte sie an. Alles, was sie erzählte, notierte er in einem Notizbuch. Auf diese Weise lernte er seine deutsche Familie kennen.

Nachdem Maria eingeschlafen war, verließ Ben leise das Zimmer. Auf dem Flur traf er Schwester Anette.

„Ihre Großmutter blüht auf, seitdem Sie hier sind", sagte sie. „Für ihren Zustand ist es erstaunlich."

„Ich hoffe, dass ich ihr genügend Kraft gebe, damit sie wieder gesund wird", antwortete Ben.

Schwester Anette zog die Stirn kraus und schwieg.

„Einen schönen Abend", verabschiedete sich Ben und begab sich auf den Weg zu Ehepaar Schwarz.

Frau Schwarz hatte ihm Essen verwahrt und wärmte es gleich auf. Herr Schwarz erkundigte sich nach Maria und fragte, wie es ihm ging. Das alte Ehepaar war so fürsorglich, dass es Ben fast unangenehm war. Er würde es dem netten Paar wieder gut machen, das beschloss er für sich.

Nach dem Essen telefonierte er mit Ebba. Sie war aufgeregt, sie hatte erste Wehen.

„Mach dir keine Sorgen. Die Ärztin sagte, das seien Senkwehen", sagte sie.

„Oh, es geht bald los. Wie stehe ich dir bei?", überlegte Ben.

„Gar nicht. Steh deiner Großmutter bei. Gunnar achtet auf mich."

„Aber … ."

„Nichts aber, ich komme klar, mein Schatz", lachte Ebba. „Es dauert bis zur Geburt."

Ben war hin- und hergerissen. Ihn plagte das schlechte Gewissen, weil er nicht bei Ebba war und hatte Angst, dass er die Geburt seines ersten Kindes verpasste. Andererseits gab es Maria, die niemanden sonst hatte, außer ihn.

„Ich glaube, es ist okay, dass du in Deutschland bist. Du würdest mich sicher verrückt machen", kicherte Ebba.

„Und ich glaubte, du vergehst vor Sehnsucht", scherzte Ben.

„Es ist alles okay", antwortete sie. „Ich liebe dich."

„Ich dich auch", flüsterte Ben.

Herr Schwarz rief ihn. Er solle doch zu ihnen ins Wohnzimmer kommen und den Rest des Abends mit ihnen verbringen. Ben sagte gerne zu und saß wenig später mit dem Ehepaar Schwarz und dessen Tochter Elfriede zusammen. Elfriede war etwa Ende sechzig, klein und stattlich. Sie trug so kurze Haare, dass Ben die Frisur fast für eine Glatze hielt.

„Elfriede hat sich erst von einer Krebserkrankung erholt", sagte Frau Schwarz.

„Oh, das tut mir leid", antwortete Ben und sah Elfriede mitfühlend an.

„Was tut Ihnen leid? Dass ich genesen bin?", fragte sie patzig.

„Nein, nein, Verzeihung. Ich meine, dass es mir leid tut, dass Sie krank waren."

„So habe ich das auch verstanden", mischte sich Herr Schwarz ein und reichte Ben eine Flasche Bier.

Einige Minuten lang war es still. Ben gedachte, sich zu verabschieden, und zu Bett gehen, als Frau Schwarz das Wort ergriff.

„Ihre Großmutter war eine mutige Frau", sagte sie. „Maria hat ihr eigenes Leben aufs Spiel gesetzt, um anderen zu helfen."

„Die hat doch Juden versteckt", bemerkte Elfriede.

Ben hatte das Gefühl, Boshaftigkeit in ihrer Stimme zu erkennen.

„Ja", antwortete er. „Das hat sie. Aber ohne die Hilfe ihrer Familie wäre das nicht möglich gewesen."

„Die Sewalds und ihre Kinder waren feine Leute", meinte Herr Schwarz.

„Ja, ja", erwiderte Elfriede.

„Es ist so, wie dein Vater es sagt", warf Frau Schwarz ein. Sie sah Ben an, so als wolle sie sich für das unflätige Benehmen ihrer Tochter entschuldigen.

„Früher waren es wenigstens nur die Juden. Heute versorgt unser Land die halbe Welt der Mohammedaner", schimpfte Elfriede.

„Elfriede, reiß dich zusammen!"

Herr Schwarz rutschte im Sessel unruhig hin und her.

„Ist doch wahr. Guck dich nur um. Überall siehst du Ausländer! Und wir finanzieren denen ein elegantes Leben."

„So ist das aber nicht. Die meisten arbeiten und verdienen sich ihren Lebensunterhalt", widersprach Herr Schwarz. „Dass wir jenen helfen, die vor Krieg und Leid geflohen sind, ist doch wohl selbstverständlich."

„Ich bin ein Ausländer", äußerte sich Ben.

„Aber mit deutschen Wurzeln, das ist etwas anderes", antwortete Elfriede.

„Das zählt nicht?", fragte Frau Schwarz.

„Ach Mutter, was soll das alles? Sieh doch, was aus unserem Land wird. Es traut sich abends doch kaum jemand in die Stadt, weil da überall die Ausländer rumhängen. Vergewaltigungen, Mord und Überfälle. Was soll alles passieren?"

„Nun übertreibst du aber", raunte Herr Schwarz.

„Ne, was Früher war, hatte alles seinen Sinn, glaub mir!" Schimpfend verließ Elfriede das Haus. Ihre Eltern entschuldigten sich bei Ben.

„Seit sie krank war, ist sie so wütend. Immer sucht sie Schuldige für alles Unrecht dieser Welt", erklärte Herr Schwarz.

„Sie war immer schon wütend, Hubert", betonte seine Frau.

Ben wurde bewusst, dass es Menschen wie Elfriede waren, die auch damals dem Rassenwahn zugeneigt gewesen waren und die Nazis für Helden gehalten hatten. Es mussten frustrierte Menschen gewesen sein, die ihr eigenes Schicksal nicht angenommen und andere für alles Schlechte verantwortlich gemacht hatten. Das änderte sich zu keiner Zeit, davon war Ben überzeugt. Solche Menschen würden andere, die gütig handelten und zufrieden waren, genauso verraten wie jene, denen Schutz geboten wurde. Ben schoss ein Gedanke in den Kopf. Hatte Elfriede damals als junges Mädchen bereits eine solche Einstellung gehabt? Aus welchen Gründen auch immer, er würde es herausfinden.

## 31. Lendringsen, November 1940

Der Krieg war in vollem Gange. Die Deutschen waren in die Niederlande, Belgien, Luxemburg und Frankreich einmarschiert und die Luftwaffe hatte Angriffe auf die Britischen Inseln verübt. Im September hatte sich Deutschland mit Italien und Japan verbündet, um zu verhindern, dass die USA in den Krieg eingriff.

Maria vermisste Maximilian und sehnte sich nach Frieden. Je

näher der Geburtstermin rückte, umso nervöser wurde sie. Alfred hatte sie mehrfach beschimpft. Sie war froh, dass er nicht handgreiflich geworden war. Allerdings hatte Lydia wieder ein blaues Auge. Das tat Maria leid und je mehr sie Lydia bedauerte, desto unwohler fühlte sie sich in diesem Haus. Ihre Eltern hatten ihr schon öfter angeboten, sie aufzunehmen. Das war das Vernünftigste in ihrer Situation. Ihr Kind sollte nicht in einem Haus geboren werden, aus dem alle Lebenslust und Freude gewichen war. Es würde Trübsinn und Schmerz einatmen. Schließlich packte Maria das Notwendigste in ihren Koffer, verabschiedete sich von Karl und Lydia und ließ sich von ihren Eltern abholen. Ihre Schwiegereltern waren niedergeschlagen. Lydia gab Maria eine Erstlingsausstattung mit auf den Weg. Sie hatte diese für ihr erstes Enkelkind genäht.

Im Haus ihrer Eltern fiel alle Last von Maria ab. Sie spielte mit Levi und Tana, unterhielt sich mit Sara und Agga und versuchte die Gedanken an den Krieg zu verdrängen. Es waren Tage, die fast normal wie in Friedenszeiten wirkten. Sogar Sara und Agga blühten etwas auf. Auch wenn die Sorge um ihre Eltern und um Gustav nicht gewichen war, denn es gab immer noch kein Lebenszeichen.

Eines Morgens erwachte Maria mit einem Ziehen im Rücken. Es war der 30. November. Sie stieg aus dem Bett und öffnete die Vorhänge vor dem Fenster. Leichter Schneefall hatte eingesetzt. Nach dem Frühstück mit ihren Eltern besuchte sie Agga, Sara und die Kinder im Quartier und spürte am Nachmittag, dass sich das Ziehen in Abständen von wenigen Minuten bis in ihren Rücken ausdehnte. Die Wehen hatten eingesetzt. Maria stieg schwerfällig die Treppe hinauf, um sich in ihrem Zimmer aufs Bett zu legen. Sie rief ihre Mutter, die schnell herbeieilte.

„Kind, es geht los", freute Erna sich. „Ruh dich aus, ich lege alles bereit."

Maria freute sich nicht wie ihre Mutter, denn die Schmerzen überrollten sie. An Ausruhen war nicht zu denken.

„Bitte hol Agga und Sara", stöhnte sie. Sie lag seitlich auf ihrem Bett und zog die Beine an.

Wenig später waren alle Frauen um Maria versammelt. Fritz hütete unten die Kinder.

„Versuch, dich etwas zu bewegen, das fördert die Wehen", schlug Sara vor.

Maria stöhnte, hob die Beine aus dem Bett und stellte sich hin. Mit beiden Händen stützte sie sich auf der Matratze ab.

„Die Hebamme wird gleich hier sein", tröstete Erna sie.

Sara nahm Marias Hand und führte sie im Zimmer umher. Dabei versuchte Sara, eine normale Unterhaltung mit Maria zu führen. Sie sprachen über die Oper und die Zeit, als Sara Sängerin gewesen war. Bei jeder Wehe stützten Agga und Sara ihre Freundin.

„Lass uns die Schmerzen wegsingen", schlug Sara vor und stimmte ein Lied an. Maria lachte, bevor sie die nächste Wehe überrollte.

„Kind, leg dich besser hin", riet Erna.

„Ach, Mutter, es ist angenehmer, wenn ich etwas gehe."

Erna schüttelte den Kopf. „Hach, mein Kind", sagte sie und legte Maria einen feuchten Waschlappen auf die Stirn.

„Mutter, nicht", schimpfte Maria und stöhnte laut, als eine weitere Wehe sie erfasste. Erna nahm den Waschlappen zurück und tunkte ihn in eine Schüssel mit Wasser.

„Deine Mutter ist aufgeregter als wir alle zusammen, dabei war sie doch selbst acht Mal schwanger", flüsterte Sara und lächelte Maria an.

„Neun Mal", antwortete Maria leise. Sie war damals Zeugin, als

Erna eine Fehlgeburt erlitten hatte.

Langsam schritt sie zwischen Sara und Agga im Zimmer auf und ab. Abrupt blieb sie stehen. Fruchtwasser rann an ihren Beinen entlang. Erschrocken sah sie auf.

„Die Fruchtblase hat sich geöffnet. Das ist ein Zeichen, dass es vorangeht", sagte Sara.

„Nun legst du dich hin", schimpfte Erna. Es klang wie ein Befehl, dem Maria folgte. Ihre Mutter tupfte mit einem Handtuch Marias Beine trocken und klemmte ihr ein Handtuch in den Schritt.

„Es tut mir so leid", wandte Erna sich an Sara und Agga, „aber ihr müsst leider in euer Versteck zurück. Die Hebamme darf euch nicht sehen, das wäre zu gefährlich."

Sara und Agga nickten traurig und gaben Maria einen Kuss auf die Stirn.

„Wir werden später zu dir kommen", versprach Sara.

„Bitte, bleibt bei mir", flehte Maria.

„Du weißt, dass es nicht geht", sagte Agga.

Dann verließen Sara und Agga mit Erna das Zimmer. Wenig später kam Erna mit der Hebamme zurück.

Die Hebamme war eine ältere, kleine Frau mit einer dicken Hornbrille. Sie reichte Maria die Hand.

„Ich bin Helga", sagte sie knapp. „Schauen wir mal, wie weit es ist."

Helga schob Marias Beine auseinander. „Ich untersuche, ob sich der Muttermund geöffnet hat."

Maria stöhnte. Sie hatte das Gefühl, keine Luft mehr zu bekommen.

„Aha", murmelte Helga, nahm ein Hörrohr aus ihrer Tasche, schob Marias Hemd vom Bauch und drückte das Rohr darauf. Sie hörte die Herztöne des Kindes ab.

Die Wehen wurden heftiger. Maria bäumte sich auf und stieß

Helga beiseite. Das Hörrohr fiel zu Boden.

„Wann kommt es endlich?", schrie Maria. „Ich halte es nicht mehr aus."

Sie hatte den Drang, das Kind heraus zu pressen und hechelte.

Helga schob erneut ihre Hand in den Geburtskanal, um zu tasten, wie weit der Muttermund geöffnet war.

„Zehn Zentimeter", sagte sie.

Erna tupfte Maria mit einem feuchten Tuch über die Stirn.

„Nicht pressen", kreischte Helga.

Den Drang zu unterdrücken, nahm Maria die letzte Kraft.

„Warum kommt es nicht?", fragte Erna nervös.

„Das Becken ist zu eng", antwortete Helga und schaute Maria mitleidig an.

Maria schrie vor Schmerz. „Mutter, bitte hilf mir", flehte sie Erna an.

Hilflos wandte Erna sich an Helga.

„Sie hätten schon längst etwas unternehmen sollen. Sie setzen das Leben meiner Tochter und meines Enkelkinds aufs Spiel."

Auf Ernas Stirn stand Schweiß, ihr Gesicht war rot und ihr Herz raste, als wolle es die Zeit überholen.

„Mutter, lass es vorbei sein!", schrie Maria.

„Erna, holen sie den Arzt!", rief Helga.

„Ich halte es nicht mehr aus", wimmerte Maria und begann zu pressen.

„Nein!", schrie Helga. „Ihr Kind wird sterben. Hören Sie auf!"

„Dann zieht es raus", jammerte Maria.

Helga zog ein silberglänzendes Metallteil aus ihrer Tasche.

„Ich werde die Zange anwenden", erklärte sie.

„Ja! Tun Sie es!", schrie Maria, bäumte sich auf und presste mit ganzer Kraft. Sie merkte kaum, was um sie herum geschah. Sie stöhnte und schrie und hatte unendlichen Durst. In Gedanken suchte sie die Oase in der Wüste. Die Oase, die sie von allem Schmerz befreien würde, indem sie ihren Durst an der Quelle stillte und sich an den Früchten der Bäume labte. Ihr war, als zerreiße ihr Unterleib. Zwischen ihren Beinen brannte es. Maria wünschte sich den Tod. Er sollte sie erlösen. Sie wünschte Ruhe im Nichts. Plötzlich fühlte es sich an, als rutsche ein dicker Klumpen aus ihr heraus. Kurz darauf drang ein leises Wimmern an ihre Ohren.

„Es ist ein Mädchen", freute sich Erna. „Das hast du gut gemacht, meine liebe Maria. Es ist geschafft."

Helga legte ihr das in ein Leinentuch gewickelte Neugeborene auf die Brust. Glücklich betrachtete Maria ihre Tochter, die so ein winziges, rotes Gesichtchen hatte. Die Spuren der Zange waren am Köpfchen zu sehen.

„Das verwächst sich", beruhigte Helga die junge Mutter, nachdem sie Marias skeptischen Blick sah.

Die kleinen Lider zuckten und das Baby blinzelte Maria an, die vor Glück weinte. Aller Schmerz war vergessen.

Während Helga sie versorgte und die Nachgeburt abwartete, setzte sich Erna auf den Rand des Bettes und betrachtete mit Stolz ihre Enkelin.

„Sie soll Marlene heißen", sagte Maria. „Ich werde sie lieben, beschützen und ihr ein glückliches Leben bereiten."

„Ja, Maria, die kleine Marlene wird es gut bei dir haben", antwortete Erna und strich Maria eine Haarsträhne aus dem Gesicht. „Gib sie mir, ich ziehe sie an."

Erna nahm das Bündel vorsichtig hoch. „Sie ist wunderschön", sagte sie und trug Marlene zum Tisch, um ihr eine Windel anzulegen und sie anzuziehen.

Helga wusch Maria und versorgte sie mit einer Heilsalbe. Vor der Tür wartete Fritz. Endlich erlaubte Erna ihm, seine Tochter und sein Enkelkind zu besuchen. Er hielt zwar Abstand von Maria und ihrem Kind, doch die Freude war ihm anzusehen. Nachdem Helga das Haus verlassen hatte, besuchten Agga, Sara und die Kinder Maria. Levi und Tana kicherten vor Freude und streichelten Marlene, die schlafend in der Wiege neben Marias Bett lag, sanft über die kleinen Händchen.

„Bitte telegrafiert Maximilian, dass er eine Tochter bekommen hat", wandte sich Maria an ihre Eltern.

„Das erledigen wir", versprach Fritz und verließ das Zimmer.

Als Maria allein war, versuchte sie zu schlafen. Doch sie war zu aufgewühlt und betrachtete ihre Tochter. Sie nahm sie aus der Wiege, legte sie sich auf den Bauch und streichelte zärtlich über den kleinen Kopf. Schließlich schlief sie ein.

Sie träumte nicht wie sonst vom Glück, sondern von Maximilian, der in einem Graben hockte und von Granaten beschossen wurde. Sie sah Isaak, den Hutmacher, der sie warnte. Doch sie wusste nicht wovor. Marlene schrie. Maria wachte auf. Ihr war kalt, sie fror. Wie in der Ferne hörte sie ihre Mutter sprechen. Eine Männerstimme antwortete ihr. Fremde Hände betasteten ihren Körper. Maria versuchte, die Augen zu öffnen, und sah wie durch Nebel, wie sich jemand um ihr Bett herum bewegte. Sie erkannte die Stimme von Doktor Meise. Was war passiert? Wo war Marlene?

Ein Stich in ihrer Ellenbeuge, dann wurde es Maria schwarz vor Augen. Als sie wieder erwachte, saß Maximilian an ihrem Bett und wiegte seine Tochter in seinen Armen. Sicher träumte sie. Maria schloss die Augen und öffnete sie erneut.

„Maria, du bist aufgewacht. Wie geht es dir?", freute sich Maximilian und stand auf. Er beugte sich vor und küsste Maria auf den Mund.

„Träume ich oder bist du es?", fragte Maria.

„Ich bin der, für den du mich hältst", lachte er.

„Was ist passiert?"

„Du hattest so hohes Fieber, dass du einige Tage geschlafen hast."

„Marlene?"

„Ihr geht es bestens. Sieh nur, mit welch wachen Augen sie sich umsieht."

Maximilian legte Marlene auf Marias Brust. Die junge Mutter lächelte.

„Ich bin so müde", flüsterte sie.

Marlene schmatzte.

„Sie hat Hunger", meinte Maximilian. „Ich hole ihr Fläschchen."

Maria sah ihn fragend an.

„Du hast Medikamente bekommen, darum meinte Doktor Meise, es sei nicht vorteilhaft, wenn du stillst."

Maria nickte und sah traurig auf Marlene.

„Warte, ich bin gleich zurück", erklärte Maximilian.

„Wie kommt es, dass du hier bist?", fragte Maria, bevor er das Zimmer verließ.

Maximilian hatte die Tür geöffnet und drehte sich mit sorgenvollem Blick herum.

„Ich habe ausnahmsweise Sonderurlaub erhalten, weil es hieß, dass du sterben könntest. Ich bin dankbar, dass es nicht so ist", sagte er und schloss leise die Tür hinter sich.

Sterben?

Marlene verzog ihr Gesicht und begann zu weinen.

„Gleich bekommst du deine Milch", tröstete Maria sie. Ihre Lider wurden immer schwerer und schließlich schlief sie ein. Maximilian kehrte rechtzeitig ins Zimmer zurück, bevor Marlene aus Marias Armen rutschte.

Maria hatte weiter hohes Fieber und schlief unruhig. Doktor Meise stellte am nächsten Tag fest, dass sie eine Blutvergiftung bekommen hatte. Scheinbar waren die Instrumente der Hebamme nicht steril gewesen. Es vergingen Tage zwischen Hoffen und Bangen für die Familie. Sara und Agga sorgten sich. Erna besorgte Kuhmilch vom Bauern, die sie abkochte und mit etwas Haferschleim vermengte. Marlene schmeckte es und sie gedieh. Doktor Meise besuchte Maria täglich und verabreichte ihr Penicillin. Er hoffte, dass ihr dieses neue Wundermittel half.

Maximilian reiste zurück an die Front, doch das bekam Maria kaum mit. Schweren Herzens hatte er von seiner Frau Abschied genommen.

Erst drei Wochen später verbesserte sich Marias Zustand. Sie hatte endlich die Kraft, sich um Marlene zu kümmern, und schrieb lange Briefe an Maximilian, der nicht mit ihr Weihnachten feiern würde.

Maria blieb über die Weihnachtstage bei ihren Eltern. Ihre Schwiegereltern waren traurig darüber, aber sie hatten sie besucht und Bekanntschaft mit ihrem ersten Enkelkind gemacht. Sie zeigten Verständnis dafür, dass Maria nicht in ihre Wohnung zurückkehrte.

An Heiligabend schneite es und es war bitterkalt. Alle Fenster des Sewaldschen Hauses waren hell erleuchtet. Im Haus herrschte geschäftiges Treiben. Erna war in der Küche beschäftigt, während Maria, Sara und Agga den Tisch festlich deckten. Fritz schmückte den Weihnachtsbaum mit Hilfe von Levi und Tana, die in ihrer Religion kein Weihnachtsfest kannten. Die Kinder waren aufgeregt und froh, dass es einen Grund gab, das Quartier zu verlassen. Marlene lag in der Wiege und schlief.

Die schönste Weihnachtsüberraschung war, dass Marias Brüder Enno und Eduard Heimaturlaub bekommen hatten. Auch Marias Schwestern Luise und Theresa waren gekommen. Sie waren unverheiratet, wohnten unten im Dorf jeweils in kleinen Wohnungen und schienen ihre Unabhängigkeit zu genießen. Beide hatten eine Ausbildung zur Verkäuferin absolviert, was Maria damals ungerecht gefunden hatte, da ihr eine solche Ausbildung verwehrt worden war. Niemand wunderte sich über die Gäste. Marias Geschwister wussten, dass ihre Eltern Sara und Agga versteckt hielten. Auch Enno und sein jüngerer Bruder Egon hatten jüdische Freunde. Es war ihnen schon 1938 gelungen, der befreundeten Familie Stern zur Ausreise zu verhelfen. Erst vor Kurzem war ein Brief gekommen, in dem sich die Familie bedankte, von ihrer neuen Heimat New York schwärmte und die komplette Familie Sewald einlud, sie in New York zu besuchen. Das war wegen des Krieges momentan nicht möglich, aber Sewalds freuten sich auf die Aussicht, nach Amerika zu reisen. Am Abend besuchten Fritz und Erna den Gottesdienst in der St. Josefskirche, an dem überwiegend Alte, Frauen und Kinder teilnahmen. Anschießend saßen alle im Speisezimmer an der langen Tafel und genossen die köstliche Mahlzeit, die Erna aus dem Wenigen, was sie hatten, zubereitet hatte. Sie hatte eine ihrer Gänse geschlachtet und im Ofen gebacken und eingemachtes Gemüse aus ihrem Garten verwendet. Kartoffeln mit einer leckere Soße und Vanillepudding zum Dessert, rundeten das Festmahl ab.

Maria war fast glücklich. Zwar war sie von Menschen umgeben, die sie liebte, doch Maximilian fehlte ihr. Rege unterhielten sich alle miteinander und genossen diesen unbeschwerten Abend. Maria lauschte dem Geschnatter ihrer Schwestern, der Diskussion ihrer Brüder und dem Lachen der Kinder. Sie fühlte sich in diesem Augenblick geborgen. Ihr Blick richtete sich auf ihre Mutter, ihren Vater und ihre Brüder, dann schaute sie zu Sara und Agga, die ihr mit den Kindern gegenüber am Tisch saßen. Und schließlich sah sie zu Luise und Theresa, ihre Schwestern, die so warmherzig waren. Wenn Maximilian in der Runde sitzen würde, dann wäre ihr Glück perfekt. Sie stand auf und trat neben die Wiege, in der ihre Tochter lag und schlief. Zärtlich streichelte sie über das Köpfchen. Ihr Haar war so flaumig und ihr Köpfchen warm. Marlene bemerkte die Hand ihrer Mutter und schmatzte.

„Ja, ja, ich hole dir ja schon dein Festmahl", lachte Maria, ging in die Küche, wo ein Fläschchen mit warmer Milch bereit stand. Sie nahm die Flasche und sah sie nachdenklich an. Wie gerne hätte sie Marlene gestillt, doch durch ihre Krankheit war die Muttermilch versiegt. Vorsichtig hob sie Marlene aus ihrer Wiege, setzte sich mit ihr an den Tisch und schob ihr den Nuckel der Flasche in den Mund. Marlene saugte kräftig und sah ihrer Mutter in die Augen. Maria wurde warm ums Herz. Welch ein Glück es war, ein gesundes, kräftiges Kind in den Armen zu halten. Zum ersten Mal fühlte sie sich als Mutter, blickte auf und schaute froh in die Tischrunde.

Erna war ebenfalls glücklich. Nach all der Sorge um ihre Tochter gab es ein erfreuliches Ende. Doch in anderer Hinsicht waren alle umso besorgter um Maximilian. Enno hatte berichtet, dass Hitler einen Angriff auf Russland plane. Die Wehrmacht bereite diesen vor. Maximilian gehörte einer der Truppen an, die gen Osten marschierte.

Nach dem Jahreswechsel zog Maria mit Marlene in ihre Wohnung zurück. Ihre Schwiegereltern waren glücklich, doch Alfred fühlte sich gestört von dem kleinen, schreienden Kind. Maria versuchte, ihm weiterhin aus dem Weg zu gehen, was nicht immer einfach war und so hörte sie manche Beschimpfung von Alfred. Sie war froh, dass er bisher nicht handgreiflich geworden war.
Lydia war voller Liebe für ihre Enkeltochter und hätte sie am liebsten den ganzen Tag auf dem Arm herumgetragen. Sie unter-

stützte Maria in allen Belangen und bewahrte Ruhe, wenn Marlene von Koliken geplagt wurde und stundenlang schrie. Sie wiegte die Kleine in ihren Armen, sang ihr Kinderlieder vor und schaffte es immer, das Baby zu beruhigen.

„Endlich gibt es wieder einen Sinn in meinem Leben", sagte sie eines Abends. „Marlene macht mich so glücklich und hilft mir, den Ärger mit Alfred besser zu überstehen."

„Ach, liebe Schwiegermama, wenn wir zusammenhalten, wird alles leichter."

„Ich habe Angst, dass er Marlene etwas antut. Vielleicht nicht jetzt, aber später, wenn sie laufen kann und durchs Haus tollt."

„Wir werden sie beschützen", antwortete Maria, die beabsichtigte, auch Lydia und Karl zu beschützen.

Lydia war blass und ihr Haar war strähnig und trocken. Die Angst vor ihrem eigenen Sohn fraß sie auf. Maria hatte keine Idee, wie sich die Familie von Alfred trennen könnte. Karl war ihm gegenüber machtlos. Es war ein Teufelskreis, aus dem es scheinbar kein Entkommen gab. Es sei denn, Alfred würde von selbst wieder zur Vernunft kommen. Doch das hielt Maria für ausgeschlossen. Er war unheilbar krank.

## 32. Mistelås, April 2018

Es klopfte an der Tür. Malin und Krister saßen am Küchentisch und frühstückten.

„Wer kann das sein? So früh am Morgen", schimpfte Malin mit gespielter Entrüstung.

Sie öffnete die Tür zum Flur und sah durch die Glasscheibe der Haustür, dass es Bengt war, der klopfte.

„Guten Morgen, Bengt", sagte sie freundlich.
„Krister ist verschwunden", grinste er. „Wir machen uns ernsthaft Sorgen."
„Er ist hier", antwortete Malin.
„Haha, das habe ich mir gedacht. Sag ihm bitte, dass er heute im Wald weiterarbeiten soll. Stina und ich haben einen Termin in der Stadt und sind erst gegen Abend zurück."
Malin nickte, winkte Bengt hinterher und richtete Krister die Nachricht aus.
Sie beschloss, Krister wie am Vortag zu helfen. Es machte ihr Spaß, in der freien Natur zu arbeiten. Wieder fuhren beide mit dem Traktor in den Wald. Es war ein herrlicher Frühlingstag. Die Sonne erwärmte die Luft und die Vögel sangen ihre Lieder.
Malin trug eine Arbeitshose und eine Schutzjacke. Die Kleidung, die Krister ihr geborgt hatte, war zu groß und zu warm. Sie zog die Jacke aus und arbeitete im T-Shirt weiter. Krister machte es ebenso. Nebeneinander arbeiteten sie wie ein schon eingespieltes Team. Malin profitierte von Kristers Wissen und lernte einiges dazu. Am späten Nachmittag fuhren sie ins Dorf zurück und wunderten sich, dass Bengts Auto noch nicht auf dem Hof stand.
Vom Vortag war reichlich Essen übrig, so dass Krister vorschlug, davon zu nehmen, denn beide waren nach der getanen Arbeit hungrig. Sie wärmten das Essen auf und setzten sich in Bengts und Stinas Küche. Krister schaute immer wieder auf sein Handy, ob er eine Nachricht von Bengt erhalten hatte. Schließlich rief er Bengt an, doch es meldete sich nur die Sprachbox. Ebenso war es beim Anruf auf Stinas Handy. Besorgt machten sich Krister und Malin Gedanken, wo die beiden sein könnten.
„Was hatten sie denn für einen Termin in der Stadt?", fragte Malin.
„Ich glaube, sie wollten einen Facharzt in Växjö aufsuchen,

Bengt hat Rückenprobleme."

„Hmm", meinte Malin nachdenklich. „Sicher machen sie sich einen schönen Tag und sind in ein Restaurant gegangen", überlegte sie.

„Das glaube ich nicht. Dann hätte Bengt mir eine Nachricht geschickt, dass es später wird."

Ein Auto fuhr auf den Hof.

„Ah, da werden sie sein", sagte Krister erleichtert und lief in den Flur, um ihnen die Tür zu öffnen.

Der Hof wurde von einem großen Scheinwerfer erleuchtet. Krister wunderte sich, dass es nicht Bengts Auto war, dass vorgefahren war, sondern ein Polizeiwagen. Zwei Polizisten stiegen aus und kamen auf ihn zu.

„Hej", begrüßten sie ihn.

Krister antwortete verwundert.

„Gehörst du zur Familie Åkesson?", fragte einer der beiden Polizisten und war, wie es in Schweden üblich war, direkt zum ‚Du' übergegangen.

„Ja, ich bin der Neffe von Bengt und Stina", bestätigte Krister und spürte, dass etwas nicht in Ordnung war.

„Mein Name ist Thomas Andersson, das ist mein Kollege Stefan Talberg."

„Krister Åkesson", stellte sich Krister vor.

„Dürfen wir ins Haus kommen?", fragte Thomas Andersson.

Krister nickte und führte die beiden in die Küche, wo Malin am Tisch saß. Sie erhob sich und begrüßte die Männer.

„Setzt euch", sagte Krister und zeigte zum Tisch.

Krister setzte sich neben Malin. Die Polizisten saßen auf der anderen Seite des Tisches. Sie lehnten das Angebot für eine Tasse Kaffee ab und machten ernste Gesichter.

„Was ist passiert?", fragte Krister. Er ahnte, welche Antwort er

bekommen würde und zitterte.
Malin nahm seine Hand, die auf seinem Bein lag, und drückte sie.

„Es geht um Bengt und Stina Åkesson, deinen Onkel und deine Tante", erklärte Stefan Talberg. „Haben die beiden Kinder?"
„Nein", antwortete Krister. „Sie haben nur mich, ihren Neffen."
Stefan Talberg nickte und sah seinen Kollegen an, der neben ihm saß und seine Mütze in der Hand drehte. Er wirkte berückt.
„Es hat einen Unfall gegeben. Auf dem Riksväg 25 kurz vor der Stadt gab es eine Baustelle. Dein Onkel musste darum abbremsen, weil nur eine Spur zur Verfügung stand. Ein Lastwagenfahrer hat dies übersehen und ist deinem Onkel aufgefahren, wodurch der Wagen von der Fahrbahn abkam, mit großem Schwung die Trennpfosten durchbrach und in den Gegenverkehr geriet", berichtete Talberg.
„Nein", flüsterte Krister. „Bitte sag, dass es nicht wahr ist."
Er zitterte heftiger. „Das darf nicht sein."
Malin hielt seine Hand noch fester und legte ihren anderen Arm um seine Schulter. Krister hatte schon seine Eltern durch einen Autounfall verloren.
„Es darf nicht sein, dass Bengt und Stina etwas passiert ist", wiederholte er.
Tränen rannen an seinen Wangen entlang.
„Es tut uns sehr leid. Leider haben dein Onkel und deine Tante den Unfall nur schwerverletzt überlebt. Es ist nicht klar, ob sie die Nacht überleben werden."
Krister riss sich von Malin los und sprang auf.
„Nein!", schluchzte er.
„Es tut uns leid", sagte Stefan Talberg.
„Wo sind sie? Kann ich zu ihnen?", fragte Krister weinend.
„Sie sind im Zentrallazarett in Växjö", antwortete Stefan Talberg.

„Ich fahre dich dorthin", sagte Malin. Doch Krister hörte sie nicht, lief in den Flur und griff seine Jacke sowie den Autoschlüssel. Stefan Talberg packte ihn rechtzeitig am Arm, bevor er das Haus verlassen konnte. „Bitte nimm das Angebot deiner Freundin an, ansonsten fahren wir dich gerne nach Växjö."

Traurig willigte Krister ein und gab Malin den Autoschlüssel.

Ein Mitarbeiter des Krankenhauses führte Krister und Malin über lange Gänge bis in einen Raum, in dem sie kurz warten sollten. Eine junge Ärztin öffnete die Tür, begrüßte sie freundlich und führte sie in ein Büro.

„Seid ihr bereit?", fragte die Ärztin mitfühlend. Sie sah beide über den Brillenrand hinweg an. Die Ärztin hatte ihr langes Haar zu einem Knoten im Nacken gesteckt und wirkte streng, aber dennoch freundlich. Sie war jung. Malin schätzte sie auf etwa dreißig Jahre.

Krister nickte.

„Es grenzt an ein Wunder, dass beide den Unfall überlebt haben. Bengt hat schwere Kopfverletzungen davongetragen und Stina hat innere Verletzungen. Bengt liegt auf der Intensivstation im Koma. Stina wird noch operiert. Wir tun, was wir tun können und hoffen, dass sich beide erholen werden", erklärte die Ärztin.

Krister und Malin saßen schweigend vor dem Schreibtisch. Beide weinten.

„Ich führe euch gerne zu Bengt. Bitte folgt mir."

Krister und Malin erhoben sich und standen wenig später vor dem Krankenbett, in dem Bengt mit einem Kopfverband und unzähligen Schläuchen lag. Er wurde beatmet und so hob sich sein Brustkorb regelmäßig und senkte sich wieder.

Malin hielt Kristers Hand noch immer. Er ließ sie los, trat näher an das Bett heran, beugte sich und gab Bengt einen Kuss auf die

Wange.

„Danke für alles, was du für mich tust. Danke. Ich liebe dich wie meinen Vater", flüsterte er, legte seinen Arm um Bengts Bauch und seinen Kopf auf die Brust. Kristers Körper schüttelte sich vom Weinen.

Tröstend legte ihm die Ärztin ihre Hand auf die Schulter. Sie schwieg. Es gab keine passenden Worte, die sie in dieser Situation hätte anbringen können, um Krister Trost zu spenden. So zählte die Geste. Es dauerte einige Minuten, ehe Krister sich beruhigt hatte.

Auf dem Weg zurück nach Mistelås, hielt Krister am See an und parkte das Auto. Ohne ein Wort zu sagen, stieg er aus und trat ans Ufer. Er holte tief Luft und schrie seine Angst um das Leben von Bengt und Stina so laut er konnte über den See. Dann sackte er zusammen und kniete im Sand. Seine Schultern zuckten. Malin, die ihm gefolgt war, bekam eine Gänsehaut. Krister tat ihr so leid. Wie vermochte sie ihm bloß zu helfen? Sie hatte keine Ahnung. Krister jammerte. „Es darf sich nicht wiederholen. Sie müssen überleben. Bitte!"

Still stand Malin hinter ihm und schaute über den See, in dem sich die untergehende Sonne spiegelte. Wie kleine Kristalle glitzerte ihr Schein auf den Kronen der Wellen, die sanft ans Ufer plätscherten.

„Das Glück wird in euer Haus wieder einziehen", hatte Bengt Malin damals bei der Beerdigung von Gunnar versprochen. Genau dies wünschte sie auch Krister.

Eine Schwester schob Stinas Krankenbett einige Stunden später neben das Bett von Bengt. Sie überprüfte die Geräte, stellte die Infusionen ein und beobachtete die beiden Patienten über einen Monitor. Sie überlebten diese Nacht und die nächste Nacht.

Während Ben im Koma lag, war Stina bei Bewusstsein und nahm Kristers und Malins Besuche wahr.
Wenige Tage später erwachte Bengt. Die Befürchtung, dass sein Gehirn bleibende Schäden davongetragen hatte, bestätigte sich nicht. Krister fuhr täglich ins Krankenhaus und freute sich, dass Malin ihn gerne begleitete. Bengts und Stinas Heilung machte jeden Tag positive Fortschritte. Doch allen war klar, dass Bengt lange nicht arbeiten konnte. So lag seine Hoffnung auf Krister, der die Aufgaben auf dem Hof und in der Schreinerei sogleich verantwortungsvoll übernahm.

## 33. Lendringsen, 1941

Im April wechselte Maximilian vom Ersatz-Bataillon in Insterburg zum Infanterie Regiment 311 und zog mit seiner Truppe an die Ostgrenze. Unbeirrt aller Warnungen trieb Hitler die Wehrmacht zum Angriff nach Russland. Einige überraschende Blitzsiege hatten ihn darin bestärkt, das Deutsche Reich bis zum Ural auszuweiten und eine territoriale Neugestaltung vorzunehmen.
Zwei Monate lang bezogen Maximilian und seine Kameraden Stellung an der Ostgrenze. Es galt, die Russen abzuwehren und ihnen den Weg in den Westen zu versperren. Viele russische Soldaten wurden zu Kriegsgefangenen, die Zwangsarbeit leisteten.
Maria verfolgte die Nachrichten und war froh über jeden Brief, den sie von Maximilian erhielt. Der Krieg wütete nun in vollem Maß. Dänemark, Norwegen und Frankreich waren schon längst von der deutschen Wehrmacht besetzt. Die Deutschen waren in Bulgarien einmarschiert und unterstützten den Bündnispartner Italien im Kampf gegen die Briten. Deutsche Luftangriffe hatten England großen Schaden zugefügt. Der Balkanfeldzug gegen Jugoslawien und Griechenland hatte begonnen. All die schlimmen Nachrichten wollten kein Ende nehmen.
Am 22. Juni 1941 wurden die Grenzstellungen im Osten durchbrochen und die Deutschen gingen in die Offensive. Damit trieben sie die Russen zurück. Das war der Beginn des Unternehmens ‚Barbarossa'.
Maximilian war dabei, als Riga erobert wurde und kämpfte weiter in Lettland und danach in Estland.
Nur selten erhielt Maria noch Feldpost von ihm. Manchmal jedoch kamen gleich mehrere Briefe aus einem längeren Zeitraum. Maria schrieb regelmäßig an ihren Mann und hoffte, dass

ihre Briefe ihn erreichten. Sie berichtete ausschließlich Positives und erzählte von Marlenes Fortschritten, legte Fotos hinzu und beschönigte ihr alltägliches Leben, damit er sich nicht sorgte. Maria fand kaum Schlaf aus Angst um ihren Mann. Es verging keine Sekunde, in der sie nicht an ihn dachte. Sicher ahnte er, dass auch ihre Struktur des Alltags zerbrochen war. Sie benötigte Geld und hatte das Auto verkauft. Die Lebensmittel waren rationiert. Die Menschen bekamen Marken, für die sie Lebensmittel erhielten. Milch holte Maria auf dem nächstgelegenen Bauernhof. Etwas Wurst und Fleisch bekam sie dort manchmal ebenso. Nachdem sie einmal von hungrigen Kindern überfallen worden war, die ihr die Milchkanne stahlen, ging sie nur noch mit Begleitung oder lieh sich den Hund der Nachbarn aus. Der Hund trottete neben dem Kinderwagen und freute sich über Spaziergänge zum Bauernhof. Mit ihm fühlte sie sich sicher, denn er knurrte jeden Fremden an. Das war für andere beängstigend.

Von all dem schrieb sie ihrem Mann nichts. Doch er fand es selbst heraus, als er im August anreiste. Maria war ahnungslos gewesen und dachte zu träumen, als Maximilian mit einem kleinen Nelkenstrauß in der Hand plötzlich vor ihr stand.

„Mein Gott, du bist es wirklich", rief sie und fiel ihm um den Hals.

„Ich habe Heimaturlaub bekommen", sagte er. „Ich muss doch nach meinen beiden Frauen sehen."

„Ich glaube es kaum", strahlte Maria und löste sich von ihm, um ihn zu betrachten. Das vertraute Gesicht wirkte fremd. Maximilian war abgemagert. Seine Wangen waren eingefallen und blass. Sein Gesicht war von dunklen Augenringen geprägt. Er war um Jahre gealtert.

Marlene saß in ihrem Bett und beobachtete die Begrüßung. Fröhlich gluckste sie vor sich hin und grinste.

„Meine Marlene, endlich darf ich dich wiedersehen", freute sich ihr Vater und trat lächelnd an das Gitterbettchen. Das Grinsen des Babys verebbte. Marlene schaute ihren Vater mit großen Augen an. Für sie war er ein Fremder.
„Du darfst nicht enttäuscht sein, wenn sie weint", erklärte Maria. „Das macht sie seit einiger Zeit häufig, wenn sich ihr Erwachsene nähern."
Sie hoffte, dass es Maximilian nicht verletzen würde. Marlene, die mittlerweile neun Monate alt war, fremdelte.
Schweigend blieb er vor ihrem Bett stehen und schwieg. Er war überwältigt, sein Kind zu sehen. Sein Herz klopfte laut vor Freude und am liebsten hätte er Marlene aus dem Bett gehoben und fest an sich gedrückt. Doch er wollte sie nicht verängstigen. Traurig wandte er den Kopf und sah Maria an.
Mit einem Mal atmete Marlene tief, grinste ihren Vater zahnlos an und gluckste wieder. Sie versuchte, erste Worte zu bilden, was nicht immer gelang. Maximilian lachte. Es zeigten sich weitere Falten in seinem schmalen Gesicht. Marlene streckte ihm ihre pummeligen Arme entgegen.
„Baba, baba", sagte sie.
„Meint sie damit Papa?", fragte er erstaunt.
Maria lächelte. „Ja, ich zeige ihr jeden Tag ein Foto von dir und übe mit ihr das Wort Papa."
Gerührt rieb er sich eine Träne aus dem Auge und beugte sich zum Kinderbett hinunter. Er hob seine Tochter behutsam hoch, drückte sie sanft an sich und schloss die Augen. Ihr Haar war flaumig. Es duftete süßlich. Maria stellte sich neben ihren Mann und umschloss ihn und ihre Tochter mit beiden Armen. Lange standen sie still, so als wollten sie alles Verlorene nachholen. Maria wünschte, ihn nie wieder loslassen zu müssen und wusste, dass es unmöglich war. Sie genoss das Tausendste einer Sekunde

und fühlte sich ihm so nah wie nie zuvor.

Abends aßen sie unten in der Wohnung bei Lydia und Karl, die so glücklich waren, ihren Sohn wieder bei sich zu haben. Wenn auch nur für kurze Zeit. Lydia hatte einen Gemüseauflauf mit Gemüse aus ihrem Garten gekocht. Alfred saß ebenfalls mit am Tisch und verhielt sich ausnahmsweise ruhig, was sich allerdings von einem auf den nächsten Moment ändern konnte.

„Erzähl uns, wie es dir an der Front ergeht", bat Karl seinen Sohn.

Maximilians zog eine düstere Miene. Maria erkannte darin Wut, aber auch Angst und Trauer.

„Bitte lasst uns über etwas anderes sprechen. Das Grauen, das ich dort erlebe, möchte ich Zuhause aus meinem Hirn verbannen", sagte er.

„Aber ja, entschuldige", antwortete Karl. „Ich weiß, was du und deine Kameraden durchmachen müsst. Es wird nicht anders sein, als damals, als ich im Krieg kämpfte."

„Du hast recht, Maximilian. Wir wollen von den schönen Dingen sprechen", bemerkte Lydia.

Unvermeidlich war jedoch das Gesprächsthema über die aktuelle Situation der Lendringser Bürger.

Die Moral in der Bevölkerung sank, sowohl in den Städten als auch auf dem Land.

„Mir scheint, als würden die Urinstinkte der Menschen wieder aufbrechen", erklärte Karl. „Alle suchen nach ihrem eigenen Vorteil. Es zerbrechen sogar lange Freundschaften daran."

Bis in die Nacht hinein unterhielten sie sich. Marlene schlief auf Marias Schoß. Gleichwohl aber vermieden sie, über ihre jüdischen Freundinnen im Versteck zu sprechen. Davon durfte Alfred nichts erfahren.

Maximilian schlief bis zum nächsten Mittag.

„Die Erschöpfung sitzt mir fest in den Knochen", meinte er, nachdem er aufgewacht war.

Es war nicht nur die körperliche Erschöpfung. Maria merkte, wie sich ihr Mann verändert hatte. Maximilian war nicht mehr der fröhliche und ausgelassene junge Mann, der immer zu Späßen aufgelegt war. Stattdessen war er in sich gekehrt und still.

Beim Besuch bei Marias Eltern unterhielt er sich jedoch angeregt mit Sara und Agga. Auch wenn die Bevölkerung nicht viel davon mitbekam, was Hitler und seine Leute bezüglich der Judenfrage planten, so sickerte doch dies und das durch. Gerüchte kamen in Umlauf. Allen war klar, dass die Juden in Lager transportiert wurden. Es gab immer mehr Verbote. Juden durften keine Geschäfte mehr führen, keine kulturellen Veranstaltungen besuchen, jüdische Kinder durften die Schulen nicht mehr besuchen, Studieren war an Universitäten verboten. Juden durften nur noch jüdische Vornamen tragen. Hatten sie diese nicht, so mussten die Männer den Namen ‚Israel' und die Frauen den Namen ‚Sara' annehmen. Es gab keine Kleiderkarten und Lebensmittelmarken für Juden und sie mussten sich als ‚glaubenslos' bezeichnen.

„Die Liste der Schikanen und Verbote ist endlos", sagte Maximilian.

Sara und Agga nickten traurig.

„Aber hier seid ihr in Sicherheit", tröstete Maria sie.

„Ach, wenn wir nur wüssten, was mit Gustav und unseren Eltern passiert ist", jammerte Sara.

Maximilian nahm ihre Hand. „Vermutlich sind sie in Arbeitslagern. Wenn der Krieg vorbei ist, werden sie sicherlich zurückkehren."

„Glaubst du, das könnte wahr werden?", fragte Agga und sah

Maximilian mit ernstem Blick an.

„Ja, das wird es", versprach er und nahm an, dass es eine Lüge war. Er hatte von Kameraden gehört, dass es für Juden keine Rückkehr aus den Lagern gab.

## 34. Menden, 23. Dezember 1999

„Weißt du, dass ich auch mit dir das Tausendste einer Sekunde lebe?", fragte Maria.
Ben lächelte.
„Bei deinem Großvater wusste ich nie, wie lange die Trennung dauern würde. Bei dir weiß ich nicht, wie lange die Zeit bis zur Trennung dauern wird."
Sie tätschelte Bens Hand. Ihm kam es so vor, dass sie es wie eine Großmutter tat, wenn sich das Enkelkind die Knie aufgeschlagen hatte und von Schmerz erfüllt war. Nur, dass Ben nicht unaufhörlich schrie vor Wut, weil er den Schmerz nicht zulassen wollte. So ließ er es geschehen und sagte etwas unbeholfen: „Morgen ist Heiligabend."
„Ja, unser erstes gemeinsames Weihnachtsfest. Das macht mich so glücklich."
„Mich macht es auch glücklich", antwortete Ben und dachte an Ebba, die weit entfernt von ihm in Schweden war.
„Hast du ein Bild von deiner Frau?", fragte Maria, als habe sie seine Gedanken geahnt.
„Natürlich", antwortete Ben und zog sein Portemonnaie aus der Hosentasche. Er öffnete es und hielt seiner Großmutter ein Foto hin, das er sogleich wieder zurückzog. Es war ein Foto seiner Eltern.

„Na, zeig es schon. Warum nimmst du es zurück?"; fragte Maria und streckte die Hand nach dem Foto aus.

„Es ist das falsche Foto, warte", erklärte Ben.

Doch sie griff nach dem Bild, zog es Ben aus der Hand und drehte es herum. Lange starrte sie es an. Dann strich sie zärtlich darüber und lächelte.

„Marlene. Sie wirkt glücklich. Ist das euer Haus im Hintergrund?", wollte sie wissen.

„Ja", antwortete Ben und war erleichtert, dass seine Großmutter nicht aus der Fassung geraten war, als sie ihre Tochter zu sah.

„Und hier siehst du die Scheune, daneben ist der Weg, der zum See hinunter führt."

Ben zeigte mit dem Finger auf das Foto.

„Es sieht sehr schön aus", antwortete Maria. „Haben dort alle ein rotes Holzhaus?"

„Holzhäuser sind es meistens schon, aber sie sind nicht immer rot, sondern auch gelb oder blau oder weiß", erklärte Ben.

„Es muss ja reichlich bunt sein bei euch in Schweden. Schade, dass ich es nie zu sehen bekam", seufzte Maria, reichte ihm das Foto zurück und nahm das andere Foto entgegen. Es zeigte Ben und Ebba als Brautpaar.

„Deine Frau ist wunderschön", flüsterte sie. „Wie lange seid ihr schon verheiratet?"

„Seit neun Jahren. Wir haben am 4. Mai 1990 in der Kirche von Mistelås geheiratet."

Ben wurde warm ums Herz, als er an diesen einzigartigen Tag zurückdachte.

„Es war damals ungewöhnlich warm, fast schon heiß. Die Sonne schien und der Himmel leuchtete strahlend blau. Die Bäume blühten schon, was für diese Jahreszeit bei uns im Norden recht früh war. Es war ein Tag wie für uns gemacht."

„Das war ein gutes Omen für eure Ehe. Und bald seid ihr eine richtige Familie, wenn euer Baby geboren ist."
Maria reichte Ben das Bild zurück.
„Behalte es gerne", sagte Ben und stellte das Bild auf Marias Nachttisch, wo er es an eine Wasserflasche anlehnte.
„Danke", freute sich seine Großmutter und sah ihn an. „Sag, waren Marlene und Gunnar glücklich?"
Ben zog die Augenbrauen hoch. „Aber sicher. Ich glaube schon, denn ich habe sie nie unglücklich gesehen. Sie waren die besten Eltern, die ich mir hätte wünschen können."
Ben lachte. „Gunnar ist es natürlich noch immer. Und bald wird er ein wunderbarer Großvater sein."
„Gunnar ist ein guter Mensch. Ich hatte ihn damals falsch eingeschätzt", erinnerte sich Maria und räusperte sich. Sie spürte einen Kloß im Hals und war den Tränen nahe.
„Weißt du, Ben? Ich habe einen großen Fehler gemacht. Den größten Fehler meines Lebens."
Ben wusste keine passende Antwort und schwieg.
„Ich kann es nie wieder gut machen. Es ist so schwer, damit zu leben. Hätte ich doch alles richtig gemacht. Aber woher soll man wissen, was richtig ist?"
Maria begann zu weinen.
„Jeder macht Fehler. Das ist menschlich, Mormor", tröstete Ben sie.
Nickend griff Maria nach einem Taschentuch und schnäuzte sich.
Ben versuchte sie abzulenken. „Familie Schwarz ist sehr nett. Sie sind feine Gastgeber."
„Tatsächlich?", schluchzte Maria.
„Ja. Kennst du Familie Schwarz gut?"
„Naja, Hubert und Greta waren gut mit meinem Bruder befreundet. Sie waren häufiger zu Besuch. Und zuletzt haben wir uns

gemeinsam um Enno gekümmert. Seine Frau war ja schon verstorben."

„Schwarz' habe ein Tochter."

Maria horchte auf. „Ja, Elfriede. Wir nannten sie ‚Elfriede, die Schreckliche'."

„Die Schreckliche?", fragte Ben.

„Oh, es war ein fürchterliches Gör", schimpfte Maria und ihr Gesicht bekam wieder etwas Farbe. „Sie war älter als deine Mutter und total verzogen. Sie hatte an allem etwas auszusetzen. Sicher ist sie heute noch genauso."

„Das stimmt. Ich habe sie bereits kennengelernt. Sie hat merkwürdige Ansichten", berichtete Ben.

„Oh ja. Die hatte sie früher schon und hat damit großes Unheil angerichtet. Auch Kinder sind dazu fähig."

Maria stöhnte. „Entschuldige, ich bin so erschöpft", flüsterte sie.

„Was hat Elfriede getan?", fragte Ben neugierig. Lag er mit seiner Vermutung richtig, dass es mit Sara und Agga und dem Versteck zusammenhing? Maria antwortete nicht. Sie hatte die Augen geschlossen. Ben wartete noch einen Moment und beobachtete seine friedlich schlafende Großmutter.

In seinem Zimmer angekommen, nahm er gleich das Telefon, das auf dem Nachttisch stand, und rief Ebba an.

„Wie herrlich, dass du endlich anrufst. Ich habe mir schon Sorgen gemacht", freute sie sich.

„Es ist alles in Ordnung. Großmutter und ich haben uns etwas verquatscht und die Zeit vergessen."

„Das tut euch sicher gut."

„Ja, aber sag, wie fühlst du dich?", fragte Ben.

„Hervorragend. Unser Kind tritt mich fleißig, es möchte wohl raus aus meinem Bauch", lachte sie.

„Ich vermisse dich so sehr", sagte Ben.
Ebba seufzte. „Ich dich auch."
„Wie geht es Gunnar?"
„Der ist mit den Weihnachtsvorbereitungen beschäftigt. Er hat am ganzen Haus Lichterketten angebracht. Wir haben den hellsten Hof in ganz Småland", erzählte Ebba fröhlich.
Ben schwieg.
„Bist du noch da?", fragte sie.
„Ja", antwortete er. „Es ist … ähm … ich möchte dich etwas fragen."
„Da bin ich aber gespannt."
„Es ist so, dass es meiner Großmutter ein klein wenig besser geht. Der Arzt sagte, das sei ein Wunder, das sicher mir zuzuschreiben sei."
„Das ist ja eine frohe Nachricht", freute Ebba sich.
„Ja, aber es wäre besser, wenn ich sie Weihnachten nicht allein lassen würde."
Ben war erleichtert, dass er es gesagt hatte.
„Du meinst, dass du über die Feiertage in Deutschland bleiben möchtest? Darüber haben wir doch gesprochen. Es ist okay."
„Natürlich nur, wenn du wirklich einverstanden bist."
Ebba schwieg eine Weile, dann seufzte sie.
„Es ist absolut in Ordnung. Wie haben ja noch viele gemeinsame Weihnachtsfeste vor uns."
„Danke."
Ebba schwieg wieder.
„Schatz? Ist es wirklich okay?", fragte Ben.
„Es ist nur so, dass ich dich vermisse und mich so alleine fühle", antwortete sie traurig.
Ben verstand es. Jede Nacht schlich sich Ebba in seine Träume und forderte ihr Recht geliebt zu werden. Nun plagte ihn ein

schlechtes Gewissen.
„Ich liebe dich so sehr und ich bin so stolz, dich zur Frau zu haben."
„Ach, Ben", flüsterte sie.
„Weinst du?", fragte Ben besorgt.
Ebba antwortete nicht.
„Bitte weine nicht."
„Du bist so weit weg", stammelte Ebba.
„Ich bin bald wieder zurück. Bitte sei nicht traurig."
„Ja", seufzte sie.
„Leg dich schlafen und träume von mir", flüsterte er und spürte ebenfalls einen Kloß im Hals. Es war hart, Ebba zu vermissen. Wie gerne würde er sie im Arm halten, ihre Wärme spüren mit dem Duft ihres Haars in seiner Nase.
„Gute Nacht, schlaf gut", verabschiedete sie sich.
Ben lag lange wach und fand keinen Schlaf. Zu viele Gedanken gingen ihm durch den Kopf. Was hatte Maria gemeint, als sie sagte, dass Elfriede schon früher Unheil angerichtet hatte?

## 35. Russland, 1941/1942

Das Unternehmen ‚Barbarossa' hatte schon mehr als eine Million Menschenopfer gefordert. Am Krieg gegen Russland beteiligte sich auch Finnland. Im Juni 1941 hatten Rumänien und Italien den Krieg gegen Russland erklärt, woraufhin Stalin zum Großen Vaterländischen Krieg aufgerufen hatte.
Maximilian kämpfte vor Leningrad. In seinen Briefen an Maria schrieb er nichts von den Qualen, die er durchlebte. Hitler forderte harte Pflichten und harte Herzen. So versuchte Maximilian,

seine wahren Gefühle zu verbergen. Die meisten seiner Kameraden versteckten ihre Gefühle hinter einer Fassade aus Gewalt und Hass. Viele der einst liebevollen Männer, Väter, Brüder und Söhne wurden zu brutalen Vollstreckern gegebener Befehle.

Maximilian war als Infanterist stets an vorderster Front. Mit seiner Truppe schlich er durch Wälder, kroch über Felder und wusste vor sich den Feind, die Rote Armee, und hinter sich die Artillerie. Oft gerieten sie unter Beschuss und Maximilian sah Kameraden sterben. Er hatte bisher Glück und war unverletzt geblieben, obwohl Granaten in seiner Nähe eingeschlagen waren. Manchmal betete er laut, um die Schreie seiner Kameraden damit zu übertönen. Doch die Todesschreie drangen trotzdem in seine Ohren. Weder seine Gebete, noch das Dröhnen des Kugelhagels konnten es vermeiden und so verfolgten ihn die Schreie bis in den Schlaf.

Noch während der Schlacht um Kiew begann im September 1941 die Belagerung Leningrads.

Maximilian und seine Truppe marschierten südlich von Leningrad in die Nähe des Ilmensees, wo sie in Demjansk Stellung bezogen. Hier kam es Anfang 1942 zur Kesselschlacht und die Rote Armee kreiste sechs deutsche Divisionen ein. Es gab keinen Weg hinaus aus diesem Kessel. Dazu setzte den Soldaten die Kälte des Winters enorm zu. Es hatte massiven Schneefall gegeben. Die Temperaturen sanken bis minus 40 Grad. Die Männer zogen sich Erfrierungen zu, viele starben. Maximilian bastelte Strohschuhe, die er über die Stiefel zog. Allerdings waren sie wenig wärmedämmend. Er versuchte, sich abzuhärten, und rieb seinen Körper mit Schnee ein, doch der Winter ließ sich nicht bekämpfen.

Den Bewohnern eines Dorfes wurde der Befehl gegeben, die deutschen Soldaten aufzunehmen. So zogen Maximilian und drei weitere Kameraden in die Hütte einer alten Frau ein. Sie hieß Mascha Antanova und war freundlich und zuvorkommend. Im Dorf war sie beliebt, denn täglich sahen Leute aus dem Dorf nach ihr und die Kinder gingen bei ihr ein und aus. Alle nannten sie Babuschka. Die Schlafplätze der Soldaten waren auf dem Boden nah am Ofen. Maximilian hatte sich in seinem Leben noch nie so sehr über ein Feuer im Ofen gefreut wie in diesen Tagen in Babuschkas Hütte. Die Wände der Hütte waren mit bunten Teppichen behängt. Auf einer Kommode in der Ecke brannte eine Kerze umgeben von Vasen mit künstlichen Blumen. Darüber prangte ein großes Bild, das die Heilige Jungfrau mit ihrem Kind zeigte. Das Bild wirkte grell mit seinen kräftigen Farben und dem goldenen Glitzer. Eine Tür führte in Babuschkas Schlafzimmer, ein winziger Raum mit niedriger Decke. Die dämmrigen Wintertage spendeten nur wenig Licht, das durch die kleinen Fenster fiel. Darum war es immer etwas düster.

Babuschka bereitete den Männern Speisen zu, die sie gemeinsam am krummbeinigen Tisch in der Mitte des Raumes einnahmen. Meist kochte sie ein Mus.

„Berjte! Katoschka! Prijatnog appetita!", sagte sie dann.

Maximilian schien sie besonders zu mögen, denn immer wieder ergriff sie seine Hand und tätschelte sie.

„Kak tebja sowut?", fragte sie ihn. Maximilian schwieg. Er hatte sie nicht verstanden.

„Ti goworisch po russki?"

Er verstand erst, was sie meinte, als sie immer wieder mit dem Zeigefinger auf ihn zeigte. Sie hatte mehrfach nach seinem Namen gefragt.

„Maximilian Winter", erwiderte er.

Babuschka nickte lächelnd.

„Skolko tebe let?"

Nun wollte sie sein Alter wissen.

„Dreißig", sagte Max und hob drei Mal zehn Finger.

„Ah, tridzatb."

Sie hatte ihn verstanden und nickte lächelnd. Ihr faltiges Gesicht war sanftmütig und strahlte Wärme aus, die auf Maximilian und seine Kameraden beruhigend wirkte. Doch dann verfinsterte sich ihr Gesicht und sie sah Maximilian an.

„U menja est ßbin. Moj newißkoj ßbin. Ego sowut Aleksej", flüsterte sie mit rauer Stimme und formte ihre Arme, als wolle sie jemanden mit einem Gewehr erschießen.

„Peng!", rief sie. „Aleksej Germainja!"

Die Soldaten ahnten, was sie erzählt hatte. Deutsche hatten ihren Sohn erschossen. Maximilian und seine Kameraden schwiegen betroffen. Babuschka räumte schimpfend den Tisch ab und schickte die Männer zurück auf ihre Lager neben dem Ofen. Es war nicht viel Platz, doch für Maximilian war es wie das Himmelreich. Er brauchte nicht zu frieren, bekam zu Essen und durfte sich ausruhen. Babuschka hatte sich nach einer Weile wieder beruhigt und setzte sich neben Maximilian auf einen Schemel. Er verstand kein Wort von dem, was sie ihm erzählte. Aber sie zeigte ihm ein vergilbtes Foto von einem jungen Mann. Das musste Aleksej sein.

„Der sieht aus wie du", sagte sein Kamerad, der ebenfalls neugierig das Foto betrachtet hatte.

Endlich verstand Maximilian, warum sie ihm so zugetan war.

Es wurden Spähtrupps gebildet, die Erkundungen über den Aufenthalt der russischen Armee einziehen sollten. Maximilian gehörte jedoch einem Trupp an, der Holz aus dem Wald holen musste, das für die Öfen benötigt wurde. Das war ebenso gefährlich. Auch wenn sich die russischen Soldaten weiter östlich auf-

hielten, tauchten manchmal Partisanen im Wald auf, die sich hier versteckt hatten und gnadenlos auf die Deutschen schossen. Sie nannten sich ‚Selbstbefreier' und waren jederzeit bereit, zu töten. Immer auf der Hut schlichen Maximilian und seine Kameraden eines Nachmittags durch den tiefen Schnee und suchten Holz. Ein Schneesturm mit eisigem Wind kam auf. Maximilian zog den Kragen seines Mantels höher, schob sein Kinn tief hinein und versuchte, seine Kameraden nicht aus den Augen zu verlieren. Das Atmen schmerzte und er hatte das Gefühl, seine Nase friere ein.
„Zurück ins Dorf", brüllte der Kommandant. Die Männer kämpften sich durch den kniehohen Schnee. Sie kamen nur langsam vorwärts. Dicke Schneeflocken erschwerten die Sicht. So irrten sie umher. Plötzlich durchbrach ein Schuss das Pfeifen des Windes. Ein Mann wenige Meter vor Maximilian brach zusammen. Der Schnee um ihn färbte sich rot. Maximilian war starr vor Angst und sah nur Silhouetten der anderen Männer. Aber waren es seine Leute oder Partisanen?
„Los, weiter!", brüllte der Kommandant.
Als sich Maximilian dem Erschossenen näherte, erkannte er, dass es Konrad war. Mit ihm war er vom ersten Tag an zusammen gewesen. Er war mehr als ein Kamerad, er war sein Freund. Maximilian weinte.
„Leb wohl", flüsterte er. Erneut fiel ein Schuss. Nur unweit von Konrad warf Maximilian sich in den Schnee. Zitternd vor Angst lauschte er, ob er trotz des Sturms etwas hören konnte. Langsam hob er den Kopf, sein Trupp war nicht mehr zu sehen. Hatte es einen von ihnen erwischt?
Ein Wolf heulte. Maximilian sah sich um. Ein Wolf in der Hölle, dachte er. Ihm wurde schwindelig. Das Heulen des Wolfes klang lauter. Maximilian überlegte. Dann beschloss er, aufzustehen und

zurück ins Dorf zu gehen. Vielleicht würde er es schaffen, ohne von Partisanen erschossen oder von einem Wolf zerfleischt zu werden. Wie durch ein Wunder gelangte er unversehrt an die Waldgrenze und sah Licht. Er war dem Dorf nahe. Bald stand er auf der Straße von Demjansk und schleppte sich zu Babuschkas Hütte, wo er an die Tür klopfte. Als sie öffnete, schlug ihm wohlige Wärme entgegen. Im Ofen prasselte ein Feuer und es roch nach frisch gebackenem Brot. Babuschka half ihm aus dem Mantel, redete ununterbrochen und strich ihm über die kalten Wangen. Seine Kameraden saßen schon am Ofen und waren erleichtert, ihn zu sehen. Babuschka half Maximilian aus den Stiefeln und führte ihn zu ihrem Sessel, in den sie ihn hineindrückte. Er wusste, dass sie dies tat, weil er ihrem Sohn ähnlich war, und ließ es geschehen. Er war zu erschöpft, um irgendwelche Einwände zu erheben. Seine Füße schmerzten, als sie warm wurden. Babuschkas Zuneigung half ihm an diesem Tag.

Sie versuchte, ihm die russische Sprache beizubringen. Egal, was sie tat, sie erklärte ihm alles. Sie hielt eine Kunstblume hoch und sah ihn fragend an. „Tschto äto?" Was ist das?

„Eine Blume", antwortete Maximilian.

„Zwetok", sagte Babuschka.

„Blume – Zwetok",wiederholte er.

„Koschka", sagte sie und zeigte auf ihre Katze, die vor dem Ofen lag und schlummerte.

Ihre Hütte nannte sie Dom, den Tisch ßtol, den Sessel Kreslo, die Sonne Solnze, die Vögel Ptjiza und die Bäume Derewo.

So lernte Maximilian eine Vielzahl russischer Begriffe und wurde sich ihrer Bedeutung bewusst.

Die Rote Armee versuchte in einer Gegenoffensive, das besetzte Gebiet zurückzuerobern. Es gelang nicht. Die Russen kreisten die

Deutschen weiter ein und waren der Kälte ausgeliefert. Die deutschen Soldaten hielten Stellung und wärmten sich in den Hütten der Dörfer auf. Mit Nahrung wurden sie aus der Luft versorgt. Die Flugzeuge der Luftwaffe warfen in Abständen Lebensmittel ab. Die russischen Soldaten aber kämpften gegen die Kälte und den Hunger. Das steigerte ihren Groll auf die Deutschen. Der Hass war es, der ihnen Kraft gab. Er trieb die geschwächten Männer voran. Sie waren zu allem bereit.

Eines Abends kamen fünf Soldaten eines Spähtrupps nicht zurück nach Demjansk. Es war spät und dunkel, so beschloss der Kommandant, erst am nächsten Morgen einen Suchtrupp in den Wald zu schicken. Diesem Suchtrupp gehörte Maximilian an. Mit Schlitten machten sich die vier Männer auf den Weg und kämpften sich durch den hohen Schnee. Maximilian dachte an das Heulen des Wolfes und erschauderte. Er hoffte, die Kameraden schnell zu finden. Sie riefen die Namen der Vermissten und lauschten auf Antworten.

„Möglicherweise haben sie den Weg ins Dorf nicht zurückgefunden", sagte Maximilian.

„Wenn wir sie nicht bald finden, werden sie erfrieren", meinte Jakob, der wie Maximilian bei Babuschka untergekommen war.

„Falls sie nicht längst erfroren sind", entgegnete ein anderer.

„Wir suchen eine halbe Stunde, dann gehen wir zurück. Es ist zu gefährlich, wenn wir uns noch weiter in den Wald wagen", erklärte Maximilian.

Die anderen stimmten ihm zu und stapften weiter. Maximilian spürte vor Kälte seine Füße kaum.

Jakob schrie auf. Vor ihm ragte eine Hand aus dem Schnee. Schnell scharrten die Männer den Schnee beiseite und legten den Körper frei. Es war einer der Männer des Spähtrupps. Er hieß Richard und war erst neunzehn Jahre alt. Ängstlich schauten sich

Maximilian und seine Kameraden um. Ihnen war bewusst, dass sie sich in großer Gefahr befanden. Schließlich fanden sie auch die anderen vier. Sie waren tot.

„Unsere Männer sind aus nächster Nähe erschossen worden. Es sieht aus wie eine Hinrichtung", meinte Jakob, der die Leichen näher betrachtete. Maximilian drehte sich um und übergab sich.

„Sie sind beraubt worden", sagte Jakob. „Kommt, lasst sie uns auf die Schlitten legen und dann schnell zurück ins Dorf."

Auch Konrad hoben sie auf einen Schlitten und kamen nur mühsam voran. Je zwei der Männer zogen die Schlitten an Seilen, die anderen beiden schoben sie. Sie hatten die Leichen übereinandergelegt und mit Seilen festgebunden. Maximilian war vor einem Schlitten und hatte sich das Seil über die Brust gelegt. Es pochte in seinem Schädel. Wieder hörte er den Wolf heulen. War es echt oder heulte der Wolf nur in seiner Fantasie?

Nein, er durfte sich nicht fürchten. Harte Herzen waren gefordert. Dennoch war die Angst sein ständiger Begleiter.

Endlich erreichten sie das Dorf. Die Toten zu begraben war unmöglich. Der Boden war tief gefroren. Deshalb zogen sie die Schlitten an den Rand des Dorfes, bauten eine Feuerstätte aus Reisig und Ästen und verbrannten die Toten. Der Rauch des Feuers stieg wie eine Säule zum Himmel empor.

„Tapfere Männer, die ihr euer Leben für euer Vaterland gegeben habt. Heil Hitler!", brüllte der Kommandant anstelle einer Trauerrede.

Weiterhin scheiterte die Rote Armee in ihren Offensivanstrengungen. So schafften es die Deutschen ihre Verbindungslinie von Rschew bis Orel mit über 480 Kilometern wiederherzustellen. Anfang März gelang es Maximilians Truppe, einen Angriff russischer Soldaten abzuwehren.

Die Deutschen räumten die Dörfer. Der Kessel löste sich auf. Maximilian nahm Abschied von Babuschka. Nur mit Wehmut trennten sie sich. Babuschka hatte ihn so mütterlich versorgt, dass er sie liebgewonnen hatte. Sie waren Freunde, obwohl ihre Länder verfeindet waren.
Bei einem Einsatz in Starajarussa wurde Maximilian schwer verletzt und ins Lager zurückgebracht. Er hatte Glück, dass er mit weiteren Verletzten von dort aus in ein Lazarett geflogen wurden, wo er sich erholte. Er schrieb Briefe an Maria und sehnte sich nach seiner Frau und seiner kleinen Tochter. Wann würde er sie wiedersehen?

## 36. Mistelås, Mai 2018

Die Tage nach Bengts und Stinas Unfall waren wie umhüllt von Nebel. In Krister riss es Wunden und Erinnerungen an den tödlichen Unfall seiner Eltern auf. Er versank in Trauer, schleppte sich vom Bett aufs Sofa und vom Sofa wieder in sein Bett. Er aß kaum etwas. Malin war bei ihm im Haus geblieben und versuchte, ihn etwas abzulenken. Doch er nahm sie kaum wahr.
„Krister, bitte steh auf", schimpfte sie. Es war ein herrlicher warmer Maitag.
„Hmmm", knurrte er und rührte sich nicht.
Malin rüttelte an seinen Schultern.
„Bitte, steh auf, ich habe Kuchen gebacken."
Mit Kuchen hatte man Krister immer locken können, hatte ihr Stina einmal erzählt. Doch es interessierte ihn nicht.
„Krister, es gibt einiges zu besprechen. Du hast Verantwortung", meckerte Malin.

„Verantwortung", wiederholte er leise.
„Ja, Verantwortung, also erhebe dich endlich. Kümmere dich um den Hof, lass uns Bengt und Stina besuchen."
Er reckte sich und stieg umständlich aus dem Bett.
„Ich habe draußen den Tisch gedeckt", sagte Malin.
Zum ersten Mal seit Tagen lächelte Krister. „Danke, ich gehe eben Duschen."
Malin war erleichtert und setzte sich draußen an den gedeckten Tisch. Es dauerte nicht lange, bis Krister sich neben sie setzte. Sie goss ihm Kaffee in die Tasse und legte ihm ein Stück Apfelkuchen auf den Teller.
„Danke, dass du für mich da bist. Das ist nicht selbstverständlich", sagte er und trank einen Schluck Kaffee.
„Doch, es ist selbstverständlich", antwortete Malin.
Krister sah sie an, beugte sich vor und nahm ihre Hand.
„Deine Nähe ist das Wunderbarste, das mir je passiert ist. Danke, dass du Verständnis für mich hast, Malin. Ich lasse dich nie wieder los."
Er gab ihr einen Kuss, lehnte sich in seinem Stuhl zurück und genoss den Kuchen. Malin war erleichtert, dass er endlich aus seiner Starre erwachte.
„Alles, was Bengt und Stina sich aufgebaut haben, ist ohne sie leblos. Ich hoffe, dass sie beide gesund werden", sagte er.
„Ich denke, dass Bengt und Stina sich wünschen, dass du den Hof übernimmst."
„Das würde ich sehr gerne", sagte er und stellte den Kuchenteller auf den Tisch.
Malin zog die Stirn kraus. „Dann mach es."
„Bleibst du noch in Mistelås?", wollte er wissen und sah sie fragend an.
Malin hatte längst beschlossen, während der Unterbrechung ihres

Studiums in Mistelås zu bleiben. Es war nicht nur der kleine Hof ihres Großvaters, auf dem sie aufgewachsen war, der sie zum Bleiben veranlasste. Es war auch die Nähe zu Krister.

„Ja", antwortete sie und freute sich, dass sich Kristers traurige Mine aufhellte.

Er stand auf und stellte sich vor Malin, nahm ihre Hände und zog sie aus dem Stuhl. Lange standen sie eng umschlungen. Krister weinte. Seine Tränen tropften Malin in den Nacken. Sie spürte seinen Herzschlag und hörte sein Schluchzen. Wie sollte sie ihn nur trösten? Mehr als ihre Anwesenheit konnte sie ihm nicht anbieten. Aber mitunter reichte dies, um ihn in dieser schweren Zeit zu stützen und ihm zu helfen, seine Kraft wiederzuerlangen.

„Lass uns Bengt und Stina besuchen", schlug sie vor.

Krister nickte, löste sich von ihr und half ihr, das Geschirr in die Küche zu tragen.

Den Abend verbrachten sie bei Malin. Sie kochte Köttbullar, Kristers Lieblingsgericht. Nach dem Essen machten sie es sich am Ofen gemütlich und lasen in den Tagebüchern.

## 37. Lendringsen, März 1942

Immer häufiger hörte Maria Gerüchte darüber, dass Juden in Lager transportiert wurden. Bisher war ihr nicht klar, wohin sie gebracht wurden und was mit ihnen geschah. Es wurde erzählt, sie würden zunächst in ein provisorisches Lager gebracht, bis entschieden wurde, wer an welches Ziel deportiert werden sollte. Von Saras Mann Gustav und seinen Schwiegereltern hatten sie immer noch kein Lebenszeichen. Maria vermutete, dass sie in einem Arbeitslager waren. Agga und vor allem Sara litten weiterhin darunter, nicht zu wissen, was mit ihren Eltern und mit Gustav geschehen war. Seit eineinhalb Jahren waren sie verschwunden. Maria, ihre Eltern und ihre Brüder hatten sich umgehört und bei Verwandten der Perlmanns nachgefragt. Niemand wusste etwas über den Verbleib. Lebten sie noch?

Die beiden jungen Frauen und die Kinder kamen kaum aus ihrem Versteck heraus. Sara fühlte sich wie ein schutzloses Tier in einer Höhle. Sie wollte verhindern, dass Sewalds in Schwierigkeiten kamen, wenn man entdeckte, dass sie Juden versteckten.

Jene Juden, die noch in ihren Wohnungen lebten, waren seit einem halben Jahr gezwungen einen ‚Judenstern' an ihre Kleidung zu nähen, um sich erkennbar zu machen. ‚Judensterne' mussten ebenfalls wie ein Namensschild neben die Wohnungstüren jüdischer Bewohner befestigt werden.

Eines Nachmittags traf Maria Familie Schwarz, die mit ihrem Bruder eng befreundet war. Maria ging mit Marlene spazieren und traf die Familie am Hönne-Ufer. Das Ehepaar war mit der Tochter Elfriede unterwegs, die mittlerweile 12 Jahre alt war und zu einer jungen Frau heranwuchs. Das Mädchen trug eine Uniform für Jungmädel der Hitlerjugend.

„Mein Mann hat Heimaturlaub", erklärte Frau Schwarz. „Ist das nicht wunderbar?"

„Oh ja, das ist es", antwortete Maria und lächelte höflich.

„Wie geht es Ihren Eltern?", fragte Hubert Schwarz.

„Es geht ihnen den Umständen entsprechend. Es sind harte Zeiten", erwiderte Maria.

Elfriede stand gelangweilt neben ihren Eltern und wirkte desinteressiert. Erst als ihr Vater nach der jüdischen Familie fragte, mit der Maria befreundet war, wirkte sie mit einem Mal hellwach.

„Wir wissen nicht, wo sie sind. Ohne ein Wort des Abschieds haben sie Lendringsen verlassen", log Maria.

„Habe ich die Kinder nicht letztens im Garten Ihrer Eltern gesehen?", erkundigte sich Elfriede neugierig.

Maria schüttelte verneinend den Kopf. „Nein, da hast du sicher die Kinder meiner Schwägerin gesehen."

„Aber es hat jemand den Namen ‚Tana' gerufen. So heißt nur das Judenmädchen, sonst hat niemand so einen merkwürdigen Namen", überlegte Elfriede. „Man darf nicht mit Juden befreundet sein und schon gar nicht darf man sie beschützen. Die sollen arbeiten."

Elfriede sah Maria grimmig an. Ihr Vater unterbrach das Gespräch, das eine unschöne Wendung nahm.

„Wir müssen uns verabschieden, denn wir möchten einen Besuch bei Verwandten machen", erklärte er.

„Aber es war ganz bestimmt das Judenmädchen im Garten der Sewalds", warf Elfriede trotzig ein.

„Komm schon", schimpfte ihr Vater und zog sie am Ärmel. Maria sah ihm an, dass ihm die Fragerei seiner Tochter unangenehm war.

„Auf Wiedersehen, es war schön Sie getroffen zu haben", ver-

abschiedete sie sich und schob den Kinderwagen an der Familie vorbei. Sie konnte nicht anders und warf Elfriede einen bösen Blick zu.
So unsympathisch wie heute hatte sie Elfriede noch nie gefunden. Das Mädchen war immer schon vorlaut, aber nun fand Maria ihr Verhalten inakzeptabel. Wie konnte ein junges Mädchen so judenfeindlich sein?
Hatte sich Tana tatsächlich im Garten aufgehalten? Unbedingt musste sie Sara warnen, die Kinder nicht mehr nach draußen zu lassen. Sie schob den Kinderwagen etwas schneller und machte sich auf den Weg zu ihren Eltern. Hoffentlich ging es Sara, Agga und den Kindern gut.
Erna und Fritz Sewald wirkten nervös, als Maria und Marlene sie besuchten. Sie setzten sich in die Küche, wo Erna allen eine Tasse reichte und ausnahmsweise Kaffee kochte.
„Gibt es neue Nachrichten?", fragte Maria und hoffte, etwas von Gustav oder Perlmanns zu hören.
„Es gibt nichts Positives, Kind", antwortete Erna und goss heißes Wasser in den Kaffeefilter. Bohnenkaffee gab es sonst nur zu besonderen Anlässen.
Maria schaute ihre Mutter mit großen Augen an. Erna schwieg.
„Ich möchte keine Namen nennen, aber ein Bekannter hat mir etwas Unfassbares erzählt", begann ihr Vater zu sprechen. „Er erzählte, dass die Juden aus dieser Gegend mittlerweile in das Konzentrationslager Bergen-Belsen gebracht wurden."
Fritz schluckte und atmete tief ein und aus, bevor er weiter sprach.
„Gebracht ist der falsche Ausdruck. Sie wurden in Viehwaggons gesperrt und darin transportiert, das ist der treffendere Ausdruck. Es heißt, die Arbeitsfähigen müssen zwölf bis vierzehn Stunden am Tag arbeiten. Entweder in Rüstungsbetrieben, im Straßenbau

oder in Steinbrüchen. Das Essen ist schlecht. Es gibt ein Mal am Tag mit Wasser verdünnten Eintopf und eine Scheibe Brot. Die Leute übernachten in zugigen Baracken. Wer zur Toilette muss, kann hinter den Baracken die Latrine benutzen. Dort soll es so stark stinken, dass sich manche erst übergeben, bevor sie kacken. Es gibt Infektionen und Krankheiten, aber keine Medikamente dagegen. Viele schaffen es nicht, gesund zu werden und sterben. Und wer nicht mehr arbeitsfähig ist, wird erschossen. Jeden Tag soll es viele Tote geben. Es ist eine Katastrophe."

„Wie können wir helfen?", fragte Maria aufgeregt.

Fritz sah sie erstaunt an.

„Helfen?", fragte er mit heiserer Stimme. „Wer Juden unterstützt, wird ebenfalls mit dem Lager bestraft oder sofort erschossen. Wir können nichts tun."

„Aber Vater!", rief Maria entrüstet.

„Maria, wir unternehmen doch, was in unserer Macht steht. Schau im Keller hinter die Tür!"

„Ich weiß, bitte entschuldige."

„Es muss dir nicht leidtun, aber du musst verstehen, dass uns die Hände gebunden sind. Die Leute der SS suchen in Häusern nach versteckten Juden. Sie säubern das Land. Es sind Spione eingesetzt, man kann niemandem trauen. Was ist, wenn sie hier auftauchen?", fragte Fritz unruhig.

„Maria, wir haben Angst", sagte Erna traurig.

„Ich wollte das nicht, als ich euch um Hilfe bat", seufzte Maria, die ein schlechtes Gewissen bekam.

„Es ist nicht deine Schuld. Schuld sind diejenigen, die dem Führer blind folgen und ihm vertrauen", schimpfte Fritz leise.

„Ich verstehe diesen Rassenwahn nicht."

„Fritz, so etwas darfst du nicht sagen!", raunte Erna.

„Aber es ist die Wahrheit."

„Wenn jemand diese Wahrheit von dir hört, verhaftet man dich doch", erwiderte Erna und wandte sich an Maria. „Wir halten jeden Tag Ausschau", erzählte sie. „Sara und Agga kommen manchmal abends aus ihrem Versteck. Aber nicht mehr jeden Tag. Sie haben Angst. Wir versuchen, es ihnen so bequem wie möglich zu machen."
„Wir brauchen ein sichereres Versteck", schlug Fritz vor.
Erna und Maria sahen ihn verwundert an.
„Nein, besser wäre, wenn wir sie außer Landes schaffen könnten. Am besten wäre Amerika."
„Aber Fritz, wir haben doch schon oft besprochen, dass dies unmöglich ist", warf Erna ein.
„Ich möchte euch nicht in Gefahr bringen."
Maria und ihren Eltern fuhr der Schreck in die Glieder. Sara stand in der Tür. Hatte sie das Gespräch verfolgt?
„Ich möchte nicht, dass euch etwas passiert, nur weil ihr uns versteckt", sagte sie.
Ihre Lippen bebten und ihre Augen glänzten. Maria sprang auf und schloss ihre zitternde Freundin in die Arme. Erna zog die Vorhänge zu. Nachdem Sara sich etwas beruhigt hatte, setzten sie sich an den Tisch und lauschten Fritz' wagemutigen Plänen. Sara sah ungläubig von einem zum anderen. Fritz redete, gestikulierte wild mit seinen Armen, errechnete sein Erspartes und breitete aufgeregt eine Amerikakarte auf dem Tisch aus. So hatte Maria ihren Vater noch nie erlebt. Sie hielt seine Idee jedoch für Utopie. Fritz plante die Ausreise seiner Schützlinge nach Amerika.

## 38. Menden, 24. Dezember 1999

„Hat der Plan geklappt, für Sara und Agga ein neues Versteck zu finden?", fragte Ben.
„Leider nicht", antwortete Maria, die fast aufrecht in ihrem Krankenbett saß.
„Was ist passiert?"
„Soll ich dir dies am Heiligen Abend erzählen?"
Ben nickte.
„Was geschehen ist, ist so unfassbar, dass man sich wünschte, es sei ein schrecklicher Alptraum", sagte Maria. Sie sah ihren Enkel traurig an. Es fiel ihr nicht leicht, über das Vergangene zu sprechen.
„Mormor, ich weiß, was sich in Deutschland zugetragen hat."
„Du weißt es aus der Schule? Oder hast du je mit Betroffenen gesprochen?"
„Ich weiß es aus dem Geschichtsunterricht und habe später viel darüber gelesen. Gesprochen habe ich mit niemandem darüber. Du bist die Erste, die mir ihre Erfahrungen berichtet."
„Wir haben damals angenommen, dass die Juden in Arbeitslagern schaffen mussten und dass dabei viele zu Tode kamen. Mir ist nicht in den Sinn gekommen, etwas anderes zu glauben. Was sich in den Lagern tatsächlich abspielte, haben wir erst nach dem Krieg erfahren. Zunächst ging ich davon aus, dass es eine Lüge war. Niemals könnten Menschen Mordfabriken bauen, dachte ich. Und doch war es die industrielle Vernichtung von sechs Millionen Menschen."
Maria weinte. „Immerzu denke ich an Sara, Agga, Levi, Tana und all die anderen."
Ben reichte ihr ein Taschentuch, mit dem sie sich über die Augen

wischte.

„Es schmerzt zurückzudenken", schluchzte sie. „Aber du sollst die Wahrheit wissen. Ich habe erst in den fünfziger Jahren erfahren, was passiert war. Eine ältere Dame besuchte mich damals. Sie hieß Lea Gottlieb und hatte im Konzentrationslager Auschwitz-Birkenau überlebt. Sie brachte mir ein verschnürtes Päckchen, auf das mein Name geschrieben war. Darin waren Zettel, die restlos beschrieben waren. Darauf befanden sich Notizen von Sara. Es war ein Dokument des Grauens."

Maria kämpfte mit den Tränen.

„Öffne bitte die Schublade des Nachtschränkchens", bat sie ihren Enkel.

Ben zog am Griff und sah einen Schlüsselbund darin liegen.

„Nimm die Schlüssel und geh in meine Wohnung. Im Küchenschrank unter den Pfannen findest du einen kleinen Kasten mit Saras Notizen. Lies sie", flüsterte Maria.

„Das mache ich", versprach er.

Maria seufzte.

„Es ist das dunkelste Kapitel meines Lebens, das ich jahrelang verdrängt habe."

Ben sah sie beunruhigt an.

„Es ist in Ordnung, Ben. Vielleicht kann ich es durch deine Gegenwart abschließen."

„Das wünsche ich dir", tröstete Ben sie.

„Ich wusste damals nicht, wie ich helfen konnte. Darunter leide ich bis heute."

„Du hattest keine Wahl", meinte Ben.

„Aber ich fühle mich schuldig. Du wirst es verstehen, wenn du Saras Aufzeichnungen gelesen hast. Glaube mir."

## 39. Lendringsen, April 1942

Eines frühen Morgens im April brachen SS-Männer die Haustür der Sewalds auf und verschafften sich Eintritt ins Haus. Mit vorgehaltenen Pistolen überraschten sie Fritz und Erna im Schlafzimmer.

„Wo sind die Juden?", brüllte einer der Männer, den Fritz als Sohn seiner Nachbarn erkannte. Es war Heinz Hickeroth, der wichtigtuerisch vor dem Ehebett stand und das Ehepaar zum Aufstehen aufforderte. Er hielt ein Gewehr in der Hand, sah Fritz grimmig an und zog die Decke vom Bett.

Fritz versuchte, ruhig zu bleiben.

„Welche Juden meinen Sie?", fragte er und stand auf.

„Diese Schlampen, die ihr versteckt haltet!", brüllte Hickeroth.

„Wir haben niemanden versteckt", erklärte Fritz. Für diese Antwort erhielt er von Hickeroth mit dem Gewehrkolben einen Schlag gegen den Kopf.

Erna zuckte zusammen und stieg ebenfalls aus dem Bett. Sie nahm ihre Strickjacke, die über der Stuhllehne hing, und zog sie über ihr Nachthemd.

„Durchsucht das Haus!", gab Hickeroth seinen Leuten den Befehl. Er selbst blieb mit Fritz und Erna im Schlafzimmer und richtete sein Gewehr auf das Ehepaar. Die Männer durchsuchten die Zimmer, durchwühlten die Schränke und schauten im Keller nach. Es war laut und unruhig im Haus. Geschirr zerbarst auf dem Boden. Türen wurden geknallt und Stühle umgetreten. Nach wenigen Minuten rief einer der Männer: „Sauber!"

Hickeroth nickte.

„Das war nicht alles! Wir kommen wieder! Wir werden sie finden!", brüllte er und verschwand.

Fritz und Erna blieben wie erstarrt eine Weile stehen. Gespenstische Stille breitete sich im Haus aus. Das Paar umarmte sich. Beide weinten.

„Wir müssen in den Keller", sagte Fritz.

„Nein, warte." Erna hielt ihren Mann am Arm fest. „Glaubst du, die Männer sind verschwunden? Sicher beobachten sie uns, weil sie genau wissen, dass wir in Sorge sofort das Versteck aufsuchen würden", flüsterte sie.

„Du hast recht", antwortete Fritz.

So zogen sie alle Vorhänge vor den Fenstern auf, öffneten sie, so als wollten sie lüften, und bereiteten sich in der Küche das Frühstück.

Immer wieder bewegte sich Erna vor dem Fenster, so dass Beobachter erkennen konnten, dass sie in der Küche beschäftigt war. Laut unterhielt sich das Ehepaar über Belangloses wie das Wetter. Erst am Mittag fühlten sie sich unbeobachtet und eilten die Treppe hinunter. Im Keller sahen sie sich erleichtert an. Der Schrank stand unverrückt vor der Geheimtür. Fritz schob ihn beiseite. Doch das Versteck war leer.

„Sara? Agga?", fragte Erna leise. „Wo habt ihr euch versteckt?"

Niemand gab eine Antwort. Fritz sah sich um. Nichts erinnerte daran, dass hier zwei Frauen mit zwei kleinen Kindern gelebt hatten. Sie waren verschwunden und hatten alle Habseligkeiten mitgenommen. Kein Abschiedsbrief war zu finden. Fritz war enttäuscht.

„Es hat einen Grund", vermutete Erna. „Sie wollten uns nicht länger zur Last fallen und uns nicht in Gefahr bringen."

„Aber sie haben nichts davon erwähnt."

„Was ja klug ist", meinte Erna. „Wir müssen Maria informieren."

Fritz und Erna besuchten ihre Tochter und erzählten ihr, was sich zugetragen hatte. Als Spaziergänger getarnt durchkämmten sie

Lendringsen und einige Straßen in Menden auf der Suche nach ihren Freundinnen und den Kindern.

„Wo sollen wir sie suchen?", fragte Maria traurig.

„Wir fragen Mosche, den Schuhmacher. Er ist ein Freund der Perlmanns. Vielleicht haben sich Sara und Agga ihm anvertraut", meinte Fritz vor. „Sein Geschäft ist gleich da drüben."

Maria schob den Kinderwagen an. Vor dem Geschäft blieben sie stehen. Das Schaufenster des Schuhgeschäfts war mit Holzbrettern vernagelt. Mit roter Farbe hatte jemand das Wort ‚Jude' darauf geschrieben. Die Fenster der Wohnung über dem Geschäft waren mit Fensterladen verschlossen.

Maria und ihre Eltern gingen langsam weiter, blieben etwa 100 Meter vom Geschäft entfernt stehen und schauten sich um.

„Es ist niemand zu sehen", sagte Fritz. „Wir sollten es wagen, Mosche aufzusuchen."

„Glaubst du, er wurde auch abgeholt?", fragte Erna ängstlich.

„Ich weiß es nicht. Lasst uns hinter dem Haus nachsehen. Eventuell ist er im Garten."

Die Frauen folgten Fritz um das Haus herum bis in den Garten. Dort befand sich eine Tür, die ins Haus führte. Die Tür war nur angelehnt. Fritz drückte sie vorsichtig auf und rief den Schumacher mit Namen. Sie hörten Laute, die wie leises Krächzen klangen. Schnell stiegen Fritz und Maria die Treppe hinauf bis zur Wohnung. Erna blieb mit dem Kinderwagen draußen und suchte Schutz hinter einem dicken Busch, damit niemand sie sah.

Der Schuhmacher Mosche Hirsch lag auf seinem Bett. Er wirkte krank.

Fritz erzählte ihm von der Suche nach Sara und Agga und dass Perlmanns und Gustav verschwunden waren.

„Ich habe von dem Verschwinden gehört. Aber wo die Frauen sind, kann ich euch leider nicht sagen." Das Sprechen fiel

Mosche schwer, es klang wie ein Krächzen. „Ich scheine der letzte Jude in Menden zu sein. Als mich die SS in meiner Wohnung überfallen hat, entschied der Kommandant, dass ich bleiben dürfe, denn ich würde sowieso bald abkratzen. Schöne Aussichten, nicht wahr?"
Fritz und Maria sahen ihn betroffen an.
„Können wir etwas für Sie tun?", fragte Maria.
„Danke, nein. Ich habe alles, was ich brauche", lehnte der Schuhmacher ab.
„Findet heraus, was mit den Familien Perlmann und Bechel passiert ist. Ich bitte euch darum, es mir zu versprechen."
„Wir versuchen alles, was uns möglich ist", antwortete Fritz.
Der Schuhmacher schaute ihn mit müden Augen an, doch seine Mine verriet Hoffnung.
„Findet sie!"

## 40. Dortmund, April 1942

Um Familie Sewald nicht weiter in Gefahr zu bringen, beschlossen Sara und Agga zu fliehen. Sie packten ihre Habseligkeiten zusammen, entfernten die Judensterne von ihren Mänteln, banden sich Kopftücher um und begaben sich mit den Kindern in der Nacht zum 5. April auf den Weg zum Bahnhof nach Menden. Einen Abschiedsbrief hatten sie für Sewalds und Maria nicht hinterlegt, denn je mehr ihre Gastgeber wüssten, umso größer wäre die Gefahr, dass sie bei einem Verhör von dem neuen Versteck erzählten.
Unbehelligt reisten sie mit dem Zug bis nach Dortmund. Dort lebte eine Kusine von Gustav im Westteil der Stadt, die sie auf-

suchten. Sie planten, einige Tage bei Olga zu bleiben und zu überlegen, wo sie ein dauerhaftes, sicheres Versteck fänden. Ihnen war klar, dass es den Juden auch in Dortmund nicht anders erging wie in Lendringsen und im gesamten Deutschen Reich. Doch die beiden jungen Frauen waren erfüllt von der Hoffnung, dass sich alles zum Guten wenden würde. Sie waren froh, dass sie Olga antrafen und sie zunächst dort aufgenommen wurden.

Am zweiten Tag ihres Besuchs bei Gustavs Kusine, erhielt Olga die Einberufung zum Transport. Sie wurde angewiesen, nicht mehr als fünfzig Kilogramm Gepäck mitzunehmen und sich sofort am Bahnhof einzufinden. Olga weinte, gehorchte und packte einen Koffer. Sara, Agga und die Kinder blieben in der Wohnung zurück. Einige Stunden, nachdem Olga die Wohnung verlassen hatte, traten jedoch SS-Leute die Wohnungstür ein, um sie nach Wertgegenständen zu durchsuchen. Die Frauen versteckten sich unter Olgas Bett, während Tana und Levi im Kleiderschrank hockten. Agga lag unter dem Bett und zitterte vor Angst, sie hielt eine Tasche im Arm. Es lärmte in der Wohnung. Türen wurden aufgerissen, Schränke durchwühlt und schließlich fanden die Männer Levi und Tana. Einer der Männer zog die Kinder aus dem Schrank.

„Was haben wir denn hier? Zwei Judenbälger! Wo sind eure Eltern?", brüllte er.

Levi und Tana weinten vor Angst. Bevor sie antworteten, hatte einer der anderen Männer Sara und Agga entdeckt und zerrte Sara an den Haaren unter dem Bett hervor. Agga kroch hinterher. Ein Mann entriss ihr die Tasche, öffnete sie und schüttete den Inhalt auf den Boden. Dabei entdeckten die Männer die Pässe, in denen jeweils ein ‚J' gedruckt war.

„Ihr seid wohl besonders schlau und denkt, ihr könnt uns entkommen, was?", schrie ein Mann, der sich als Anführer der

Truppe erwies. Er hielt einen Schlagstock in der Hand, den er bedrohlich hob.

„Los mit euch Judenweibern", brüllte er und trieb die Frauen und Kinder aus der Wohnung. Auf der Straße gab der Anführer zwei Männern den Befehl, Sara, Agga und die Kinder zum Bahnhof zu bringen. Mit Stöcken trieben sie die kleine Gruppe den mehrere Kilometer langen Weg bis zum Bahnhof. Agga war erschöpft, als sie dort ankamen. Es regnete und ihre Kleidung war durchnässt. Die Kinder schauten ängstlich auf die unzähligen Lastwagen, die vor dem Bahnhof standen. Auf den offenen Ladeflächen quetschten sich Menschen eng zusammen. Gelbe Sterne prangten an Jacken und Mänteln. Alle waren Juden.

Die Männer schoben sie weiter, bis man ihnen ein Zeichen gab, auf welchem Lastwagen Platz war. Sara suchte Olga an jedem Lastwagen, an dem sie entlang gingen. Doch sie fand sie nicht.

Die Lastwagen brachten ihre menschliche Fracht in ein Sammellager. Dort verbrachten Agga, Sara und die Kinder die nächsten Wochen. Olga fanden sie immer noch nicht. Sara vermutete, dass sie erschossen worden war.

Im Lager hausten sie in einem unbeheizten Zelt mit weiteren Menschen. Die hygienischen Zustände waren katastrophal. Viele von ihnen waren an Bronchitis oder Lungenentzündung erkrankt. Zudem brach die Krätze aus. Davor blieben auch Agga, Sara und die Kinder nicht verschont. Es juckte sie am ganzen Körper. Dazu kam die Scham. Aber es sollte noch schlimmer kommen.

## 41. Menden, 24. Dezember 1999

Es dämmerte, als Ben vor dem Haus in der Karl-Becker-Straße parkte, in dem Maria lebte. Bevor er ausstieg, telefonierte er mit Ebba und seinem Vater und wünschte beiden einen angenehmen Heiligabend. Die beiden hatten Gäste aus der Nachbarschaft eingeladen und hatten ein Büffet vorbereitet. Ben spürte, dass er Hunger hatte. Sein Magen knurrte. Er hatte seit dem Frühstück nichts mehr gegessen. Ebba verabschiedete sich, als die ersten Gäste ankamen.

„Mach dir keine Sorgen, es geht mir bestens und dem Baby ebenfalls", sagte sie und klang fröhlich. Obwohl sie Ben vermisste, bewunderte sie ihn dafür, dass er seine Großmutter nicht allein ließ. Aber sie hatte auch etwas Mitleid, denn er war in einer fremden Welt ohne die Menschen, die er liebte.

Ben drehte den Schlüssel im Schloss und öffnete die Haustür. Es duftete nach Putzmitteln. Das Treppenhaus war frisch gewischt. Der Boden hatte die Farbe von Bernstein und glänzte so stark, dass er sich beim Blick nach unten schemenhaft erkannte.

Er stieg die Treppe einige Stufen hinauf und blieb stehen. Rechts und links waren jeweils Wohnungstüren. Er las das Namensschild neben der rechten Tür und freute sich. Es war Marias Wohnung. Er steckte den anderen Schlüssel ins Schloss und drehte. Die Tür öffnete sich und Ben trat in die Wohnung ein, in der auch seine Mutter viele Jahre gelebt hatte. Das Gefühl von Geborgenheit fing ihn ein. Er schloss die Tür hinter sich. In der Wohnung roch es nach Weichspülmittel, was ihn an den Wäscheraum in Mistelås erinnerte. Hinter der ersten Tür verbarg sich das Badezimmer. Eine Badewanne, eine Toilette, ein winziges Waschbecken und die Waschmaschine füllten den kleinen, rosa gekachelten Raum

aus. Hinter der gegenüberliegenden Tür befand sich das Wohnzimmer, das ebenso klein wie das Badezimmer war. Möbliert war es mit einer altmodischen, grünen Couch, einem tiefen Tisch, einem Schreibtisch und einem Stuhl sowie einer mahagonifarbenen Kommode. Dicke, weiße Spitzengardinen schmückten das Fenster und ließen nur wenig Licht in den Raum. Gardinen kannte Ben aus Schweden nicht. Dort ließ man Licht hinein und stellte im Winter sogar Lampen vor die Fenster.
Einen Wohnzimmerschrank gab es nicht. Er öffnete die Klappen und fand Geschirr.
Nachdem er das Licht im Flur angeschaltet hatte, öffnete er die nächste Tür. Es war Marias Schlafzimmer. Ein wuchtiges Doppelbett und ein ebenso mächtiger Schrank mit Schiebetüren wirkten auf Ben zunächst erdrückend. Er schaltete das Licht an und öffnete das Fenster. Das linke Bett war benutzt. Das andere schien ungenutzt zu sein. An der Wand neben dem Bett hingen Bilder. Ben trat näher, um die Personen darauf zu erkennen.
Ein Bild zeigte ein Kleinkind mit einem älteren Ehepaar auf einem Wiesenweg. Das Mädchen trug geflochtene Zöpfe und eine große Schleife auf dem Kopf, die wie ein Propeller wirkte. ‚Marlene mit ihren Großeltern Fritz und Erna Sewald', stand darunter. Es war seine Mutter mit den Eltern seiner Großmutter.
Ein anderes Bild zeigte ein junges Brautpaar. Es war ebenfalls beschriftet: ‚Hochzeit Maximilian Winter und Maria Sewald, 20. Januar 1940'. Die Braut trug ein weißes, schlichtes Kleid und einen Blumenkranz im Haar, an dem ein langer weißer Schleier befestigt war. In der Hand hielt sie einen zierlichen Blumenstrauß. Mit ihrem Bräutigam stand sie vor einem Gartenzaun. Ein anderes Bild zeigte Maria nochmals als Braut, allerdings mit einem anderen Mann. Ben las die Beschriftung: ‚Hochzeit Maria und Paul Sommer, 1953'.

Einige Minuten lang betrachtete Ben die Bilder und suchte nach Ähnlichkeiten. Seine Mutter war Maria wie aus dem Gesicht geschnitten. Er selbst fand sich nicht darin wieder.
Nur eine Tür gab es noch, die er nicht geöffnet hatte. Er ging zurück in den Flur, drückte die Klinke herunter und schaltete das Licht an. Dies war ein größeres Zimmer mit einem Tisch und Stühlen in der Mitte. Vor dem Fenster stand ein hellbraunes Sofa, in der Ecke daneben ein Ohrensessel. Ben trat ein und betrachtete den großen, eichefarbenen Wandschrank, der fast die gesamte Wand ausfüllte. Links daneben war ein Durchgang, der in die Kochnische führte. Gespannt öffnete er die Schranktüren und fand weiteres Geschirr, Gläser, Bestecke, Blumenvasen, Sparcoupons vom Supermarkt und Tischdecken. Eine Schublade war gefüllt mit Spielen, eine andere mit Dekorationsschmuck. Wo war das Kästchen? Unter den Pfannen, hatte sie gesagt. Ben wurde ungeduldig und schaute noch einmal in das Fach mit den Tischdecken. Er hob jede Decke hoch und schaute darunter. Nichts. Er sah sich um. Pfannen hatte man für gewöhnlich in der Küche. In der Kochnische war eine kleine Tür, hinter der sich ein Vorratsregal versteckte. Er schaute hinter die Kochtöpfe, streckte seine Arme aus, um bis an die Rückwand des kleinen Vorratsraums zu fassen. Im untersten Regalfach fand er hinter den Backblechen einen Schuhkarton. Könnte dies der Kasten sein von dem Maria gesprochen hatte? Er hob die Backbleche aus dem Regal und zog den Schuhkarton heraus. Als er den Deckel öffnete, lachte er. Der Karton war gefüllt mit Anleitungen für die Küchengeräte. Sogar im Kühlschrank schaute er nach und erinnerte sich daran, dass er Hunger hatte. Er nahm die Eier heraus und beschloss, sich Rührei zuzubereiten. Im Brotkasten fand er einige Scheiben Toastbrot. Auf der Suche nach den Pfannen stieß er auf die Schublade unter dem Backofen. Tatsächlich bewahrte Maria dort ihre Pfannen auf.

Als Ben die oberste Pfanne herausnahm, klemmte sie. Er ruckelte an der blechernen Schublade. Die Pfannen rutschten hin und her. Er beugte sich vor, griff unter die Pfannen und tastete den Boden der Schublade ab. Unter den Pfannen gab es einen doppelten Boden, der sich verkantet hatte. Mit etwas Geduld schaffte er es, den Boden zu richten, die Pfannen herauszunehmen und unter den Boden zu schauen. Erleichtert stellte er fest, dass Maria das Kästchen hier versteckt hatte. Vorsichtig hob er es heraus und öffnete es. Ein zusammengeschnürtes Päckchen, auf dem der Name Marias stand, kam zu Vorschein. Ben löste die Schleife und nahm die vergilbten Blätter und ein kleines Notizbuch aus dem Päckchen. Seinen Hunger vergaß er und setzte sich an den Tisch, wo er die Blätter ausbreitete und chronologisch sortierte. Er nahm sein kleines deutsch-schwedisches Wörterbuch aus der Jackentasche und fragte sich, warum Maria aus Saras Aufzeichnungen ein Geheimnis gemacht hatte?

## 42. Auschwitz, Juni 1942

An einem Morgen im Juni wurde das Lager geräumt, und alle jüdischen Gefangenen zum Güterbahnhof in Dortmund transportiert. Dort bestiegen sie Viehwaggons. Bis zu siebzig Menschen waren es in jedem Waggon.

Sara und Agga trugen die Kinder auf dem Arm, als sie mit vielen anderen in einen der Waggons stiegen. Die Schiebetür wurde von außen verriegelt. Es gab keine Fenster, nur einen schmalen Schlitz unterhalb des Daches. Die Sonne erwärmte die blechernen Dächer der Waggons. Die Luft darin wurde unerträglich warm. Agga konnte kaum atmen. Ihr Hals war wie zugeschnürt. Sie saß neben Sara auf dem Boden und lehnte sich an die Waggonwand an. Unter der Decke des Waggons hing eine Glühbirne, die schwach leuchtete. In der Mitte stand ein hölzerner Bottich, der mit Wasser gefüllt war, um den Durst damit zu stillen. In einer Ecke standen zwei Eimer für die Notdurft. Bevor der Zug sich in Bewegung setzte, waren beide Eimer schon gefüllt. Der Gestank nach Schweiß, Urin und Erbrochenem breitete sich im Waggon aus. Sara war übel. Sie griff in ihre Manteltasche und suchte darin vergebens nach einem Taschentuch. Durch den plötzlichen Aufbruch hatte sie vergessen, ihre Taschentücher mitzunehmen. Tränen traten ihr in die Augen. Sie fasste in die andere Manteltasche, wo sie ebenfalls kein Taschentuch fand. Jedoch griff sie ihr kleines Notizbuch, an dem an einem Band ein Bleistift befestigt war.

**Saras Notizen**

*19. Juni 1942*
*Wir sind eingepfercht wie Vieh. Im Waggon stinkt es bestialisch. Mir ist so übel. Tana weint schon stundenlang. Sie hat sich aus Angst in die Hose gemacht und schämt sich dafür. Was passiert nur mit uns?*
*Es ist Abend, wir sind immer noch im Zug. Irgendwann hat er gehalten und die Tür wurde aufgeschoben. Wir drängten uns zum Ausgang, um frische Luft zu schnappen. Kurz konnte ich den blauen Himmel sehen und wünschte, ich könnte wie früher auf einer Wiese liegen und mich von der Sonne wärmen lassen. Ein Soldat warf Brot und Wurst in den Waggon und verriegelte die Tür wieder. Alle stürzten sich darauf. Wir benahmen uns nicht wie Menschen, sondern wie hungrige Tiere in einem Viehwaggon. Für uns blieb nur ein kleines Stück Brot, das ich den Kindern gab.*

*Das Brot war so salzig, dass alle, die davon gegessen hatten, großen Durst bekamen. Der Bottich, in dem kaum noch Wasser war, fiel um, weil alle danach drängten. Das Wasser ergoss sich über den schmutzigen Boden. Manche warfen sich nieder und leckten das Wasser von den Brettern. Mit aller Kraft hielt ich Levi und Tana davon ab, es den anderen gleichzutun, damit sie sich nicht den Magen mit Schmutzwasser nicht verdarben.*
*Nun lausche ich dem Rattern und Quietschen des fahrenden Zugs. Es übertönt die Geräusche der Menschen um mich herum.*

**24. Juni 1942**
*Angekommen? Drei Tage lang dauerte die Fahrt. Wann es Tag war oder Nacht, erkannten wir nicht.*
*Ich fühlte nach, wie es den Tieren ergehen musste, die sonst in diesem Waggon zum Schlachter transportiert wurden.*
*Es waren Tage voller Qualen. Die Hitze und der Gestank machten uns zu schaffen. Neben uns starb eine Frau an Schwäche. Als der Zug endlich hielt und die Türen geöffnet wurden, zerrten uns bewaffnete Soldaten aus dem Waggon. Es war nicht nur die Frau neben uns gestorben. Weitere Tote lagen am Boden. Wir Lebenden stolperten über sie.*
*„Das Gepäck bleibt im Waggon!", brüllte man uns entgegen.*
*„Ihr bekommt es später zurück!"*
*Agga nahm Tana auf den Arm, ich trug Levi. Eine Frau mit ihren Söhnen ging vor uns. Die beiden Jungen waren im jugendlichen Alter. Ich denke, dass sie zwischen dreizehn und sechzehn Jahre alt waren. Wir mussten uns neben dem Gleis aufstellen. Die Männer bildeten eine Reihe, in der anderen Reihe standen wir Frauen und Kinder. Aus Lautsprechern erklang Orchestermusik.*
*„Feiern wir ein Fest?", flüsterte Agga mir zu.*
*„Das muss ein merkwürdiges Fest sein", antwortete ich.*

*Die Mutter stand mit ihren beiden Söhnen vor uns. Ich fragte sie, wo wir seien. Sie sah mich mit glanzlosen Augen an. „Weißt du das denn nicht? Wir sind in Birkenau. Hast du noch nie von Auschwitz gehört? Wir sind in Birkenau." Ich verneinte. „Die meisten Deportationen führen hierher", erklärte sie. „Wie heißt du?" Ich sagte es ihr und sie nannte mir ihren Namen. Sie hieß Selma. Uniformierte schritten durch die Reihen und betrachteten uns. Sie zogen alte Männer und Frauen sowie kleine Kinder aus den Reihen und bildeten mit ihnen eine dritte Reihe. Mütter brüllten. Kinder weinten. Alte seufzten. Vor Selma blieb ein Offizier stehen. Er war groß und kräftig gebaut, mit Händen, die wie Pranken wirkten. Damit packte er den Griff seines Schlagstocks kräftiger und sah sie grimmig an.*

*„Was sollen die jungen Männer in dieser Reihe?", fragte er erbost.*

*„Es sind meine Kinder!", antwortete Selma.*

*„Ab in die Reihe zu den Männern", brüllte er. Die beiden Jungen schritten niedergeschlagen vor, doch Selma packte ihre Arme und hielt sie zurück.*

*„Lass sie los, du Judenschlampe!", schrie der Offizier.*

*„Niemals! Sally! Denny! Nein!", weigerte Selma sich, ihre Söhne herzugeben.*

*Der Offizier schlug ihr mit dem Stock auf den Rücken. Selma krümmte sich vor Schmerz und ließ ihre Söhne los. Agga schrie erschrocken auf.*

*„Rüber da!", forderte der Offizier die Jungen auf. Sie gehorchten. Als sie in der Männerreihe standen, mussten sie ansehen, wie der Offizier ihre Mutter ein weiteres Mal schlug. Selma sah ihren Peiniger hasserfüllt an.*

*„Ihr widerlichen Ungeheuer!", stammelte sie und erhob sich vom Boden. „Für all eure Untaten werdet ihr büßen!"*
*Es folgte ein lauter Knall und erschrockenes Stimmengemurmel. Selma fiel vor meine Füße. Ihre Augen waren weit aufgerissen und starrten zum Himmel. Blut lief aus ihrem Mund und aus ihren Ohren. Die Kugel des Offiziers hatte sie in den Hals getroffen.*
*„So ergeht es jedem, der sich rechthaberisch aufführt!", brüllte der Offizier und trat Selma so fest in die Seite, dass sie auf den Bauch rollte. Sie war tot. Selmas Söhne standen in der Männerreihe gegenüber von uns und weinten. Auch Levi und Tana schluchzten. Ich spürte, wie sie zitterten.*
*Der Offizier trat nun vor mich. „Wie heißt du?"*
*Ich antwortete und hielt die kleinen Hände meiner Kinder noch etwas fester. Levi stand an meiner rechten Seite, Tana an meiner linken. Daneben Agga, die Tanas Hand hielt.*
*„Die Kinder in die andere Reihe", sagte er barsch.*
*Ich flehte ihn an, mir meine Kinder zu lassen, doch er entriss sie mir, übergab sie einem Soldaten, der sie in die Reihe zu den Alten und Kindern brachte. Ich wollte hinterherlaufen, doch eine Frau hinter mir hielt mich fest. Weinend sah ich Levi und Tana nach. Sie hielten sich an den Händen. Levi versuchte, seine kleine Schwester zu trösten, die laut weinte und nach mir rief. Wenig später standen weitere Kinder hinter Levi und Tana. Ich sah lediglich noch Tanas blaue Haarschleife.*
*Der Offizier drückte mit seiner Hand meine Wangen und öffnete meinen Mund. Er betrachtete meine Zähne, befühlte meine Arme und zeigte mit dem Daumen nach oben. Ich durfte in der Reihe stehen bleiben und hatte die Selektion überstanden. Ebenso war es mit Agga. Wieder schaute ich in die Richtung der Kinder. Mittlerweile standen die Alten und die Kinder in Zweierreihen. Es waren hunderte kleiner Menschen, daneben alte Leute. Ich stellte*

*mich auf Zehenspitzen. Tanas blaue Schleife leuchtete. Jemand gab das Kommando, die Kinder und Alten abzuführen. Kurz sah ich Levi und Tana. Sie hatten sich herumgedreht und schauten in meine Richtung. Ihre Gesichter waren von Angst gezeichnet. Ich winkte ihnen zu und lächelte. Sie sollten denken, dass es in Ordnung war, mit den anderen Kindern zu gehen. Dann verschwanden sie hinter einem Gebäude, das eine schäbige Baracke war. Meine geliebten Kinder. Ich konnte die Tränen nicht zurückhalten, als wir fortgeführt wurden. Agga und ich hielten uns an den Händen fest, genauso wie es Levi und Tana getan hatten. Wir gingen vorbei an Gruben, in denen Feuer brannten. Uniformierte standen dort, die lachten und scherzten. Der Rauch stieg mir in die Nase. Er roch süßlich. Ich blieb stehen, um einen Blick in eine der Gruben zu erhaschen. Doch Knüppel trieben uns weiter.*

*„Es sind Menschen, die in den Gruben brennen", flüsterte mir eine Frau zu. „Wenn die Öfen all die Toten nicht fassen, dann brennt es in den Gruben."*

*„Woher weißt du das?", fragte ich entsetzt.*

*„Es hat sich herumgesprochen", antwortete sie.*

*Die Frau war etwas jünger als ich und recht hübsch. Sie schien nicht arm zu sein, denn sie trug ein teures Kostüm und feine Schuhe. Allerdings war sie von der Reise ebenso verschmutzt wie wir. Ihr blondes Haar war hochgesteckt. Einzelne Strähnen hatten sich durch die Strapazen der langen Reise gelöst.*

*„Ich heiße Helene von Siebel", erklärte sie.*

*Agga und ich stellten uns ebenfalls vor und berichteten, woher wir kamen. Wir erfuhren, dass Helene die Tochter eines Bankiers aus Frankfurt war, die gemeinsam mit ihrem Vater hierher gekommen war. Ihre Mutter lebte nicht mehr.*

*Vor einem langen Gebäude machten wir Halt. Nacheinander mussten wir eintreten, unsere Taschen entleeren und uns in einem*

*nächsten Raum nackt ausziehen. Plumpe Wärterinnen rasierten uns die Köpfe und kehrten die Haare zusammen. So entstand ein kleiner Hügel aus blonden, braunen, schwarzen und roten Haaren. Meine Kopfhaut blutete und schmerzte. Zur Desinfektion und Entlausung mussten wir uns mit einer brennenden Flüssigkeit einreiben und danach in einen Duschraum. Unter der Decke waren unzählige Duschen angebracht. Nackt standen wir Frauen eng beieinander. Eine Frau sprach ein jiddisches Gebet. Helene zeigte auf die Duschköpfe. „Dadurch kommt der Tot."*
*„Was meinst du damit?", fragte Agga angsterfüllt.*
*„Es ist ein Geschenk an uns Untermenschen."*
*Plötzlich prasselte kaltes Wasser auf uns nieder, mit dem wir unsere Körper abrieben. Seife gab es nicht. Helene lachte erleichtert. Nach der Dusche erhielten wir graue Kleider aus kratzigem Stoff und wurden zu den Baracken des Frauenlagers gebracht. Wir kamen an Wachtürmen vorbei.*
*Nun sind wir angekommen. Uns umgibt ein vier Meter hoher Stacheldrahtzaun, an dem Wachleute mit großen Hunden entlangmarschieren. Ich habe Angst und fühle mich bedroht wie nie. Wo sind meine Kinder? Nur für ihre Rettung lohnt sich mein Leben.*

**22. September 1942**
*Es sind drei Monate vergangen, seit wir deportiert wurden. Ich habe nichts geschrieben, ich bin wie betäubt. Doch nun halte ich es für meine Pflicht, alles, was hier vor sich geht aufzuschreiben, damit ich es später genau so wiedergeben kann.*
*Einige Tage haben Agga und ich in der Quarantäneabteilung verbracht, bevor wir zur Arbeit eingeteilt wurden. Darum sind wir nun im Frauenlager, Abteilung B 1a, untergebracht und werden von Wärtinnen bewacht. Durch das scheußliche Essen habe ich stark abgenommen. Wir bekommen jeden Tag wässrige Suppe mit*

einem Kanten hartem Brot und eine braune Brühe, die sich Kaffee nennt. Ich bin überzeugt, dass es Vieh bei Bauern besser geht als uns, die wir hier gefangen gehalten werden. Die Betten in unserer Baracke sind dreistöckig. Ich teile mir mit Agga und Helene ein Bett. Helene schläft im obersten Bett, Agga in der Mitte und ich schlafe unten. Die Matratzen sind dünn und die Decken kratzig. Die Frau im Bett neben mir ist Polin. Sie heißt Katarzyna und ist schwanger, was sie zu verstecken versucht. In dem Bett auf der anderen Seite schläft Lea Gottlieb. Sie ist aus Dortmund, aber schon etwas länger hier als wir. Darum hat sie einiges an Wissen und erzählte von heimlichen Entbindungen auf dem gemauerten Rauchabzug, der vom Ofen aus durch die Barackenmitte verläuft. Einige Frauen waren dabei gestorben. Die Neugeborenen hatten keine Chance zu überleben, denn wurden sie entdeckt, töteten die Wärterinnen sie. Sie habe es mit eigenen Augen gesehen, erzählte Lea mir. Sie hätten Babys im Wasserbottich ertränkt. Lea hatte zudem gehört, dass die Säuglinge lebendig in die Feuergruben geworfen oder den Wachhunden zum Fraß vorgeworfen werden. Es ist so unglaublich. In meinen schlimmsten Träumen hätte ich nie so etwas Unmenschliches erwartet. Manche Frauen hatten ihre Neugeborenen versteckt, wusste Lea. Doch sie konnten nie sicher sein, ob eine der anderen Frauen sie verraten würde, in der Hoffnung, dadurch bei den Wärterinnen in der Gunst zu stehen. Außerdem schrien die Babys. Sie hatten Hunger, weil sich die Brüste der abgemagerten Frauen nicht mit Milch füllten und die Windeln aus zerrissenem Stoff kratzten. Eine Frau hatte ihre Essensrationen gegen Stoff getauscht und daraus Windeln gemacht. Um nicht verraten zu werden, musste sie anderen Frauen ihr Essen überlassen. Als Lea es bemerkt hatte, hatte sie ihr von ihrem Essen gegeben, aber sie war schon so geschwächt,

*dass sie das Wenige erbrach. Sie war verhungert, genau wie ihr Baby.*
*Ich bin nicht fähig, mir diese Gräueltaten vorzustellen. Scheinbar ist es eine Schutzfunktion meines Gehirns. Ich wünsche mir nichts mehr, als diesen Ort zu verlassen und mein früheres Leben wieder zu leben. Ich vermisse meine Kinder. Was ist aus meinen Eltern und aus Gustav geworden? Waren sie auch hier? Brannten sie in den Gruben, als Agga und ich daran vorbeigingen?*

***13. Oktober 1942***
*Agga und ich arbeiten in einer Farbenfabrik. Jeden Morgen laufen wir etwa zehn Kilometer bis zu den Buna Werken. Dort arbeiten wir für die deutsche Firma I.G. Farben. Wir laufen morgens etwa zwei Stunden dorthin, arbeiten bis zu zwölf Stunden und laufen am Abend zwei Stunden wieder zurück. Dort wurde in den letzten Monaten an einem Lager auf dem Betriebsgelände gebaut. Ob wir irgendwann dorthin umziehen, oder ob wir weiter in Birkenau bleiben, weiß ich nicht.*
*Jeder Tag ist gleich: Aufstehen, Bettenmachen, Morgenappell, Marsch zur Arbeit, zwölf Stunden Farbtöpfe mit Deckeln verschließen, Anstehen für Essen, Rückmarsch zum Frauenlager, Blockinspektion und Abendappell, etwa vier Stunden schlafen und alles beginnt von vorn.*
*Es kommen immer mehr Menschen, nicht nur aus Deutschland. Sie kommen aus Polen, Ungarn, Tschechien, Slowakei, Frankreich, Italien, Griechenland und weiteren Ländern. Es werden viele Sprachen gesprochen, doch für die SS gibt es nur eine Sprache. Die Schornsteine rauchen ununterbrochen und über dem Lager liegt ein süßlicher Geruch. Manchmal habe ich das Gefühl, wahnsinnig zu werden. Vielleicht ist alles nicht wahr?*
*Levi und Tana bleiben verschollen. Womöglich habe ich meine*

*Kinder längst eingeatmet mit dem Rauch aus den Schornsteinen. Wir sind Sklaven von Bestien. Manchmal, wenn wir auf dem Weg zur Arbeit sind, ziehen die Wärter unwillkürlich Frauen aus unserer Gruppe, verprügeln oder erschießen sie. Heute Morgen war es die schwangere Polin. Sie ging neben mir, als ein Mann sie am Arm packte und zur Seite zog. Er hielt ihr seine Pistole an die Stirn und drückte ab. Blut und Gehirn spritzten bis in mein Gesicht. Aus Angst wischte ich es nicht ab und ließ es trocknen. Nur wenige dieser Bestien haben menschliche Züge. Es ist, als hätten sie keine Gefühle. Aber es gibt Ausnahmen. Herr K. ist zu mir nett. Er hat mir dieses Papier und einen Bleistift geschenkt, weil mein Notizbuch vollgeschrieben war. Manchmal gibt er mir ein Stück Brot und richtigen Kaffee. Ich glaube, er mag mich. Ich erwidere seine Höflichkeit, damit er mir vertraut und mich nicht tötet. Er wirkt nicht wie eine Bestie und macht einen freundlichen Eindruck, ein hübscher Mann mit blondem Haar und blauen Augen. Dennoch vertraue ich ihm nicht. Ich werde niemandem mehr vertrauen, außer mir selbst. Ich lebe für die nächste Sekunde und bin glücklich, wenn ich sie überlebt habe.*

**14. Oktober 1942**
*Heute gibt es Grund zur Freude in diesem armseligen Leben. Ich habe Selmas Sohn Denny getroffen. Er ist in der Gruppe, die für die Latrinenreinigung zuständig ist. Zuerst habe ich ihn nicht erkannt. Denny ist so dünn geworden. Seine Wangen sind eingefallen wie bei einem Greis. Aber er lebt. Das ist das Wichtigste. Ich konnte sogar kurz mit ihm sprechen. Er erzählte, dass er jeden Tag um die gleiche Uhrzeit bei den Latrinen sei. Ich habe ihm versprochen, dort nach ihm zu sehen, wann immer es mir möglich ist. Wo sein jüngerer Bruder Sally ist, konnte er mir nicht sagen. Er sei eines Tages verschwunden. Ich mag nicht daran*

*denken, was Sally widerfahren ist.*

**18. Oktober 1942**
*Die Appelle machen mir am meisten zu schaffen. Jeden Morgen und jeden Abend sind wir in der Pflicht, uns auf dem Appellplatz aufzustellen und bewegungslos zu stehen. Kapos gehen durch die Reihen und zählen. Die Kapos sind Häftlinge, die für die SS arbeiten. Sie hoffen, so dem Tod zu entgehen. Doch es fällt immer wieder auf, dass das ‚Personal' wechselt. Manchmal werden wir nachts aus dem Schlaf gerissen und müssen uns aufstellen. Egal ob es regnet, stürmt oder schneit. Je nach Gutdünken des Aufsehers stehen wir bis zu vier Stunden auf dem Appellplatz. Heute Morgen hustete die Frau neben mir heftig und beugte sich dadurch nach vorn. Der Kapo schlug ihr seinen Stock in den Nacken, so dass sie zu Boden stürzte. Er zählte bis drei. Zum Glück schaffte es die Frau, schnell wieder gerade zu stehen, so dass der Kapo von ihr abließ. Eine andere Frau aus einer der vorderen Reihen wurde jedoch erschossen. Sie war in die Hocke gegangen, weil sie zu schwach war, um zu stehen. Und immer ist es so, dass einige Häftlinge nach dem Appell abgeführt werden zum ‚Duschen'. Sie kehren nicht zurück.*

## 43. Menden, 24. Dezember 1999

Ben legte das Blatt auf den Tisch und atmete tief ein. Ihm war übel und er war müde. Doch innerlich war er zu aufgewühlt, um an Schlaf zu denken. Tränen rannen über seine Wangen. Saras Notizen kamen der allerschlimmsten Horrorgeschichte gleich. Doch er wusste, dass alles, was Sara geschrieben hatte, der Wahrheit entsprach. In Birkenau hatte es vier Gaskammern gegeben, in denen täglich bis zu 6000 Menschen mit Zyklon B vergast wurden. Ben unterdrückte den Brechreiz, beugte sich nach vorn und presste seine Hände so fest aneinander, dass sich das rosige Fleisch weiß färbte. Er dachte an sein Kind, das bald geboren würde, und an Levi und Tana. Sara hatte sie verloren. Wie im Film spielten sich die Szenen in seinem Kopf ab. Er schloss die Augen und sah die unschuldigen Kinder, denen man befahl, sich auszuziehen, um zu duschen. Er sah Levi und Tana, deren nackte kleine Körper sich mit Tippelschritten zwischen andere drängten. Beide schauten ängstlich auf die Duschköpfe, um zu wissen, wann das Wasser auf sie niederprasselte. Statt Wasser strömte Gas heraus, das ihnen in der Kehle brannte und ihnen die Luft zum Atmen nahm. Sich windende Kinderkörper im Kampf, den sie nicht gewannen. Sieger war der Tod. Levi und Tana waren wie Millionen anderer Kinder in einem Konzentrationslager ermordet worden.

All die Kinder, die von ihren Eltern geliebt wurden und die doch unerwünscht waren. Sie waren kleine Individuen mit Talenten und Eigenschaften, wie sein Kind es sein würde. Ben seufzte und stützte seinen Kopf mit den Händen. Bilder drängten sich in seine Gedanken. Er stellte sich vor, wie Männer des Sonderkommandos, ebenfalls inhaftierte Juden, die Leichen aus den Gaskammern trugen, um sie zu verbrennen.

Schwerfällig erhob er sich vom Stuhl und öffnete das Fenster in der kleinen Kochnische. Kühle Luft strömte ein, die er tief in sich einsog. Mit den Händen stützte er sich auf der Fensterbank ab und streckte den Kopf aus dem Fenster. Eine Gruppe Menschen ging am Haus vorbei. Sie ließen den Heiligen Abend Revue passieren und lachten. Eine Frau sang ein Weihnachtslied und holte Ben in die Realität zurück. Ob Ebba schon schlief? Er zog sein

Handy aus der Hosentasche und schickte ihr die Nachricht, dass seine Liebe zu ihr größer sei, als das gesamte Universum. Sie antwortete nicht, also schlief sie. Er vermisste es, neben ihr zu liegen und ihren Atemzügen zu lauschen, wenn sie schlief.
Trotz seiner Müdigkeit setzte er sich wieder an den Tisch und griff nach Saras Notizen.

## 44. Saras Tagebuch, November 1942

*15. November 1942*
*Heute musste unser gesamter Block antreten. Die Blockälteste las die Nummern der Frauen vor, die zur Selektion vortreten sollten. Die Zahlen waren uns auf den Unterarm tätowiert worden. Meine Nummer lautet 10345. Diese Nummer las die Blockälteste nicht vor. Mir fiel auf, dass die aufgerufenen Frauen alle über fünfzig Jahre alt waren. Agga meinte, sie würden abgeführt, um von Ärzten untersucht zu werden. Sicher sollte festgestellt werden, ob sie noch arbeitsfähig waren. Keine von ihnen kehrte zurück. Vielleicht benötigt man Platz in unserem Block. Täglich treffen Züge ein, deren Waggons völlig überfüllt sind. Ich habe gehört, dass nun alle Juden aus deutschen Lagern hierher gebracht werden sollen. Es ist nicht möglich, Freundschaften aufzubauen oder sich an Personen zu gewöhnen. Die Kontakte werden eh wieder gebrochen. Ich bin froh, Agga an meiner Seite zu haben. Auch Helene von Siebel und Lea Gottlieb sind noch bei uns. Alle anderen Frauen um uns herum, kennen wir kaum. Soweit es mir möglich ist, gehe ich zu den Latrinen, um Denny zu treffen. Ich möchte ihn so gerne beschützen. Der arme Junge besteht nur aus Haut und Knochen. In den vergangenen Tagen war er nicht da.*

*Im Jugendlager ist Scharlach ausgebrochen und der Block ist zum Sperrblock ausgerufen. Ich wünsche Denny, dass er nicht erkrankt ist und wir uns bald wiedersehen. Hoffentlich hat dieses Unheil im Lager bald ein Ende. Wenn es länger andauert, werde ich mich selbst töten, um weiteren Erniedrigungen zu entgehen, und mit einem letzten bisschen Stolz zu sterben. Es mag aber auch sein, dass ich an Ungeziefer sterbe. Wir sind mit Läusen übersät. Eine Frau mit einer Beinwunde bietet darin Maden eine Heimat. Es gibt Ratten, die sind so groß wie Katzen. Sie nähren sich an den unzähligen Leichen, die auf die Verbrennung warten. Nachts huschen die Ratten durch die Gänge der Baracken. Es ist so fürchterlich. Eine weitere Möglichkeit zu sterben ist, zu verhungern. Ich sehe schon nicht mehr an meinem Körper herunter, weil ich mich wie ein Skelett fühle. Wie gut, dass es hier keine Spiegel gibt.*

**24. November 1942**
*Denny ist tot. Im Sperrblock gibt es keine Kinder und Jugendlichen mehr. Es heißt, dort werde gereinigt, damit die Neuankömmlinge einziehen können. Der penetrante Geruch, der über dem Lager hängt, nebelt mich ein, haftet an meiner Kleidung, an meinem Körper und vermengt sich mit dem Schweiß der Arbeit. Ich will ihn abwaschen, mit Parfüm überdecken, aber wir haben keine Seife, geschweige denn schöne Düfte. Es bleibt mir nichts, als damit zu leben und die unzähligen toten Seelen einzuatmen. Vielleicht bezwecken sie dies und verströmen deshalb ihren Geruch über das Lager, um uns Lebende zu warnen, wie schnell das Leben endet und wie wertlos ein Judenleben ist. Mein Leben hat seinen Sinn verloren. Wäre Agga nicht bei mir, so wäre ich längst nicht mehr. Immerzu überlege ich, welche Schuld wir auf uns geladen haben? Ich wünschte, ich könnte den Tod meiner*

*Kinder und das Verschwinden von Gustav rächen. Um mich herum ist nichts als der Tod.*

**In Erinnerung an den 5. Januar 1943.**
**Niedergeschrieben von Lea Gottlieb im Jahr 1946.**

*Wir versammelten uns auf dem Appellplatz. Tausende von Frauen und Männern, die in der Kälte verharrten. Wir froren. Man bildete eine Kolonne aus etwa 100 Häftlingen, darunter waren Sara, Agga und ich. Wir verließen Birkenau mit unbekanntem Ziel. Schon nach wenigen Kilometern waren einige von uns in der dünnen Häftlingskleidung so durchgefroren, dass sie zusammenbrachen. Tödliche Schüsse hallten durch die eisige Luft. Den Weg, den wir marschierten, zeigten uns die Knüppel der SS-Männer. Sara hatte keine Schuhe an und lief in löchrigen Strümpfen in der Reihe vor mir. Sie konnte kaum Schritt halten, da ihre Füße zu erfrieren begannen, doch immer wieder schien sie neue Kraft zu gewinnen. Die Nacht verbrachten wir sitzend in einem Wald. Einige Mithäftlinge starben. Sie waren zu schwach, als dass sie die Kälte hätten aushalten können. Am zweiten Tag stürzte Sara und lag zitternd im Schnee. Ein Offizier brüllte, sie solle aufstehen und richtete seine Waffe auf sie. Doch Sara blieb liegen und sah ihn an. Fast dachte ich, sie flehe ihn an zu schießen. Dann fiel der Schuss. Der Schnee um Sara herum färbte sich rot. Mit einem letzten Atemzug hauchte sie ihr Leben aus. Ich fasste Aggas Arm, damit sie sich nicht auf ihre Schwester stürzte und ebenfalls erschossen wurde. Doch Agga riss sich los, warf sich auf den Boden und umarmte ihre Schwester. Wieder hallte ein Schuss. Agga sackte über ihrer Schwester zusammen. Ihre Augen waren vor Entsetzen weit aufgerissen, doch ihr Blick war starr. Es blieb uns anderen nichts, als an den beiden vorbeizugehen. Wir schritten wie Marionetten mit versteinerten Gesich-*

*tern und voller Angst. Am Ende der Kolonne zogen Männer vom Sonderkommando einen Karren, auf dem sie die Leichen sammelten. Sie hielten an und hoben Sara und Agga auf den Karren. Die geschwächten Männer wendeten ihre ganze Kraft auf, um die beiden mageren Frauen hinaufzuheben. Ich beobachtete es aus den Augenwinkeln. Einer der Männer strich Sara und Agga sanft über die Wangen. Ich erkannte ihn. Es war Mosche Hirsch, der Rabbi aus Menden. Er flüsterte ein jiddisches Gebet. Ich hatte ihn hier im Lager kennengelernt. Er hatte mir erzählt, dass er zu krank gewesen sei, um deportiert zu werden. Das hätten ihm diese Nazis versprochen, doch sie hatten gelogen.*

*Irgendwann endete der Marsch auf einem Feld. Wir erhielten Schaufeln und mussten eine Grube ausheben. Sollte dies unser eigenes Grab werden? Viele weinten und beteten. Schließlich wurden wir aufgefordert, sofort den Rückmarsch zum Lager anzutreten. Wir sollten laufen, nicht gehen, was vielen von uns nicht mehr möglich war. Ich sah, wie die Männer vom Sonderkommando die Leichen vom Karren zur Grube schleppten und ahnte, was dort vor sich ging. Mit einer Gruppe von nur noch sechs Frauen und 18 Männern kehrte ich zwei Tage später nach Birkenau zurück. Mosche habe ich nie wieder gesehen.*

## Menden, 25. Dezember 1999

„Fröhliche Weihnachten, liebe Mormor."
Ben trat an Marias Bett und reichte ihr ein kleines Päckchen, das er in weihnachtliches Geschenkpapier eingewickelt hatte.
„Das ist das erste Weihnachtsgeschenk, das ich seit Jahren erhalte", sagte Maria gerührt, entfernte aufgeregt das Papier und

öffnete das Päckchen. Vorsichtig nahm sie den Bilderrahmen heraus und betrachtete das Foto darin. Es zeigte Gunnar, Marlene und Ben vor ihrem Haus. Das Bild war einige Jahre alt. Ben war darauf als Jugendlicher zu sehen. Die drei lachten unbeschwert in die Kamera.

„Das ist deine Familie", sagte Ben.

„Danke", flüsterte Maria gerührt.

Sie saß aufrecht im Bett und wirkte fast gesund. Ihre Wangen waren rosig und ihre Augen glänzten. Das weiße Haar war ordentlich gekämmt und die rosafarbene Strickjacke, die sie über dem Nachthemd trug, passte sich ihrem Teint an.

Ben nahm ihr das Bild ab, klappte auf der Rückseite den Ständer aus und stellte es auf den Tisch gegenüber des Bettes. So konnte Maria es sehen.

„Ich habe Saras Notizen in der Nacht gelesen", erwähnte er.

Maria sah ihn mit großen Augen an.

„Nie hätte ich gedacht, dass so viele Menschen zu Mördern wurden."

„Der Holocaust ist nicht zu erklären", entgegnete Maria. „Ich trage die Schuld mit, seit ich weiß, was meinen Freundinnen und ihren Familien passiert ist."

„Du hast keine Schuld", antwortete Ben.

„Ich wünschte mir damals, nie wieder jemanden zu verlieren. Darum wollte ich deine Mutter nicht gehen lassen."

„Aber sie ist gegangen."

„Ja, ich konnte es genauso wenig verhindern, wie ich Sara und Agga hätte retten können. Ich habe mein Leben mit Marlenes Wegzug verschenkt."

Ben nahm ihre Hand.

„Meine Wut und meine Trauer, dass Marlene sich über meinen Wunsch zu bleiben hinweggesetzt hat, habe ich Jahre mit mir herumgetragen. Dabei hätte ich den ersten Schritt machen sollen. Aber ich konnte ihr nicht verzeihen. Sie ging freiwillig und nicht wie die anderen geliebten Menschen, die ich durch den Krieg und den Holocaust verlieren musste."

Ben schwieg. Wäre seine Großmutter nicht so stur gewesen, hätte ihr Familienleben eine andere Wendung genommen. Es nutzte jedoch nichts, darüber nachzudenken, was hätte sein können.

„Ich habe nach dem Krieg nach Sara, Agga und ihrer Familie gesucht. Aber es gab keinen Hinweis, bis Lea Gottlieb mich besuchte. Lea hatte die Hölle wie durch ein Wunder überlebt und lebte nach dem Krieg eine Weile in einem Lager für Überlebende. Nachdem sie bei mir war, siedelte sie nach Palästina um und lebt bis heute in einem Kibbuz. Wir stehen in Briefkontakt. Sie ist mittlerweile 94 Jahre alt."

„Es ist wunderbar, dass sie nach all dem Leid ein neues, schönes Leben leben kann", fand Ben.

„Ich war erschüttert über den Holocaust. Während des Krieges waren wir davon ausgegangen, dass die Juden in Arbeitslager umgesiedelt wurden, damit sie die Wirtschaft durch ihre Arbeit aufrechterhielten, da die deutschen Männer im Krieg eingesetzt waren."

„Das klingt logisch, aber dem war nicht so. Es ist unfassbar und kaum zu begreifen", sagte Ben.

„Der Plan der Nazis war die ‚Endlösung' mit der Vernichtung aller Juden. Ich schäme mich entsetzlich für dieses Land, das mit dieser Vergangenheit bestehen muss. Neben den Juden wurden auch Zigeuner, Behinderte, Homosexuelle und Andersdenkende verhaftet. In den von Deutschen besetzten Ländern wurden Kriegsgefangene und Partisanen deportiert. Allein in Auschwitz sollen nach Schätzungen mehr als eine Million Menschen von deutschen Schlächtern ermordet worden sein."

„Weißt du, wer Sara und Agga damals verraten hat?"
„Ja. Mein Vater hat herausgefunden, dass es Elfriede Schwarz war. Sie hatte durch Zufall von dem Versteck erfahren und hatte es weitererzählt. Irgendwann wusste es jemand, dessen Vater für die Gestapo arbeitete. Als die Männer mein Elternhaus stürmten, waren Sara und Agga bereits mit den Kindern verschwunden. Die Ermittlungen führten nach Dortmund. Meine gesamte Familie wurde auf die ‚schwarze Liste' gesetzt. Wir sollten ebenfalls verhaftet werden. Aber offenbar hatten die Nazis mit den Juden genug zu tun, so dass wir bis zum Kriegsende ungeschoren davon kamen."

„Ich habe geahnt, dass es Elfriede war. Und sie ist ungestraft davongekommen", sagte Ben wütend und nahm sich vor, sie darauf anzusprechen.

„Wir gerieten damals in eine Starre, die sich erst nach Kriegsende löste. Es war nicht nur das Verschwinden unserer jüdischen Freunde, sondern ein Leben im Krieg, das man niemandem wünschen würde. Es wurde schlimmer, als man es in den schlimmsten Alpträumen nicht träumte."

Ben registrierte Marias Erschöpfung und wechselte das Thema. Er erzählte ihr von den Weihnachtsbräuchen in Schweden.

„An Heiligabend treffen sich Familie, Freunde und Bekannte und es gibt ein Julbord. Das ist eine festlich gedeckte Tafel mit kalten und warmen Speisen."

„Was gibt es bei euch für ein schwedisches Weihnachtsessen?", fragte Maria.

„Es gibt Fisch wie Lutfisk, das ist Stockfisch, Köttbullar, die kleinen Fleischbällchen, Julkorv, die Weihnachtswurst und Salate."

„Das hört sich lecker an", meinte Maria.

„Zum Dessert essen wir gerne süßen Reisauflauf und trinken Julmust und Glögg."

„Und danach platzt ihr?"
Maria lächelte und schloss die Augen.
„Wie schön wäre es, bei so einem Weihnachtsessen in Gesellschaft zu sein."
„Ja, es geht immer sehr lustig zu", antwortete Ben.
„Entschuldige, ich bin müde", flüsterte Maria und schlief ein.
Ben blieb eine Weile neben ihrem Bett sitzen und machte sich dann auf zu seiner Unterkunft. Er wollte sich einen Mittagsschlaf gönnen, denn auch er war müde. Die letzte Nacht hatte er nicht geschlafen.

„Frohe Weihnachten", rief Hubert Schwarz, als er Ben durch die Haustür kommen sah.
„Möchten Sie mit uns essen? Es gibt Ragout."
„Danke für das Angebot, aber ich habe eben in der Krankenhauscafeteria etwas gegessen."
„Oh, wenn Sie möchten, können Sie sich gerne zu uns setzen."
Auch das lehnte Ben ab. Auf eine Konversation mit Elfriede hatte er momentan keine Lust.
Trotz seiner Müdigkeit stieg er heimlich die Kellertreppe hinab, schaltete das Licht ein und fand aufgrund Marias Beschreibung den alten Schrank im hintersten Kellerraum. Er hockte sich hin und schob seine Hand unter den Boden. Wie Maria beschrieben hatte, waren Rollen darunter, um ihn gut zu bewegen. Ben erhob sich und schloss die Tür des Kellerraums, damit er nicht entdeckt wurde. Vorsichtig schob er den Schrank beiseite. Dahinter verbarg sich ein kurzer Gang, der in den Bunker führte. Er war überwältigt. Sein Herz raste und sein Atem ging schneller.
Es gab sogar Strom. Alles war so, wie Maria es erzählt hatte. Die Wände des Raums waren mit Holz verkleidet, es gab Etagenbetten und in der Mitte des Raums waren ein Tisch und Stühle der

zentrale Punkt. Die Bilder an der Wand und der kleine Elektroofen rundeten das Ensemble aus Inventar ab. Ben strich mit der Hand über den staubigen Tisch und setzte sich auf einen der Stühle. Mit Ehrfurcht ließ er seinen Blick durch den Raum schweifen. Am Tisch entdeckte er eine Schublade unter der Tischplatte, die er vorsichtig öffnete. Porzellanaugen starrten ihn an. Es lag eine kleine Puppe darin. Ben nahm sie und betrachtete sie. War dies die Puppe, die Tana geschenkt bekommen hatte? Hatte sie ihre kleine Freundin beim plötzlichen Aufbruch vergessen? Er strich über das Kleidchen und legte die Puppe behutsam in die Schublade zurück.

Mit geschlossenen Augen legte Ben den Kopf in den Nacken. Er dachte an Ebba, wie sie hochschwanger durch den Schnee spazierte und auf ihn wartete. Das Bild seiner Frau vor Augen, beruhigte ihn etwas. Doch dann verblasste es. Bilder von jungen Frauen und Kindern drängten sich davor. Er sah Sara, Agga und die Kinder hier unten im Bunker, wie sie am Tisch saßen und schweigend aßen. Er sah die Traurigkeit in ihren Blicken.

Betrübt öffnete er die Augen und schüttelte den Kopf. Dieser Raum ist voller Seelen, dachte er. Ihm war, als spüre er die Gegenwart der jüdischen Familie und seiner deutschen Vorfahren. Wie konnte es sein, dass er so empfänglich dafür war?

## 45. Lendringsen, 1943 - 1944

Die Amerikaner hatten in den Krieg eingegriffen und sich mit den Engländern verbündet. Gemeinsam führten sie in einer britisch-amerikanischen Bomberoffensive Luftangriffe aus. Die ersten Ziele der Bombardierungen waren Industrieschwerpunkte, um das Durchhaltevermögen der deutschen Zivilbevölkerung zu brechen. Als die deutschen Befehlshaber nicht kapitulierten, begannen Luftangriffe auf Städte und ihre Wohngebiete. Hauptsächlich waren es Nachtangriffe. Bis Mitte 1943 drangen die Alliierten bis in das Ruhrgebiet ein.

Maria war unentschlossen, ob sie mit Marlene in ihrer Wohnung bleiben sollte, oder ob sie dem Wunsch ihrer Eltern nachkam, bei ihnen zu wohnen. Schließlich entschied sie sich, in ihrer Wohnung zu bleiben. Alfred war ruhiger geworden. Er hatte eine schlimme Bronchitis und war dadurch geschwächt. Die Lebensmittelrationen, die Maria für die Lebensmittelmarken erhielt, gab sie Lydia, die sie zu ihren Lebensmitteln legte und sie bei Bedarf zum Einkauf nutzte. Darum war es möglich, ausreichende Mahlzeiten zu kochen und dass alle stets gemeinsam aßen.

Das Weihnachtsfest und den Jahreswechsel nahm Maria kaum als Fest wahr. Obwohl Lydia und Karl sowie ihre Eltern und Geschwister bemüht waren, an einem normalen und traditionellen Ablauf der Feiertage festzuhalten, lag auf allen eine Lethargie, die durch den Krieg bedingt war.

Maria dachte oft an Maximilian, Sara und Agga. Sie vermisste sie so sehr und sorgte sich um sie. Wo Sara und Agga mit den Kindern nach ihrer Flucht geblieben waren, hatte sie bisher nicht herausgefunden. Sie hoffte und betete, dass es ihnen gut ging. Sicher hatten sie irgendwo einen Unterschlupf gefunden und meldeten sich nur nicht, weil dies zu gefährlich war.

Einen Brief von Maximilian hatte sie in der Woche vor Weihnachten erhalten. Er hatte sich darin kurz gehalten und ihr und Marlene ein frohes Fest gewünscht. Jedes Lebenszeichen von ihm stimmte sie froh. Ihre Sehnsucht nach ihm war groß und wuchs immer, wenn sie Marlene ansah. Die Dreijährige hatte seine Gesichtszüge.

Die Feiertage vergingen still. Der Krieg zermürbte alle. Dazu kam die Angst vor der Ungewissheit.

Am 26. Januar 1944, sechs Tage nach Marias und Maximilians vierten Hochzeitstag, erhielt sie ein Telegramm, das auf ein kleines Päckchen geklebt war. Sie setzte sich mit Marlene auf dem Schoß in Lydias Küche und legte das Päckchen auf den Tisch. Karl und Lydia setzten sich zu ihr. Dass es kein verspätetes Weihnachtsgeschenk war, ahnte Maria und war nicht fähig, das Telegramm zu lesen. Es durfte nicht ihre Hoffnung zerstören. Doch Lydia drängte ihre Schwiegertochter, es endlich zu öffnen.

„Bitte lies es. Uns geht es doch auch etwas an. Maximilian ist unser Sohn", flehte sie.

Nur widerwillig entfernte Maria das Siegel, klappte das Papier mit zittrigen Händen auseinander und las:

*Leider müssen wir Ihnen den Tod Ihres Ehemannes Maximilian Winter mitteilen. Er starb als tapferer Soldat am 22.01.1944 den Heldentod ...*

Maria ließ das Blatt los. Es fiel auf den Boden. Lydia bückte sich und riss es an sich.

„Nein!", schrie sie. „Warum?"

Sie sah Maria verzweifelt an. Ihre Schwiegertochter hatte das Liebste verloren, das sie neben Marlene hatte und saß wie versteinert am Tisch. Marlene schlief auf ihrem Schoß ein. Karl schwieg. Lydia weinte hemmungslos.

Es polterte. Alfred riss die Tür auf und betrat die Küche.

„Dreht ihr alle durch oder was ist hier los?", fragte er ruppig.

Karl reichte ihm das Telegramm. Er las es und verließ die Küche, ohne ein Wort zu sagen.

Maria nahm das Telegramm und das Päckchen vom Tisch, erhob sich und ging mit Marlene in ihre Wohnung. Dort legte sie die Kleine in ihr Bett und setzte sich in den Ohrensessel, den Maximilian so geliebt hatte. Wie oft hatte er hier gesessen und die Zeitung gelesen oder Radio gehört.

Das Päckchen lag in ihrem Schoß. Sie hielt es mit beiden Händen umschlossen. Lange saß sie so da.

Es wurde Abend und dunkel im Wohnzimmer. Nach einer Weile schaltete sie die Stehlampe ein, die neben dem Sessel stand. Das Licht warf seinen schummrigen Schein auf das Päckchen in ihren Händen. Niedergeschlagen öffnete sie es und betrachtete weinend den Inhalt. Es waren Maximilians persönliche Gegenstände. Einige Fotos von Maria und Marlene, Briefe, die sie ihm geschickt hatte, eine Haarlocke von Marlene, sein Ehering, in dem Marias Name und das Hochzeitsdatum eingraviert waren sowie seine Erkennungsmarke und sein Wehrpass. Maria steckte ihre Nase in das Paket, so als wolle sie Maximilians Duft erspüren. Dann nahm sie den Ehering und küsste ihn. Der Schmerz fühlte sich an, als würde ihr Innerstes zerreißen. So wie Feuerglut, die in ihr brannte. Kurz dachte sie daran, sich zu töten, um mit Maximilian wieder vereint zu sein. All ihr Leid hätte ein Ende.

„Mama!", rief Marlene. Sie war aufgewacht. Maria antwortete, legte das Päckchen auf den Tisch und bewegte sich wie in Trance ins Schlafzimmer, um ihre Tochter aus dem Bett zu heben. Sie nahm sie auf den Arm. Marlene lehnte ihren blonden Lockenkopf an Marias Schulter. Sie strich ihr über das Haar, das so weich war, und nahm die Wärme ihres Kindes wahr. Ihre Todessehnsucht verebbte, sie musste für Marlene da sein. Nun musste sie ihre Tochter allein erziehen mit wenigen Mitteln. Gerade darum brauchte sie ihre Liebe umso mehr.

Maria setzte sich mit Marlene in den Sessel und streichelte ihren Kopf in gleichmäßigem Rhythmus. Das beruhigte sowohl das Kind als auch Maria. Marlene schlief schnell wieder ein. Auch Maria fiel in einen leichten Schlaf.

„Sei stark, Maria. Denk an unser Kind, denn sie ist ein Teil von mir. Bitte gib nicht auf", hörte sie Maximilian sagen. „Ich werde dich immer lieben, egal, wo ich bin. Gib unsere Liebe weiter an unser Kind. Du hast die Kraft dazu, meine Geliebte."

Maria sah ihren Mann, der vor ihr stand und seine Arme nach ihr ausstreckte. Als sie danach griff, war er verschwunden. Die Feuerglut in ihr kühlte sich ab und wurde von innerer Ruhe abgelöst. Neue Lebenskraft erfasste sie und verdrängte die Gedanken an die Selbsttötung.

Sie brachte Marlene zurück in ihr Bett, holte ihr Briefpapier aus dem Schrank, setzte sich an den Küchentisch und schrieb an Maximilians Kamerad Johann einen Brief. Sie hoffte, dass Johann noch lebte und ihr Antworten auf ihre Fragen geben würde.

Fünf Wochen später erhielt sie einen Brief von Johann. Gespannt öffnete Maria den Umschlag und zog das Blatt Papier heraus, das mit krakeliger Schrift beschrieben war.

*Liebe Maria,*

*ich drücke Dir mein herzlichstes Beileid aus. Auch ich trauere um meinen guten Freund. Maximilian war ein ganz besonderer Mensch.*

*Es ist erstaunlich, dass mich Dein Brief erreicht hat und ich möchte Deine Fragen gerne beantworten, sofern es mir möglich ist.*

*Nachdem Maximilian sich von seiner Schulterverletzung erholt* hatte, kehrte er zu uns an die Front zurück. *Die Rote Armee drängte unsere deutschen Frontlinien immer weiter zurück. Damals beim Einmarsch in die Städte hatte uns die russische Bevölkerung mit Blumen und Nahrungsmitteln beschenkt, weil sie uns für Befreier hielt. Nun, auf dem Rückzug, bewarfen sie uns mit Granaten. Wir befanden uns schließlich im Kessel um Volma bei Minsk und bezogen nach schweren Kämpfen Stellung. Ich war immer an Maximilians Seite und ich weiß, er hatte genauso große Angst wie ich. Viele Truppen, die kapituliert hatten, trafen im Kessel ein. Manche Truppen bestanden nur noch aus zehn bis fünfzehn Mann. Alle anderen waren gefallen. Die meisten der Männer waren demoralisiert und psychisch labil. Der Winter entzog uns die letzte Kraft. Jene, die versuchten zu desertieren, um zu ihren Familien zurückzukehren, wurden entweder von eigenen Leuten erschossen oder gerieten in die Fänge der Russen. Glaube mir, liebe Maria, ich mag Dir gar nicht alles beschreiben, was uns an der Front widerfahren ist. Grausige Bilder setzten sich in unseren Köpfen fest und zerfetzten moralische Auffassungen. Die Gerechtigkeit der Welt hatte ein Ende.*

*In einer kalten Januarnacht brachen russische Truppen in den Kessel ein und es gab eine weitere blutige Schlacht, in der wir unterlagen. Die Russen waren gut vorbereitet und hatten mit uns schwachen Soldaten ein leichtes Spiel. Sie kamen mit drei Armeen, einem Panzerkorps, etwa 2.500 Geschützen und mit Granaten und Raketenwerfern. Unsere Schützendivision wurde von hellen Scheinwerfern geblendet, als ein Rudel von T-34 Panzern mit gewaltigem Lärm anrückte. Sirenen heulten auf. Ohne Widerstand leisten zu können, wurde die deutsche Division quasi überrollt. Infanterie und Artillerie folgten den Panzern und wer jetzt aus der Schützendivision noch lebte, fand den sicheren Tod. Unsere Division befand sich sieben Kilometer entfernt, doch der*

*Lärm war zu hören und riss uns aus dem Schlaf. Wir bezogen Stellung und sichteten das Licht der Panzerscheinwerfer. Maximilian und ich hockten in einem Graben und schauten über die Kante. Beide hielten wir unsere Maschinengewehre bereit. Der Lärm der Panzer und Sirenen vermengte sich zu einem Höllenlärm. Mit der enormen Kraft der T-34 Panzer jagten Kanonen durch die Luft und Schüsse peitschten durch die Nacht. Es begann zu schneien.*
*Ich dachte noch, es ist ein Gruß des Himmels und bedeutet Gutes. Wir waren bald weiß von Schnee bedeckt. Dann gab es ein fürchterliches Krachen. Meine Augen brannten und ich wurde bewusstlos. Als ich erwachte, war ein neuer Tag angebrochen. Ich war steif vor Kälte und lag im Graben. Ich schob den Schnee über mir beiseite, richtete mich auf und tastete nach meinen Kameraden. Neben mir lag Maximilian. Er hatte viel Blut verloren. Liebe Maria, ich konnte nichts mehr für ihn tun, denn er war bereits verstorben. Aber ich nahm seine persönlichen Dinge aus seinem Rucksack, um sie dem Kommandanten zu übergeben.*
*Es ist ein Wunder, dass ich die Schlacht überlebt habe. Ich befinde mich noch im Lazarett und hoffe, dass ich bald nach Hause reisen darf.*
*Ich bin froh, dass Du Maximilians Sachen erhalten hast. Ich wünsche Dir viel Kraft und alles Liebe für eine hoffentlich gute Zukunft.*

*Mit besten Grüßen*

*Johann*

## 46. Mistelås, 15. Juni 2018

Mittlerweile war es Juni. Malin lebte seit nunmehr drei Monaten auf dem Svensson-Hof. Und fast genauso lange kannte sie Krister, den sie innig liebte. Es gab keinen Tag, an dem sie nicht zusammen waren. Malin half Krister seit dem Unfall von Bengt und Stina auf dem Hof. Dies beruhte auf Gegenseitigkeit, denn auch Krister unterstützte sie, wo er nur konnte. So wie Malin ihr Studium unterbrochen hatte, so musste Krister sein Interesse an der Schreinerei zurückstellen. Bengt und Stina waren aus dem Krankenhaus entlassen. Die Rehamaßnahmen wurden ambulant durchgeführt. Zudem kam ein Pflegedienst täglich ins Haus. Bengt war aufgrund seiner Kopfverletzung und einer Verletzung am Halswirbel nicht fähig zu gehen. Nur mit dem Rollstuhl konnte er sich fortbewegen. Krister hatte eine Rampe gebaut, die zur Haustür führte, wofür Bengt ihm dankbar war. Im Haus waren die Türen breit genug, um mit dem Rollstuhl hindurch zu passen. Weil das Schlafzimmer im Erdgeschoss war, gab es keinen Bedarf, im Haus umzubauen. Bengt war zuversichtlich, demnächst wieder auf eigenen Beinen zu stehen. Stina hatte sich gut erholt. Zwar hatte sie des Öfteren Kreislaufprobleme, doch diese bekam sie mit der passenden Medizin in den Griff.

Bengt war derzeit nicht fähig, Krister etwas beizubringen und Krister mochte einen anderen Schreiner nicht fragen. Auf dem Hof und im Wald gab es für ihn genug zu tun. Über Malins Hilfe war er froh, obwohl ihn manchmal ein schlechtes Gewissen plagte.

„Wie wäre es, wenn wir heiraten und eine ganze Horde Kinder bekommen?", fragte Krister Malin eines Abends.

Die beiden saßen am Ufer des kleinen Sees. Krister hielt die Angel ins Wasser und hoffte auf einen Hechtbiss.

„Warum sagst du nichts?"

Er drehte seinen Kopf und sah Malin an. Sie schwieg.

„Warum schaust du so entsetzt?"

„Entschuldige", antwortete sie. „Ich schaue nicht entsetzt, sondern überrascht."

„Warum überrascht dich das? Ist es nicht normal, zu heiraten, wenn man sich liebt?"

„Ähm, wir kennen uns doch gerade erst. Braucht man nicht etwas länger Zeit, um sicher zu sein, dass man das ganze Leben miteinander verbringen möchte?"

Krister sah enttäuscht auf seine Angel.

„Okay, dann eben nicht", sagte er traurig.

„Bitte, verstehe mich nicht falsch. Ich liebe dich."

Malin legte ihren Arm um seine Schultern.

„Aber du liebst mich nicht genug, um dein Leben mit mir zu verbringen", meinte er trotzig.

„Muss man denn dafür heiraten?"

„Ach, vergessen wir es und genießen den Augenblick", schlug er vor.

Malin spürte, dass er niedergeschlagen war, und suchte die richtigen Worte.

„Gib uns etwas Zeit", bat sie ihn.

Krister nickte. Etwas zog an seiner Angel. Schnell sprang er auf und kurbelte die Schnur ein. Die Angel zuckte und bog sich kräftig. Ein Fisch hatte gebissen und wehrte sich. Doch Krister gelang es, ihn aus dem Wasser zu ziehen. Es war ein großer Hecht. Krister entfernte den Haken und gab ihm einen Schlag auf den Kopf. Routiniert nahm er den Fisch aus und warf ihn in den Eimer. Malin wendete sich ab. Sie mochte es nicht, Tiere zu töten.

Mit Schwung warf Krister die Angel wieder aus und setzte sich auf den Boden, auf dem Malin eine Decke ausgebreitet hatte. Sie saß neben ihm und beobachtete zwei Enten, die angeflogen kamen und sanft auf dem See landeten. Nahe des Schilfs lugten die Augen von Fröschen aus dem Wasser, tauchten ab und an anderer Stelle wieder auf. Es war so friedlich. Die Sonne sank und versteckte sich auf der anderen Seite des Sees hinter dem Wald. Die Wolken leuchteten rot und spiegelten sich auf der Wasseroberfläche.

Malin schaute Krister an. Der Sonnenuntergang spiegelte sich in seinen Augen. Sie lächelte. Ja, er war der Mann, mit dem sie zusammen sein wollte.

„Wir könnten nächstes Frühjahr heiraten", sagte sie und erschrak. Hatte sie das wirklich gesagt?

„Ja", rief Krister, ließ die Angel fallen und umarmte Malin so stürmisch, dass sie zur Seite kippten. Sie lachte und gab ihm einen Kuss, den er erwiderte.

„Du darfst aber nicht böse sein, wenn ich in Stockholm mein Studium wieder aufnehme", erklärte sie.

„Möglicherweise möchtest du gar nicht mehr studieren, wenn du mit mir verheiratet bist."

„Na, warte ab, was ich alles mache, wenn ich verheiratet bin", lachte Malin. „Lehrerin zu sein, stelle ich mir wunderbar vor. Vielleicht kann ich an der Schule in Rydaholm oder in Moheda arbeiten."

„Das wäre schön, dann könntest du unsere eigene Horde Kinder unterrichten", überlegte Krister.

„Also, erst willst du heiraten und dann willst du eine Horde Kinder. Du fragst überhaupt nicht, ob ich auch eine Horde Kinder bekommen möchte", schimpfte Malin mit gespielter Entrüstung.

„Oh, du wirst es wollen, weil ich ein unwiderstehlicher Vater sein werde", lachte er und küsste sie.

Bis in den späten Abend lagen sie nebeneinander auf der Decke und malten sich ihre gemeinsame Zukunft aus. Es war noch hell. In einigen Tagen war Mittsommer, die Sommersonnenwende. In Schweden war es der längste Tag des Jahres, an dem es auch in der Nacht hell blieb.

Mücken surrten um sie herum und es hatte sich merklich abgekühlt. Sie packten alles zusammen. Krister zog die Angel ein und nahm den Eimer mit dem Hecht. Still liefen sie hinauf zum Hof und brachten den Hecht in Malins Küche. Dort reinigte Krister den Fisch, wickelte ihn in ein Tuch und legte ihn in den Kühlschrank. Danach lief er nach Hause zu Bengt und Stina, war ihnen behilflich und kam anschließend zum Svensson-Hof zurück.

Währenddessen hatte Malin geduscht und es sich im Bett gemütlich gemacht. Sie las in Marias Tagebuch. Krister beeilte sich, zu duschen, und schlüpfte zu Malin unter die Decke.

„Ich wärme dich, meine zukünftige Frau", flüsterte er und nahm sie in den Arm. Malin legte das Tagebuch beiseite und kuschelte sich in seine Arme.

„Ich bin froh, dass ich keinen Krieg erlebt habe und es hoffentlich niemals erleben werde", sagte sie leise. In der Nacht träumte sie wirr von fremden Menschen, die ihr gegenübertraten und behaupteten, ihre deutschen Vorfahren zu sein.

## 47. Lendringsen, März 1944

Es hatte einige Luftangriffe auf Menden und Lendringsen gegeben, bei denen Menschen gestorben waren. Auch in Lendringsen war eine Frau tödlich verletzt worden. Maria kam es so vor, dass sie immer häufiger den bedrohlichen Lärm der Flieger hörte. Nicht immer warfen sie Bomben ab, sondern flogen in Form eines Vogelschwarms in Richtung Ruhrgebiet. Es waren amerikanische und britische Bomber. Die Lage war ernst, jederzeit konnten Bomben auf Wohngebiete fallen, wenn den Angreifern die Zerstörung wirtschaftlich wichtiger Ziele nicht mehr ausreichte und sie die Zivilbevölkerung ins Visier nahmen.

Britische Lancasters hatten im letzten Frühjahr die Möhnetalsperre zerstört und eine Flut ausgelöst, die sogar in der Nachbarstadt Fröndenberg Schäden angerichtet hatte.

Eines Nachts schreckte Maria vom Heulton der Sirene auf. Sie nahm Marlene aus ihrem Bett und trug sie hinunter in den Keller. Dort harrte sie mit Karl, Lydia und Alfred aus. Karl hatte Bettgestelle gebaut und an die Wand gestellt. Zudem hatte er Stützen angebracht und damit die Decke stabilisiert. Die Detonationen der Bomben ließen den Boden erzittern. Putz rieselte von der Decke und bedeckte alle mit einer weißen Staubschicht. Marlene wimmerte. Nach nur wenigen Minuten war der Angriff vorbei und die Sirenen gaben Entwarnung. Dies wiederholte sich immer häufiger.

Lydia und Maria beschlossen, eine Kiste mit Konserven in den Schutzkeller zu stellen. Somit hatten sie Lebensmittel für den Fall, dass sie längere Zeit dort unten bleiben mussten.

Es wurde ein weiterer Kampf ums Überleben. Maria kam kaum noch zur Ruhe und hatte Angst um Marlene. Ihre Eltern drängten sie weiterhin, sie solle zu ihnen zu ziehen. Sie hätten genug Platz im ‚Quartier', dem ehemaligen Versteck von Sara und Agga. Auch Karl, Lydia und Alfred luden sie ein. Doch Karl und Lydia lehnten das Angebot ab. Darum entschied Maria sich, bei ihren Schwiegereltern und ihrem Schwager zu bleiben.

Die Flieger warfen mittlerweile auch tagsüber ihre Bomben ab. Als wieder die Sirene heulte und Maria mit Marlene auf dem Arm die Kellertreppe hinunter stürmte, stieß sie mit Karl zusammen.

„Maria, unser Keller ist zu unsicher. Lass uns in den Bunker am Ende der Straße laufen", schrie Karl. Er war außer sich. Die Angst zehrte an seinen Nerven.

„Wir könnten zu meinen Eltern ..."

„Nein, der Bunker ist näher", unterbrach Karl seine Schwiegertochter.

Sie stimmte zu. Den Bunker hatten Karl und einige ältere Männer aus der Nachbarschaft gebaut, die nicht zum Kriegsdienst eingezogen worden waren.

Gemeinsam mit Karl und Lydia, lief Maria mit Marlene auf dem Arm an den Nachbarhäusern entlang, vorbei am Friedhof, um zum Bunker am Ende der Straße zu gelangen. Alfred folgte ihnen humpelnd. Als eine Bombe unweit von ihnen in ein Wohnhaus einschlug, zog Karl Maria und Marlene geistesgegenwärtig hinter eine Gartenmauer. Sie warfen sich auf den Boden. Marlene schlug sich den Kopf an einem Stein an und weinte. Maria schmiegte sich an sie und sprach beruhigend auf sie ein. Weitere Bombeneinschläge verursachten einen Höllenlärm. Die Erde bebte. Krachen und Donnern dröhnten in Marias Ohren. Splitter und Trümmer flogen durch die Luft. Etwas traf die Mauer. Ziegel lösten sich und fielen auf die Schutzsuchenden. Ein Ziegel traf Maria an der Stirn. Warmes Blut floss über ihre Wange.

Plötzlich war es still. Nach einer Weile hob sie den Kopf und sah nach Karl und den anderen. Karl lag neben ihr und hatte seinen Kopf unter den verschränkten Armen vergraben. Er atmete. Lydia und Alfred waren nicht zu sehen.

„Wo ist Lydia?", rief Maria besorgt.

Karl regte sich und hob den Kopf. Suchend sah er sich um.
„Lydia?", rief er und stand auf. Er reichte Maria die Hand und half ihr aufzustehen. Sie schauten über die Mauer. Auf der Straße lag Schutt. Das getroffene Haus brannte. Ein Mann krabbelte auf allen vieren über die Straße. Auf der anderen Seite lagen Menschen. Maria erkannte nicht, ob sie lebten.
„Lydia! Alfred!"
Karl brüllte die Namen seiner Frau und seines Sohnes. „Lydia! Alfred! Wo seid ihr?"
„Oma!", rief Marlene und beteiligte sich an der Suche. Maria schaute sie erstaunt an. Marlene stand neben ihr und sah zu ihr auf. „Wo ist Oma?"
Maria traten Tränen in die Augen. In was für eine Welt hatte sie ihr Kind geboren? Die Dreijährige wurde mit dem Schrecken groß.
Karl nahm Marlene auf den Arm und trug sie entlang der Mauer. Maria folgte ihm. Sie waren auf der Hut und schlichen eher, als dass sie gingen. Die Sirene hatte noch keine Entwarnung gegeben. Als sie auf die Straße kamen, sahen sie, dass ein weiteres Haus getroffen war und brannte. Trümmer aus Ziegeln, Dachpfannen und Holzbrettern lagen verstreut.
Die Drei gingen daran vorbei. Maria stockte der Atem, als sie einen Arm aus einem Trümmerhaufen ragen sah. Sie erkannte den Ring am Finger, in den ein blauer Saphir eingefasst war. Es war Lydias einziger Wertgegenstand und sie trug den Ring mit Stolz. Mit zittriger Hand tippte Maria ihren Schwiegervater an die Schulter und zeigte darauf. Karl reichte ihr Marlene und eilte die wenigen Meter dorthin. Er fand seine Frau, die unter Steinen und Schutt begraben war. Vorsichtig befreite er sie, zog sie ein Stück zur Seite und hockte sich neben sie. Mit beiden Händen hielt er ihren Kopf. Lydia lebte, doch sie blutete aus zahlreichen Wunden,

die ihr die Trümmerteile zugefügt hatten.
Maria und Marlene setzten sich neben sie auf den Boden. Maria nahm ihre Hand. Lydia schaute Marlene mit trüben Augen an.
„Meine geliebte Marlene", stammelte sie. „Maria, versprich mir, dass du sie immer beschützt."
Maria nickte und streichelte Lydias Hand.
„Karl, sei tapfer", flüsterte sie stockend.
„Mein Schatz, bitte verlass uns nicht", weinte er.
Lydias verwunderter Körper bäumte sich auf und sackte wieder zusammen.
„Karl", hauchte sie.
„Lydia! Bitte, geh nicht! Bleib!", brüllte Karl voller Verzweiflung.
Doch Lydia starb in seinen Armen. Maria und Marlene weinten ebenso wie Karl. Wie viele geliebte Menden sollten ihnen noch genommen werden?
Die Sirene heulte auf, jedoch nicht zur Entwarnung. Das Brummen der sich nähernden Bomber vermochte die Sirene mit ihrem Heulton nicht zu überdecken. Hilflos sah Maria ihren Schwiegervater an, der Lydia immer noch in seinen Armen hielt und weinte.

„Was tun wir?", fragte Maria.
„Ich lasse Lydia nicht allein. Lauf du mit Marlene zum Bunker", rief er.
Als Maria unschlüssig vor ihm stand, brüllte er: „Geh!"
Kurz zögerte sie, dann nahm sie Marlene auf den Arm, die schweigend neben ihrem Großvater gehockt hatte, und lief bis ans Ende der Straße. Karl hatte ihr den Weg beschrieben und darum fand sie den Eingang in den Bunker in einem der Gärten gegenüber der Kirche.
Im Bunker war es eng, die Luft war stickig. Eine Nachbarin rief

Maria zu, sich zu ihr zu setzen. Sie reichte ihr ein feuchtes Tuch, mit dem Maria sich dankbar durchs Gesicht wischte.
Es dröhnte, der Boden zitterte, Staub rieselte. Sie gewöhnte sich daran. Besorgt dachte sie an Karl, der oben auf der Straße seine tote Frau schützte, und an Alfred, von dem sie nicht wusste, wo er abgeblieben war. Hoffentlich ging es ihren Eltern gut. Es wurde still draußen. Die Menschen im Bunker sprachen leise miteinander. Maria hörte nur Wortfetzen. In ihren Ohren pfiff es. Sie bat ihre Nachbarin Edith, auf Marlene aufzupassen, damit sie nach ihrer Familie suchen konnte. Marlene war so müde, dass sie nicht weinte, als Maria sich mit einem Kuss verabschiedete. Sie lag bei Edith im Arm und döste.

„Ich bleibe mit ihr hier unten, bis du zurückkommst", sagte Edith und nickte Maria aufmunternd zu.

„Danke", antwortete sie und machte sich auf den Weg zurück zu Karl. Beißender Rauch stieg ihr in die Nase, als sie den Bunker verließ. Ihre Augen brannten. Rasch hob sie ihren Arm und schob ihr Gesicht in die Ellenbeuge. Ein weiteres Haus war getroffen und brannte. Sie bahnte sich einen Weg durch den Rauch und die Trümmer auf der Straße. Dort lagen Verletzte, die es nicht früh genug in den Bunker geschafft hatten. Es war keine Zeit, ihnen zu helfen, sie musste zu Karl.

Wurde ihr Herz zu Stein?, fragte sie sich. Nein, sagte eine Stimme in ihr, in diesen Zeiten hilft sich jeder nur selbst.

Bald hatte sie ihren Schwiegervater erreicht. Er saß mit Lydia im Arm am Straßenrand neben dem Trümmerhaufen, unter dem sie begraben gewesen war.

„Karl!", rief Maria erleichtert.

Er war voller Staub, aber er war unverletzt und nickte ihr zu.

„Wir müssen Lydia nach Hause bringen", sagte er. „Und wir müssen Alfred suchen."

„Ja", antwortete Maria.

„Wo ist Marlene? Es ist ihr doch hoffentlich nichts passiert?", fragte er besorgt.

„Nein, sie ist bei Edith geblieben und schläft."

Karl legte Lydia sanft auf den Boden, reckte sich, schob seiner Frau seine Arme untern den Rücken und hob sie hoch. Langsam und mit schweren Schritten trug er sie heim.

„Sieh nur, unser Haus steht", stammelte er erschöpft, als sie den Gartenzaun erreichten.

Maria half ihrem Schwiegervater, Lydia ins Haus zu bringen und auf das Ehebett zu legen.

„Wir müssen dem Pastor Bescheid geben", sagte Karl. Seine Lippen bebten. Er kämpfte mit den Tränen.

„Doch zunächst suchen wir Alfred", schluchzte er.

Gemeinsam suchten sie nach ihm.

„Er ging doch hinter uns, als die Bomben fielen", meinte Karl.

„Wir gehen den Weg noch einmal."

Unterwegs unterstützten sie andere verzweifelte Menschen, Verletzte unter Trümmern zu bergen. Karl hoffte, dass Alfred darunter war. Leider bestätigte sich seine Hoffnung nicht. Es wurde Nacht. Die immer noch brennenden Häuser erhellten die Straße. Karl und Maria wollten die Suche nicht abbrechen. Als jedoch erneut die Sirene aufheulte und sie das Dröhnen der Flieger hörten, entschieden sie sich, zum Bunker zu laufen.

Marlene schlief dort auf einer Pritsche. Edith hatte ihr eine Decke übergelegt.

„Es lohnt nicht, den Bunker zu verlassen", schluchzte sie und reichte Karl und Maria eine kleine Schüssel, die mit Erdbeeren gefüllt war. Maria fiel auf, wie hungrig sie war. Sie hatte seit dem kargen Frühstück nichts gegessen. Dankbar nahm sie das Obst an und teilte sich die Portion mit Karl.

„Esst nur, sagte Edith. Ich habe reichlich davon. Sie sind aus meinem Garten."

Dieses Mal dauerte die Bombardierung bis in die Morgenstunden. An Schlaf war nicht zu denken. Als es endlich Entwarnung gab, bat Maria Edith erneut, auf Marlene aufzupassen, damit sie Karl bei der Suche nach Alfred helfen konnte.

Wo sie auch suchten, sie fanden ihn nicht. Ediths Mann kam Karl und Maria entgegen. Er hatte bei der Versorgung der Verletzten geholfen.

„Habt ihr Alfred nicht gefunden?", fragte er.

Karl verneinte traurig.

„Schaut mal auf dem Friedhof, dorthin wurden die Toten gebracht. Sie liegen hinter der Mauer in einer Reihe, damit die Angehörigen sie finden."

Kurz darauf waren Karl und Maria am Friedhof angelangt und fanden die Toten abgedeckt unter Tüchern.

„Ich hoffe, Alfred ist nicht darunter", seufzte Karl.

Stumm zeigte Maria auf das Ende der Reihe. Schuhe schauten unter einem Leichentuch hervor. Es waren Alfreds Schuhe. Mit Entsetzen näherten sie sich. Karl hockte sich neben die Leiche, hob vorsichtig das Tuch an, um das Gesicht zu sehen, und brach in Tränen aus. Maria legte ihre Hand auf seinen Rücken, um ihn zu trösten. Auch aus ihr brach die Trauer heraus. Sie weinte um Maximilian, Lydia, Alfred, Agga, Sara, Levi, Tana und all die vielen anderen Toten und Vermissten.

„Mein Beileid. Bald werden Särge gebracht, damit wir die Toten beerdigen können", sagte jemand hinter ihnen. Maria drehte sich herum. Es war der Pastor. Er reichte beiden die Hand. Karl berichtete ihm von Lydia, die zu Hause auf dem Bett lag.

„Wir werden ein Gemeinschaftsgrab für Lydia und Alfred vorbereiten", sagte der Pastor und drehte sich zu einem älteren Mann herum.

„Ist es möglich, dass du einen Sarg zum Haus von Herrn Winter bringst?"

„Ja, eventuell schaffe ich es im Laufe des Tages", erklärte der Mann, der müde aussah.

„Das ist Schreiner Müller, er hat dieser Tage reichlich zu tun, denn er baut die Särge", berichtete der Pastor.

Doch Karl und Maria hörten in ihrer Trauer nicht zu.

Im Tränenschimmer erkannte Maria einige Männer, die Gräber ausschaufelten. Es gibt immer jene, die an dem etwas verdienten, was andere verloren haben, dachte sie.

„Heute Abend beten wir gemeinsam für die Toten dieses Tages, danach beerdigen wir sie", sagte der Pastor.

Am Nachmittag kam der Schreiner mit zwei weiteren Männern und dem Sarg für Lydia. Sie betteten sie darin, verschlossen den Sarg und erklärten, dass sie Lydia nun zum Friedhof brächten.

„Ja", stimmte Karl traurig zu. „Bringt sie zu ihrem Sohn. Wir kommen nach."

Bevor Karl und Maria sich auf den Weg zum Friedhof machten, holte Maria ihre Tochter bei Edith ab und sah bei ihren Eltern nach dem Rechten. Sie hatten die Bombardierungen überstanden und sich im Quartier versteckt.

Lydias und Alfreds Tod verkraftete Karl nur schwer. Er aß kaum und ließ sich gehen. Die Tage verbrachte er wie in Trance. Nur bei Fliegeralarm raffte er sich auf und folgte Maria in den Bunker. Obwohl Karls Haus bisher unversehrt geblieben war, beschloss Maria, mit Marlene und Karl zu ihren Eltern zu ziehen. Es schien, als nähme Karl den Umzug gar nicht wahr. Fritz und Erna stellten ihm ein Zimmer zur Verfügung und bei Fliegeralarm nahmen sie ihn mit ins Quartier.

## 48. Lendringsen, April 1945

Das Leben der Menschen wurde bestimmt von Bombardierungen, Hunger und Angst. Die Wasser- und Stromversorgung war zusammengebrochen. Jedoch war der alte Brunnen in Sewalds Garten gut gefüllt. Fritz und Karl reparierten die Kurbel und hängten eine Eisenkette mit einem Eimer daran hinein. Das Wasser hatte beste Qualität und rettete die Familie davor, durch verunreinigtes Wasser zu erkranken.

In den Lebensmittelgeschäften blieben die Regale meist leer. Der Überlebenskampf gab der Bevölkerung ein neues Gesicht. Plünderungen nahmen zu. Menschenleben zählten schon lange nicht mehr. Einige Banden hatten sich organisiert und zogen durchs Land. Sie plünderten, mordeten und vergewaltigen, und machten auch vor Lendringsen nicht halt. Das war für die Sewalds Anlass, das Haus besser zu bewachen, nachts Fenster und Türen zu verriegeln und dauerhaft im Quartier zu übernachten. Dort fühlten sie sich sicher. Froh war die Familie, dass die Hühner bisher nicht gestohlen worden waren. Sie schlossen die Tiere nachts im Stall ein. Maria gab ihnen täglich eine kleine Ration Futter und als sei es ein Ausgleich, trug sie dankbar die Eier in die Küche. Ebenso waren die Ziegen wohlauf. Erna melkte sie jeden Tag und verarbeitete die Milch zu Käse. Fritz und Karl wurden Helden im Organisieren. Sie besorgten Petroleum für die Lampen und Holz für den Herd. Manchmal erinnerte Maria die Arbeit im Haushalt an die Zeit vor dem Krieg, als ihr Tagesablauf als Hausfrau normal gewesen war. Diese Normalität wünschte sie sich zurück.

Ohne Strom war das Radiohören unmöglich. Fritz besorgte jeden Tag eine Zeitung, sofern die Tageszeitung gedruckt wurde. Ihm war wichtig, die neusten Informationen über das Kriegsgeschehen zu bekommen. Es wurde zudem viel erzählt. Die Russen und die Amerikaner rückten näher, hieß es.

Als das Haus von Nachbarn durch einen Bombenangriff zerstört wurde, nahmen die Sewalds die Familie auf. Frau Husmann und ihre vier Kinder hatten alles verloren. Der Vater war im Krieg gefallen. Als Witwe wusste Frau Husmann kaum, wie sie ihre Kinder ernähren sollte. Ein Schicksal, das Tausende von Frauen betraf.

Im Quartier wurde es mit so vielen Menschen eng. Die Nerven aller waren angespannt, der Hunger schwächte und die Wut auf Hitler wuchs immer mehr. Maria war bemüht, ihre Gefühle wie hinter einem Schleier zu verstecken, doch das war trügerischer Schein.

Im März 1945 stießen die Amerikaner nördlich des Ruhrgebiets bis nach Westfalen vor und kesselten im April die deutsche Heeresgruppe im Ruhrgebiet ein. Das deutsche Heer war unterlegen und wich vor den Angriffen der Amerikaner zurück. Zudem fehlte es den Deutschen mittlerweile an Kampfmoral, deshalb kapitulierten sie und riskierten damit ihr Leben, denn Hitler forderte, keinen noch so kleinen Fleck des deutschen Landes kampflos freizugeben. Beim Weitermarsch der Amerikaner wurde die Zivilbevölkerung aufs Neue auf eine harte Probe gestellt.

Mitte April nahmen die Amerikaner Menden ein und drangen bis nach Lendringsen, Asbeck und Eisborn vor.

Die Lendringsener hatten eine weiße Flagge am Turm der St. Josefskirche angebracht und zeigten damit, dass sich die Zivilbevölkerung ergab.

Maria und ihre Familie zog es vor, auch tagsüber im Quartier zu bleiben. Maria hatte Schüsse gehört, als sie die Hühner gefüttert hatte. Die Angst vor neuem Gräuel ergriff sie. Eines Morgens hockte sie mit Marlene auf einem Kissen auf dem Boden und betete. Marlene war mittlerweile viereinhalb Jahre alt und kannte nichts anderes als Krieg und Not. Sie war ein stilles Mädchen, das ihrer Mutter kaum von der Seite wich. Für Maria war ihre Tochter zum einzigen Sinn ihres Lebens geworden. Sie schenkte dem Kind all ihre Liebe und beschützte es, soweit es ihr möglich war. Doch ihre Angst konnte sie vor Marlene nicht verstecken.

Als Fritz die Angst seiner Tochter bemerkte, bot er ihr an, sich von nun an um die Hühner zu kümmern.

„Nein, ich versorge sie weiter. Wenigstens ein Mal am Tag möchte ich den Himmel sehen", antwortete Maria darauf.

Einige Tage später kehrten Fritz und Karl von einem Rundgang durch Lendringsen zurück.

„Die Amis haben einige Häuser in Menden und Lendringsen in Beschlag genommen. Die Offiziere wohnen darin", erzählte Fritz und schaute die Frauen bedrückt an.

„Seid auf der Hut, wenn ihr das Quartier verlasst. Es gibt Gerüchte, dass die Amis jede Frau vergewaltigen, die ihnen über den Weg läuft. Bitte seid vorsichtig", warnte er. Karl bestätigte dies.

Erna, Maria und ihre Schwestern sowie Frau Husmann sahen die beiden Männer bestürzt an. Wann gab es positive Nachrichten? Endlich gab es keinen Flugalarm mehr, doch das machte neuen Gräueltaten Platz.

„Wann hört es auf?", fragte Erna ängstlich.

In den nächsten Tagen wagten sich die Frauen nicht aus dem Versteck. Selbst Maria wollte nicht zu den Hühnern. Fritz und Karl versorgten die Tiere, melkten die Ziegen und besorgten Wasser.

„Ich habe nicht einen Ami gesehen", meinte Karl an einem Abend.

„Dennoch ist Vorsicht geboten", betonte Fritz.
Maria sah ihren Vater und ihren Schwiegervater nachdenklich an.
„Ab Morgen versorge ich die Hühner wieder", sagte sie.
„Und ich werde das Ziegenmelken übernehmen", erklärte Erna.
Am nächsten Morgen verließ Maria das Quartier und freute sich, endlich den Himmel wieder zu sehen. Die Kirchenglocke läutete. Maria hörte den Hall verzerrt, denn es stürmte und regnete. Sie zählte die Glockenschläge. Es war neun Uhr. Auf dem Weg zum Hühnerstall blieb sie stehen und streckte die Arme zum Himmel empor. Regentropfen rannen an ihren Armen herunter, erreichten ihre Achseln, durchnässten ihre Bluse und kühlten ihre Haut an Bauch und Rücken. Der Wind blies in ihre Haare und löste einige Strähnen, die ihr ins Gesicht fielen und an denen Wasser heruntertropfte. Sie folgte dem Weg der Tropfen und beobachtete, mit welcher Schnelligkeit sie auf den Boden fielen und dort zerplatzten wie Luftballons. Sie versprengten sich in alle Richtungen, so dass winzige Tröpfchen erneut auf den Boden platschten. Maria liebte den Regen, gab sich diesem Moment hin und genoss ihn. Die Natur mit ihren Gezeiten blieb vom Krieg unberührt. Still verharrte sie mit geschlossenen Augen und atmete die feuchte Luft ein. In diesen Minuten war sie glücklich.
Stimmen drangen von der Straße bis in den Garten. Maria riss die Augen auf und sah zwei Männer, die über den Zaun sprangen und mit boshaftem Blick auf sie zugingen. „Sei vorsichtig", hatte ihr Vater sie gewarnt. Als sie sich umdrehte, um fortzulaufen, rannten ihr die Männer hinterher. Sie lief um den Hühnerstall und schlug den Weg zum Haus ein. Doch einer der Männer war schneller und packte sie am Arm. Sie stürzte zu Boden. Laut schrie sie um Hilfe. Aber einer der Männer stellte seinen Fuß auf ihren Rücken und drückte sie auf den nassen Boden.
„Quiet!", brüllte der andere.

Maria war in die Fänge von amerikanischen Soldaten geraten. Sie zerrten sie an den Armen zum Hühnerstall und öffneten die unverschlossene Tür. Die Hühner flatterten erschrocken auf und gackerten aufgeregt. Federn und Staub flogen durch die Luft. Maria versuchte mit aller Kraft, die Männer zu treten und biss einem in die Hand. Einer der beiden zog seine Pistole aus dem Halfter und drückte sie Maria fest gegen die Stirn. Sie starrte auf die Uniform und las seinen Namen, der auf die Brusttasche gestickt war. ‚G. Smith' stand dort, darüber war die amerikanische Flagge gestickt. Der andere Mann öffnete seine Hose. „Let's go, Miller!", brüllte Smith und feuerte seinen Kameraden an. Er presste Maria auf den Boden und drückte ihr weiterhin die Pistole an die Stirn. Sie wehrte sich nicht mehr. Was nutzte es? So oder so werde ich gleich tot sein, dachte sie.

Miller hatte seine Hose bis zu den Knien heruntergezogen und hockte über ihr. Er schob ihren Rock nach oben, spreizte ihre Beine und zerriss ihren Schlüpfer. Smith riss mit seiner freien Hand an Marias Bluse, bis die Knöpfe in die Luft sprangen. Er griff an seine Hose und zog ein Messer, das er ausklappte und ihren BH damit zerschnitt. Nun lag ihr Oberkörper frei. Sie sah den Trieb in seinen Augen. Smith zog ihre Arme nach hinten und kniete sich darauf, so dass sie sich nicht regen konnte. Mit einer Hand hielt er die Pistole, mit der anderen rieb er ihre Brust.

Miller stöhnte und drang mit Wucht in sie ein. Vor Schmerz wandte sie den Kopf zur Seite und betrachtete die Hühner, die aufgescheucht hin und her rannten. Dadurch wirbelten sie eine Vermengung aus Körnern und Kot, Eierschalen und Heu hoch. Maria atmete den Gestank ein und nieste. Ich muss den Stall ausmisten, dachte sie und überlegte, woher sie Sägespäne bekam. Der Schmerz, den Miller ihr bereitete, riss sie in die Realität zurück. Sie bäumte sich auf und schaute ihm hasserfüllt in die

Augen. Er lachte, hob den Kopf in den Nacken und stöhnte laut auf. Dann sackte er über ihr zusammen. Ihr war, als würde er die Luft aus ihren Lungen pressen.
Sie hörte Smith fluchen. Er stieß Miller mit dem Fuß von ihr herunter. Miller lachte, stand auf und zog seine Hose hoch. Während er sich eine Zigarette anzündete und genüsslich daran zog, warf sich Smith auf Maria und drang in sie ein. Sie schrie auf vor Schmerz. Er schlug ihr brutal ins Gesicht. Mit einer Hand griff er in ihr Haar und riss daran. Mit der anderen hielt er ihren Oberschenkel. Er stöhnte. Speichel rann aus seinem Mund. Er beugte sich vor und biss in ihre Brust, dann schob er seine Zunge über ihren Hals bis zum Mund. Als er sie küssen wollte, würgte sie und drehte ihren Kopf erneut zur Seite. Miller, der seine Zigarette rauchte, rieb eine Hand zwischen seinen Schenkeln. Smith schrie auf und ließ kurz darauf von ihr ab. Leise sprach er mit Miller. Maria hätte ihn auch nicht verstanden, wenn er laut geredet hätte, sie beherrschte die fremde Sprache nicht. Smith kniete sich neben sie auf den Boden und drückte die Mündung seiner Pistole an ihre Stirn. Maria war es egal, sollte er sie doch erschießen.
„Don't do it!", schrie Miller und zog Smith zurück. Ein Schuss hallte durch den Hühnerstall. Ein Huhn war getroffen und lag blutend am Boden.
Die beiden Männer verschwanden durch die Tür. Maria hörte sie lachen. Wind wehte in den Hühnerstall und wirbelte den Staub auf. Die Zweige des Kirschbaums kratzten und Regentropfen trommelten auf das blecherne Dach. „Üik -iük."
Sie lauschte den Geräuschen, schloss die Augen, drehte sich zur Seite und zog die Beine an. Lange lag sie zusammengekauert auf dem kalten Boden und versuchte, im Einklang mit den Geräuschen zu atmen. Sie fühlte sich schäbig und wertlos. Es brannte zwischen ihren Beinen.

Irgendwann hörte sie Stimmen. Ihr Vater und Karl waren gekommen. Sie hatten nach ihr gesucht.

„Maria, was ist passiert?", rief Karl besorgt.

Maria öffnete die Augen. „Die Amis", flüsterte sie.

Fritz und Karl sahen sie fassungslos an. Sie halfen ihr aufzustehen und stützten sie auf dem Weg ins Haus. Die Männer brachten sie in ihr früheres Schlafzimmer und legten sie sanft auf ihr Bett.

„Ich hole deine Mutter", sagte Fritz und sah seine Tochter mitfühlend an. „Es tut mir unendlich leid, was dir widerfahren ist."

Maria schloss die Augen und schwieg. Leise zogen Fritz und Karl die Tür hinter sich zu und liefen ins Quartier, um Erna zu holen.

Erna war so schockiert, dass sie weinte. Sie konnte es nicht vor Marlene verstecken, die ahnte, dass ihrer Mutter etwas zugestoßen war. Fritz lenkte seine Enkelin ab, indem er sie auf den Arm nahm und sich im Kreis drehte.

„Ja, Opa, Karussell fahren", jauchzte sie.

Erna entschwand unbemerkt und eilte zu ihrer Tochter, die verschmutzt und blutend auf ihrem Bett lag. Erna wusste, dass die äußeren Wunden schnell heilten, doch die innere Verletzung würde Marias Seele schmerzvoll zerreißen. Liebevoll strich sie ihr über den Kopf und sah die kahle Stelle über der Stirn, wo ihr Haare ausgerissen worden waren. Weinend holte sie eine Schüssel mit warmem Wasser und Handtücher aus der Küche und zog Maria die schmutzige Kleidung aus. Dabei fragte sie ihre Tochter, was geschehen sei. Doch Maria schwieg und ließ geschehen, dass ihre Mutter sie wusch. Erna ging behutsam vor. Tränen liefen ihr über die Wangen. Marias Lippen waren blutig und ihre Brüste zeigten Bissspuren. Überall am Körper waren blaue Flecken. Nachdem sie Maria gewaschen und mit einer Heilsalbe versorgt hatte, setzte sie sich neben das Bett.

Maria war in einen unruhigen Schlaf gefallen. Sie träumte vom Hühnerstall, roch Männerschweiß und fühlte Schmerzen in ihrem Unterleib. Als sie erwachte, war Erna verschwunden. Sie war allein im Zimmer. Auf dem Waschtisch stand eine Schüssel mit Seifenwasser. Sie stieg aus dem Bett, zog ihr Nachthemd aus und tränkte einen Waschlappen in der Schüssel. Damit rieb sie ihren Körper ab, legte den Lappen beiseite und steckte ihren Kopf in die Schüssel. Mit beiden Händen wusch sie ihre Haare, wrang sie über der Schüssel aus und rubbelte sie mit einem Handtuch fast trocken.

Erna kam zurück und fand Maria nackt auf dem Bett sitzend. Sie weinte, als Erna ihr das Nachthemd überzog und sie in die Arme nahm.

„Ach, wäre doch Maximilian bei mir", schluchzte sie.

Nie mehr würde er sie an sich drücken und sie trösten. Er würde nie mehr mit ihr singen und lachen, nie mehr mit ihr tanzen, nie mehr neben ihr sitzen und nie mehr mit Marlene durch den Garten toben. Welchen Sinn machte das Leben ohne Maximilian?

Erna hielt sie lange im Arm. Als sie bemerkte, dass Maria schläfrig wurde, drückte sie ihre Tochter sanft aufs Bett und deckte sie zu.

Maria schlief bis zum Mittag des nächsten Tages. Sie wollte nichts essen und trinken und ließ das Brot und den Tee unangetastet auf dem Tablett stehen, das Erna ihr ans Bett gestellt hatte. Mehrere Tage verweigerte sie jegliches Essen. Erst als Erna und Fritz ein Machtwort mit ihr sprachen und Marlene an ihr Bett setzten, aß sie eine Kleinigkeit. Marlene reichte ihr einen kleingeschnittenen Apfel und lächelte ihre Mutter tröstend an. Dies zeigte Wirkung auf Maria und sie wurde sich bewusst, dass sie Verantwortung trug. Am nächsten Tag verließ sie das Bett und aß mit der Familie, die mittlerweile das Quartier verlassen hatte und wieder im Haus wohnte. Auch Frau Husmann und ihre vier Kinder waren vom Quartier ins Haus umgezogen und wohnten in einem Zimmer im Obergeschoss. Es gab Strom, den Fritz über einen Generator bezog.

Die gemeinsamen Gespräche handelten fast ausschließlich vom Kriegsgeschehen. Jeden Abend saßen Fritz und Erna, Karl und Frau Husmann vor dem Radio und hörten die neuesten Nachrichten. Maria nahm dies nur am Rande wahr. Sie war nicht bereit, dies alles in sich aufzunehmen und wahrte Distanz.

Immer mehr deutsche Truppen kapitulierten. Am 30. April 1945 beging Adolf Hitler Selbstmord. Wollte er so der Schande des Absetzens als Reichskanzler oder der Kapitulation entgehen? Er hatte versagt und hatte unzählige Menschen in den Tod getrieben. Für Maria war er die widerlichste Bestie schlechthin, der Unheil über das ganze Land gebracht hatte. Nicht nur sie freute sich über seinen Tod. Hitlers idiotischen Plänen waren nicht nur ihr Mann Maximilian, Lydia, Alfred und ihre jüdischen Freunde zum Opfer gefallen, sondern Millionen Menschen.

Mit Beginn des 9. Mai trat mit der Unterzeichnung des Waffenstillstands zwischen Frankreich, Großbritannien, USA, der Sowjetunion und Deutschland das Ende des Zweiten Weltkriegs in Europa ein.

## 49. Mistelås, 20. Juni 2018

Malin hatte in den letzten Nächten kaum geschlafen. Die Geschichte ihrer Urgroßmutter ging ihr nah. Zudem dachte sie über ihre Zukunft nach. Wollte sie jetzt schon heiraten und sich

auf ein Landleben mit einer Horde Kindern festlegen? Oder sollte sie zurück nach Stockholm und ihr Studium fortsetzen? Je länger sie nachdachte, umso mehr gefiel ihr der Gedanke, ihr Studium fortzusetzen. Danach könnte sie zurück nach Mistelås kommen und Krister heiraten. Was würde er von ihrem Plan halten?
Müde stieg sie aus dem Bett. Krister war bereits aufgestanden. Sie hörte die Tassen klappern. Er deckte in der Küche den Frühstückstisch. Kaffeeduft stieg ihr in die Nase.
„Hej", begrüßte sie ihn, als sie die Küche betrat. Sie trug ihren Schlafanzug und hatte eine Strickjacke darüber angezogen.
Krister stand am Kühlschrank und drehte sich um.
„Hej, meine Süße", sagte er und kam auf sie zu. Er gab ihr einen Kuss und führte sie zum Tisch.
„Das Frühstück ist fertig."
„Danke", antwortete sie und hatte ein schlechtes Gewissen, obwohl sie wusste, dass Krister sie gerne verwöhnte.
„Heute erledige ich die Restarbeiten im Wald und danach bereiten wir die Mittsommerstange für das Fest vor."
„Ich werde einkaufen fahren und die Zutaten für das Buffet besorgen", erklärte Malin.
„Es wird sicher wieder ein schönes Fest. Für Bengt und Stina wird es eine willkommene Abwechslung", meinte Krister.
Malin nickte. Sollte sie ihm ihren Plan erzählen? Oder sollte sie bis nach dem Mittsommerfest warten, das sie am Freitagnachmittag mit den anderen Dorfbewohnern feiern wollten?
Sie nahm ein Knäckebrot aus dem Korb und bestrich es mit Butter. Krister goss Kaffee in ihre Tasse und reichte ihr die Milch. Schweigend aßen die Beiden. Nur das Knacken des Knäckebrots war zu hören. Schließlich fasste sich Malin ein Herz und entschloss, Krister von ihrem Plan zu berichten.
„Du, Krister, ich möchte dir etwas sagen", begann sie.

Krister schaute auf. „Was gibt's?"
„Ich möchte mein Studium wieder aufnehmen. Ich werde nach Stockholm zurückgehen."
Krister sah sie erstaunt an.
„Ähm, aber ...", stotterte er.
„Ich möchte gerne Lehrerin werden. Nach dem Studium suche ich hier in der Nähe eine Stelle."
„Und dann heiraten wir?", fragte er und grinste.
„Wenn wir es beide dann noch möchten, dann heiraten wir."
Malin war erleichtert, dass Krister es nicht so schwer nahm.
„Ich bin mit allem einverstanden, was du für richtig hältst. Und ich werde für dich da sein, auch wenn uns einige Kilometer trennen werden", erklärte Krister.
„An den Wochenenden werde ich nach Mistelås kommen. Und in den Semesterferien helfe ich dir auf dem Hof."
Krister nickte. Eine Fernbeziehung gefiel ihm zwar nicht, aber es würde ja zeitlich begrenzt sein.
„Wir werden das schaffen. Ich unterstütze dich bei allem," sagte er. „Auch wenn es mir schwerfällt, dich nicht in meiner Nähe zu haben."
„Es ist ja nur für etwa drei Jahre. Wenn ich dann hier in der Nähe eine Stelle an einer Schule bekomme, werde ich für immer bei dir sein."
Krister griff über den Tisch nach Malins Händen.
„Ich liebe dich und nichts kann das ändern", flüsterte er.
Malin lächelte.

Nach dem Frühstück entschied Malin sich dazu, Krister im Wald zu helfen. Statt Jeans und T-Shirt zog sie eine Arbeitshose und eine orange leuchtende Weste über. Mit dem Traktor und einem Hänger fuhren die beiden in den Wald, hängten den Hänger ab.

Mit dem Greifer des Traktors hob Krister einen Baumstamm an, transportierte ihn über den Hänger und ließ den Stamm ab. Malin half, den Greifer an die jeweiligen Stämme zu leiten. Drei Stapel mit aufgeschichteten Stämmen zu verladen, dauerte fast den ganzen Tag. Sobald der Hänger voll war, fuhren sie zum Hof zurück und luden das Holz neben der Scheune ab. Krister plante, aus den Stämmen Brennholz zu machen, das sich gut verkaufen ließ. Am späten Nachmittag waren es nur noch wenige Stämme. Diese lagen nebeneinander an einem Hang. Er passte auf, dass sich das Gewicht gut verteilte und der Traktor nicht umstürzte. Als er einen der letzten Stämme griff, rutschte der Traktor seitlich abwärts. Krister lenkte gegen und es gelang ihm, den Traktor zum Stehen zu bringen. Vorsichtig hob er den Stamm an und fuhr sachte an. Er sah, dass Malin winkte und etwas rief. Doch er verstand sie nicht. Plötzlich kippte der Stamm zur Seite und riss den Traktor mit. Der Traktor rutschte seitwärts den Hang hinunter, bis sich der Stamm zwischen zwei Bäumen verkeilte, die das Gefährt stoppten.

Malin schrie um Hilfe, obwohl sie niemand hören würde, und stolperte den Hang hinunter. Neben dem Führerhaus des Traktors stoppte sie. Der Traktor lag auf der Seite. Krister lag krumm auf dem zersplitterten Seitenfenster und regte sich nicht. Malin kletterte von der anderen Seite auf den Traktor und öffnete die Tür. „Krister", rief sie, beugte sich vor und fasste an seine Schulter. „Krister, so sag doch was."

Es durfte nicht sein, dass sich etwas wiederholte. Sie dachte an Bengt und Stina, die erst vor kurzer Zeit bei einem Unfall schwer verletzt worden waren. Malin rief erneut Kristers Namen. Doch Krister antwortete nicht. Sie zog ihr Handy aus der Hosentasche und wählte den Notruf.

## Lendringsen, 1945 – 1946

Großbritannien, Frankreich, die USA und die Sowjetunion teilten Deutschland in Zonen ein und besetzten das Land. Die Bilanz des Krieges war erschreckend. 5,2 Millionen deutsche Soldaten waren gefallen. Hinzu kamen Millionen von Zivilopfern und sechs Millionen ermordete Menschen in Konzentrationslagern. Viele Städte waren dem Erdboden gleich gemacht und manches Dorf war zerstört. Mehr als sieben Millionen Menschen waren obdachlos. Die Landwirtschaft musste erst wieder in Betrieb genommen werden. Nahrungsmittel waren knapp. Vertriebene aus Siedlungsgebieten im Osten nahmen die Strapazen der Flucht auf sich und kamen in Massen ins Land. Viele von ihnen fanden auf Bauernhöfen Unterkünfte, wo sie zu wichtigen Arbeitskräften in der Landwirtschaft wurden.

Es wurde Sommer und die Hitze drückte. Maria, Marlene und ihr Schwiegervater Karl wohnten weiterhin bei Marias Eltern, ebenso Frau Husmann und ihre Kinder. Marias Brüder Enno, Eduard und Ewald waren aus dem Krieg zurückgekehrt und hatten vorübergehend ihre Zimmer wieder bezogen. Heinrich war gefallen. Egon galt als vermisst. Zuletzt hatte die Familie im Herbst 1944 einen Brief von ihm aus Russland erhalten. Geschrieben hatte er ihn bereits im Sommer. Es hatte viele Wochen gedauert, bis der Brief seine Empfänger erreicht hatte. Da bisher kein Telegramm mit einer Todesnachricht gekommen war, gingen die Sewalds davon aus, dass Egon in Gefangenschaft geraten war und hofften, dass er diese überleben würde.

Alle bemerkten, dass Maria sich verändert hatte. Sie hatte sich in sich zurückgezogen, war wortkarg und wirkte unnahbar. Die Versuche ihrer Mutter, sie aus dieser Lethargie zu holen, scheiterten.

Maria litt unter dem Verlust ihres Mannes und der Vergewaltigung durch die beiden Amerikaner. Sie trauerte um ihre Freunde. Manchmal fehlte ihr sogar ihr cholerischer Schwager Alfred, doch auch er war tot, ebenso wie ihre Schwiegermutter Lydia, die sie vermisste. Ihre Erinnerungsstücke an Maximilian waren verloren gegangen. Sie hatte sie in ihrer Wohnung in einer Schachtel aufbewahrt. Darin waren all seine Briefe, sein Ehering, seine Marke und der Wehrpass. Lediglich das Telegramm mit seiner Todesnachricht besaß sie noch, da sie es in ihrer Handtasche aufbewahrte. Denn nach einer Bombardierung war Karls Nachbarhaus in Brand geraten. Die Flammen waren so hoch, dass fliegende Funken Maximilians Elternhaus ebenfalls in Brand gesetzt hatten. Marias gesamter Besitz war zu Asche verfallen. Ihr blieben nur das Telegramm, einige Fotos von ihrer Hochzeit, die ihre Eltern aufbewahrt hatten und ein Bild, das sie mit Maximilian und Marlene zeigte.

Marlene schaffte es als Einzige, Maria zum Lächeln zu bringen. Wenn das Mädchen sie anlachte, war es wie ein Gruß von Maximilian. Sie sah ihm sehr ähnlich. Manchmal wiederum sah sie aus wie ihre Großmutter Lydia und wenn sie ihre kleine Puppe an sich drückte, sah Maria die kleine Tana in ihr. Maria lenkte all ihre Liebe auf ihre Tochter. Marlene war wie ein Rettungsring, der sie vor dem Ertrinken rettete. Dass Maria ihr Kind damit einengte, bemerkte sie nicht.

„Maria, du erdrückst das Kind mit deiner Liebe", warnte Erna. „Ich verstehe dich, aber lass Marlene ausreichend Freiheit, sonst bricht sie irgendwann aus."

Diese Warnung ignorierte Maria.

Etwas Ablenkung fand sie, indem sie Karl half, das Grundstück aufzuräumen. Stein um Stein trug sie von dem, was einmal ihr Zuhause gewesen war, auf eine Schubkarre und schob sie zum

Schuttplatz. Das nicht verbrannte Trümmerholz zog sie zum Haus ihrer Eltern, damit es verheizt werden konnte. Sie suchte vergebens in den Trümmern nach persönlichen und übriggebliebenen Dingen aus ihrem Leben.

Es war reichlich Arbeit, doch Maria blühte etwas auf und wurde optimistischer, was ihre Zukunft betraf. Wenn sie erst wieder eine Wohnung hätte, würde sich alles Weitere finden, hoffte sie.

Manchmal begleitete sie abends ihren Vater und Karl auf ein früheres Industriegelände. Dort, in der Ruine einer Fabrikhalle, wurde gehandelt. Auf diesem Schwarzmarkt verkauften sie das Silberbesteck, Kleidung, Bücher und das Grammophon. Die Einnahmen tauschten sie gegen Lebensmittel ein.

Fritz reparierte bei einem Bauern das Dach der Scheune, baute ihm Regale und Schränke und erhielt dafür Fleisch und Milch.

Maria besaß kein Erspartes und die Kriegswitwenrente reichte nicht zum Überleben. Sie war fast mittellos. Fritz und Erna war dies klar und sie taten alles, um Maria und Marlene ein Zuhause zu geben. Dafür war Maria dankbar. Doch gerade als sie sich einigermaßen erholt hatte, traf sie ein nächster Schlag. Sie war schwanger. Ihre Periode war ausgeblieben und ihr war morgens so übel, dass sie kaum etwas zu sich nehmen konnte. Sie dachte darüber nach, das Kind abzutreiben. Es hatte so viele Tote gegeben, da käme es auf einen weiteren nicht an. Doch sie schlug den Gedanken aus und beschloss, das Kind auszutragen. Es war nicht schuld. Schuld waren die beiden Soldaten. Einer der beiden war der Erzeuger. Maria würde nie wissen, wer der Vater war. Den anschwellenden Bauch versteckte sie unter einem weiten Kleid und schämte sich dafür, schwanger zu sein.

Als sich die Schwangerschaft nicht mehr verstecken ließ, sprach Maria mit ihren Eltern und Karl.

„Wir werden dein Kind schon groß bekommen", sagte Erna,

nachdem sie sich von dieser Überraschung erholt hatte.
Maria wunderte sich, wie gelassen ihre Eltern mit der Neuigkeit umgingen. Nur Karl hielt sich mit seiner Meinung zurück und schwieg. Sie bemerkte seinen missgünstigen Blick, den er immer wieder auf ihren Bauch lenkte.

In der Silvesternacht setzten die Wehen ein. Wie bei Marlenes Geburt war Erna an Marias Seite. Fritz machte sich auf den Weg, um die Hebamme zu holen, doch er traf sie nicht an. Er vermutete, dass sie den Jahreswechsel feierte. Aber Luise und Theresa waren gekommen und unterstützten Maria.
Am frühen Morgen des 1. Januar 1946 gebar sie einen Jungen. Erna gab ihm einen Klaps, doch er atmete nicht. Nervös schaute sie ihre Töchter Luise und Theresa an und gab ihm einen weiteren Klaps auf den Po. Das Kind hing schlaff in ihrem Arm. Sie wickelte es in ein Tuch.
„Was ist mit meinem Kind?", fragte Maria ängstlich.
Erna sah sie traurig an. „Es atmet nicht."
„Bitte tu etwas", flehte Maria, die schweißgebadet und erschöpft auf ihrem Bett lag.
Mit einem feuchten Tuch tupfte Luise ihr die Stirn ab, während Erna den kleinen, leblosen Körper auf den Tisch legte und das Tuch öffnete. Sanft drückte sie auf den Brustkorb das Neugeborenen. Dies wiederholte sie mehrmals. Die Lippen des kleinen Jungen waren blau und die Haut blass. Es war ein hübsches Kind, das Erna sogleich ins Herz schloss. Sie weinte.
„Es ist tot", flüsterte sie. „Es tut mir leid."
Maria setzte sich auf. „Bitte gib ihn mir", bat sie ihre Mutter.
Erna legte das Tuch wieder um das Kind, nahm es vom Tisch und reichte es Maria.
In diesem Moment öffnete sich die Tür und Doktor Meise betrat

das Zimmer.

„Oh, ich bin wohl zu spät", freute er sich. „Das Kind ist schon da."

Er stellte seine Tasche ab und zog den Mantel aus, den Theresa ihm abnahm und über einen Stuhl legte. Er sah die traurigen Gesichter der Frauen und merkte, dass etwas nicht stimmte. Maria hielt das Kind im Arm und schluchzte.

„Es war eine Totgeburt", flüsterte Erna Doktor Meise zu.

Er nickte und trat an Marias Bett.

„Darf ich?", fragte er und nahm, ohne die Antwort abzuwarten, das Kind aus Marias Armen. Vorsichtig legte er es auf den Tisch und untersuchte es. Lange hielt er sein Hörrohr auf den Brustkorb des Kindes. Letztendlich schüttelte er den Kopf und wickelte das Kind wieder in das Tuch ein. Er reichte es Erna, nahm ein Spekulum aus seiner Tasche und untersuchte Maria. Die Nachgeburt war ausgeschieden und lag versteckt unter einem Tuch in einer Schüssel.

Als er die Untersuchung abgeschlossen hatte, nahm er Marias Hand und drückte sie.

„Es tut mir leid, dass du eine Totgeburt erlitten hast. Ich habe dein Kind untersucht und gehe davon aus, dass seine Lungen nicht ausgebildet waren."

Maria weinte leise.

Doktor Meise wandte sich an Erna.

„Körperlich hat Maria die Geburt überstanden. Aber sie braucht Ruhe und Geborgenheit, um sich seelisch zu erholen."

„Wir werden sie gut pflegen", antwortete Erna.

Sie begleitete Doktor Meise bis vor die Tür.

„Liebe Frau Sewald, Marias seelischen Schaden kann ich nicht ausmachen. Aber er wird beträchtlich sein. Ich werde in den nächsten Tagen weitere Hausbesuche machen", versprach er.

Erna nickte. „Es ist kaum auszuhalten, was das arme Mädchen erleiden muss."

„Wenn Sie und Ihre Familie Maria weiterhin so hervorragend auffangen, wird sie die Schicksalsschläge überwinden. Sie ist stark", sagte Doktor Meise und schüttelte Erna zum Abschied die Hand.

Maria schlief, als Erna zurück ins Zimmer kam. Luise und Theresa hatten sie gewaschen und ihr ein frisches Nachthemd angezogen. Die Frauen flüsterten, um Maria nicht zu wecken.

Später kam der Pfarrer, um der Familie Trost zu spenden und über die Beerdigung zu sprechen. Fritz hatte in seinem Schreinerschuppen einen kleinen Sarg gebaut, in den sie das Neugeborene legten. Erna weinte, als Fritz den Sarg verschloss. Drei Tage nach der Geburt beerdigten sie das Kind im Grab von Lydia. Nur Fritz, Erna und Karl nahmen an der Beerdigung teil. Es war ein grauer und kalter Tag. Während der Pfarrer ein Gebet sprach, begann es zu schneien. Maria war zu schwach, so dass sie nicht an der Beerdigung teilnehmen konnte. Erna hoffte, dass es ihr bald besser gehen würde und unternahm alles, damit sich ihre Tochter wohl fühlte. Aber Maria litt. Sie aß kaum etwas und kam selten aus ihrem Zimmer. Marlene war die Einzige, die einen Zugang zu ihr hatte und mit der Maria sprach.

Erna machte sich große Sorgen. Würde Maria sich erholen und jemals wieder die frühere Maria sein?

## 50. Menden, 26. Dezember 1999

Ben verließ das Krankenhaus am späten Nachmittag. Maria war eingeschlafen, nachdem sie sich lange unterhalten hatten. Sie hatte vom Kriegsende erzählt und ihm offen von der Vergewaltigung durch zwei amerikanische Soldaten berichtet. Auch die Totgeburt hatte sie ihm nicht verheimlicht.
Was war es für ein hartes Leben gewesen? Er bekam fast ein schlechtes Gewissen, da es ihm immer ausgezeichnet gegangen war. Nie hatte er Angst vor Bomben haben müssen. Kein Krieg hatte ihm geliebte Menschen genommen. Marias Geschichte machte ihn traurig. In dieser deprimierten Stimmung erreichte er seine Unterkunft. Fröhliches Lachen drang ihm entgegen, als er die Haustür öffnete. Das Ehepaar Schwarz hatte Besuch, was an Weihnachten nicht ungewöhnlich war. Allerdings passte das Gelächter nun gar nicht zu seiner Gefühlslage. Ben überlegte, dass es am besten wäre, wenn er sich ungesehen in sein Zimmer zurückzog. Vielleicht fühlte er sich später etwas besser.
„Hallo, Onkel", begrüßte ihn ein kleiner Junge, der aus dem Wohnzimmer in den Flur gelaufen kam.
„Hej", antwortete Ben müde.
Bevor er sich von dem Kind verabschieden konnte, hatte der Junge ihn erreicht und klammerte sich an sein Hosenbein. Ben strich ihm über den Kopf. Wie flaumig sein Haar war.
„Vad heter du? Wie heißt du?", fragte Ben.
„Ich heiße Lukas und bin drei Jahre", sagte der Kleine.
Sanft löste sich Ben aus Lukas' Umarmung und hockte sich neben ihn.
„Ich hab ein Polisseiauto von Krisskind gekricht. Komm, ich zeich dir das", lachte Lukas und griff nach Bens Hand.

Er hätte fast das Gleichgewicht verloren und kam nur mit Mühe wieder auf die Beine.

„Wie schön, dass Sie endlich da sind. Wir haben mit dem Abendessen auf Sie gewartet."

Greta Schwarz stand lächelnd in der Tür und hatte Ben und Lukas entdeckt.

„Kommen Sie, es gibt auch eine Überraschung", lachte sie freundlich.

Innerlich ärgerte Ben sich, dass er entdeckt worden war. Doch wie sollte er die nettgemeinte Einladung ablehnen?

„Ich mache mich etwas frisch, dann bin ich gleich bei Ihnen", erklärte er.

Frau Schwarz nickte und fasste Lukas' Hand.

„Wir warten auf Sie", sagte sie lächelnd und verschwand mit Lukas im Wohnzimmer.

In seinem Zimmer zog Ben die Jeans und den Pullover aus, ließ Wasser ins Waschbecken laufen und rasierte sich. Anschließend zog er eine Anzughose und ein sauberes Hemd aus seinem Koffer und atmete tief durch. Er hatte überhaupt keine Lust, in einer Runde munterer Menschen zu sitzen, die sich mit Festbraten und Klößen vollstopften und über Belanglosikeiten sprachen. Vor allem wollte er Elfriede nicht treffen. Der Freundlichkeit halber, beschloss er, wenigstens mit der Familie zu essen und sich danach zurückzuziehen.

Als er die Tür zum Wohnzimmer öffnete, verstummten die Gespräche. Das Zimmer wurde nur durch die Lichter des Weihnachtsbaums und von Kerzen auf dem Tisch erhellt. Schatten tanzten an der Wand.

„Fröhliche Weihnachten", begrüßte er Hubert, Greta und ihre Gäste. Auf dem Sofa saßen Elfriede, ihr Mann und Lukas. Ein älteres Ehepaar stellte Hubert als seinen Bruder und seine Schwägerin vor. Ben gab allen die Hand.

„Lukas ist unser Urenkel. Seine Mama, unsere Enkelin, ist krank", klärte Huberts Bruder auf, als er Bens nachdenklichen Blick sah.

Darüber hatte Ben aber gar nicht nachgedacht, sondern darüber, dass ihm Ebba und sein Vater fehlten. Alle schwiegen, selbst Lukas sagte nichts. Ben setzte sich auf die Lehne des Sofas und betrachtete die flackernden Flammen der Kerzen. Es war eine merkwürdige Atmosphäre, die plötzlich entstanden war. Er wunderte sich etwas. Hatte er die entspannte Feier gestört?

„God Jul", rief unerwartet eine ihm bekannte Stimme laut ins Zimmer.

Jemand schaltete das Licht an. Neben dem Weihnachtsbaum standen Ebba und Gunnar. Alle applaudierten. Ben war sprachlos. War dies wieder einer seiner Träume? Er schloss die Augen und öffnete sie wieder. Tatsächlich standen Ebba und Gunnar vor ihm. Mit Tränen in den Augen sprang er auf die beiden zu und schlang die Arme um seine Frau. Als er sich von ihr löste, weinten beide. Auch Gunnar umarmte er und fasste seine Freude kaum.

„Ich bin so glücklich", freute er sich. „Das ist das schönste Weihnachtsgeschenk meines Lebens. Ich habe euch so vermisst."

„Wir freuen uns auch", lachte Gunnar.

Greta Schwarz forderte nun alle auf, sich im Esszimmer an den Tisch zu setzen. Die Gäste unterhielten sich angeregt. Lukas sang vor sich hin und spielte mit seinem Plüschtier.

Ben war so aufgeregt, dass er keinen Hunger verspürte. Doch er nahm zwischen Ebba und seinem Vater am Tisch platz.

„Seit wann seid ihr hier?", fragte er aufgeregt und hielt Ebbas Hand.

„Wir kamen heute Mittag an. Herr Schwarz hat uns schon das ganze Haus gezeigt", berichtete Ebba fröhlich.

„Ein wenig konnte ich mich noch daran erinnern", sagte Gunnar. Ben sah ihn fragend an.

„Ich habe deine Mutter hier bei ihren Großeltern besucht, als ich sie kennengelernt hatte. Später besuchte ich sie auch in ihrer Wohnung. Doch deine Großmutter war nicht sehr gastfreundlich und hat mich rausgeschmissen", erinnerte sich Gunnar. „Deine Großmutter war damals eine resolute Frau."

Greta Schwarz trug das Essen auf. Hubert half ihr, die Schüsseln auf den Tisch zu stellen. Greta hatte Sauerbraten zubereitet. Dazu gab es Klöße und Rotkohl. Es duftete so köstlich, dass Ben nun doch Hunger bekam. Er wunderte sich, wie rüstig Greta noch war. Sie war älter als seine Großmutter und wirkte dennoch so frisch.

Elfriede saß neben ihrem Mann am Tisch und machte sich nicht die Mühe, ihren Eltern zu helfen. Lukas brabbelte und sang im Wechsel. Er kniete auf dem Stuhl gegenüber von Ben, der sich über den unbekümmerten Kleinen amüsierte.

„Unser Sohn wird sicher auch so ein lustiger Kerl", flüsterte er Ebba zu.

Die nickte lächelnd und legte ihre Hand auf den kugelrunden Bauch.

Während des Essens erzählte Ben, wie man in Schweden Weihnachten feierte. Bis auf Elfriede hörten alle aufmerksam zu. Elfriede hingegen stopfte sich das Essen in den Mund und grummelte Unverständliches. Ben hatte das Gefühl, dass ihr die Anwesenheit der drei Schweden nicht gefiel. In den nächsten Tagen wollte er sie auf den Verrat ansprechen. Er musste wissen, was sie dazu bewogen hatte.

Trotz Elfriedes merkwürdigen Benehmen wurde es ein schöner Weihnachtsabend. Endlich konnte Ben die Nacht engumschlungen mit seiner Frau verbringen. Gunnar schlief in einem Zimmer nebenan. Morgen würde er Ebba seiner Großmutter vorstellen. Er hoffte, dass auch Gunnar bereit für ein Treffen war.

## 51. Lendringsen, 1947 – 1948

Maria hatte sich nach der Geburt nur langsam erholt. Es war fast ein Jahr vergangen und sie litt immer noch. Marlene besuchte mittlerweile die Schule und war ein aufgewecktes, fröhliches Kind. Fritz und Erna waren überzeugt davon, dass es nur dem Mädchen zu verdanken war, dass Maria noch lebte. Zur Freude aller sang Maria wieder. Der Kirchenchor hatte sich nach dem Krieg wieder zusammengetan und Maria besuchte die Proben. Manchmal sang sie als Solistin und ab und an wurde sie für Feiern gebucht. Ihr Traum, Sängerin zu werden und davon leben zu können, kam wieder auf.

Frau Husmann und ihre Kinder hatten eine neue Wohnung bezogen. Karl lebte noch bei Sewalds und war damit beschäftigt, sein Haus wieder aufzubauen.

Endlich hatte auch Marias Schwester Theresa einen jungen Mann kennengelernt. Maria und ihre Mutter hatten schon fast die Hoffnung aufgegeben und waren davon ausgegangen, dass Theresa eine alte Jungfer werden würde. Nun stand das Weihnachtsfest bevor. Maria war gespannt, denn Theresa wollte ihre Bekanntschaft der Familie vorstellen. Schon tagelang hatte sie von ihm geschwärmt, so dass er Maria nicht fremd erschien. Theresa hatte erzählt, dass er seinen Humor im Krieg nicht verloren hatte, obwohl er in Frankreich hart kämpfen musste.

„Mit ihm kann ich immer lachen und er singt so gerne", erzählte

Theresa, als sie ihre Eltern und Maria am Tag vor Weihnachten besuchte. „Ich bin schon aufgeregt und hoffe, er gefällt euch allen."

„Mach dir darüber keine Sorgen. Wenn du mit ihm glücklich bist, sind wir es auch", meinte Maria, die am Küchentisch saß und mit Marlene Karten spielte.

Theresa beugte sich zu Marias Ohr. „Maria, ich habe einen Pickel. Meinst du, das schreckt ihn ab?"

Maria glaubte, sich verhört zu haben. Doch Theresa wiederholte ihre Frage, da sie nicht sofort antwortete. Ihr Herz begann zu rasen. Nach all dem Grauen dieser Welt, machte sich ihre Schwester ernsthaft Gedanken um einen Pickel?

„Sieh nur", sagte Theresa und zeigte mit dem Zeigefinger auf ihre Stirn.

Maria schüttelte verständnislos den Kopf. „Theresa, Liebe macht blind. Dein Geliebter wird den Pickel also nicht sehen."

„Oh, Maria, du bist unverschämt", schimpfte Theresa entrüstet.

Maria schwieg und schaute auf ihre Spielkarten. Ihr Leben war geprägt von Tod, Gewalt und Verlust. Was war dagegen ein dämlicher Pickel?

Maria und Marlene waren in ihrem Zimmer mit dem Ankleiden beschäftigt, als es am ersten Weihnachtstag mittags an der Haustür klingelte.

„Das muss Tante Theresas Gast sein", freute sich Marlene.

„Dann lass uns gehen und ihn begrüßen", sagte Maria und zupfte ihre Bluse zurecht. Bevor sie das Zimmer verließ, stellte sie sich vor den Spiegel. Sie trug einen dunkelblauen engen Rock und eine weiße Bluse, was etwas streng und trist wirkte. Lediglich ihre Frisur lockerte ihr Erscheinungsbild auf. Dunkle Locken umrahmten ihr blasses Gesicht. Auf Make-up verzichtete sie seit Jahren ebenso wie auf einen Frisörbesuch. Ihr lockiges Haar war sowieso kaum zu bändigen. Sie ließ sich von Erna die Haare schneiden, wenn sie ihr zu lang wurden.

Marlene zog ungeduldig an ihrer Hand. „Komm schon, Mama", drängelte sie.

Maria nickte. Stimmengewirr drang aus dem Flur. Sie presste die Lippen zusammen und fühlte sich überflüssig. Warum sollte sie nach unten gehen? Sie fragte sich, ob sie ihrer Schwester das Glück nicht gönnte? Das Glück anderer erinnerte sie daran, dass sie ihr eigenes Glück verloren hatte. Das schmerzte. Wenn sie diesen Schmerz nicht überwand, würde sie ihr Leben nicht meistern können. Das war ihr klar. Sie atmete tief durch und stieg mit Marlene an der Hand die Treppe hinunter. Im Flur blieb sie kurz stehen. Theresa war nicht zu überhören.

„Oh, der ist so wunderbar."

Ihre Stimme klang piepsig, als sie sich bei ihrem Freund für den goldenen Ring bedankte.

Ah, dachte Maria, eine Verlobung ist im Gange. Marlene zog erneut an ihrer Hand. In der Tür zum Esszimmer blieben die beiden stehen. Niemand bemerkte sie. Alle standen um Theresa herum und betrachteten den Ring. Enno klopfte dem Gast bewundernd auf die Schulter. Theresa lachte. Wie hübsch sie ist, dachte Maria. Theresa war zierlich und trug ein enganliegendes, weißes Kleid, das rosafarbene Blumen zierte und weiße Pumps. Ihr Haar trug sie offen und es fiel in sanften Wellen über ihre Schultern. Sie war nur dezent geschminkt und ihre blauen Augen strahlten vor Glück.

Maria starrte den jungen Mann an, der lachend neben ihrer Schwester stand. Er war groß und schlank, hatte volles braunes Haar und strahlend blaue Augen. Er trug einen dunklen Anzug und hatte seinen Hemdkragen mit einer Fliege verschlossen. Maria wusste nicht, wie ihr geschah. Ihr Herz raste und sie schwitzte. Als der Gast sie entdeckte und anlächelte, war ihr so schwindelig, dass sie dachte, in Ohnmacht zu fallen.

„Maria und Marlene, kommt herein", rief Fritz fröhlich und winkte die beiden zu sich heran. „Wir haben Besuch."

Maria streckte die Hand zur Begrüßung aus. „Maria Winter", sagte sie.

„Paul Sommer. Freut mich, Sie kennenzulernen."

Mit festem Druck hielt er ihre Hand und sah ihr in die Augen. Maria zitterte.

„Ist Ihnen nicht gut?", fragte er.

„Doch, doch. Mein Kreislauf muss nur erst in Schwung kommen."

Während des Essens spürte Maria, dass sein Blick auf ihr ruhte. Es machte sie nervös. Immer wieder blickte sie vom Teller auf und erwiderte seinen Blick.

Erna hatte eine Pute zubereitet, die Fritz besorgt hatte. Niemand wusste, was er dagegen eingetauscht hatte und er hütete sein Geheimnis. Für die durch Hungerzeiten gequälten Mägen war das Essen eine Herausforderung, denn lange hatte die Familie nicht so gut gegessen. Fritz verteilte nach dem Dessert Kräuterlikör. Sogar Maria trank einen Schluck. Sie spürte, wie der Likör ihre Kehle hinunterrann. Es brannte und sie musste sich räuspern. Paul lachte und erzählte, wie er sich im Winter mit Schnaps warmgehalten hatte.

„Der Körper fing beim dritten Schnaps an zu glühen. Da spürte ich die Kälte nicht mehr", berichtete er. Theresa hing an seinen Lippen. Er war so redselig, dass kaum jemand zu Wort kam. Dass es auch lustige Erlebnisse im Krieg gegeben hatte, daran hatte niemand geglaubt. Doch Paul belehrte sie eines besseren und setzte den Krieg in ein ganz anderes Licht. Er erzählte von Kameradschaft und Freundschaft, die aus der Not heraus gewachsen war. Er erzählte von großem Zusammenhalt, wie er es vor dem Krieg nicht gekannt hatte.

„Seht die Kraft der Frauen, von denen viele ihre Männer und Söhne verloren haben. Sie räumen die Trümmer auf, obwohl ihr eigenes Leben in Trümmern liegt", sagte er. „Der Gedanke an die Zukunft und eine neue Politik macht sie stark."

Maria hörte ihm gebannt zu. Wie recht er hatte. Nie hatte sie dem Krieg positive Seiten abgewonnen und doch gab es auch etwas Gutes daran.

„Das Kriegende bedeutet für unser Land einen neuen Anfang. Wir dürfen uns diese Chance nicht entgehen lassen und müssen unser Land lebenswert machen. Alle, die wir hier sitzen, haben die Chance, daran mitzuarbeiten", betonte Paul.

„Damit beginne ich sofort", lachte Erna und trug die Schüsseln in die Küche. Maria, Luise und Theresa halfen ihr. Nachdem die Frauen in der Küche das Geschirr gespült und die Männer eine Zigarette geraucht hatten, brühte Erna zur Freude aller Kaffee auf. Sie hatte auch Plätzchen gebacken, die sie in ein Schälchen füllte und auf den Tisch stellte. Marlene griff gleich danach. Mit gespielter Entrüstung gab Erna ihrer Enkelin einen Klaps.

„Na, na, na. Man wartet, bis alle am Tisch sitzen."

Marlene kicherte und nahm sich ein weiteres Plätzchen. Maria schaute Paul immer wieder an. Ihre Schwester zeigte wirklich Geschmack. Paul gefiel Maria. Immer, wenn er und Theresa alberten oder sich berührten, gab es Maria einen Stich. Sie wollte es nicht wahrhaben, doch sie musste sich eingestehen, dass sie eifersüchtig war.

In den nächsten Wochen begegnete Maria Paul häufig, denn Theresa und er waren oft zu Besuch. Eines Abends hielt Paul bei Fritz und Erna um Theresas Hand an. Ostern feierten sie offiziell

Verlobung und waren voller Pläne für ihre Zukunft. Paul arbeitete als Gießer im Eisenwerk und nach wie vor verdiente Theresa als Verkäuferin ihr eigenes Geld.

Maria freute sich für ihre Schwester, obwohl sie deren Glück schmerzte. Sie wusste, dass es kein Neid war. Es war viel schlimmer: Sie hatte sich in ihren zukünftigen Schwager verliebt. Nie hätte sie für möglich gehalten, jemals wieder lieben zu können. Je mehr sie versuchte, ihre Gefühle zu unterdrücken, umso stärker war die Sehnsucht nach Paul. Sie rief sich Bilder von Maximilian ins Gedächtnis, doch auch das half nicht, Paul aus ihrem Herzen zu verbannen. Die Bilder ihres Mannes verblassten. Sie versuchte, sich ein schlechtes Gewissen einzureden. Was tat sie ihrer Schwester an? Was wollte sie mit einem zehn Jahre jüngeren Mann? Nein, sie musste ihre Gefühle unterdrücken.

Wenn Theresa und Paul zu Besuch waren, tollte Paul mit Marlene herum. Er schien ganz vernarrt in sie. Marlene mochte ihren zukünftigen Onkel. Maria bemerkte dadurch, wie sehr ihrer Tochter ein Vater fehlte. An Sonntagen fuhr Paul Theresa, Maria und Marlene stolz mit seinem Auto. Die Ausflüge führten durch das Sauerland. Mal sonnten sie sich am Sorpestrand, mal wanderten sie auf dem Kahlen Asten. Marlene war immer in Pauls Nähe. Manchmal trug er sie auf seinen Schultern oder spielte mit ihr Fangen. Es waren unbeschwerte Sonntage. Wenn nur Marias Gefühle nicht gewesen wären.

„Siehst du, wie kinderlieb Paul ist? Ich freue mich schon so sehr auf eigene Kinder", sagte Theresa eines Sonntagnachmittags. „Ich bin so glücklich."

Maria und ihre Schwester saßen auf einer Mauer am Sorpesee und beobachteten, wie Paul und Marlene barfuß durch das Wasser wateten.

„Ja", antwortete Maria und sah Theresas verliebten Blick, mit dem sie Paul und Marlene beobachtete.

Paul erwiderte ihre Blicke. Doch er wandte seinen Blick auch immer Maria zu und lächelte sie an. Sie spürte seine Zuneigung. War dies eher freundschaftlich? Es war ihr egal, denn er tat ihr gut. Selbst wenn er Theresa heiratete, trug er sie in ihren Träumen auf Händen. Die Kraft in Maria kehrte zurück und sie schöpfte Hoffnung auf eine gute Zukunft. Endlich hörte man sie wieder lachen.

An einem sommerlichen Maiabend brachte Paul den Sewalds ein gusseisernes Relief, das er im Eisenwerk hergestellt hatte. Er legte es auf den Küchentisch, wo Fritz, Erna und Maria es neugierig betrachteten. Es zeigte ein Wappen aus Bäumen, Wasser und einem Löwen. Fritz und Erna waren außer sich vor Freude.

„Ich möchte euch dieses Relief zum Geschenk machen. Das Wappen habe ich erfunden, es besteht aus Wasser für den See und Bäumen für den Wald. Der Löwe steht für Stärke. Also bedeutet es die starken Sewalds", erklärte er.

Maria schwieg.

„Gefällt es dir nicht?", fragte Paul und legte seine Hand auf ihren Arm.

„Doch, natürlich gefällt es mir. Ich bin ganz gerührt und bewundere deine Arbeit," antwortete sie, ohne von dem Bild aufzusehen.

„Ich muss die Hühner in den Stall bringen."

Mit diesem Satz verließ Maria die Küche und zog im Flur ihre Stiefel an. Als sie auf den Hühnerstall zuging, kam die Erinnerung an die amerikanischen Soldaten zurück. Zitternd blieb sie stehen und weinte. Plötzlich legte jemand seine Hand auf ihre Schulter. Maria schrie laut um Hilfe.

„Maria, ich bin es. Entschuldige, dass ich dir einen Schrecken eingejagt habe." Als sie Pauls Stimme hörte, drehte sie sich um und sah seinen entsetzten Blick.

„Es tut mir leid. Ich dachte, es wäre ... ."

Paul unterbrach Maria und nahm sie in den Arm.

„Alles ist gut. Nie wieder wird dir jemand Gewalt antun", flüsterte er.

Lange hatte sie sich nicht so geborgen gefühlt, wie in diesem Moment. Einige Minuten lang standen sie umarmt und schwiegen, dann löste sich Maria aus der Umarmung und rief die Hühner. Paul half ihr, die Tiere in den Stall zu locken und die Tür zu verschließen.

„Lass uns dort auf die Bank setzen", schlug er anschließend vor. Er nahm Marias Hand und führte sie zu der alten Gartenbank unter dem Kirschbaum. Gemeinsam beobachteten sie den Sonnenuntergang, der lange Schatten warf. Paul fragte Maria, wie sie den Krieg erlebt hatte und wie ihre Zukunftspläne seien. Maria sah ihn an und erzählte ihm ihre Geschichte. Paul legte liebevoll seinen Arm um ihre Schulter und hörte zu. Sie fühlte sich getröstet, auch wenn Paul schwieg. Erst nachdem sie ihre Erzählung beendet hatte, sprach er ihr Mut zu. Ihr war, als hätte sie ihre Seele befreit von all dem Erlittenen. Paul war wie Balsam für ihre Seele, doch weder er noch andere durften wissen, wie es um ihre Gefühle stand.

## 52. Mistelås, 21. Juni 2018

Die ganze Nacht hatte Malin in der Wartezone des Zentrallazaretts in Växjö gesessen. Sie hatte sich mit Kaffee wach gehalten und hoffte, dass sie bald eine Nachricht von einem Arzt bekam. Krister war bei dem Unfall mit dem Traktor schwer verletzt worden und nach Malins Notruf bewusstlos in die Klinik gebracht worden. Nach den Untersuchungen hatte eine Schwester ihr mitgeteilt, dass er operiert werden müsse. Dass sich dies jedoch über die ganze Nacht hinweg zog, bereitete Malin große Sorgen. Es wurde bereits morgen, es war Donnerstag.

Sie erhob sich von der harten Bank, streckte sich und warf ihren Pappkaffeebecher in einen Mülleimer. Mit den Fingern fuhr sie durch ihre Haare, warf ihre blonden Locken hinter die Schultern und band sie mit einer Haarspange zusammen. Mit den Händen streifte sie über die schmutzige Hose. Sie trug noch ihre Arbeitskleidung.

Dann öffnete sich endlich die Tür zum Operationsbereich. Ein Arzt im weißen Kittel kam auf Malin zu.

„Guten Morgen", grüßte er freundlich. „Bist du die Frau von Krister Åkesson?"

„Ich bin seine Verlobte", antwortete sie.

„Wer sind seine nächsten Angehörigen?"

Was sollte diese Fragerei?, dachte Malin. Sie wollte endlich wissen, wie es Krister ging.

„Das bin ich", erklärte Malin.

„Ah so", sagte der Arzt und erklärte ihr Kristers Verletzungen, die er davongetragen hatte.

„Es war eine schwierige Operation. Wir haben die Milz entfernen müssen, aber die größere Aufgabe war die Operation der Knochenbrüche."

„Wie geht es ihm? Wird er überleben?", fragte Malin besorgt.

Bevor der Arzt Gelegenheit hatte, zu antworten, fragte sie, ob sie Krister sehen dürfe. Der Arzt zog die Augenbrauen hoch und schaute an Malin auf und ab.

„Ich weiß, ich bin schmutzig, aber vielleicht könnte sie mir einen Kittel leihen? Dann entledige ich mich meiner Arbeitskleidung."

Diese Idee gefiel dem Arzt nicht, doch er hatte Mitleid mit Malin und nahm sie mit in sein Büro. Aus einem Schrank holte er eine blaue Hose und ein blaues Hemd, wie die Ärzte es für Operationen trugen. Er entfernte die Schutzfolie und reichte ihr die Kleidung.

„Zieh dies an. Ich warte auf dem Flur und führe dich zu deinem Verlobten."

Froh darüber, Krister gleich zu sehen, beeilte sie sich, legte ihre Arbeitsjacke und die Hose auf einen Stuhl und erschien bereits nach wenigen Minuten auf dem Flur.

„Bevor du Krister besuchst, möchte ich dir Folgendes sagen. Krister liegt in einem tiefen Schlaf, so dass sich sein Körper erholen kann. Du wirst in den nächsten Tagen nicht mit ihm sprechen können. Doch er wird es spüren, wenn du bei ihm bist. Das wird ihm helfen, gesund zu werden."

„Gibt es Zweifel daran, dass er wieder gesund wird?", fragte Malin.

„Ich kann es nicht mit Sicherheit sagen. Wir müssen die nächsten Tage abwarten."

„Okay", sagte Malin leise und folgte dem Arzt auf die Intensivstation. Dort gab ihr eine Schwester einen Kittel, Handschuhe und einen Mundschutz. Malin zog dies über den geliehenen Operationsanzug und betrat gemeinsam mit dem Arzt das Krankenzimmer. Monitore standen am Bett. Schläuche ragten unter der Bettdecke hervor. Ein Sauerstoffschlauch steckte in Kristers Nase. Unwillkürlich dachte Malin an ihren Vater und an seine Erinnerungen an das erste Treffen mit seiner Großmutter Maria, das im Krankenhaus stattgefunden hatte.

Während der Arzt die Geräte überprüfte und leise mit der Schwester sprach, stellte sich Malin an Kristers Bett und streichelte seine Wange.

„Bitte werde wieder gesund", flüsterte sie.
Der Arzt legte ihr seine Hand auf die Schulter. „Fahr nach Hause und ruhe dich aus. Es ist jetzt wichtig, dass du Kraft hast. Das überträgt sich auf ihn."
Plötzlich fühlte Malin, wie müde sie war.
„Du hast recht", sagte sie, kleidete sich im Büro des Arztes wieder um und machte sich auf den Heimweg. Sie beschloss, zunächst Bengt und Stina zu besuchen, sie über Kristers Zustand zu informieren und ihnen behilflich zu sein.
Die beiden waren froh, dass Krister den Unfall überlebt hatte. Malin räumte Stinas Küche auf, wusch die Wäsche, saugte den Boden und goss die Blumen auf den Fensterbänken. Anschließend packte sie Wäsche für Krister zusammen, steckte diese in eine Sporttasche und trug sie zum Svensson-Hof. Wenn sie ausgeschlafen hatte, wollte sie ihm Wäsche ins Krankenhaus bringen, damit er sich umziehen konnte, wenn er aufwachte. Sie stellte die Tasche im Flur ab und zog ihre Arbeitsjacke aus. Obwohl sie müde war, nahm sie im Wohnzimmer die Notizen ihres Vaters in die Hand, setzte sich aufs Sofa und las.
Als sie aufwachte, lag sie mit ihrer schmutzigen Arbeitshose lang ausgestreckt auf dem Sofa. Sie war beim Lesen eingeschlafen. Dämmriges Licht fiel durchs Fenster. Die Nächte waren um diese Jahreszeit fast hell. Die Mittsommerwende stand bevor. Unten am See feierten die Dorfbewohner am Freitag das Mittsommerfest. Sie hatte sich schon darauf gefreut, um die Mittsommerstange zu tanzen und fröhliche Lieder zu singen. Es wäre ihr erstes gemeinsames Mittsommerfest gewesen. Malin weinte und hoffte, dass Krister wieder gesund wurde.
Sie schaute auf die Uhr, es war vier Uhr morgens. An Schlaf war nicht mehr zu denken. Sie war hellwach. Darum stand sie auf, reckte sich und setzte in der Küche Kaffee auf. Während die

Kaffeemaschine brodelnde Geräusche von sich gab, duschte sie und fühlte sich anschließend frisch. Für einen Krankenhausbesuch war es noch zu früh. Mit einer Tasse Kaffee und dem Tagebuch setzte sie sich an den Küchentisch. Gerade hatte sie das Buch aufgeschlagen, da klingelte ihr Handy.

„Bitte komm schnell, wenn es dir möglich ist. Krister geht es nicht gut", hörte sie eine Frau sagen.

## 53. Lendringsen, Sommer 1948

Im Juni trat eine neue Währung in Kraft. Reichsmark und Rentenmark wurden gegen die Deutsche Mark umgetauscht. Zunächst gab es an den Ausgabestellen pro Kopf 40 Deutsche Mark (DM) Startkapital im Tausch gegen die Reichsmark. Einige Wochen später bekamen alle Bürger weitere 20 DM. Insgesamt waren die 60 DM etwa ein Drittel des durchschnittlichen Monatslohns. Es half Maria eine kurze Zeit, doch ihr war klar, dass sie möglichst bald ihren Unterhalt für sich und Marlene verdienen musste. Solange sie bei ihren Eltern wohnte, sparte sie die Miete. Die Witwenrente reichte gerade, um etwas Stoff zu kaufen, aus dem Maria Kleider für Marlene und sich selbst nähte. Eine eigene Wohnung zu beziehen, war ihr nächstes Ziel.

Theresa und Paul planten, ein Haus zu bauen. Noch in diesem Jahr wollten sie damit beginnen. Ein Grundstück hatten sie sich am Ortsrand von Lendringsen ausgesucht. Nach dem Hausbau sollte die Hochzeit gefeiert werden. Maria verdrängte den Gedanken daran. Sie beneidete Theresa um ihr Glück und trauerte umso mehr um ihr eigenes Glück, das sie nur kurz mit Maximilian erleben durfte. Zudem fühlte sie sich nach wie vor zu Paul hingezogen. Sie schämte sich dafür. Doch sie konnte es nicht unterbinden.

„Ach, was bin ich froh, dass Theresa endlich heiratet", sagte Fritz eines Abends. Die Familie saß zum Abendessen am Küchentisch. Maria schmierte für Marlene ein Brot und hielt inne, als sie ihren Vater sprechen hörte. Erna nickte ihrem Mann zustimmend zu und biss herzhaft in ihr Leberwurstbrot. Sie schien zufrieden. Maria war der Hunger vergangen, und sie schaute Marlene zu, wie sie hungrig ihr Brot verschlang.

„Nun, da wir schon älter sind, sieht man viele Dinge in einem anderen Licht", sagte Erna.

„Was meinst du?", fragte Fritz.

„Man befasst sich mit dem Leben anders und viel intensiver, als man es in jungen Jahren macht", antwortete Erna.

Maria trank Tee und schaute ihre Mutter über den Tassenrand hinweg neugierig an.

„Nach all dem Leid, das der Krieg uns zugefügt hat, ist die Liebe geblieben und sie ist das Einzige, was uns Menschen miteinander verbindet."

„Es wird auch gehasst, Erna. Sonst wäre es nicht zum Krieg gekommen", meinte Fritz.

„Das stimmt zwar, aber die Liebe ist mächtiger. Sie nimmt uns ganz und gar gefangen. Wenn sie nicht erwidert wird, führt sie zum Verlust eines selbst."

„Erna, was redest du da? Wirst du philosophisch?", fragte Fritz und füllte kopfschüttelnd Tee in seine Tasse.

„Beherrscht dich nicht die Liebe, Fritz?"

„Aber Erna", raunte Fritz. „Was soll so eine merkwürdige Frage?"

„Es ist doch so: Wer liebt, wird von der Liebe ganz eingenommen. Manchem nimmt sie das Denken", erwiderte sie.

„Aha", grummelte Fritz.

Maria verfolgte das Gespräch ihrer Eltern und amüsierte sich.

„Die Liebe ist mir unbegreiflich", meinte Fritz.

„Aber warum? Schau dir Theresa und Paul an, was ist daran unbegreiflich?", wollte Erna wissen.

Maria schluckte. Ihr war es unbegreiflich, warum sie sich in Paul verliebt hatte. Ihre Mutter hatte Recht, Liebe kann einen beherrschen und um jegliche Vernunft bringen, dachte sie.

„Man muss immer an der Liebe festhalten und sie nicht sorglos

behandeln. Sie ist wie ein rohes Ei, das bei einem Schlag einen Riss bekommt und der Inhalt auszulaufen droht."
Wie sollte sie an der Liebe festhalten, wenn sie nicht erwidert wurde?, dachte Maria.
„Wenn die Schmetterlinge und das Herzklopfen nach einiger Zeit verschwinden, dann wird es die wahre Liebe, die auf Freundschaft und Partnerschaft basiert", fuhr ihre Mutter fort.
„Ach, Erna", unterbrach Fritz seine Frau erneut.
„Ist es bei dir nicht so?"
„Doch, doch. Ich habe mich an dich gewöhnt."
Erna sah ihn entrüstet an. Fritz lachte.
„Fritz, Liebe ist nicht immer beständig, nur dass du es weißt", schimpfte sie.
Maria dachte an Paul. Ihre Gefühle machten ihr Angst. Es war wie eine Aufforderung zum Nachdenken und sie dachte an nichts anderes als an ihn. Ihr Verstand sagte ihr, dass sie sich zurückhalten sollte, ihre Gefühle würden irgendwann vorüber gehen. Doch ihr Herz sagte etwas anderes. Es forderte, dass sie mit Paul sprechen sollte. Sie half ihrer Mutter, den Tisch abzuräumen. Marlene spielte mit ihrem Großvater eine Runde Karten, bevor Maria sie ins Bett brachte. Die Kleine schlief schnell ein. Seit sie in der Schule war, hatte sie keine Schlafprobleme mehr. Das freute Maria, die oft eher eingeschlafen war, als ihre Tochter. Mit einem Buch setzte sich Maria in den Sessel, der neben dem Bett stand, das sie sich mit Marlene teilte. Sie las eine Seite zwei Mal und legte das Buch beiseite, weil sie sich nicht konzentrieren konnte. Was sollte sie nur machen? Sollte sie Paul die Wahrheit sagen? Nein, es durfte nicht sein, sagte sie sich und beschloss, ihr Geheimnis für sich zu behalten.

## 54. Lendringsen, 1949

„Das ist unglaublich! Mein Gott! Wie wunderbar!", hörte Maria ihre Mutter freudig rufen. Ihr Vater stieß einen Freudenschrei aus. Maria und Marlene waren in ihrem Zimmer mit Rechenaufgaben beschäftigt. Es hatte an der Haustür geklopft. Es musste ein besonderer Gast sein, dass ihre Eltern sich so freuen.

„Lass uns sehen, wer da ist", schlug Maria ihrer Tochter vor. Marlene ließ sich das nicht zweimal sagen und huschte an ihrer Mutter vorbei, öffnete die Tür und lief die Treppe hinunter. Maria hörte in einem Durcheinander von Stimmen nicht, um was es ging. Schnell eilte sie nach unten und traute ihren Augen nicht. Ihr lange vermisster Bruder Egon stand mit einem Blumenstrauß im Flur. Er war mager und seine Kleidung war zerlumpt.

„Egon", rief Maria und umarmte ihn stürmisch.

„Nun isst du erstmal etwas, damit du wieder zu Kräften kommst", sagte Erna und schob Egon in die Küche, wo sie die Reste vom Mittagessen aufwärmte. Nach dem Essen badete er in Ernas Waschzuber. In viel zu großer Kleidung erschien er anschließend wieder in der Küche und umschlang seine Mutter mit beiden Armen.

Die Neuigkeit, dass Egon zurück war, verbreitete sich rasend schnell. Luise und ihr Mann Helmut, Theresa und Paul, sowie Enno, Ewald und Eduard kamen, um Egon zu begrüßen.

„Ich fühle mich wie neugeboren", lachte er und und sah dabei aus wie ein Greis. Sein Gesicht war eingefallen und faltig. Die Haare stumpf und ohne Glanz. Doch die Freude, wieder zuhause zu sein, gab ihm neue Kraft. Gerne ließ er sich von allen umarmen.

„Erzähl uns, was geschehen ist", bat Erna ihren Sohn. Gebannt hörte die Familie zu, als Egon schilderte, wie es ihm in den vergangenen Jahren ergangen war.

## *Russland*

Im Mai 1945 geriet Egon in Riga in Gefangenschaft. Ein Jahr lang lebte er dort in einem sowjetischen Kriegsgefangenenlager für deutsche Soldaten. Mit anderen Häftlingen deportierte man ihn 1946 in ein Arbeitslager in Plawsk, nahe der Stadt Tula. Zunächst arbeitete er dort in einem Steinbruch, später, als die Straße von Moskau nach Orel erweitert wurde, als Straßenarbeiter. Die Häftlinge bekamen nur wenig zu Essen und Schlafplätze gab es nicht für alle. Viele schliefen im Freien. Die Sterberate war hoch, Krankheiten wie Tuberkulose breiteten sich aus und zudem verhungerten die Schwächeren. Die Baracken wurden im Winter nur unzureichend geheizt, so dass die Soldaten Erfrierungen erlitten. Egon hatte dadurch zwei Zehen verloren. Ungeziefer, Ratten, Läuse, Wanzen und das feuchte Stroh, auf dem die Soldaten nachts lagen, plagten die Männer. Egon wunderte sich jeden Tag aufs Neue, dass er dies alles überlebte, ohne ernsthaft zu erkranken. Im folgenden Sommer sprang er bei jeder Gelegenheit, die sich bot, in den Fluss. Das kühle Bad erfrischte ihn und er fühlte sich sauber.

Im Mai 1948 zählte Egon zu den Männern, die vom Straßenbau abgezogen und für Renovierungsarbeiten eingesetzt wurden. Egon war froh, dass auch sein Freund Wenzel zur Renovierungsgruppe gehörte. Auf der Ladefläche eines alten Lastwagens transportierte ein mürrischer Fahrer die Gefangenen zur neuen Arbeitsstätte. Ein Wachmann achtete darauf, dass niemand floh. Auf holprigen Wegen ließ der Lastwagen die Stadt Tula hinter sich. Egon empfand fast so etwas wie Glück, als sie eine sanft ansteigende Straße hinauffuhren. Kleine Backsteinhäuser säumten die Straße, umgeben von maigrünen Wiesen.

„Wo fahren wir hin?", fragte Wenzel, der etwas russisch sprach, den Wachmann.

Oleg Jaroschew, der Wachmann, erzählte etwas von einem Gut, zu dem sie fahren würden.

„Mi doexatb do Jasnaja Poljana! Samok! Tolstoi!", rief Oleg. Wegen des lauten Dieselmotors verstanden die Männer nur Wortfetzen.

„Ich glaube, er meint, dass wir auf Tolstois Gut arbeiten sollen", meinte Wenzel.

Egon sah ihn erstaunt an.

„Du meinst den Dichter?"

„Das kann sein. Aber es gibt sicher auch andere mit diesem Namen", antwortete Wenzel. „Warten wir es ab."

Egon nickte. Er bewunderte Wenzel, der so viel wusste. Fast auf jede Frage hatte er eine Antwort. Wenzel war Bayer und hatte vor dem Krieg in München Medizin studiert. Bis er in Gefangenschaft geraten war, hatte er in einem Feldlazarett gearbeitet. Er achtete auf Hygiene, soweit es möglich war. Vielleicht lag es daran, dass er noch nicht krank geworden war.

Wenige Kilometer von Tula entfernt, wurde auf einem Hügel ein strahlend weißes Haus sichtbar. Egon verschlug es die Sprache. Der blaue Himmel, saftige Wiesen, Kolonien blühender Blumen, die unendliche Weite, aus der dieses große Gutshaus emporragte, wirkten wie ein Gemälde. Der Lastwagen fuhr eine Birkenallee entlang und gelangte an ein rundes Tor, an dessen Eingang sich zwei alte Wachhäuschen befanden. Dies passierte er und hielt schließlich vor dem Gutshaus. Die Männer stiegen ab und stellten sich neben dem Lastwagen auf. Egon sah sich um. Nach all den kleinen Backsteinhäusern und armseligen Hütten, die er unterwegs gesehen hatte, erinnerte ihn dieser Gutshof an die paradoxe

Welt. An einem weiteren Gebäude prangte ein Schild mit der Aufschrift „Tolstoi Museum".
„Du hattest recht", flüsterte Egon Wenzel zu. „Wir sind auf dem Gut der Tolstois."
„Ja", antwortete er und zeigte auf eine Statue. „Da steht er, der große Dichter Tolstoi."
Egon war beeindruckt und las, was auf dem metallenen Schild stand, das an dem Stein unter der Statue angebracht war. Der Name des Dichters war in kyrillische Buchstaben geprägt: ‚*Lew Nikolajewitsch Graf Tolstoi – 1828 – 1910*'.
„Ich habe seinen Roman ‚Anna Karenina' gelesen", sagte er.
„Den Roman habe ich auch verschlungen, es ist ein mächtiges Werk", erklärte Wenzel, legte den Kopf in den Nacken und schaute zum Himmel.
„*Wronskij blickte Anna an, wie ein Mensch auf eine von ihm selbst abgerissene und nun welk gewordene Blüte schauen mag, an der er nur mit Mühe noch die Schönheit wiedererkennt, wegen derer sie zerbrach und dem Untergang weihte*", zitierte Wenzel aus dem Roman. „Die Tragik, die in diesem einen Satz zusammenkommt, ist erbarmungslos."
„Es nützt uns armen gefangenen Soldaten leider nichts. Wir erleben eine ganz eigene Tragik", erwiderte Egon trocken.
Oleg Jaroschew unterbrach das Gespräch, indem er den Häftlingstrupp aus zehn Männern aufforderte, ihm zu folgen. In einer Scheune machte er halt und erklärte den Männern, wo sie sich befanden. Das Gut Jasnaja Poljana war seit vielen Jahren ein Museum. Die deutsche Wehrmacht hatte es 1941 besetzt und in Flammen gesetzt. Das Feuer konnte jedoch gelöscht werden. Nun nach dem Krieg musste das Museum renoviert werden. Die Häftlinge sollten die Außenfassade streichen. Oleg zeigte auf die Farbeimer, die gestapelt in der Scheune standen. Daneben lagen

Pinsel. Die Männer griffen sich die Eimer und Pinsel und machten sich unter Olegs Aufsicht an die Arbeit. Der mürrische Lastwagenfahrer war zurück zum Lager gefahren. Abends würde er zurückkehren und die Männer wieder abholen.
Oleg war keiner dieser Aufseher, die ihre Häftlinge mit Knüppeln antrieben. Er nahm selbst einen Pinsel zur Hand und half beim Anstrich. In seiner Tasche hatte er Brote und Eier, die er mit den zehn Männern teilte. Egon genoss das Festmahl. Wie lange hatte er kein gekochtes Ei mehr gegessen? Er konnte sich nicht erinnern.
Nach einer Woche waren die Fassaden gestrichen und die Gebäude strahlten weißer als zuvor. Nun wurden die Männer zur Gartenarbeit eingeteilt. Der Park mit seinen drei Teichen war verwildert und bedurfte gründlicher Pflege. Wenzel und Egon befreiten Tolstois Grab von Unkraut und Gebüsch und legten den Gedenkstein wieder frei.
Oleg gewährte den Männern Einblick ins Museum. Egon wurde klar, warum Oleg von einem ‚nationalen Heiligtum der russischen Literatur' sprach. Die Räume waren bescheiden eingerichtet. Tolstoi hatte hier bis zu seiner Flucht in einer kalten Herbstnacht im Jahr 1910 gelebt. Es war seine Flucht aus der Ehe mit Sofia Andrejewna Tolstaja, mit der der Schriftsteller seit fast fünfzig Jahren verheiratet war. Die Ehe war nur noch geprägt von Auseinandersetzungen und Missverständnissen. Zehn Tage nach seiner Flucht war Tolstoi zurückgekehrt, jedoch als toter Mann, denn auf einer Bahnreise von Moskau nach Rjasan musste er aufgrund hohen Fiebers auf der Bahnstation Astapowo ein Quartier nehmen und war dort am 20. November 1910 verstorben.
In Tolstois Bibliothek blieb Egon lange stehen. Ein Gefühl innerer Ruhe überkam ihn, als er all die Bücher betrachtete. Darunter befanden sich auch deutsche Literaturwerke sowie Tolstois

Romane in deutschen Fassungen. Ein aufgeschlagenes Buch lag auf dem Schreibtisch. Es war Dostojewskis Roman ‚Die Brüder Karamassow'.

„Seite 357. Vielleicht hat er das Buch seines Dichterkollegen bis hierhin gelesen", überlegte Wenzel. Die Faszination, die Egon überkam, führte er darauf zurück, dass er sich zwischen all den Büchern ausgeglichen und wohl fühlte. Er wollte mehr über den Dichter erfahren und sah sich im Museum um. Dankbar, dass Oleg ihm diese Freiheit gewährte, machte er sich Notizen über die Werke. Dazu nutzte er sein kleines Tagebuch, das er immer in der Hosentasche bei sich trug. Vorsichtig legte er die deutschen Fassungen auf den Tisch und las die Titel. ‚Krieg und Frieden', ‚Anna Karenina' und ‚Auferstehung', Anthologien mit Gedichten und Erzählungen. Sollte er je wieder nach Lendringsen zurückkommen, würde er sich alle Bücher von Tolstoi beschaffen und sie lesen. Er blätterte durch sein Tagebuch, das fast bis zur letzten Seite beschrieben war. Es überkam ihn der Wunsch, aus seinen Notizen einen Roman zu schreiben und diesen zu veröffentlichen. Er nickte, um sich selbst zu bestätigen, und folgte Olegs Ruf, auf den Lastwagen aufzusteigen und ins Lager zurückzufahren.

## 55. Mistelås, 22. Juni 2018

Es war früher Morgen. Malin fuhr ausnahmsweise mit überhöhter Geschwindigkeit über die schmale Straße. Fast erfasste sie ein Reh, das den Weg überquerte und erschrocken zurücksprang, als es Malins Auto kommen sah. Hoffentlich starb Krister nicht. Malin betete, als sie nach dem Anruf aus dem Krankenhaus auf dem Weg zu ihm war.

Sie verließ die Landstraße und bog auf den Riksväg, auf dem es erlaubt war 100 Stundenkilometer schnell zu fahren. Nach einer halben Stunde erreichte sie das Krankenhaus und eilte zur Intensivstation, wo sie an der Tür klingelte. Eine Schwester öffnete und gab ihr Schutzkleidung und Handschuhe, die sie überzog.

„Wie geht es ihm?", fragte Malin die Schwester.

„Bitte warte einen Moment, ich hole die diensthabende Ärztin. Sie wird dir alles erklären", antwortete die Schwester und bat Malin, sich auf eine Bank im Flur zu setzten. Nur wenige Minuten später kam eine Ärztin auf sie zu. Malin sprang auf. Die Ärztin erklärte, dass Krister in eine akute Krise geraten war, die bis zum Herzstillstand geführt hatte. Es gehe ihm aber wieder besser und er schlief.

„Wir haben dich anrufen lassen, weil uns nicht klar war, ob er diesen Zustand überleben würde. Aber er hat Glück gehabt", erklärte die Ärztin.

„Danke", sagte Malin und folgte der Ärztin an Kristers Bett. Es sah alles so aus wie am Tag zuvor. Krister lag, umgeben von Schläuchen und Monitoren, im Bett und atmete gleichmäßig. Malin legte ihre Hand auf seine. „Du darfst mich nicht verlassen, Krister. Verstehst du?"

Seine Hand zuckte. Hatte er sie verstanden? Oder war es nur ein

Muskelzucken?

„Wenn du wieder gesund bist, werden wir heiraten und eine Horde Kinder bekommen", flüsterte sie, beugte sich vor und gab ihm einen Kuss auf die Stirn.

„Ich brauche dich, mein geliebter Krister."

„Er wird wieder gesund. Wenn sein Körper gut mitarbeitet, dann dauert es nicht sehr lange. Er ist stark", sagte die Ärztin, die hinter Malin stand und ihr zugehört hatte.

„Das wäre wunderbar", antwortete Malin und lächelte, trotz der Tränen in den Augen.

„Du musst etwas geduldig sein."

Malin nickte. Nachdem die Ärztin das Zimmer verlassen hatte, setzte sie sich auf einen Stuhl und erzählte Krister, was sie geplant hatte. Sie wollte das Svensson-Haus streichen, mit falunroter Farbe. An den Wetterseiten war kaum noch Schutz auf dem Holz, darum war ein Anstrich dringend nötig.

„Ich beginne mit dem Streichen, sobald es dir besser geht. Und mach dir keine Sorgen, ich gehe erst zurück nach Stockholm, wenn du wieder fit bist. Das verspreche ich. Das Studium muss warten."

Eine Schwester nahm Krister Blut ab. Wenig später kam sie zurück und berichtete Malin, dass die Blutwerte in Ordnung seien.

„Hast du gehört, Krister? Deine Blutwerte sind okay", sagte Malin erleichtert.

In den kommenden Tagen verlor sie das Gefühl für Zeit. Sie saß an Kristers Bett, bis sie müde wurde und nach Hause fuhr, um nach Bengt und Stina zu sehen und zu schlafen. Sobald sie aufgewacht war, kehrte sie wieder zu Krister zurück. Eine Woche lang ging es so, dann wachte er auf. Zunächst bemerkte Malin das Blinzeln seiner Augen nicht, denn sie war so müde, dass sie eingenickt war. Er räusperte sich leise. Als Malin aufwachte, waren seine Augen geöffnet. Er sah sie an. Malin war nun hellwach und sprang vom Stuhl auf.

Stockend fragte er, was passiert sei. Vom Traktor, der einen Hang hinunterstürzte und von den Verletzungen, die er davongetragen hatte, berichtete Malin ihm behutsam. Dennoch bemerkte sie, wie sehr er sich darüber aufregte, einen Unfall gehabt zu haben. Krister versuchte, sich aufzurichten, doch er sackte vor Schmerz zurück.

„Wie steht es mit dem Traktor?"

„Totalschaden", antwortete sie.

„So ein Mist", schimpfte er leise.

„Du darfst dich nicht aufregen", riet Malin.

„Aber der Traktor war neu."

„Ich weiß. Es gibt doch die Versicherung. Das hilft dir, einen neuen Traktor zu kaufen."

„Ja, dennoch ist es ärgerlich."

„Es gibt Schlimmeres als einen kaputten Traktor. Viel wichtiger ist, dass du wieder gesund wirst. Mit der Zeit wird sich alles andere fügen", tröstete Malin ihn.

„Das stimmt", antwortete er. „Wie geht es Bengt und Stina?"

„Sie lassen dich grüßen und werden dich in den nächsten Tagen besuchen, wenn Bengt zur Untersuchung muss."

Erst am Abend machte sich Malin auf den Heimweg. Während der Fahrt dachte sie daran, wie sich ihr Leben verändert hatte. Noch vor wenigen Wochen hatte sie als Studentin in Stockholm gelebt. Nun pendelte sie in einem kleinen Dorf zwischen zwei Höfen und plante demnächst zu heiraten. Sie hoffte inständig, dass Krister bald wieder gesund war.

## 56. Lendringsen, Juli 1952

Drei Jahre waren vergangen, in denen Maria ihre Liebe zu Paul verborgen hatte. Fast genauso lange war Deutschland bereits ein geteiltes Land. Am 7. Oktober 1949 war die Deutsche Demokratische Republik auf dem Gebiet der sowjetischen Besatzungszone gegründet worden. Dort wurde eine Demokratie vorgetäuscht, doch die Realität sah anders aus.
Marlene war 11 Jahre alt und ein hübsches junges Mädchen. Noch immer bewohnten sie zwei Zimmer bei Fritz und Erna, was Marlene genoss. Ihre Großeltern verwöhnten sie und waren zu jeder Zeit zur Stelle, wenn Marlene einen Wunsch hatte. Auch Egon wohnte in seinem früheren Zimmer. Er hatte in Russland seine Liebe zur Literatur entdeckt und hatte bereits Gedichte und Erzählungen verfasst. Die Tageszeitung druckte jeden Samstag eines seiner Gedichte. Dafür erhielt er ein kleines Honorar. Seit einigen Wochen schrieb er einen Roman, für den er seine Notizen aus seinem Tagebuch nutzte. Er hatte die Zusage eines renommierten Verlags erhalten, der den Roman drucken wollte. Wenzel hatte ihm dazu verholfen, denn er war ein Freund des Verlegers und hatte ihm einige Gedichte und Erzählungen von Egon vorgelegt hatte.
Fritz und Erna ließen Egon gewähren und gaben ihm die nötige Ruhe zum Schreiben, auch wenn er größtenteils auf ihre Kosten lebte. Fritz und Erna waren sich einig, dass er sich nach der Gefangenschaft erholen musste. Wenn sein Roman fertiggeschrieben und gedruckt war, konnte er sich um eine Arbeitsstelle kümmern, die ihm ein regelmäßiges Einkommen einbrachte.
Häufig kamen Theresa und Paul zu Besuch. Sie waren noch mit dem Hausbau beschäftigt. Ihr Haus in der Straße ‚Oberm Roh-

lande' hatte ein Dach und Fenster. Bald war auch der Innenausbau fertig, so dass das Paar nach der Hochzeit einziehen konnte. Die Einladungskarten waren verschickt und verteilt. Maria hatte die Karte gelesen und bitterlich geweint. Wie sollte sie den Hochzeitstag überleben? Sie aß kaum noch etwas. Ihre Nächte waren schlaflos und ihre Tage traumlos.

Im Juli beschloss Maria, mit Paul zu sprechen und ihm ihr Geheimnis anzuvertrauen. Sie musste vor der Hochzeit wissen, ob Paul etwas für sie empfand. Er war ihr gegenüber immer zuvorkommend und freundlich. Häufig neckte er sie und sie hatte das Gefühl, dass er ihre Nähe suchte. Ihr war klar, dass sie ihrer Schwester in den Rücken fiel, doch es war Zeit, dass sie an sich dachte. Nach all dem Leid redete sie sich ein, dass sie endlich etwas Glück verdient hatte.

Maria war überrascht, dass Paul einem Treffen sofort zustimmte, ohne zu fragen, warum sie ihn allein treffen wollte.

An einem lauen Sommerabend fuhren sie in Pauls Kadett zum nahegelegenen Sorpesee. Maria saß nervös auf dem Beifahrersitz und plauderte über Belangloses wie den Wuchs der Erdbeeren in Ernas Garten. Paul lachte und erzählte, wie er ein Stromkabel in seinem Haus falsch verlegt hatte und es daraufhin einen Knall im Stromkasten gegeben hatte.

„Weiß Theresa von unserem Treffen?", unterbrach Maria ihn.

Paul schaute erst sie an und dann wieder auf die Straße, über die er seinen Wagen lenkte.

„Nein, ich habe ihr gesagt, dass ich einen Freund besuche, der meinen Rat braucht", antwortete er.

„Was für einen Rat?", fragte Maria.

„Das fragte Theresa auch. Ich sagte, es sei ein Männerthema", antwortete Paul.

Maria sah ihn an und bemerkte, dass er sich auf die Lippen biss.

„Hast du ein schlechtes Gewissen?"
„Naja, es fühlt sich schon etwas merkwürdig an. Dennoch möchte ich gerne wissen, was du mit mir besprechen möchtest."
Maria schwieg. Paul parkte den Wagen am Seeufer, stieg aus, lief um den Wagen herum und öffnete ihr galant die Beifahrertür. Er reichte ihr seine Hand und half ihr beim Aussteigen. Auch als sie am Ufer entlanggingen, ließ er ihre Hand nicht los. Erst als Maria eine Decke auf dem Boden ausbreitete, steckte er seine Hände verlegen in die Hosentaschen.
„Setz dich", bat Maria, die bereits auf der Decke saß.
Paul folgte ihrem Wunsch und fragte, was sie ihren Eltern und Marlene gesagt habe, wo sie den Abend verbringe.
„Es ist lustig, denn ich habe genau das gesagt, was du Theresa gesagt hast."
„Wie?", fragte Paul. „Du hast gesagt, dass du einen Freund besuchst, um mit ihm über ein Männerthema zu sprechen?"
Maria lachte. „Nein, natürlich besuche ich eine Freundin."
Paul lächelte. „Wie bin ich so als deine Freundin?"
„Sehr nett."
„Über was möchtest du mit mir besprechen?", fragte Paul und sah Maria an.
Sie schwieg einen Moment und schaute auf die Wellen, die ans Ufer rollten, so als wollten sie Anlauf nehmen, um mit Schwung ins Wasser zurückzugleiten. Die Schaumkronen auf den Wellen leuchteten in der Dämmerung. Die Sonne ging unter und warf ihren rötlichen Schein über den See.
„Nun?", fragte Paul.
Maria sah ihn an und nahm ihren Mut zusammen. „Ich liebe dich."
Paul drehte den Kopf und schaute schweigend aufs Wasser.
„Ich liebe dich vom ersten Moment an, als ich dich traf. Ich

denke, du hast ein Recht darauf, es zu wissen", erklärte sie leise.
„Ich habe alles versucht, um meine Gefühle zu unterdrücken. Aber die Gefühle sind stärker als mein Verstand."
Paul schaute auf und legte seine Hand unter Marias Kinn. Er drehte ihren Kopf sanft zu sich und sah sie an. Sein durchdringender Blick ließ sie erschaudern. Verlegen schloss sie die Augen. Sie spürte seine warmen Lippen auf ihren Augenlidern. Er küsste sie erst auf das rechte Auge, dann auf das linke. Noch immer hielt er ihr Kinn. Seine Lippen legten sich auf ihren Mund. Es war ein zaghafter, zärtlicher Kuss, der fordernder wurde. Maria schlang ihre Arme um ihn und ließ sich von ihm sanft auf den Boden drücken. Verschlungen lagen sie nebeneinander und küssten sich. Ihr Herz klopfte so heftig, dass sie meinte, es könnte zerspringen.
Paul stöhnte und rollte sich auf den Rücken. „Maria, du bist mein Leben. Mir geht es genau wie dir. Doch ich bin gefangen in der Rolle als Theresas Verlobter."
Maria stützte sich auf ihren Ellbogen und schaute ihn an. Er liebte sie. Das machte sie glücklich.
Paul drehte sich auf die Seite und sah sie an. Er strich über ihr Haar und schob ihr Strähnen aus dem Gesicht.
„Ich liebe dich ebenfalls vom ersten Augenblick an", flüsterte er und rollte sich wieder auf den Rücken. Er verschränkte seine Arme hinter dem Kopf und schaute zum Himmel, der sich verdunkelte. Der Mond war schon zusehen.
„Es ist eine komplizierte Situation. Ich mag Theresa sehr gern, aber ich liebe dich. Das habe ich erst herausgefunden, als ich dich kennenlernte. Das ist unmöglich, dachte ich. Maria ist eine wunderbare Frau, die sich nicht mit einem zehn Jahre jüngeren Kerl wie mir abgeben würde. Darum hielt ich meine Gefühle verborgen."

Maria rutschte an ihn heran und legte ihren Kopf auf seine Brust. Sie lauschte dem Klopfen seines Herzens. Paul streichelte ihren Kopf.

„Siehst du den Stern dort oben?", fragte er.

Maria sah auf und folgte der Richtung, in die er mit dem Finger zeigte.

„Das ist der Spikarus, der Millionen von Lichtjahren von uns entfernt ist. Er ist der am weitesten entfernte Stern, der bekannt ist."

Maria betrachtete den winzigen, blinkenden Punkt.

„Ich liebe dich tausendmal mehr als den Spikarus", flüsterte sie und drehte sich zu Paul. Lachend zog er sie in seine Arme und küsste sie.

„Du machst mich glücklich", sagte er. Die Gedanken an Theresa waren von beiden vergessen. Sie küssten sich. Paul wurde immer fordernder. Maria spürte, auf was es hinauslaufen könnte und drückte ihn von sich. In Gedanken sah sie Smith, seine Pistole und sie roch den Hühnerdreck. Ihre Augen brannten und Tränen rannen ihr über die Wangen. Sie sprang auf, zog die Schuhe aus und stellte sich bis zu den Knien in den See. Das kühle Wasser umspülte ihre Beine. Ihr brennender Körper kühlte langsam ab. Sie sehnte sich so sehr nach Liebe und wünschte sich die Nähe zu Paul. Doch es war unmöglich.

„Bitte verzeih", hörte sie Paul sagen. Er stand hinter ihr.

Maria drehte sich um. Er sah sie besorgt an. Was für ein attraktiver Mann er war, dachte sie. Paul hatte die Hände in den Hosentaschen und die Hose bis zu den Knien hochgekrempelt. Mit den Füßen stand er im Wasser und sah Maria an, als sei er ein Schuljunge, der auf Strafe wartete, weil er einen Streich gespielt hatte. Es tat Maria leid.

„Paul, es liegt nicht an dir. Es ist wegen damals", flüsterte sie. Sie konnte es nicht laut aussprechen.

„Was war damals? Bitte erzähle es mir."

Maria suchte nach Worten, die sie durch ihre wie zugeschnürte Kehle pressen konnte.

„Es war im Hühnerstall", stammelte sie.

„Pscht, du musst es mir nicht erzählen. Ich weiß von Theresa davon und es tut mir unendlich leid, was dir widerfahren ist." Liebevoll nahm er Maria in die Arme und strich ihr zärtlich über den Rücken. Sie weinte und beruhigte sich langsam. Umarmt wie ein Liebespaar gingen sie zum Auto zurück und fuhren nach Lendringsen. Während der gesamten Fahrten schwiegen sie und hingen ihren Gedanken nach. Damit ihr Treffen niemandem auffiel, hielt Paul das Auto oberhalb des Bieberbergs, damit Maria zu Fuß nach Hause gehen konnte. Sie verabschiedete sich mit einem Kuss und stieg aus.

„Warte!", rief Paul.

Maria drehte sich um.

„Ich sage die Hochzeit ab."

Plötzlich überkam Maria Panik. Sie setzte sich zurück ins Auto.

„Wie soll das funktionieren?", fragte sie mit zittriger Stimme.

„Ich möchte mit dir zusammensein. Möchtest du es nicht?", fragte Paul.

Maria nickte. „Doch."

„Wenn ich die Hochzeit nicht absage, müsste ich immer mit einer Lüge leben. Das kann ich Theresa nicht antun", meinte Paul.

„Maria, unsere Liebe blüht nicht erst seit gestern, wie wir heute festgestellt haben. Gemeinsam werden wir die kommenden Wochen durchstehen."

„Ich liebe dich so sehr", sagte sie.

„Ich dachte lange, Theresa sei die richtige Frau für mich. Bis ich dich kennenlernte. Doch ich wollte es dir nicht sagen, um kein Leben zu zerstören. Weder Theresas, noch deins. Doch jetzt

müssen wir handeln."
„Theresa wird es nicht hinnehmen."
„Sie wird es hinnehmen müssen. Oder glaubst du, sie würde lieber mit einem Mann leben, der eine andere liebt?"
Maria sah ihre Schwester vor sich, diese zarte junge Frau, die ihr ganzes Leben in Pauls Hände legte und die ihm vertraute.
„Lass mir etwas Zeit, Paul. Wir werden den richtigen Weg finden", sagte sie.
„Viel Zeit haben wir nicht. Die Hochzeitsvorbereitungen haben schon begonnen."
„Ja", antwortete Maria, öffnete die Tür und stieg aus.
„Übrigens! Ich wäre ein guter Vater für Marlene", rief ihr Paul hinterher.
Maria winkte ihm lächelnd zu und verschwand hinter der nächsten Ecke. Sie lief den schmalen Weg entlang. Es war dunkel und nur der Mond warf sein Licht hinunter und erzeugte lange Schatten.
„Slowly, Baby!"
Maria erkannte die Stimme. Es war Smith. Sie blieb stehen, kalter Schweiß brach ihr aus. Dann lief sie, so schnell sie konnte.
„Fucking dirty german slut!"
Smith' Worte hallte in ihren Ohren nach. Sie hörte Schritte hinter sich und roch seinen nach Hühnerdreck stinkenden Atem, der über ihre Schulter wehte. Er war nah. Mit Schwung drehte sie sich um und war bereit, ihn zu ohrfeigen und davonzulaufen. Doch niemand war zu sehen. Sie war Hirngespinsten erlegen. Der Alptraum verfolgte sie und war so realistisch, dass er erneute Zerrissenheit in ihr hervorrief. Außer Atem erreichte sie ihr Elternhaus und schloss die Tür auf. Schnell lief sie in ihr Zimmer, holte die Waschschüssel, füllte sie in der Küche mit Wasser und trug sie wieder nach oben. Stank sie nach Hühnerdreck? Sie zog sich

aus. Mit einem Waschlappen rieb sie über die Seife, die auf ihrem Waschtisch neben der Schüssel lag, und seifte ihren Körper von oben bis unten ein. Im Spiegel sah sie den Seifenschaum, der an ihr klebte. Weinend griff sie ein Handtuch und rieb sich trocken. Sie erschrak, als es an der Tür klopfte. War dies auch ein Hirngespinst? Hatte Smith sie eingeholt?

In das Handtuch gewickelt, öffnete sie die Tür einen Spalt. Es war Erna, die geklopft hatte.

„Mutter?", fragte Maria, als wenn sie ihre Mutter nicht erkannte.

„Was ist passiert, Kind? Warum weinst du mitten in der Nacht?", fragte Erna besorgt.

„Ich höre den amerikanischen Soldaten, wie er mich verfolgt. Ich glaube, ich werde verrückt."

Erna nahm Marias Hand und zog sie zum Bett, in dem Marlene tief und fest schlief. Nebeneinander setzten sie sich auf die Bettkante und Erna legte ihren Arm um Marias Schulter.

„Du wirst nicht verrückt. Es ist normal, dass schreckliche Erlebnisse immer wieder zum Vorschein kommen", tröstete Erna.

Maria lehnte ihren Kopf an Ernas Schulter. Der Trost und das Verständnis ihrer Mutter taten ihr gut.

„Leg dich hin", sagte Erna und deckte Maria zu, als sei sie ein kleines Kind. „Morgen sieht die Welt wieder besser aus."

Sie strich ihrer Tochter liebevoll über den Kopf und verließ das Zimmer.

Oh weh, dachte Maria. Wäre ihre Mutter auch so verständnisvoll, wenn sie wüsste, was sich zwischen ihr und Paul entwickelte? Ich habe ihre Liebe nicht verdient, schämte sich Maria.

Ihre Augen brannten, füllten sich mit Tränen und ihre Lippen bebten. Sie bemühte sich, nicht laut zu schluchzen. Was geschah mit ihr? Von einem Moment zum anderen hatte ihr Leben eine neue Wendung genommen.

## 57. Menden, 27. Dezember 1999

„Mormor, ich möchte dir meine Frau Ebba vorstellen?"
Ben und Ebba standen an Marias Krankenbett und waren gespannt, wie sie reagierte. Zu Bens Freude lächelte seine Großmutter Ebba an und reichte ihr ihre zittrige Hand, die vom Leben gezeichnet war. Ebba nahm Marias Hand in beide Hände und grüßte mit dem schwedischen ‚Hej'. Ebbas Hände waren warm, was in Maria ein wohliges Gefühl auslöste.

„Nun habe ich wohl auch eine Enkeltochter", sagte Maria und sah zufrieden aus.

Ben und Ebba sahen sich an. War es nun der richtige Zeitpunkt, Gunnar ins Zimmer zu holen?

„Mormor, wir haben jemanden dabei, der dich gerne besuchen möchte."

Maria zog die Stirn kraus und sah ihren Enkel fragend an.

„Wer ist es?", überlegte sie und glaubte, die Antwort zu kennen.

„Es ist mein Vater, dein Schwiegersohn."

Maria stockte der Atem. Der Mann, der ihr die Tochter genommen hatte, wollte sie sehen? Nein, sagte sie sich, so durfte sie nicht denken. Ihn traf keine Schuld. Sie hatte ihre Tochter mit ihrer Engstirnigkeit aus dem Haus gejagt. Es war ihre Schuld gewesen, dass sie ihre Tochter verloren hatte. Nun war es an der Zeit, sich zu versöhnen. Dadurch konnte sie nur gewinnen. Sie hatte nichts zu verlieren. Sie nickte Ben zu. Ebba trat beiseite.

Als Gunnar das Zimmer betrat, hatte Maria Tränen in den Augen. Langsam trat er an ihr Bett und reichte ihr die Hand.

„Gunnar", flüsterte sie.

Ben sah, wie nahe dieses Treffen auch seinem Vater ging, dessen

Augen ebenfalls mit Tränen gefüllt waren.

„Hej, Maria", sagte Gunnar.

„Hej", antwortete Maria leise.

Einen Moment lang sahen sich die beiden intensiv an, so als ob sie in ihrer eigenen Welt seien und nicht bemerkten, dass weitere Menschen im Raum waren.

„Bitte verzeih mir", schluchzte Maria.

Obwohl Gunnar kein Deutsch sprach, verstand er, was Maria meinte und nickte.

„Det gör jag", sagte er und tätschelte Marias Hand.

Der Bann war gebrochen. Ben umarmte seinen Vater erleichtert. Alle lachten. Maria rieb sich die Tränen aus den Augen.

„Er hat dir verziehen, Mormor. Dies ist der Augenblick für einen Neuanfang."

Kaum hatte Ben den Satz ausgesprochen, stöhnte Ebba auf und hielt sich den Bauch. Besorgt legte er seinen Arm um sie.

„Was ist? Hast du Schmerzen?", fragte er.

„Es ist nur eine Senkwehe", antwortete sie.

„Senkwehe?"

Ebba grinste. „Es sind Geburtsübungen."

„Dann geht es sicher bald los", meinte Gunnar.

„Der errechnete Termin ist erst Mitte Januar", erklärte sie.

„Vielleicht hat es der Kleine etwas eiliger", überlegte Ben.

„Keine Sorge, es kommt, wann es kommt", meinte Ebba und setzte sich auf einen Stuhl, der am Fenster stand.

„Bald wirst du Urgroßmutter", wandte sich Ben freudig an Maria.

„Darauf freue ich mich. Es ist wundervoll, dass ich das erleben darf. Danke, dass ihr zu mir gekommen seid. Endlich habe ich wieder eine Familie."

„Mormor, du wirst nie mehr allein sein. Versprochen", sagte Ben.

Erneut stöhnte Ebba. Sie erhob sich vom Stuhl und beugte sich nach vorn. Mit den Händen stützte sie sich auf dem Tisch ab. Bald bildete sich auf dem Boden eine kleine Pfütze.

„Ebba!", rief Ben erschrocken.

„Die Fruchtblase", stammelte sie.

Ben lief aus dem Zimmer und holte eine Schwester, die sich unterwegs einen Rollstuhl schnappte, in den Ebba sich setzen sollte. Eilig schob sie Ebba über den langen Flur bis zum Fahrstuhl. Ben folgte ihr. Die Geburtsstation befand sich ein Stockwerk höher. Dort klingelte die Schwester. Eine Hebamme öffnete die Tür und übernahm die Patientin. Sie sprach beruhigend auf Ebba ein. Auch wenn sie nicht verstand, was die Hebamme ihr erzählte, beruhigte es sie. Im Kreißsaal bat die Hebamme Ebba, sich auf das Bett zu legen, damit die Herztöne des Kindes abgehört werden konnten. Bens Hände waren feucht. In den nächsten Stunden wurde er Vater. Er glaubte es kaum, doch Ebbas Stöhnen holte ihn in die Realität.

Gunnar und Maria waren allein im Zimmer. Es war schwierig, sich aufgrund der Sprachbarriere zu verständigen. Maria beherrschte nur wenig Schwedisch. Gunnar überlegte, dass Bilder oft mehr sagten als Worte. Er öffnete seine Brieftasche und zog einige zerknickte Fotos heraus. Sie zeigten Marlene und ihn als Paar und mit Ben als Familie, Marlene kurz vor ihrem Tod und den Svensson-Hof. Ähnliche Bilder hatte Maria von Ben gezeigt bekommen. Sie nahm die Fotos in die Hand und betrachtete sie eindringlich. Marlene musste sehr krank gewesen sein. Ein Foto zeigte sie blass und abgemagert mit eingefallen Wangen und dunklen Ringen unter den Augen. Ihr armes Mädchen. Wie hatte sie leiden müssen. Maria kämpfte mit den Tränen. Als Mutter wäre es ihre Pflicht gewesen, ihrer Tochter beizustehen. Mein geliebtes Mädchen, meine Marlene, dachte sie und flüsterte: „Bitte verzeih auch du mir."

Zärtlich strich sie über das vergilbte Foto. Wie konnte sie alles nur wieder gut machen? Ihre Tochter war tot und sie selbst hatte ihr Leben gelebt und war dem Tode nah.

## 58. Lendringsen, August 1952

Maria befand sich in einer seelischen Verfassung, die einem Irrgarten glich, aus dem sie einen Ausgang suchte. Paul wartete auf ihre Entscheidung, ihn zu heiraten oder nicht. Für ihn stand fest, dass sie zusammengehörten. Für Theresa sei es besser, wenn er sie nicht heirate, da diese Ehe auf einer Lüge basiere, war er überzeugt.
Erna bemerkte die Veränderung ihrer Tochter und fragte, was die Ursache sei. Maria widersprach ihrer Mutter und behauptete, alles sei in Ordnung.
Abends traf sie Paul. Er brachte ihrem Vater ein neues Werkzeug vorbei, damit der es in seinem Schreinerschuppen nutzen konnte. Oberflächlich begrüßte er Maria, so dass niemand auf den Gedanken kam, dass sich zwischen den beiden eine Liebesaffäre entwickelt hatte. Auch als die beiden auf der Gartenbank saßen und sich unterhielten, schöpften Marias Eltern keinen Verdacht.
„Ich werde morgen mit Theresa sprechen und die Hochzeit absagen. Noch ist es früh genug", sagte Paul. „Besser wäre es allerdings, wenn wir beide gemeinsam mit ihr sprechen."
Das verneinte Maria. Sie überlegten, wer sich Theresa zuerst offenbaren sollte und damit imstande war, ihr Seelenqualen zuzufügen. Einvernehmlich beschlossen sie, dass Paul den ersten Schritt tat. Allerdings wollte er ihr nicht sagen, wegen welch anderer Frau er sie nicht heiraten würde.

Maria hatte die ganze Nacht nicht geschlafen und stand am nächsten Morgen mit Kopfschmerzen auf. Sie fühlte sich, als hätte sie am Abend zuvor literweise Wein getrunken. Marlene war dabei, ihre Schulsachen in den Ranzen zu packen, und kaute nebenbei auf einem Stück Brot. Gemeinsam mit ihren Eltern frühstückte Maria und machte sich danach an die Hausarbeit, die sie sich mit ihrer Mutter teilte. Sie war nervös. Heute sprach Paul mit Theresa. Wie würde es ausgehen?

Dies wusste Maria spätestens am Nachmittag, als Theresa völlig aufgelöst ihre Eltern aufsuchte. Maria kam gerade aus dem Garten, wo sie Äpfel gepflückt hatte. Sie trug den Korb in die Küche, um die Äpfel zu Apfelmus zu verarbeiten. Dort saßen ihre Eltern mit der weinenden Theresa.

„Stell dir vor, Maria", sagte Erna, „Paul hat die Hochzeit abgesagt. Er liebt eine andere Frau."

Theresa schluchzte laut. Langsam stellte Maria den Korb auf den Boden und schaute ihre Schwester hilflos an. Was sollte sie sagen? Wie sollte sie reagieren? Sie entschloss sich, zu schweigen.

„Warum sagst du denn nichts?", fragte Erna.

„Es macht mich sprachlos", antwortete Maria wahrheitsgemäß.

Theresa legte ihre Arme auf den Küchentisch und senkte den Kopf. Ihr Schluchzen wurde lauter, bis sie schrie. Für Theresa war ihr Lebenstraum geplatzt wie eine Seifenblase.

Ich muss dringend mit ihr sprechen, dachte Maria. Sie hatte das Bedürfnis, es sofort hinter sich zu bringen und bat Theresa, ihr in den Garten zu folgen. Dort setzten sich die Schwestern auf die Bank, auf der am Vorabend Paul und Maria gesessen hatten.

„Ich kann es gar nicht glauben. Was wird aus meinem Leben? Was wird aus unserem Haus?", weinte Theresa.

„Ich muss dir etwas sagen. Es ist sehr wichtig", sagte Maria, nachdem sich Theresa etwas beruhigt hatte.
„Worum geht es?", schluchzte Theresa und schnäuzte in ein Taschentuch.
„Es geht um Paul."
Theresa schaute auf und sah ihre Schwester mit tränenverschmiertem Gesicht an.
„Kennst du etwa die Frau, die Paul mehr liebt als mich?"
Maria nickte.
Theresa sprang auf und stellte sich vor Maria.
„Sag, wer ist es?", schrie sie hysterisch. Ihr Gesicht verzog sich zu einer hässlichen Fratze. Auf ihren Wangen bildeten sich rote Flecken.
„Sag schon!", brüllte sie.
„Ich bin es", flüsterte Maria.
„Wer? Sprich lauter!", schrie Theresa.
„Ich."
„Das kann nicht sein! Das glaube ich nicht!"
„Es ist so. Ich liebe Paul."
Theresa holte aus und gab Maria eine heftige Ohrfeige.
„Warum?", brüllte sie. „Warum tust du das?"
„Ich liebe Paul. Bitte verzeih mir", antwortete Maria und weinte.
„Warum?", brüllte Theresa ein weiteres Mal und lief zurück ins Haus.
Maria blieb auf der Bank sitzen. Es machte keinen Sinn, ihrer Schwester zu folgen. Die Frage nach dem ‚Warum' kreiste in ihren Gedanken. Dieses ‚Warum' starrte sie an, zupfte an ihrer Bluse und zog an ihren Haaren. Warum zerstörte sie das Leben ihrer Schwester? Sie wusste keine Antwort.
Plötzlich stand Theresa wieder vor ihr. In ihrer Hand blitzte ein Messer auf. Maria riss die Augen auf. Was hatte sie vor? Theresa

hob das Messer in die Höhe, ohne den Blick von Maria zu wenden. Sie hatte Angst und starrte auf das Messer. Doch Theresa hieb es nicht in Marias Richtung, sondern zerfetzte sich damit die Bluse, durchschnitt den Büstenhalter und stand mit nacktem Oberkörper vor Maria. Sie hob das Messer erneut an und hielt es mit beiden Händen auf ihren Brustkorb gerichtet.

„Nein", rief Maria, sprang auf und schlug Theresa das Messer aus der Hand. Es wirbelte durch die Luft und landete in den Blumenrabatten.

Erna kam in den Garten gelaufen. „Was ist los?", rief sie.

„Ich kümmere mich schon", antwortete Maria. Sie zog ihre Bluse aus und hängte sie ihrer Schwester um.

„Um Himmels Willen, Theresa, was hast du getan?", fragte Erna. Theresa schluchzte. „Frag Maria", raunte sie.

„Mutter, ich erkläre dir gleich alles. Ich bringe Theresa in ihre Wohnung."

Theresa riss sich aus Marias Umarmung los, zog die Bluse zu und lief davon.

„Du tust gar nichts mehr für mich. Nie mehr!", brüllte sie, als sie am Gartentor angekommen war. Dann drehte sie sich herum und lief weiter. Erna und Maria starrten hinter ihr her, bis sie nicht mehr zu sehen war.

„Bitte erkläre mir das", forderte Erna Maria auf.

„Mutter, bitte, ich muss mich erst fassen. Später werde ich dir alles berichten", antwortete sie und lief in ihr Zimmer. Erna blieb ratlos und besorgt zurück.

Maria zog sich einen Pullover über und setzte sich auf ihr Bett. Sie ahnte, wie Theresa sich fühlte. Sie hatte genug Verluste erfahren, um sich in ihre Schwester hineinversetzen zu können. Das Loch, in das sie stürzen würde, kannte Maria. Wie konnte sie ihrer Schwester das antun? Nie hätte sie gedacht, dass sie irgendwann der Auslöser für solche Seelenqualen sein würde. Sie hatte Verluste durch den Krieg hinnehmen müssen, doch Theresa wurde Opfer der Liebe, die ihr zukünftiger Mann nicht mehr erwiderte. Ein Sturm der Gefühle wie Hass, Neid, Eifersucht brachen über ihre Schwester herein. Hoffentlich tat sie sich nichts an. Marias Augen füllten sich mit Tränen. Wieso tat sie ihr das an? Sie liebte sie doch. Sie hatte das Bedürfnis, mit ihrer Mutter zu sprechen. Nicht über Theresa und Paul, sondern über etwas Belangloses. Schon der Gedanke daran, mit ihrer Mutter bei einer Tasse Kaffee in der Küche zu sitzen, beruhigte sie.

Erna war in der Küche und kochte Apfelmus. Maria war nicht dazu gekommen.

„Ah, Maria, da bist du ja", sagte sie. „Bitte erzähl mir, warum ihr euch so heftig gestritten habt? Das kenne ich von euch bisher nicht."

Maria setzte Wasser auf, um Kaffee zu kochen. „Ach, Mutter. Theresa ist so verzweifelt, dass sie im Moment nicht weiß, wie sie mit allem umgehen soll."

Erna nickte, siebte die gekochten Apfelstücke durch und füllte das Mus in Gläser. Maria nahm die Kaffeekanne, setzte den Filter darauf, befüllte ihn mit Kaffeepulver und goss das kochende Wasser hinein. Der Kaffee war fertig, als Erna das letzte Apfelmusglas verschloss. Dankbar ließ sie sich von Maria Kaffee einschenken und setzte sich an den Tisch. Mit Wucht wurde die Tür aufgestoßen. Theresa trat ein. Sie trug Marias Bluse, ihre Frisur war zerzaust und ihr Gesicht zu einer Grimasse verzogen. Ihr Körper bebte. Sie blickte Maria wütend an. Maria hielt dem Blick nicht stand und senkte die Lider.

„Was geht hier vor sich?", fragte Erna besorgt.

Theresa zeigte auf ihre Schwester. „Frag sie, sie kennt die Antwort! Sie ist eine Hure", rief sie hasserfüllt.

„Maria?"
Erna sah sie an.
„Es ist wegen Paul", antwortete Maria.
„Sag es ihr!", brüllte Theresa.
„Kennst du die Frau, mit der er eine Affäre hat?", fragte Erna.
Maria nickte.
„Sag Mutter, dass du es bist!", schrie Theresa.
Maria nickte und sah ihre Mutter traurig an. In dem Moment stürzte sich Theresa auf ihre Schwester. Maria wehrte sich, doch Theresa war so stark, dass sie sie auf den Boden schubste. Theresa hechelte und trat nach ihr. Fritz, der gerade rechtzeitig in die Küche kam, griff sie von hinten und zog sie zurück.
„Was ist denn hier los?", fragte er erbost.
„Lass uns Theresa nach Hause bringen", bat Erna ihren Mann.
„Maria, danach sprechen wir miteinander."
Als Fritz und Erna nach einer Weile zurückkamen und Marlene bereits im Bett lag und schlief, setzten sie sich mit Maria erneut an den Küchentisch.
„Theresa hat uns wirres Zeug erzählt. Wir haben sie beruhigt und nun schäft sie. Wir möchten von dir die Wahrheit wissen", forderte Erna.
Maria fiel es schwer, zu sprechen, da ihr Vater anwesend war. Doch sie war es Theresa, Paul, ihren Eltern und sich selbst schuldig, die Wahrheit zu sagen, und erzählte, was geschehen war. Fritz reagierte sachlich, so als sprächen sie über eine Geschäftssache. Erna schwieg.
„Bist du dir sicher, dass Paul der richtige Mann für dich ist?", fragte Fritz.
„Ja, absolut", antwortete Maria.
Fritz bewegte den Mund, so als kaue er etwas. Dabei sah er Maria mit ernster Miene an. „Du musst die Konsequenzen tragen,

Maria. Ich bin nicht damit einverstanden, dass du und Paul eine Beziehung eingeht. Dass er sich deinetwegen von Theresa getrennt hat, schockiert mich zutiefst."

„Vater, ich werde mir schnell eine Wohnung suchen, genau wie eine Arbeitsstelle. Etwas verdiene ich ja bereits durch die Gesangsauftritte. Ich werde für Marlene sorgen und euch nicht weiter eine Last sein."

„Ich akzeptiere deinen Entschluss, heiße ihn aber nicht gut. Ich werde ein ernstes Wort mit Paul sprechen", erklärte Fritz.

„Das sehe ich ebenso", fügte Erna hinzu, ging zum Telefon, das im Flur an der Wand hing, und wählte Pauls Nummer. Er meldete sich sofort und sagte einem Gespräch zu. Am nächsten Tag wollte er die Sewalds besuchen.

## 59. Menden, 27. Dezember 1999

Ebba stöhnte vor Schmerz. Die Geburt ihres Kindes stand kurz bevor. Ben unterstützte sie, so gut er konnte.
„Der Kopf ist zu sehen", sagte die Hebamme und forderte Ebba auf, kräftig zu pressen. Ben war so angespannt, dass er ebenfalls hechelte. Er drückte gegen Ebbas Rücken, wenn sie sich bei jeder Presswehe nach vorn beugte. Wenige Minuten später hielt die Hebamme das Kind in den Händen und hob es an. Das Neugeborene blinzelte ins Licht und stieß leise Töne aus, die sich zu einem kräftigen Schreien steigerten. Es beruhigte sich, nachdem die Hebamme es auf Ebbas Brust gelegt hatte.
„Endlich bist du da", freute Ebba sich. Aller Schmerz war von ihr abgefallen. Gerührt streichelte Ben über das feuchte Köpfchen des Neugeborenen. Die Hebamme reichte ihm eine Schere. Verdutzt sah er sie an.
„Bitteschön, schneiden sie die Nabelschnur durch", sagte sie und zeigte, wo er schneiden sollte. Voller Stolz setzte er den Schnitt an und sah erst jetzt, dass sein Sohn eine Tochter war.
„Ein Mädchen", lachte er. „Monate lang dachten wir, dass es ein Junge würde."
Ebba lächelte. „Hauptsache ist, dass unser Kind endlich da ist."
Schnell stand fest, dass das Mädchen ‚Malin Maria Marlene' heißen sollte.
Die Hebamme versorgte Ebba, während eine Kinderschwester das Baby gemeinsam mit Ben wusch. Sie reichte Ben einen Strampler, den er Malin überzog. Ebba erhielt ein sauberes Nachthemd, wurde in ein Krankenbett gehoben und in ein Familienzimmer geschoben, in dem auch Ben übernachten durfte. Doch zunächst verabschiedete er sich von seiner Frau und seinem

Kind.

„Ich werde Maria und Gunnar die Neuigkeit überbringen und unsere Koffer herholen", sagte er und küsste Ebba auf die Stirn.
„Du bist die beste Frau der Welt", flüsterte er.

Gunnar und Maria freuten sich über die Botschaft, die Ben überbrachte. Maria hatte Tränen in den Augen, als Ben erzählte, dass sie ihre Tochter auch nach ihr und Marlene benannt hatten.
Am nächsten Tag besuchten Ben und Ebba Maria. Als Ben das Bettchen, in dem Malin schlief, ins Zimmer rollte, sah Maria glücklich aus. Behutsam legte Ben ihr das Neugeborene in den Arm.
„Sieh nur, kleine Malin, das ist deine Urgroßmutter", sagte er dabei.
Malin öffnete die Augen und sah Maria an.
„Hallo, kleine Malin Maria Marlene. Du bist so ein schönes Kind", sagte sie leise und wandte sich an Ben und Ebba. „Danke, ich danke euch."
Zärtlich drückte sie das Baby an sich und küsste es auf die rosigen Wangen.
„Es fühlt sich wunderbar an, ein Kind im Arm zu halten", schwärmte sie.

Einige Tage verbrachten Ben und Ebba mit Malin im Familienzimmer auf der Wöchnerinnenstation. Jeden Tag besuchten sie und Gunnar Maria, die den Eindruck machte, als ginge es ihr stetig besser. An Silvester zog die junge Familie wieder bei Ehepaar Schwarz ein und beschloss, noch einige Zeit in Deutschland zu bleiben und sich um Maria zu kümmern. Außerdem war Ben gespannt darauf zu hören, wie Marias Leben nach dem Krieg weiter verlaufen war. Hubert und Greta Schwarz hatten nichts dagegen, dass die Familie noch einige Zeit bei ihnen wohnte. Im Gegenteil, sie freuten sich, dass wieder Leben in ihr Haus gekommen war. Gunnar reiste nach Neujahr zurück nach Mistelås. Er wollte die Versorgung seiner Tiere nicht länger seinem Nachbarn Bengt Åkesson überlassen. Als Dank für Bengts Hilfe nahm er ihm eine Kiste Bier mit. Dass er sich mit Maria nach all den Jahren versöhnt hatte, stimmte ihn froh. Viele Jahre hatte er den Gedanken an seine Schwiegermutter verdrängt. Manchmal hatte ihn ein schlechtes Gewissen geplagt, wenn er bemerkte, dass Marlene Heimweh hatte. Vielleicht wurde Maria wieder gesund und hatte genug Kraft, ihre schwedische Familie und das Grab ihrer Tochter in Mistelås zu besuchen.

## 60. Lendringsen, September 1952

Erna lag krank im Bett. Seit Tagen senkte sich ihr Blutdruck nicht. Ihr Herz raste und sie hatte das Gefühl, der Hals schnüre sich zu. Doktor Meise hatte ihr strenge Bettruhe verordnet.
In der Familie hatte sich die Auflösung von Theresas Hochzeit herumgesprochen. Auch, dass Maria der Grund dafür war, wussten ihre Geschwister. Niemand sprach mit Maria. Sie erntete lediglich verachtende Blicke. Zudem gaben sie ihr die Schuld an Ernas Krankheit. Besonders ihr Schwiegervater Karl, der sein Haus wieder aufgebaut hatte und dort eingezogen war, zeigte sich verächtlich. „Unter anderen Umständen hätte ich mich für dich gefreut. Aber was du deiner Schwester angetan hast, ist an Niederträchtigkeit nicht zu überbieten", sagte er bei einem Besuch.
Maria zog sich zurück. Stundenlang saß sie in ihrem Zimmer und

starrte die Wand an. Sie überlegte, ob ihr Weg der richtige war. Hatten Paul und sie eine Chance? Ihre Liebe zu ihm war so groß, dass es für eine Umkehr zu spät war. Sie war aufgebrochen, einen neuen Weg zu gehen, und befand sich in einer Phase, in der die Leichtigkeit des Lebens seine Wurzeln hatte. Sie schwebte vor Glück.

Paul wohnte in einer Betriebswohnung des Eisenwerks in der Karl-Becker-Straße, nicht weit von Marias Elternhaus. Er hatte ihr vorgeschlagen, mit Marlene zu ihm zu ziehen. Daraufhin hatte Maria mit ihrer Tochter gesprochen. Ihr war wichtig, dass sie einverstanden war. Marlene mochte Paul, doch die Ereignisse hatten die Elfjährige überfordert. Erst nach einigen Tagen hatte sie zugestimmt, mit ihrer Mutter umzuziehen. Die Stimmung im Haus war so bedrückt, dass sie den Wunsch hegte, woanders zu wohnen. So kam ihr Pauls Vorschlag recht.

Obwohl Erna immer noch krank war, packten Maria und Marlene ihre wenigen Habseligkeiten.

„Ich bin nicht weit entfernt, ich komme jeden Tag und sehe nach dir", versprach Maria. Doch kaum war Maria ausgezogen, zog Theresa in ihr Elternhaus ein. Sie wollte nicht allein sein. Bei Ihren Eltern fand sie den Schutz und die Liebe, die sie nun brauchte. Maria war es damals genauso ergangen.

Paul gelang es, das fast fertige Haus an ein junges Ehepaar zu verkaufen.

Theresa verlor ihre Arbeitsstelle im Bekleidungsgeschäft, weil sie nur unregelmäßig zur Arbeit kam. Maria, die ihre Mutter jeden Tag besuchen wollte, blieb fern. Sie wollte Theresa ihren Anblick ersparen. Von Marlene hörte sie, dass es Theresa immer schlechter ging. Ernas Zustand hingegen verbesserte sich und sie hatte die Kraft, sich um ihre Tochter zu kümmern. Maria tat das alles leid, doch sie wusste nicht, wie sie Theresa helfen konnte. Sogar

Marlene spürte Theresas Hass auf Maria, so dass sie kaum noch Lust hatte, ihre Großeltern zu besuchen.
Die Liebe zwischen Maria und Paul hingegen war ungebrochen. Der Alltag spielte sich schnell ein. Paul ging morgens früh aus dem Haus zur Arbeit. Etwas später machte sich Marlene auf den Weg in die Schule. Maria räumte die Wohnung auf, putzte, wusch die Wäsche, machte Einkäufe und kochte das Essen. Nachmittags kümmerte sie sich um Marlene und abends, war sie entweder bei der Chorprobe oder hatte einen Auftritt, bei dem Paul sie stets begleitete. Doch Theresas Traurigkeit machte Maria zu schaffen. Sie überredete Paul, Theresa zu besuchen und mit ihr zu sprechen. Da er bei den Sewalds kein gern gesehener Gast mehr war, arrangierte Marlene das Treffen in einem Café. Theresa war bis zu dem Treffen wie verwandelt, kam aus ihrem Zimmer und half Erna fröhlich bei der Hausarbeit. Sie schöpfte Hoffnung, dass Paul sich besonnen hatte.
Theresa begrüßte ihn im Café freudig. Paul stand auf und ließ sich von ihr umarmen.
„Es ist schön, dich zu sehen", sagte er.
„Das finde ich auch." Theresa lächelte ihn verführerisch an. Sie trug ihr bestes Kleid und hatte sich geschminkt.
„Du siehst bezaubernd aus", sagte Paul und meinte das ehrlich. Ihre Schönheit hatte ihn gefangen genommen, als er sie zum ersten Mal getroffen hatte.
„Danke."
Die Kellnerin unterbrach das Gespräch und nahm die Bestellung auf. Kurz darauf kam sie mit einem Tablett zurück und stellte jedem eine Kaffeetasse und einen Teller mit einem Stück Torte auf den Tisch.
Die beiden dankten, ohne den Blick voneinander zu lösen.
„Ich bin so froh, dass wir uns wiedersehen. Hast du über alles

nachgedacht?", fragte Theresa und stach mit der Gabel in das Tortenstück.

„Ja, das habe ich", antwortete Paul.

„Dass Maria nicht die richtige Frau für dich ist, hast du sicher festgestellt?"

Paul verschluckte sich.

„Ich hätte es dir gleich sagen können, aber du warst ja wie vernarrt in sie."

„Es liegt ein Missverständnis vor", stammelte Paul.

„Was für ein Missverständnis?"

„Was denkst du über unser Treffen?"

„Na, dass du deinen Fehler erkannt hast und wir unsere Beziehung fortsetzen. Ist es nicht so?"

Theresa zog die Stirn kraus. Ihr Lächeln gefror zu einer Grimasse. Paul beugte sich vor und legte seine Hand auf Theresas Hand, die neben dem Teller auf dem Tisch lag.

„Liebe Theresa, ich wollte dich treffen, um mich mit dir zu versöhnen und zu sehen, wie es dir geht."

„Ja, das meine ich doch."

„Theresa, ich treffe mich mit dir nicht aus Liebe, sondern aus Anteilnahme."

Sie zog ihre Hand zurück. „Was meinst du damit?"

„Dass es mir leidtut, was passiert ist und ich dich um Verzeihung bitten möchte."

„Und dass du mit Maria leben willst?", schrie Theresa.

Die anderen Gäste schauten sie an. Manche waren empört, andere überrascht.

Theresa sprang auf und warf die Tasse nach Paul.

„Ist es dir eine Genugtuung, mich leiden zu sehen? Du Verräter!"

Paul hatte sich geduckt, doch die Tasse hatte ihn am Kopf getroffen. Der Kaffee spritze auf sein Hemd.

„Theresa, bitte beruhige dich." Paul stand auf und griff nach ihrer Hand. Doch sie wollte sich nicht beruhigen, und gab ihm eine schallende Ohrfeige. Er stand verdrossen da und erlebte hilflos, wie sie einen hysterischen Anfall bekam und Unverständliches schrie. Der Cafébesitzer kam und bat Theresa, das Café auf der Stelle zu verlassen. Sie spuckte ihn an. Wie eine Furie lief sie hinaus. Paul entschuldigte sich beim Cafébesitzer und den Gästen, zahlte die Rechnung und lief Theresa nach. Laut weinend stand sie an der Straße. Als sie Paul auf sich zukommen sah, brüllte sie, er solle verschwinden. Paul war ratlos und blieb stehen.

„So beruhige dich doch", sagte er.

Wütend sah sie ihn an, hob die Hand, so als wolle sie im eine weitere Ohrfeige geben, und verdrehte die Augen. Ohnmächtig stürzte sie zu Boden. Paul eilte zu ihr, winkte einen Spaziergänger heran und bat diesen, einen Arzt zu holen.

## 61. Mistelås, 20. Juli 2018

Ein Monat war seit Kristers Unfall vergangen. Seine Wunden waren gut verheilt. Sein Bein und sein rechter Arm waren noch geschient. Die Knochenbrüche heilten langsam. Ein Physiotherapeut hatte ihm Übungen gezeigt, mit denen er täglich die Muskeln stärken sollte. Mit Krücken zu laufen, war unmöglich, da er den geschienten Arm nicht belasten konnte. Malin schob ihn bei der Entlassung im Rollstuhl aus dem Krankenhaus. Die weitere Genesung konnte Zuhause erfolgen. Malin war glücklich, dass Krister endlich entlassen wurde und zurück nach Mistelås kam. Sie wollte für ihn da sein und auch Bengt und Stina freuten sich auf seine Rückkehr.

Sie war mit Kristers Auto, einem alten Volvo Kombi nach Växjö gefahren, um ihn abzuholen. Nun standen sie und Krister auf dem Parkplatz vor dem Auto und überlegten, wie er am besten einsteigen könnte. Schließlich entschieden sie, dass er sich quer auf die Rückbank setzte und so die Beine ausstrecken konnte.

Später, als Krister auf dem Sofa lag, machten sie einen Plan, wie die nächste Zeit verlaufen sollte. Bengt saß in seinem Rollstuhl und Stina saß mit einem Schreibblock und einem Stift am Tisch.

„Unser Haus ist nun ein Invalidenhaus", lachte Bengt.

Stina lächelte. Es stimmte sie froh, dass Bengt die schwierige Situation mit Humor nahm.

„Wenn wir zusammenhalten, werden wir diese Phase überstehen und bald wird alles wie früher sein", erklärte sie. „Doch zunächst müssen wir den täglichen Ablauf planen."

Da waren die Fahrten zur Physiotherapie und die Arbeit auf dem Hof. In den letzten Wochen hatte Malin die Hühner und Ziegen versorgt, doch es mussten die Wiesen gemäht werden. Krister erklärte ihr, wie sie das Mähwerk am Traktor anbringen musste.

„Der Traktor ist Schrott, Krister. Wie soll ich da mähen?", fragte sie.

Er zog die Stirn kraus. „Daran habe ich nicht gedacht. Wir benötigen dringend einen neuen Traktor."

„Ich rufe bei Johansson an und frage nach einem neuen Traktor, er handelt damit", beschloss Bengt.

Andreas Johansson bat ihn am Telefon, zu kommen und sich die Traktoren anzusehen. Bengt schickte Malin und Krister. Wenig später waren die beiden in Johanssons Traktorenausstellung. Krister entschied sich für das gleiche Modell eines John Deree, mit dem er gute Erfahrungen gesammelt hatte. Der neue Traktor sollte schon in der kommenden Woche geliefert werden.

Abends lag Krister erschöpft im Bett. Neben ihm stand der geliehene Rollstuhl. Der Tag war anstrengend gewesen. Doch er war zufrieden mit dem Geschäft und freute sich, dass der Traktor so schnell geliefert werden sollte.
Malin spülte in der Küche das Geschirr und half Stina dabei, Bengt bettfertig zu machen.
Ein Auto fuhr langsam am Haus vorbei und hielt vor dem Svensson-Hof. Bekam sie Besuch, fragte sich Malin und beobachtete das Auto aus Stinas Küchenfenster. Es hatte ein schwedisches Kennzeichen. Sie erkannte auf dem Heck den Aufkleber eines Autoverleihers.
„Sieh nur, vor meinem Haus steht ein Mietauto. Jemand scheint das Haus zu beobachten", sagte Malin verwundert.
„Wer könnte das sein? Erwartest du so spät am Abend Besuch?", fragte Stina.
„Nein, eigentlich nicht", antwortete sie. Die Fahrertür des Wagens wurde geöffnet. Jemand stieg aus und reckte sich. Auch auf der Beifahrerseite stieg jemand aus. Eine Frau, die um das Auto herumging und sich neben den Mann stellte. Arm in Arm schauten sie zum Haus und standen eine Weile still. Malin meinte, ihre Eltern zu erkennen. War das wahr? Wollten ihre Eltern sie überraschen? Was für eine Freude.
„Krister, Stina, Bengt, es sind meine Eltern! Meine Eltern sind da!", rief sie aufgeregt und verließ eilig das Haus. Sie lief über den Hof bis auf die Straße. Das Paar drehte sie zu ihr herum. Als Malin sie erreichte, war sie außer Atem und sah beide einen kurzen Moment an, bevor sie ihrer Mutter weinend in die Arme fiel.

## Lendringsen, 1953 – 1954

Theresa befand sich lange Zeit in einem verwirrten Geisteszustand. Als sie Stimmen hörte und sie sich verfolgt fühlte, untersuchte Doktor Meise sie und wies sie ins Krankenhaus ein. Dort verabreichten die Ärzte ihr Beruhigungsmittel. Doch sobald die Wirkung nachließ, war sie wieder hysterisch. So wiesen die Ärzte sie nach einigen Wochen in die Nervenheilanstalt in Marsberg ein.

Für die Familie war es ein Schock. Fritz und Erna zogen sich zurück und sprachen mit niemandem über den Zustand ihrer Tochter. Maria hatte Schuldgefühle und weinte häufig. Auch der sonst so fröhliche Paul war oft still und in sich gekehrt. Die Liebe zu ihm gab Maria Kraft, ein neues Leben zu beginnen. Im September 1953 heirateten die beiden. Trotz der großen Liebe zwischen ihnen, feierten sie nur ein kleines Fest mit Marias Eltern und Geschwistern und Pauls Schwester und deren Familie. Marlene war inzwischen fast dreizehn Jahre alt und eine junge Dame. Sie machte einen glücklichen Eindruck und hatte Paul längst als Stiefvater angenommen. Endlich hatte sie eine richtige Familie mit einer eigenen Wohnung und einem großen Garten.

Maria intensivierte den Gesang, hatte Auftritte mit dem Kirchenchor und immer mehr Auftritte als Solistin auf privaten Feiern und Hochzeiten. Damit verdiente sie sich ein kleines Taschengeld, dass sie in einer Dose ansparte.

Eines Tages hatte Paul eine Idee. Maria stand am Herd und rührte mit einem Löffel im Kochtopf.

„Warum trittst du nicht öffentlich auf?", fragte er Maria.

„Aber das mache ich doch. Mit dem Kirchenchor."

„Ich meine nicht derartige Auftritte. Ich meine zum Beispiel Auf-

tritte in einer Bar."
Maria drehte sich herum und hielt dabei den Löffel in der Hand. Soße tropfte auf den Boden.
„In einer Bar?", fragte sie entrüstet. „Das ist doch anrüchig. Soll ich etwa eine Bardame werden?"
„Natürlich nicht. Es gibt im Parkhotel eine Bar für die Gäste. Der Hoteldirektor hat mir erzählt, dass er eine Sängerin sucht, die gemeinsam mit dem Pianisten die Gäste an den Abenden unterhalten soll."
„Der Direktor vom Parkhotel hat mit dir gesprochen?"
„Ja, er war heute im Eisenwerk, weil sein Schwiegersohn der Prokurist ist und er unbedingt mit ihm sprechen musste. Bei der Gelegenheit habe ich ihn gefragt, ob er eventuell Personal für sein Hotel in Iserlohn benötigt. Ich spiele schon lange mit dem Gedanken, nebenbei zu kellnern, um unsere Finanzen aufzubessern."
„Ach", sagte Maria überrascht.
„Nun, es wird nicht nur ein Kellner gesucht, sondern auch eine Sängerin. Ich habe ihm von dir erzählt und er würde sich freuen, wenn du ihm vorsingst."
„Das ist ja ... ."
Paul unterbrach seine Frau. „Morgen um drei."
Maria legte den Löffel auf den Tisch und setzte sich.
„Morgen schon? Aber ich beherrsche doch nur Kirchenlieder und einige Opernarien. Das möchte in einer Bar sicher niemand hören."
„Ein modernes Repertoire lässt sich schnell lernen. Du hast das Zeug dazu, Maria."
Paul sah sie mit einem Blick an, der keine Widerworte zu ließ.
„Was meinst du, mein Schatz?", fragte er.
Maria erhob sich und stellte sich wieder an den Herd, wo sie

unschlüssig im Topf rührte und schwieg. Sie betrachtete die Gemüsestücke, die in der köchelnden Suppe hin und her schwammen. War es nicht immer ihr Traum gewesen, Sängerin zu sein? Sie nahm den Topf vom Herd und stellte ihn daneben auf ein Brett.
Entschlossen drehte sie sich zu Paul. „Ja, ich werde vorsingen."
Paul stand auf, kam auf sie zu und nahm sie in die Arme. „Du bist meine bezaubernde Frau."

Pünktlich trafen Paul und Maria am nächsten Tag im Hotel ein. Maria trug ihr bestes Kleid und Stöckelschuhe. Ihre Haare hatte sie hochgesteckt und sich geschminkt. Der Direktor, Klaus Odenthal, war ein freundlicher Mann Anfang fünfzig, der das Paar freudig empfing. Er führte Paul und Maria in die Bar, in der auch der Pianist wartete. Er war ein dünner, großer Mann mit einer knolligen Nase, auf der eine Nickelbrille ruhte. Maria musste zu ihm aufschauen, denn er war einen Kopf größer als sie.
„Richard Meyer", stellte er sich vor, nahm Marias Hand, verbeugte sich und gab ihr einen Handkuss. Sie blickte auf seinen haarlosen Kopf und fühlte sich geehrt, noch nie hatte sie einen Handkuss bekommen, geschweige denn, dass sich jemand vor ihr verbeugt hatte.
„Was möchten Sie singen?", fragte er.
Maria überlegte.
„Was können Sie denn singen?"
„Mein Repertoire besteht vorrangig aus geistlichen Liedern und Opern", antwortete sie.
„Wie sieht es mit Jazz aus?"
„Das werde ich lernen", antwortete sie.
„Okay, wir werden neue Songs gemeinsam einstudieren", meinte er.

„Wie wäre es mit einem Part aus Mozarts ‚Entführung aus dem Serail'?", schlug Maria vor.

Richard Meyer nickte, streckte seine Finger und setzte sich auf den Hocker. Klaus Odenthal und Paul setzten sich in die Clubsessel und warteten gespannt. Maria stellte sich neben den Flügel. Als Richard Meyer anstimmte, sang sie eine Arie. Musik und Gesang stimmten überein. Richards schlanke Finger glitten sanft über die Tasten und ließen den brillanten Klang des Flügels in Vollendung in der Bar erklingen. Maria nahm wahr, wie er und das Instrument eins wurden. Nie zuvor hatte sie jemanden so exzellent spielen hören. Er schaffte es, zarteste wie volle und laute Töne anzuschlagen und dem Stück seinen Charakter zu geben. Jeder Ton, jeder Takt stimmte. Maria war es eine Freude, dazu zu singen.

„Ausgezeichnet, Maria! Bravo, Richard!", rief Direktor Odenthal enthusiastisch, als der letzte Ton verklungen war. „Maria, Sie haben den Job, wenn Sie ihn möchten."

„Natürlich möchte ich ihn", freute sie sich und folgte dem Hoteldirektor mit Paul in sein Büro.

Dort setzte sich der Direktor hinter einen klobigen Schreibtisch, bat das Paar, sich ebenfalls zu setzten und nahm zwei vorbereitete Verträge aus einer Mappe. Maria stellte er als Barsängerin ein. Paul erhielt eine Stelle als Kellner. Beide sollten an fünf Abenden in der Woche arbeiten. Zusätzlich musste Maria täglich gemeinsam mit Richard ein neues Liedrepertoire einüben.

„Was machen wir mit Marlene?", fragte Maria später ihren Mann.

„Sie ist dreizehn Jahre alt. Da wird sie an den Abenden sicher schon allein sein können", meinte Paul.

Beim Abendessen berichteten sie Marlene die Neuigkeiten.

„Papa wird an einigen Abenden und am Wochenende nach der Arbeit im Eisenwerk im Hotel als Kellner arbeiten. Und ich habe

ein Engagement als Sängerin im selben Hotel. Stell dir vor, ich verdiene mein Geld mit dem, was ich am liebsten mache", erklärte Maria und wartete gespannt auf die Reaktion ihrer Tochter. Bevor Marlene etwas sagen konnte, ergriff Paul das Wort.
„Wir werden uns ein neues Auto leisten können und vielleicht mal in den Urlaub fahren. Was hältst du davon, Marlene?"
Das Mädchen sah erst ihre Mutter und dann ihren Stiefvater an. Sie lachte, sprang auf und umarmte Maria und anschließend Paul.

„Meinst du, dass du abends allein sein kannst, wenn wir im Hotel sind?", fragte Maria.
„Natürlich, Mama. Ich bin ja kein Kind mehr", antwortete sie.
Maria war erleichtert. „Wenn etwas ist, kannst du nach oben zu Frau Tolien gehen."
Marlene nickte. Sie besuchte Frau Tolien, die Nachbarin aus der Wohnung über ihnen, immer gerne. Darum war sie häufig bei der alten Dame, die sich über Gesellschaft freute. Marlene mochte die alten Geschichten, die ihr Frau Tolien erzählte.

Endlich hielt das Glück an. Maria fühlte sich so wohl, wie lange nicht. Nachmittags studierte sie mit Richard neue Lieder ein. Darunter waren einige amerikanische Jazz-Songs, mit denen sie sich anfangs schwertat, weil die Lieder sie an das schreckliche Erlebnis mit den amerikanischen Soldaten erinnerten. Richard erklärte ihr, dass die Leute diese Songs hören wollten. Darauf müssten sie eingehen.
Abends stand sie mit ihm auf der Bühne, bekam Applaus und eine anständige Gage. Ihr langersehnter Traum hatte sich erfüllt. Paul kellnerte in der Bar und war stolz auf seine Frau. Es hatte sich bald herumgesprochen, dass in der Bar des Iserlohner Hotels ein musikalisches Klangerlebnis zu hören sei. Die Bar füllte sich

zunehmend nicht mehr nur mit Hotelgästen, sondern mit Musikliebhabern aus der Region. Die Zuhörer gaben sich der Musik hin, mit der Richard und Maria es schafften, sie für kurze Zeit aus dem grauen Alltag zu entführen. Das Duo erhielt Buchungen in den Clubs der nächstgrößeren Städte. Zeitungen berichteten und machte die beiden bekannter. Hoteldirektor Odenthal war froh über den Zuspruch. Er erhöhte die Gage der beiden, damit sie nicht auf den Gedanken kamen, sich als Künstler anderswo selbstständig zu machen.

Schließlich trat die Agentur ‚Melodys' an Richard und Maria heran, um sie unter Vertrag zu nehmen. Ein Komponist hatte Lieder für das Duo komponiert. Sie sollten einen Künstlernamen erhalten und auf Tournee gehen. Nach einigen Überlegungen stimmten Maria und Richard zu, kündigten den Vertrag mit Direktor Odenthal und schlossen einen neuen Vertrag mit der Agentur ab. Direktor Odenthal war verdrossen, doch Richard und Maria versprachen, mindestens ein Wochenende im Monat weiterhin im Hotel aufzutreten.

Als ‚Duo Pianossa' nahmen sie die täglichen Proben auf. Bald hatten sie ein zweistündiges Programm erarbeitet, das aus einem breiten Repertoire von Jazz-Songs bestand, die eigens für sie komponiert worden waren.

Die Agentur hatte für das Frühjahr 1954 eine erste Tournee organisiert, die einen Monat lang durch Westfalen führte. Mit auf die Reise gingen der Agenturleiter Wilhelm Winkel und ein Journalist namens Rudolf Schneider, der für die Lokalzeitung eine Reportage über den Aufstieg des Duos schrieb, sowie ein Team aus Technikern und Bühnenbauern.

Vor der Abreise war Maria so aufgeregt, dass sie sich fragte, ob sie dieses neue Leben wirklich wollte? Immerhin musste sie Marlene und Paul für einen Monat verlassen. Noch nie war sie von ihrer Tochter getrennt gewesen. Doch Marlene und Paul sprachen ihr Mut zu.

„Bitte gib nicht auf, bevor es angefangen hat", sagte ihr Mann.

„Ich bin so stolz, dich als Mutter zu haben", erklärte Marlene. Das war für Maria der schönste Satz, den sie seit langem gehört hatte. Sie war glücklich.

„Ich rufe euch jeden Tag an, um zu hören, ob es euch gut geht", versprach sie.

Der Tourneeauftakt war in Bad Sassendorf. Nachmittags traf die Gruppe am Kurhaus ein. Der Lastwagen wurde entladen und die Bühnenbauer und Techniker begaben sich gleich an die Arbeit. Richard und Maria sahen sich im Saal um.

„Es gibt Platz für 200 Zuschauer", erklärte Wilhelm Winkel. „Folgt mir hinter die Bühne, dort könnt ihr euch auf den Auftritt vorbereiten."

Auf dem Weg dorthin fragte sich Maria, ob am Abend tatsächlich alle Stühle im Zuschauerraum besetzt sein würden? Doch Wilhelm Winkel zerstreute ihre Zweifel. Er hatte in der Stadt Plakate aufhängen lassen, die Presse hatte das Konzert angekündigt und viele Karten waren im Vorfeld verkauft worden. An der Abendkasse gab es nur noch wenige Karten. Wilhelm führte sie hinter die Bühne in einen großen Raum mit Spiegeltischen und einer Sofaecke. Auf einem Tisch standen Getränke und Knabbereien. An einem Kleiderständer hingen Bügel, und sogar ein Bügelbrett und ein Bügeleisen waren vorhanden.

„Das ist prima für mein Hemd", freute Richard sich und kniff Maria ein Auge.

„Eins verspreche ich euch", sagte Wilhelm. „Wenn die Tour gut läuft, dann werden wir weitere Musiker engagieren, so dass ihr eure eigene Jazz-Band habt."

Richard schaute Wilhelm fragend an. „Aber ... ."
„Nichts aber. Ein Saxophonist, Schlagzeuger und so weiter. Das wird klasse", ließ Wilhelm ihn nicht aussprechen und verließ den Raum.

Mit verhaltenem Applaus begrüßte das Publikum das ‚Duo Pianossa'. Maria trug ein lachsfarbenes enganliegendes, langes Kleid und hatte die Haare zu einer voluminösen Frisur gesteckt.
„Du siehst fantastisch aus", schwärmte Richard. „Das kann nur erstklassig werden. Toi, toi, toi!"
Maria schaute ins Publikum. Jeder Stuhl erfüllte seinen Zweck und trug die Last, die auf ihm ruhte. Richard stimmte den ersten Ton an. Maria stellte sich hinter das Mikrofon, das neben dem Flügel aufgestellt war. Scheinwerfer sprangen an. Sie schloss kurz die Augen, sah Marlene und Paul, und konzentrierte sich auf die Musik. Erst beim Takt, bei dem sie in den Song einstieg, öffnete sie die Augen und wurde eins mit der Melodie. Die Zeit verging wie im Flug. Als die Pause angekündigt wurde, gab das Publikum tosenden Beifall, vermengt mit Jubel und Pfiffen. Maria war überwältigt. Das Publikum dankte ihr für das, was sie am liebsten tat – das Singen. Richard fasste lachend ihre Hand, zog sie vor den Flügel und verbeugte sich mit ihr.
„Bis gleich nach der Pause", rief er, winkte dem Publikum fröhlich zu und verließ mit Maria die Bühne. Sie konnte es kaum fassen. Das war ‚ihr' enthusiastisches Publikum. Es waren die Menschen, die sie brauchte und denen sie mit ihren Liedern etwas schenken wollte.
Auch den zweiten Konzertteil nahm das Publikum mit Begeisterung an. Wilhelm stand am Seitenausgang der Bühne und beobachtete das Konzert von dort aus. Rudolf Schneider hielt das Konzert in Bildern fest. Nach drei Zugaben verbeugten sich

Richard und Maria mehrfach, dankten, winkten ins Publikum und verschwanden hinter dem Vorhang.

„Bravo!", jubelte Wilhelm und umarmte beide. „Ihr wart spitze!" Richard und Maria sahen sich lachend an. „Danke", sagten beide gleichzeitig.

„Nur ein kleiner Tipp. Haltet euch nach den Zugaben nicht so lange mit dem Publikum auf. Drei Mal verbeugen, winken und dann den Abdampf machen. Sonst wird es langweilig", merkte Wilhelm an.

Im Flur vor der Garderobe warteten einige Reporter. Blitzlichter flackerten auf, als das Duo hinter die Bühne kam. Richard und Maria wurden mit Fragen überschüttet. Wilhelm gebot dem Einhalt und versprach den Reporten in wenigen Minuten ein Pressegespräch. Doch zunächst sei den Künstlern eine kurze Pause gegönnt. Damit gaben sich die Reporter zufrieden und Wilhelm nutzte in der Garderobe die Gelegenheit, Richard und Maria auf das Interview vorzubereiten.

„Bitte seid nicht schüchtern vor der Presse, sondern seid von euch überzeugt", riet er. „Ich weiß, dass es für euch eine neue Situation ist, doch daran werdet ihr euch gewöhnen."

Rudolf Schneider, der immer an Wilhelms Seite war, notierte seine Eindrücke fleißig in sein Heft. Maria ließ sich in den Sessel fallen und versuchte, ihre Gefühlswallungen in den Griff zu bekommen. Plötzlich stand sie auf der Sonnenseite des Lebens.

Eine Viertelstunde später traten Wilhelm, Richard und Maria vor die Presse und stellten sich den Fragen.

„Frau Sommer, wie ergeht es Ihnen als Star? Sind Sie privat ein Paar? Warum haben wir nicht schon früher von Ihnen gehört? Wo haben Sie sich versteckt?", waren einige der Fragen an Maria, die sie wahrheitsgemäß beantwortete. Sie gab sich selbstbewusst, wie Wilhelm es gesagt hatte. Das kam an und sorgte für gute Kritiken in der Presse.

Es folgten Auftritte in Iserlohn, Paderborn, Dortmund, Essen, Oberhausen, Bochum, Köln, Düsseldorf, Münster, Bielefeld, Porta Westfalica und Minden. Die Tournee war ein großer Erfolg mit Zuschauern, die sich anstecken ließen, als sei Enthusiasmus eine Krankheit. Die Agentur erhielt zahlreiche Buchungsanfragen für das ‚Duo Pianossa'. Wilhelm Winkel war zufrieden.

Maria holte nach der Tournee die verlorene Zeit mit Paul und Marlene nach. Schnell bemerkte Paul, dass seine Frau wie besessen von der Musik und weiteren Auftritten war. Sie war ergriffen vom Takt, der gleich mit dem ihres Herzens war. Paul wollte ihr keine Steine in den Weg legen und lobte sie, anstatt ihr zu sagen, wie sehr er sie vermisste. Marlene war stolz auf ihre Mutter, auch wenn sie ihr fehlte. In den Schulferien wollte sie Maria begleiten und freute sich darauf, ihre Mutter im Konzert zu erleben.

Fritz und Erna Sewald betrachteten den Werdegang ihrer Tochter mit Unmut. Zwar hatten sie sich daran gewöhnt, dass Maria den Verlobten ihrer Schwester geheiratet hatte, doch dass Maria nun in der Öffentlichkeit stand, war ihnen nicht recht. Sie verkaufe sich, meinte Fritz. Erna fand, sie solle sich auf Marlene, ihre Ehe und den Haushalt konzentrieren, anstatt durch die Welt zu tingeln. Singen könne sie auch Zuhause. Doch Maria ignorierte die Wünsche ihrer Eltern, obwohl es ihr schwerfiel, sich ihnen zu widersetzen. Seit sie mit Paul verheiratet war, hatte sie sich verändert. Paul brachte sie dazu, dem zu folgen, was ihr wichtig war im Leben. Vor allem aber hatte sie zu sich selbst gefunden und hatte die wahre Maria entdeckt.

Aller Freude zum Trotz bekamen Richard und Maria ein Problem mit Wilhelm Winkel. Er zahlte die Gage nicht. Er hatte zwar alle

Auslagen bezahlt wie Übernachtungskosten und das Essen, hatte aber sämtliche Einnahmen kassiert und einbehalten. Plötzlich war er nicht mehr erreichbar. Die Agentur ‚Melodys' war geschlossen. Sie waren von Wilhelm betrogen worden. Dummerweise hatten sie vor Vertragsabschluss keine Informationen zur Agentur und zu Wilhelm Winkel eingeholt. Rudolf Schneider, der eine großartige Reportage über die Tournee veröffentlicht hatte, nahm dies zum Anlass, einen weiteren Artikel über das betrogene Duo zu veröffentlichen. Daraufhin meldeten sich gleich mehrere Agenturen, die das Duo unter Vertrag nehmen wollten. Richard und Maria beschlossen jedoch nach den schlechten Erfahrungen mit Wilhelm Winkel, ihre Eigenvermarktung als Künstler. Eine Tournee planten sie für den Herbst und suchten ein Team, das sie unterstützte. Direktor Odenthal freute sich bis dahin über abendliche Auftritte in der Hotelbar des Parkhotels. Zudem trat das Duo in verschiedenen Jazzclubs in der Region auf. Maria war viel beschäftigt. Das schlechte Gewissen plagte sie manchmal, denn oft blieben Marlenes Fragen unbeantwortet und Pauls Wünsche offen. Sie war vom Jazzfieber befallen und komponierte nun auch eigene Stücke. Immer häufiger saß sie im Wohnzimmer am Klavier, das Paul ihr geschenkt hatte, oder hockte über einem Notenheft. Gemeinsam mit Richard probierte sie die Songs aus und überlegte sich passende Texte.

Durch Rudolfs Zeitungsberichte, war das Radio aufmerksam geworden, hatte einige Lieder in der Jazzsendung abgespielt und über das Duo berichtet. Der Bekanntheitsgrad von Pianossa stieg steil empor. Der Kölner Musikverlag ‚Notenschlüssel' meldete sich bei Maria und machte das Angebot, eine Schallplatte herauszugeben. Der Verlagschef Sebastian Stumme schlug vor, mit ihr und Richard zu verhandeln, und lud sie nach Köln ein. Maria war aufgeregt und freute sich, nach Köln zu reisen. Sie war so in

Gedanken versunken, dass sie Marlenes und Pauls Bedürfnisse kaum wahrnahm.

„Maria, ich bin dein begeistertster Anhänger und freue mich über deine Erfolge, aber das darf nicht zu Lasten unserer Familie gehen. Wir leben uns auseinander", erklärte Paul eines Abends. Er saß mit seiner Frau und seiner Stieftochter in der Küche, wo sie gemeinsam zu Abend gegessen hatten.

„Das stimmt. Du warst nicht mal auf Omas Geburtstagsfeier und hast keine Zeit mehr für uns", schimpfte Marlene.

Maria sah beide nacheinander an. Sie hatten recht, sie hatte kaum Zeit für die Familie und ihre Gedanken schweiften fast ausschließlich um die Musik.

„Ich verspreche, dass ich es ändern werde."

„Aber was ist, wenn es mit dem Schallplattenvertrag klappt und der Erfolg über die Grenzen hinausgehen?", wollte Paul wissen.

„Das könnte möglich sein. Wir würden gerne nach Chicago reisen und dort auftreten. Aber nur, wenn es für euch okay ist. Oder ihr reist mit nach Amerika", schlug sie vor.

„Oh, das wäre wunderbar", rief Marlene und sah ihre Mutter begeistert an.

Maria war erleichtert. Auf diese Weise konnte sie ihre Familie und ihren Beruf vereinen.

„Gemeinsam nach Amerika zu reisen ist eine schöne Idee", meinte auch Paul, stand auf, zog Maria vom Stuhl und nahm sie in die Arme.

„Es ist doch nur so, dass wir dich vermissen. Wir freuen uns über deinen Erfolg, doch wenn das Ergebnis ist, dass wir uns entfremden, dann ist es negativ behaftet."

„Ich werde Lösungen finden, wie wir beides verknüpfen. Die Reise nach Amerika ist ein Anfang", antwortete sie und drückte ihren Kopf gegen seine Brust. Er roch nach After Shave. Den

Duft sog sie tief in sich ein. Sie liebte Paul und wollte ihn glücklich sehen. Er sollte sie nicht vermissen.

Nachmittags holte Richard sie ab, um nach Köln zu fahren. Paul und Marlene machten einen Spaziergang entlang der Hönne. Als sie zurückkamen, hielt sich Marlene den Bauch.
„Was ist?", fragte Paul erschrocken.
„Ich habe Bauchschmerzen", jammerte die Dreizehnjährige.
Paul brachte sie ins Bett und holte die Wärmflasche, die er mit heißem Wasser gefüllt hatte. Als das nicht half, kochte er ihr Kamillentee. Marlene war blass und fiebrig. Als sie immer stärker jammerte, wusste er keinen anderen Rat, als Doktor Meise zu rufen. Er war froh, dass er den Arzt per Telefon erreichte. Doktor Meise klingelte wenig später an der Tür, untersuchte Marlene und diagnostizierte eine Blinddarmentzündung. Der Bauch war gebläht und hart und als Doktor Meise leicht auf die schmerzende Stelle drückte, schrie Marlene auf.
„Das Mädchen muss operiert werden und das möglichst schnell", informierte er Paul, der ihn schweigend ansah. Marlene wimmerte.
„Ich weise Marlene ins Krankenhaus nach Menden ein. Je schneller die Operation erfolgt, umso größer ist die Chance, sie zu retten."
„Sie zu retten?", fragte Paul erschrocken.
„Naja, wenn der Appendix perforiert, also platzt, dann ist sie verloren. Es ist ernst, lieber Paul", erklärte Doktor Meise, fragte, wo das Telefon stand, und rief den Krankenwagen.
Paul war besorgt und packte Handtücher, Nachthemden und Hygieneartikel in eine Tasche. Der Krankenwagen kam schnell. Paul fuhr mit seinem Wagen hinterher, begleitete Marlene bis zum Operationsbereich und setzte sich im Wartezimmer auf einen

harten Stuhl. Er hatte Fritz und Erna Bescheid gegeben. Wenn Maria ihn aus Köln telefonisch nicht erreichte, würde sie vielleicht bei ihnen anrufen.
In der Nacht trat ein Arzt vor Paul, der schläfrig auf dem Stuhl saß.
„Ihre Tochter hat die Operation überstanden. Es war höchste Zeit. In den nächsten Stunden entscheidet sich, ob sie überlebt", sagte der Arzt.
Mit einem Mal war Paul hellwach. „Ist es so ernst?", fragte er entsetzt.
„Leider ja."
„Darf ich zu ihr?"
„Wäre es nicht besser, wenn Sie nach Hause fahren und schlafen?"
„Ich kann nicht schlafen, wenn Marlene um ihr Leben kämpft."
Der Arzt nickte und führte ihn auf die Intensivstation, wo ihm eine Schwester einen Kittel zum Überziehen reichte. Marlene wirkte in dem Krankenbett winzig. Ihre Haut war fast so weiß wie das Bettlaken. Sie atmete gleichmäßig, was Paul etwas beruhigte.
„Ich lasse sie allein", sagte der Arzt und verließ den Raum. Paul nahm Marlenes Hand. Sie durfte nicht sterben. Er liebte sie wie ein eigenes Kind und war glücklich, sie aufwachsen zu sehen. Er fragte sich, wie sehr ein dreizehnjähriges Mädchen die Mutter brauchte?
Langsam senkte er den Kopf und schlief ein. Erst eine Hand auf seiner Schulter weckte ihn.
„Paul, was ist passiert?"
Es war Maria.
„Du bist da", flüsterte Paul und reckte sich.
„Wie geht es Marlene?"

„Sie lebt", sagte Paul, der Marlenes Hand immer noch hielt. „Ihr Blinddarm wäre fast geplatzt. Laut Doktor Meise war sie in einem lebensbedrohlichen Zustand. Die Entzündungswerte sind stark erhöht."

„Meine arme Marlene", seufzte Maria und setzte sich auf die Bettkante.

„Danke, dass du für sie da bist."

„Das ist selbstverständlich", antwortete Paul und erkannte an Marias Blick, dass sie ein schlechtes Gewissen plagte.

„Ich habe meine Mutter angerufen, als ich dich nicht erreichen konnte. Richard hat mich sofort hierher gebracht."

Paul nickte nur und schwieg.

„Es tut mir leid, Paul. Ich werde den Vertrag nicht unterschreiben."

„Die Plattenfirma möchte euch?"

„Ja, aber auf der Fahrt zum Krankenhaus habe ich mich entschieden, den Vertrag nicht zu unterschreiben. Ich habe es Richard bereits mitgeteilt."

Paul stand auf und ging auf Maria zu. Sie fiel ihm weinend in die Arme.

„Vielleicht gibt es später einen besseren Zeitpunkt dafür", schluchzte sie.

„Maria, mein Schatz, es wird alles gut."

## 62. Mistelås, Juli 2018

Malin schob den Rollstuhl die kleine Rampe hinauf zur Haustür, die ihr Vater öffnete, damit sie und Krister ins Haus kamen. Im Wohnzimmer half Malin Krister aus dem Rollstuhl. Nachdem er

auf dem Sofa Platz genommen und seinen geschienten Arm sowie seine Beine auf Kissen gebettet hatte, betrachtete er die glückliche Familie. Das waren also Malins Eltern, von denen er schon so viel gehört hatte? Ben und Ebba wirkten sympathisch und die Wiedersehensfreude war auf beiden Seiten groß.
„Ihr seid nach der langen Reise sicher hungrig?", fragte Malin. „Wir haben etwas Kuchen, wenn ihr möchtet."
„Oh ja, gerne, auch wenn es schon spät ist", antwortete Ebba.
Malin und Ebba verschwanden in der Küche, aus der kurz darauf Geschirrklappern zu hören war.
Ben und Krister unterhielten sich über die Unglücksfälle.
„Dann braucht ihr momentan auf dem Hof einige Hilfe", meinte Ben.
„Ja, Malin unterstützt uns, so gut es geht. Doch wir müssen eine andere Lösung finden", sagte Krister.
„Hast du keine Aushilfen?"
„Nein, bisher hatten mein Onkel, meine Tante und ich den Hof und die Tischlerei allein im Griff."
„Ich habe eine Idee, die euch vielleicht helfen kann", erklärte Ben.
„Was für eine Idee, Papa?"; fragte Malin, die gerade mit einem Tablett aus der Küche kam. Sie stellte das Tablett auf den Tisch, verteilte Tassen und Teller. Ebba goss Kaffee in die Tassen und setzte sich in einen Sessel. Malin setzte sich in den Schaukelstuhl und sah ihre Eltern glücklich an.
Ben sah Ebba an und nahm ihre Hand. Dann schauten beide zu ihrer Tochter.
„Wir werden wieder nach Schweden ziehen", erklärte Ben.
„Ihr kommt nach Hause?", rief Malin und sprang auf.
„Mamma och pappa kommer hem!"
Sie umarmte ihre Eltern nacheinander und klatschte in die Hände.

„Ja", lachte Ebba. „Wir schauen uns in den nächsten Tagen nach einem Haus um und hoffen, dass wir bis dahin auf dem Svensson-Hof wohnen dürfen. Papa möchte einen Bauservice betreiben, so wie früher."

Malin sah ihre Mutter erstaunt an. „Ihr wollt ein Haus kaufen? Aber warum? Wie haben doch eins?"

„Ja, aber es gehört dir. Dein Großvater wollte, dass du darin lebst", meinte Ben.

„Aber nein, ihr könnt gerne hier wohnen. Das wäre doch geeignet", entgegnete Malin.

„Meinst du? Willst du nach deinem Studium etwa in Stockholm bleiben?", wollte Ebba wissen.

Krister schaute gespannt in die Runde. Wie würden Malins Eltern auf die Neuigkeiten reagieren?

„Nein, ich habe das Studium unterbrochen, um bei Krister zu sein", sagte Malin.

„Möchtest du denn nicht weiterstudieren?", fragte Ben.

Malin schaute zu Krister. Er nickte.

„Wir werden heiraten", teilte sie ihren Eltern mit.

„Das ist ja eine herrliche Neuigkeit", freute sich Ebba.

Ben stand auf und umarmte Malin. Krister strich er über den Kopf.

„Zunächst muss Krister gesund werden. Dann sehen wir weiter", erklärte Malin. „Auf dem Svensson-Hof ist auf jeden Fall Platz für euch."

„Du kannst gerne Bengts Werkstatt nutzen, er wird nichts dagegen haben. Darin findest du Sägen und Werkzeuge, eigentlich alles, was man für eine Tischlerei beziehungsweise für einen Bauservice benötigt. Es gibt sogar einen kleinen Bagger", berichtete Krister.

„Und wenn Krister wieder fit ist, könnte er dich unterstützen", schlug Malin vor.

„Wir könnten uns gegenseitig unterstützen", meinte Krister.

Ben und Ebba sahen sich an, fielen sich in die Arme und gaben sich einen Kuss.

„Danke, ihr beiden", sagte Ben. „Das ist ein zukunftsfähiger Plan. Wenn ihr einverstanden seid, leiten wir alles in die Wege und dann wären wir im Herbst für immer hier."

„Wenn ihr einverstanden seid, machen wir ein paar Tage Urlaub auf dem Svensson-Hof und sind bald für immer wieder Zuhause", strahlte Ebba.

Malin sah plötzlich ernst aus. „Erzählt mir bitte, warum ihr Schweden verlassen habt, um in Deutschland zu leben."

## Lendringsen, Juni 1959

Voller Stolz legte Marlene ihren Eltern das Prüfungszeugnis vor. Sie hatte die Ausbildung zur Sekretärin mit Erfolg bestanden und wurde vom Betrieb übernommen. Ihr stand in dem metallverarbeitenden Betrieb, in dem sie für die Buchführung und Lohnbuchhaltung zuständig war, eine gute Zukunft bevor. Maria, die nach wie vor an den Wochenenden als Sängerin in der Bar des Parkhotels arbeitete, war ebenso stolz wie ihre Tochter und schenkte ihr eine goldene Halskette. Sie legte Marlene die Kette um und beide betrachteten sie im Spiegel. Marlene war bald neunzehn Jahre alt und eine hübsche junge Frau. Sie trug eine moderne Kurzhaarfrisur und ein enggeschnittenes Kostüm, das ihre femininen Züge unterstrich.

Mein wunderschönes Kind, dachte Maria und wusste, dass sie bald ihren eigenen Wege gehen würde. Marlene hatte einen großen Freundeskreis. Sie war gerne unterwegs und sie ließ ihre Eltern teilhaben an ihrer Jugend, an ihren Entdeckungen und an ihren Freundschaften. Oft waren ihre Freundinnen zu Gast in der kleinen Wohnung und bei gutem Wetter saß man im Garten zusammen. Es war ein vertrauensvolles Verhältnis zwischen ihr und ihren Eltern.

„Nun fehlt nur noch der passende Mann", lachte Paul, als er die beiden Frauen vor dem Spiegel beobachtete.

Marlenes Gesicht färbt sich rot.

„Bist du etwa verliebt?", fragte Paul lachend.

Maria schaute Marlene neugierig an, doch Marlene senkte schüchtern den Kopf und schwieg.

„Sag schon, hast du jemanden kennengelernt?", wollte Paul wissen.

Marlene sah auf und nickte mit zusammengepressten Lippen.

„Seit wann kennst du ihn? Wann stellst du ihn vor? Wie heißt er? Wo wohnt er?", fragte Maria. Sie war gespannt.

„Er heißt Gunnar", antwortete Marlene. „Gunnar Svensson."

„Gunnar Svensson?", wiederholte Maria. „Was ist das für ein merkwürdiger Name?"

„Gunnar ist nicht von hier", sagte Marlene.

„Na, nun wird es aber interessant", meinte Paul.

Maria sah Marlene mit Schrecken an.

„Von wo kommt er?", fragte Paul.

„Aus dem Ausland", antwortete Marlene knapp.

„Ist er Amerikaner oder Engländer? Und wie hast du ihn kennengelernt?"

„Er ist bei Hohlwegs zu Besuch."

„Ach, dann ist es der Neffe aus Schweden?", fragte Maria.

„Nein, er ist der Freund des Neffen."

Maria setzte sich an den Tisch, auf dem ein Teller mit Spritzgebäck stand. Sie nahm ein Plätzchen und schob es sich in den Mund. Kauend fragte sie Marlene, seit wann sie diesen Gunnar Svensson schon kenne.

„Seit etwa drei Wochen."

„Wie oft habt ihr euch getroffen?"

„Oft genug, um ihn bereits gut zu kennen", raunte Marlene patzig. Ihr ging die Fragerei auf den Nerv. Es war wie ein Verhör.

„Wie ist er?", fragte Maria.

Nun lächelte Marlene und sah verträumt aus dem Fenster.

„Gunnar ist dreiundzwanzig und sieht gut aus. Er ist groß und schlank und hat blondes Haar. Seine Augen sind so blau wie das Nordmeer, so tief, so klar, so rein", schwärmte sie und ihre Augen leuchteten.

Kurz fragte sich Maria, woher Marlene wusste, wie das Nordmeer aussah. Dann fasste sie sich und fragte: „Möchtest du ihn uns vorstellen? Er ist herzlich zum gemeinsamen Abendessen eingeladen. Morgen Abend? Fragst du ihn?"

Ein Lächeln huschte über Marlenes Gesicht. „Sehr gerne, denn er reist in zwei Tagen ab", antwortete sie.

Am nächsten Abend saß Gunnar mit Marlene und ihren Eltern am Tisch und genoss die von Maria eingelegten Heringe und Kartoffelsalat. Ein Gericht, das auch in Schweden sehr beliebt war.

Maria mochte Gunnar vom ersten Moment an nicht. Sie fand ihn zu groß. In ihren Augen war er ein Hüne, der kein Feingefühl hatte. Er sprach viel zu laut und wirkte auf sie primitiv. Gunnar trug eine olivgrüne Cordhose und ein kariertes Hemd, über dem er eine Lederweste trug. Meine Güte, dachte Maria, wer zieht sich denn so unmöglich an?

Seine struppigen, blonden Haare umrahmten sein braun gebranntes Gesicht. Maria sah in seinen Augen weder die Farben des Nordmeeres noch eine Reinheit. Allerdings verstand sie die Klarheit in seinem Blick, mit dem er es verstand, zu zeigen, was er wollte. Er aß hastig und trank den Wein in großen Schlucken. Maria schauderte. Dieser Nordmensch benahm sich so, wie sie sich das Benehmen von Wikingern vorstellte. Hatte Marlene einen weichen Kern in ihm entdeckt? Oder war sie blind vor Liebe?

Paul versuchte, ein lockeres Gespräch zu führen. Er sprach englisch mit Gunnar, der sich auch an der deutschen Sprache interessiert zeigte. Immer wieder fragte er: „Vad heter det på tyska?"

Marlene, die etwas schwedisch von Gunnar gelernt hatte, erklärte ihm Begriffe und Bezeichnungen. Ein zusammenhängendes Gespräch war jedoch nicht möglich.

„Nej, nej, jag förstår er inte. Var snäll och tala lite langsammare", lachte Gunnar und klopfte auf den Tisch, dass die Gläser erzitterten. Maria schüttelte den Kopf, stand auf und räumte den Tisch ab.

Marlene merkte, dass ihre Mutter Gunnar unsympathisch fand. Das würde sich hoffentlich mit der Zeit ändern, hoffte sie.

Maria diskutierte später mit Paul, der Gunnar zwar auch nicht sonderlich mochte, der aber Marlenes Entscheidung akzeptierte.

„Was ist, wenn Marlene ihm nach Schweden folgt?", fragte Maria besorgt.

„Maria, wir beide wissen, dass man seinem Herzen folgen sollte."

„Aber ich möchte meine Tochter nicht an so ein Bauerntrampel verlieren, noch dazu im Ausland wissen."

„Bitte, gib ihr die Chance, eigene Erfahrungen zu machen", sagte Paul.

Doch Maria dachte nicht daran, und stellte Marlene am nächsten Tag zur Rede. Gunnar war an diesem Tag abgereist und Marlene wirkte traurig.

Die beiden Frauen saßen in der Küche und schnippelten Bohnen.

„Schlag dir eine Beziehung mit diesem Schweden aus dem Kopf."

Es klang wie ein Befehl.

„Mutter!", entgegnete Marlene empört. „Ich finde es schade, dass du Gunnar nicht magst, aber ich bin erwachsen und entscheide selbst."

„Würdest du zu ihm nach Schweden ziehen?"

„Gerne, seine Eltern haben einen Hof in einem kleinen Dorf. Dort ist Platz für Gunnar und seine Familie", antwortete Marlene knapp und schälte das Innere aus einer Bohne, die sie anschließend in einen Topf warf.

„Du planst schon eine Familie mit ihm?"

Maria schaute ihre Tochter entrüstet an.

„Warum nicht?"

„Du würdest in einem fremden Land nicht glücklich, Marlene. Du kennst doch das Land und die Mentalität der Menschen überhaupt nicht."

„Mama, ich bin alt genug, um zu wissen, was ich möchte. Ich werde überall glücklich sein, wo Gunnar ist und wenn es am äußersten Zipfel der Welt ist."

„Marlene, das wirst du nicht. Ich lasse das nicht zu!", rief Maria, stand auf und warf wütend das Messer in den Topf.

„Oh doch! Ich werde im September meinen Urlaub in Schweden bei Gunnar verbringen und danach sehen wir weiter", erklärte Marlene und lief weinend in ihr Zimmer.

Paul, der gerade von der Arbeit kam, fragte seine Frau, was passiert war. Maria erzählte es ihm. Auch sie weinte.

„Ich möchte Marlene nicht verlieren", weinte sie.

„Aber Maria, sieh es doch mal von der anderen Seite. Du gewinnst doch hinzu," antwortete Paul und umarmte seine Frau.

Maria sah das anders und in den nächsten Tagen stritt sie nicht nur mit Marlene, sondern auch mit Paul. Von einem harmonischen Familienleben war keine Rede mehr. Marlene war trotzig und zog sich immer mehr zurück. Paul verstand Marias Haltung nicht und distanzierte sich ebenfalls. Marlene brachte täglich Briefe an Gunnar zur Post und ebenso viele Briefe landeten im Briefkasten, den Maria gewöhnlich jeden Tag leerte. Sie fing Gunnars Briefe ab, überflog das Geschriebene in der fremden Sprache und versteckte sie in einer Schublade ihrer Kommode. Marlene fragte jeden Tag nach Post und senkte traurig den Kopf, wenn Maria dies verneinte. Sie bekam Zweifel an ihrer Liebe zu Gunnar. Hatte ihre Mutter recht? War sie bloß ein Urlaubsflirt gewesen? Sie fragte in ihren Briefen, warum er nicht antwortete? Sie erhielt weiterhin keine Post von ihm.

Eines Tages Ende August war sie auf der Suche nach Taschentüchern, die sie im Schlafzimmer ihrer Mutter vermutete. Maria und Paul waren außer Haus und so suchte Marlene in der Kommode ihrer Mutter. Als sie die unterste Schublade aufzog, fiel ihr ein Briefumschlag auf, der unter der Wäsche hervorlugte. Sie zog ihn hervor und las ihren Namen und ihre Adresse. Hastig schob sie die Wäsche beiseite und fand zahlreiche Briefe, die an sie gerichtet waren. Wütend setzte sie sich mit den Briefen auf das Bett ihrer Mutter und las, was Gunnar ihr geschrieben hatte. Sie verstand seine Worte, denn sie hatte mit Hilfe eines Lehrbuchs etwas schwedisch gelernt und zudem half ihr ein Wörterbuch. Warum hatte ihre Mutter die Briefe versteckt? Marlene war so wütend, dass sie in ihr Zimmer lief, die Reisetasche vom Schrank zog und das Nötigste hineinwarf. Schließlich warf sie sich aufs Bett und weinte bitterlich. In diesem Moment hasste sie ihre Mutter.

## 63. Menden, 15. Januar 2000

Ben und Ebba hörten Maria gespannt zu. So war es also gewesen, dachte Ben.

„Es tut mir bis heute unendlich leid, dass ich Gunnars Briefe vor Marlene versteckt habe. Ich kann mich nicht mehr bei ihr entschuldigen, aber bei dir, Ben. Bitte verzeih mir für das, was ich getan habe", sagte Maria leise.

„Ich habe dir längst verziehen. Du warst verzweifelt und hast aus Liebe gehandelt, Mormor. In so einer Situation macht man merkwürdige Dinge."

„Marlene war plötzlich verschwunden. Sie hatte nur das Nötigste mitgenommen. Ihr Abschiedsbrief war ausschließlich an Paul gerichtet. Darin hatte sie ihm für alles gedankt und ihm mitgeteilt, dass sie mit der Bahn nach Schweden reise und dort ein neues Leben beginne."

Maria stöhnte. „Kein Wort des Abschieds an mich. Ich habe sie so vermisst. Es war schrecklich. Wenigstens ließ mich Paul die Briefe lesen, die Marlene ihm in den Wochen danach schrieb. So war ich sicher, dass es ihr gut ging. Sie schrieb, dass ihr das Leben mit Gunnar und seiner Familie gefiel, ihr die unberührte Natur guttat und sie nicht zurückkehren wollte. Im Jahr 1964 heirateten sie und Gunnar. Sie hatte uns nicht eingeladen und ich habe erst später davon erfahren. Durch Paul erfuhr ich, dass du 1965 geboren wurdest. Marlene hatte ihm ein Foto von dir geschickt. Paul meinte daraufhin, dass ich euch besuchen sollte. Aber ich war zu stur. Ich fand damals, dass Marlene sich bei mir zu entschuldigen hatte. Ach, Ben, wie konnte ich nur so sein?"

Tränen rannen an ihren Wangen entlang.

„Warum bist du nicht nach Schweden gereist und hast dich von Marlenes Glück überzeugt?", fragte Ebba, die die schlafende Malin im Arm hielt.

Maria sah Ebba an. „Ich war gekränkt. Ich konnte es nicht ertragen, dass mich meine einzige Tochter verlassen hatte, ohne ein Wort des Abschieds. Zudem hoffte ich, dass sie Heimweh bekommen und zurückkehren würde. Als das nicht passierte, schrieb ich ihr einige Zeilen und bat Paul, der Marlenes Adresse kannte, ihr meinen Brief zu senden. Doch ich erhielt keine Antwort."

„Warum reiste Paul nie nach Schweden, um Marlene zu besuchen?", wollte Ebba wissen.

„Das hat er mir nie verraten, aber ich glaube, dass er Angst hatte, es könnte das Ende unserer Beziehung sein."

Maria zog ein Taschentuch unter dem Kopfkissen hervor und

schnäuzte sich.

„Mit Marlenes Auswanderung erlitt ich den größten Verlust meines Lebens. Mein Herz und mein Verstand kämpften gegeneinander, schließlich siegte der Verstand und ich beschloss, die Gedanken an Marlene zu verdrängen und sie nicht weiter als meine Tochter zu betrachten. So hart es klingt, mir ging es danach besser, obwohl sich dadurch auch zwischen Paul und mir ein Spalt aufgetan hatte."

Maria seufzte und tupfte die Tränen mit dem zerknüllten Taschentuch, das sie in ihren Händen hielt, von den Wangen.

Ben, der auf einem Stuhl neben Ebba saß, presste die Lippen zusammen. Er fand nicht die passenden Worte.

„Ich habe große Fehler gemacht. Das wird mir erst am Ende meines Lebens bewusst. Meine besten Freundinnen Sara und Agga konnte ich nicht retten. Niemals wollte ich wieder einen solchen Verlust hinnehmen und doch habe ich den größten Verlust selbst verursacht. Ich tat das Schlimmste, das die Menschheit hervorbringt, ich verstieß meine Tochter aus meinem Herzen."

„Mormor, manchmal geht das Leben Wege, die wir nicht verstehen."

„Ich verstehe es ja, aber erst jetzt und nun ist es zu spät. Ich habe niemanden mehr. Paul starb im vergangenen Jahr. Bis dahin haben wir ein stilles Eheleben geführt im immer gleichen Rhythmus. Paul arbeitete in der Eisengießerei und nebenbei als Kellner im Hotel, in dem ich bis vor einigen Jahren als Sängerin auftrat. Wir haben über Marlene nie gesprochen, nur als wir ihre Todesnachricht erhielten, ging es mir einige Zeit sehr schlecht."

„Wir sind deine Familie, du bist nicht mehr allein", erklärte Ebba, stand auf und legte die schlafende Malin in Marias Arm. Maria lächelte. „Danke, dass es euch in meinem Leben gibt", flüsterte sie.

„Es tut mir leid für Gunnar. Ich habe ihn verachtet, obwohl ich ihn nie näher kennengelernt habe. Für mich war er der Feind, der mir das Liebste genommen hat." Zärtlich strich sie ihrer neugeborenen Urenkelin über das flaumige Haar.
„Ihr macht mich so glücklich."
„Du hast einen festen Platz in unseren Herzen", sagte Ben und erzählte einige lustige Anekdoten aus Marlenes Leben. Sie lachten gemeinsam und als Ben und Ebba abends das Krankenhaus verließen, blieb Maria mit einem guten Gefühl zurück.

In der Nacht zog ein Sturm auf, in Lendringsen fiel der Strom aus. Ben und Ebba saßen mit Hubert und Greta Schwarz bei Kerzenschein in deren Wohnzimmer. Ebba stillte Malin, die genussvoll schmatzte und den Sturm ignorierte. Donnerndes Grollen, vermengt mit dem Pfeifen des Windes, verkündeten Unheilvolles. Die Fensterläden klapperten. Ben überlegte, ob dies der richtige Moment war, das Ehepaar Schwarz auf Elfriedes Verrat an Familie Perlmann anzusprechen. Wann war der richtige Moment?
Er fasste seinen Mut zusammen und berichtete von dem, was seine Großmutter erzählt hatte.
Greta Schwarz brach in Tränen aus, während Hubert mit versteinertem Gesicht schwieg.
„Ich habe es immer geahnt und sie darauf angesprochen. Aber ich habe nie eine Antwort erhalten, darum wusste ich, dass mein Verdacht stimmen musste", schluchzte Greta.
„Elfriede ist sehr gegen Fremde. Sie mag Ausländer nicht und ich weiß nicht, warum sie so ist. Sie spricht nicht darüber."
Im Tosen des Sturms knackten Äste. Ein Krachen auf dem Dach ließ alle erzittern. Hubert sprang auf.

„Ich hasse Elfriede dafür!", schrie er und schaute grimmig in die Runde.

Malin zuckte und begann zu weinen. Ebba wiegte sie und strich ihr zärtlich über den Kopf, so dass sie sich schnell beruhigte.

„Wir müssen mit ihrem Verrat seit Jahren leben, es lässt sich nicht rückgängig machen. Ich schäme mich entsetzlich für das Verhalten meiner Tochter."

Greta stimmte ihrem Mann zu und sah Ben und Ebba hilflos an. Eine Zeit lang schwiegen alle und hingen ihren Gedanken nach.

Als der Sturm nachließ, wagte sich Ben nach draußen, um nach Schäden zu schauen. Ein Ast hatte das Dach getroffen und einige Dachpfannen beschädigt. Das ließ sich leicht reparieren.

Als Ben davon berichtete, atmeten Hubert und Greta erleichtert auf.

Am nächsten Morgen gab es wieder Strom. Das Telefon klingelte. Ben hörte Greta mit Elfriede sprechen. Sie erkundigte sich, ob ihre Eltern den Sturm überstanden hatten. Kaum hatte Greta aufgelegt, klingelte es erneut. Es war Schwester Anette, die Ben sprechen wollte. Greta rief ihn.

„Hallo Ben, leider konnten wir Sie heute Nacht nicht erreichen. Können Sie bitte ins Krankenhaus kommen?", fragte Schwester Anette.

„Natürlich", antwortete Ben, gab Ebba Bescheid und machte sich mit ihr und Malin auf den Weg nach Menden.

Bevor sie Maria in ihrem Zimmer aufsuchten, trafen sie Schwester Anette im Schwesternzimmer. Sie schaute von ihren Papieren auf, als sie die Familie in der Tür stehen sah.

„Oh, das ging aber schnell. Bitte kommen Sie, ich bringe sie zu Doktor Ley. Er möchte mit Ihnen sprechen."

„Ist etwas passiert?", fragte Ben nervös.

„Das wird Ihnen Doktor Ley gleich erklären", antwortete die

Schwester und führte die Familie in das Arztbüro.

Doktor Ley, ein weißhaariger, älterer Mann, saß hinter dem wuchtigen Schreibtisch. Als Ben und Ebba eintraten, erhob er sich, ging um den Schreibtisch herum und reichten den beiden die Hand.

„Bitte setzen sie sich", sagte er freundlich und zeigte auf die Besucherstühle vor seinem Schreibtisch.

„Es gibt leider keine gute Nachricht", sagte Doktor Ley. „Der Zustand Ihrer Großmutter hat sich gestern Abend rapide verschlechtert. In der Nacht hatte sie einen Herzinfarkt. Wir haben versucht, sie zu reanimieren. Leider war dies erfolglos. Ihre Großmutter ist um 3:15 Uhr verstorben."

Für einen kurzen Moment vergaß Ben zu atmen. Dann sog er mit einem tiefen Atemzug Luft ein. Er sah Ebba an, die seinen Blick traurig erwiderte.

„Dürfen wir zu ihr?", fragte Ben.

„Ja", antwortete Doktor Ley und führte Ben und Ebba in Marias Krankenzimmer.

Maria lag blass in den Kissen. Ihre Augen waren geschlossen, die Hände ruhten gefaltet auf ihrem Bauch und hielten einen Rosenkranz.

„Sie können sicher sein, dass Ihre Großmutter ihren Frieden gefunden hat. Denn gestern Abend hatten wir ein Gespräch. Sie sagte, wie glücklich sie war, dass sie wieder eine Familie hatte."

„Das ist uns ein Trost", sagte Ben und legte seine Hand auf Marias Hände, die kalt waren. „Danke, Mormor", flüsterte er.

## 64. Mistelås, Juli 2018

„Nachdem deine Urgroßmutter gestorben war, haben wir die Beerdigung organisiert, ihre Wohnung aufgelöst und sind nach Schweden zurückgekehrt", erklärte Ben.
Malin und Krister hatten Bens Erzählung gelauscht. Gemeinsam saßen sie im Wohnzimmer, tranken kühles Brunnenwasser und aßen Obst.
„Aber warum seid ihr später ausgewandert?", fragte Malin, die immer noch auf die Antwort wartete.
„In mir herrschte ein innerer Kampf. Ich bin zum Teil Deutscher und diese deutsche Seele brannte in mir. Es war so etwas wie Sehnsucht nach der Heimat meiner Mutter. Im Jahr nach Marias Tod starben auch Hubert und Greta Schwarz. Elfriede vermietete das Haus bis zu ihrem Tod vor einigen Jahren. Als wir die Nachricht erhielten, dass Marias Elternhaus verkauft werden sollte, wuchs der Plan in mir, das Haus zu kaufen. Deine Mutter und dein Großvater waren damit einverstanden, Malin", berichtete Ben.
„Wir kauften das Haus und überlegten, dort zu leben."
„So leicht war es für dich und Mama, Gunnar und mich zurückzulassen und in Deutschland zu leben? Warum hast du nie mit mir darüber gesprochen?"
Malin verstand es nicht.
„Ich bin meinen Gefühlen gefolgt, Malin. Leider habe ich Depressionen bekommen. Deine Mutter hatte Verständnis und hat mich begleitet. Ich wollte mir in Deutschland klar über meine Familie werden und mich selber finden. Ich konnte nicht mit dir darüber sprechen. Wir wollten dich nicht mit meiner Krankheit belasten und dir nicht deine Pläne nehmen. Deine Zukunft und

dein Studium in Stockholm lagen vor dir."

„Waren die Gefühle stärker als die Liebe zu mir und Großvater?"

„Natürlich nicht, aber es waren Gefühle, die mich so in den Bann gezogen haben, dass ich an nichts anderes denken konnte", sagte Ben. „Bitte verzeih mir, Malin. Ich konnte nicht anders."

„Ja, ich arbeite daran, Papa", antwortete sie. „Was passiert mit dem Haus in Deutschland?"

„Wir haben es verkauft", berichtete Ebba.

Nun mischte sich Krister ein. „Dann passt doch alles prima. Ihr übernehmt den Svensson-Hof und Malin lebt als meine zukünftige Frau mit mir auf dem Åkesson-Hof. Dort ist genügend Platz für Bengt und Stina und eine junge Familie."

Malin sah ihn mit hochgezogenen Augenbrauen an.

„Schön, dass mein zukünftiger Mann über mich bestimmt. Ich hoffe, das ändert sich", lachte sie und knuffte ihn in die Seite.

Ben erhob sich aus dem Sessel, kam auf Malin zu, zog sie an sich und umarmte sie.

„Du warst und bist neben deiner Mutter die wichtigste Person in meinem Leben. Das wird sich nie ändern, egal was passiert", flüsterte er.

„Ich liebe dich Papa", sagte sie, löste sich aus der Umarmung und sah ihre Mutter an.

„Ich liebe euch beide", lachte sie und fiel ihrer Mutter in die Arme.

„Wir werden sehen. Alles wird sich mit der Zeit ordnen. Ich freue mich darauf, wieder hier zu leben", erklärte Ben.

„Und ich mich erst", fügte Ebba hinzu.

„Alles wird wundervoll", sagte Krister, der sich etwas überflüssig fühlte.

„Ja, es wird schönes Leben", meinte Malin, lächelte Krister an und war glücklich.

Ben umarmte seine Tochter und verließ gerührt das Zimmer. Alle spürten, dass er allein sein wollte und schauten ihm nach.

Hinter dem Haus setzte sich Ben auf die Gartenbank und sah hinunter zum See, der im Mondlicht sanft schimmerte. Es war eine laue Sommernacht. Er sah zum Himmel hinauf und dachte an seine Großmutter Maria. Wie damals spürte er die Wärme, mit der sie ihn empfangen hatte. Ben lächelte.

***Ihre Erinnerungen waren Inspiration für diesen Roman:***

*1942, Maria (geb. Weingarten, 07.08.1915 - 08.04.1996) und ihr Mann Ernst Bruns, der am 22.01.1944 in Russland fiel, mit Tochter Bärbel.*

*Marias Eltern
Anna (04.11.1886 - 10.07.1968)
und Emmerich Weingarten
(14.01.1883 - 10.08.1962)*

*Ebenfalls flossen Erinnerungen von Otto Weingarten (18.05.1921 - 19.01.2006) an die Kriegsgefangenschaft in Russland ein (Kap. 56).*

## DANKE

Ich bin dankbar, dass ich bisher ein Leben ohne Krieg und Leid führen durfte. Obwohl ich die Schrecken des Krieges nicht erlebte, brachten mich die Erzählungen meiner Großmutter nah an das Kriegsgeschehen heran. Ihre spannenden Schilderungen und Erlebnisse inspirierten mich, diesen Roman zu schreiben und ihre Erinnerungen einfließen zu lassen. Ebenso berichtete mir mein Großonkel Otto Weingarten, Marias Bruder, von Erlebnissen aus seiner Kriegsgefangenschaft in Russland, die ich damals notierte und diese nun im Kapitel 56 frei nacherzähle.
Dieser Roman basiert auf wahren Begebenheiten, die ich jedoch künstlerisch anreicherte. Von Erlebnissen meiner Großmutter und der Familie durchtränkt, ist dies eine Geschichte, wie sie zahlreiche Familien in der Zeit des Krieges und der Nachkriegszeit erlebten.

Danke sage ich Martina Grünebaum und Ulrike Spieckermann für das Lektorieren und Korrigieren des Textes.

Mein Dank gilt auch meinen Testlesern Bärbel Baumeister und Christian Paul für die wertvollen Anregungen und Verbesserungsideen.

Alle Infos rund um Bücher und Hörbücher der Autorinnen
Uta Baumeister und Lotta Josefsdotter finden Sie auf der Homepage.
www.wortbaumeister.com

**Buchempfehlung**

*Uta Baumeister*

**Der Klang der Schwalbe**

Historischer Roman
nach wahren Begebenheiten.

Als Taschenbuch und E-Book
erhältlich.

*Manchmal ist die Wahrheit ein bitterböser Schmerz.*

Dies ist die wahre Geschichte von Ruurd van der Leij, der sich nach seinem Abitur nichts weiter wünschte, als unbeschwerte Sommerferien zu verbringen.

Sommer 1944: Unter dem Decknamen ‚Schwalbe 1' planen die Nationalsozialisten heimlich eine Fabrik zur Herstellung von Flugbenzin. Diese soll in einem Steinbruch im sauerländischen Hönnetal eine der größten unterirdischen Hochdruckhydrieranlagen des Dritten Reiches werden. Zeitgleich entzieht sich der 18-jährige Ruurd in den Niederlanden dem Arbeitsdienst. Doch er wird verraten und von der SS verhaftet. Wie tausende andere Zwangsarbeiter findet er sich bald in den düsteren Stollen des Steinbruchs und unter der Kommandantur eines boshaften Nazis wieder. Er verliert jede Hoffnung, bis ihm inmitten seines Überlebenskampfes menschliche Wärme begegnet.

## Buchempfehlung

*Uta Baumeister*

**Der Ruf der Schwalbe**

Die Fortsetzung von
*Der Klang der Schwalbe*

Als Taschenbuch und E-Book erhältlich.

1944: Der Niederländer Klaas de Jong wird nach Deutschland deportiert, um als Zwangsarbeiter im Hönnetal für das geheime Nazi-Bauprojekt ‚Schwalbe 1' eingesetzt zu werden. Mit Hilfe einer jungen Frau gelingt ihm die Flucht. Doch vor ihm liegen gefahrvolle Monate.

2020: Jo de Jong erhält aus dem Nachlass seiner Tante Liz alte Briefe aus Deutschland, die an seinen Vater Klaas adressiert sind. Als Absenderadresse ist nur der Name Trudi vermerkt.
Mit seiner Mutter Roosje reist Jo nach Deutschland, um der Kriegsvergangenheit seines Vaters nachzugehen.

*Nach dem ersten Band ‚Der Klang der Schwalbe' ist auch die Fortsetzung ‚Der Ruf der Schwalbe' vor dem historischen Hintergrund des geheimen Nazibauwerks ‚Schwalbe 1' ausdrucksstark und einfühlsam geschrieben.*

## Buchempfehlung

### Halt mich, wenn du fällst

Roman von
Uta Baumeister und Joey Flame

Veröffentlicht: März 2022
Taschenbuch und Kindle eBook

**Joeys Geschichte um den Kampf gegen Drogen und über die Macht der Liebe**

Joey ist dreizehn, als er in der Schule mit Drogen in Kontakt kommt. Als er Lilli seine Sucht gesteht, ist er bereits sechzehn. Einen Drogenexzess überlebt er nur knapp und wird nach dem Krankenhausaufenthalt in die geschlossene Abteilung einer Suchtklinik eingewiesen. Für Joey, seine alleinerziehende Mutter Lilli und seine drei Schwestern beginnt ein verzweifelter Kampf, der geprägt ist von Angst, Rückschlägen und gesellschaftlicher Ausgrenzung. Inmitten dieser schwerwiegenden Zeit taucht Hannes in Lillis Leben auf und wird mit seiner Liebe zu ihr und ihren Kindern zu einer tragenden Säule. Doch wird die Liebe der Familie reichen, um Joeys Leben zu retten?

*Dieser Roman basiert auf der wahren Geschichte von Joey Flame und seiner Familie.*

**Buchempfehlung**

Liebe mit Zimt und Schweden

*Schwedenroman mit Herz / Band 1*

von Lotta Josefsdotter

Veröffentlicht: Dezember 2020

Als Taschenbuch, Kindle eBook und Hörbuch

**Lustig leichte Lesekost aus Schweden**

*Ein Brief aus Småland verändert alles.*

Die gemütlichen Tage im Haus ihrer Eltern sind vorbei, als Rena unfreiwillig nach Schweden auswandert. Ein abbruchreifes Haus mitten im Wald soll ihr neues Zuhause werden. Mutig stellt sie sich ihrem Schicksal und dem Neuanfang. Aber die täglichen Herausforderungen machen ihr und ihrem Hund Theo das Einleben in Småland schwer.
Schnell lernt sie, dass es nur zwei Möglichkeiten gibt: Entweder man liebt Schweden oder man hasst es. Dazwischen gibt es nichts. Oder doch? Wartet zwischen Zimtschnecken und Elchgeweihen die Liebe auf sie?

**Buchempfehlung**

Herbstfrühling in Schweden

*Schwedenroman mit Herz / Band 2*

von Lotta Josefsdotter

Veröffentlicht: November 2021

Taschenbuch und Kindle eBook

**Lustig leichte Lesekost aus Schweden**

*„Eigentlich hatte ich mich auf den Einzug der Senioren gefreut. Doch dass es bereits eine Stunde nach deren Ankunft Chaos, Tumulte und einen Todesfall gab, damit hatte ich nicht gerechnet."*

Die Auswanderin Rena fasst ihr Glück kaum, als sie gemeinsam mit Arvid den Gutshof *Körsbärsgård* bezieht. Dort plant das frischverliebte Paar eine gemeinsame Zukunft und beschließt, das stilvolle Gutshaus herzurichten, um abenteuerlustigen Senioren einen aktiven Lebensherbst in einer Senioren-WG zu bieten. Als Lisbeth, Irmchen, Willi und Reinfried aus dem Sauerland anreisen, hält ungeahntes Chaos Einzug. Dies stellt Renas und Arvids junge Beziehung vor enorme Herausforderungen. Zudem entdeckt Rena im Gutshaus das Gemälde einer geheimnisvollen Frau, zu der es scheinbar eine Verbindung gibt.

*Lesen Sie auch*
BAND 3: WINTER MIT ZIMT UND SCHWEDEN (Oktober 2022)